TAD WILLIAMS

雾影四部曲【Ⅱ】下卷

雾影游戏

SHADOWPLAY

[美] 泰德·威廉姆斯 著

杜芯宁 陈磊 译

西南师范大学出版社

国家一级出版社 全国百佳图书出版单位

目 录
CONTENTS

第二十三章
诸神之梦

战争肆掠多年，之后月亮王的城墙留存下来。不计其数的神灵逝去，无论是翁依那一族，还是苏拉泽姆一族那边。

狼王乌雷克在箭雨中号叫着死去。翁依那一族的阿兹诺尔于对战中击败风神斯特里沃斯，但还不等结束他性命，阿兹诺尔自己先被科涅奥斯大神的侍从伊蒙杀死。夜雾神比林身中双胞胎兄弟库林和希里欧林百十箭，但勇猛的比林在身亡之前先将这对凶残的兄弟摧毁了。

——引自《三神之书·万物之始》

“你说得……你说得就像……众神交战的时候，你当时在场一样。”布瑞奥妮可不想冒犯她的女主人（特别是这个丑老太婆什么吃的都还没分给她），但是即便身受发烧和饥饿之苦，公主的习惯还是很难磨灭：她不喜欢遭人取笑，尤其是这样肮脏的老太婆。

“确实。现在，我再把锅里给你多加点儿金盏花根——你简直不会相信，这些东西煮熟了去除毒性之后有多美味。我这把老骨头活了这么多年，过去岁月里别的事几乎都不记得了，但有一件事我从来不怀念——就是那些血肉模糊、焦烟滚滚的尸首！我不懂，这些人到底以为自己在干什么？”

“哪些人？等等，毒性？你说什么？”布瑞奥妮原本正试着保持静止，避免突然的动作。她只是突然想到，这个在白木森林中孤身一人生活的老婆子很可能疯得厉害。她敢肯定，就算自己力量薄弱，还生着病，但还是足以抵抗这个饿猫一样瘦骨嶙峋的矮婆子的——但是睡着之后要怎么保护自己呢？自己能在这下雨的森林里再熬过一晚吗？她没有把握。

“我说那些血肉模糊的人，还有他们兄弟的牺牲！”老婆子异常小声地解释，“他们过去在这片森林中无所不在，又是砍树、又是猎杀我的鹿，总是讨嫌。虽然有些长得很英俊。”她一笑，脸上的皱纹绷紧，看上去更像老树皮上的瘤了。“我让其中的一些人和我待在一起，管他是满手血腥还是干干净净。那时我还年轻，也不是太挑剔。”

想弄懂这女人说的话只是徒劳无功罢了。布瑞奥妮瑟瑟发抖，希望篝火能烧旺点儿，好让她暖和起来。她的女主人一边盯着她，一边又往火旁边石头上的黏土锅里放了一把金盏花根，接着拿树叶包起两个野苹果。弄完之后，老婆子朝她伸出手。布瑞奥妮躲开了。

“别犯傻，孩子，”老婆子说，“我看出来你生病了。来，让我摸摸你额头。”她伸出一只鸡爪一样粗糙的手按着布瑞奥妮的额头。“烧得很厉害。你还有别的伤。”老婆子摇摇头，“让我看看能做些什么。坐着别动。”她抬起另一只手，两手手掌伸平按在布瑞奥妮太阳穴上。布瑞奥妮吓了一跳，伸手去够靴子里的匕首，不过这婆子双手只是缓缓画着圈。

“出来吧，烧热。”老婆子说，接着用她嘶哑的嗓子小声哼唱。布瑞奥妮听不懂歌词，但感觉头越来越烫，充满活力，就像是夏日里的蜂巢。那感觉太古怪了，她想挣脱，但四肢却使不上劲。就连发现自己徒劳无助后本该加速的心跳也不听使唤了。它磕磕绊绊，但跳得平静而喜悦，仿佛一位陌生老者光着手把你的头放在篝火上烤，也只是这世界上最寻常无奇的事。

热气从头盖骨往下游弋到脊椎，然后扩散至全身，她感觉骨头都没了，一阵眩晕。当那婆子最后松手时，布瑞奥妮唯一能做的就是坚持住不要脸贴着地倒下去。

“剩下的就靠你自己痊愈了。”老婆子说道，“呼！好久没施展这么多能量了。”她拍拍手，“那么，你感觉现在能吃点儿东西了吗？”布瑞奥妮没有立即作答，因为她对刚刚发生的事情还没有回过神来。老婆子又说话了，语气更尖锐：“布瑞奥妮 · 埃顿，玫丽尔之女，科林桑瑟的孙女，你还有没有点儿规矩？我在问你话。”

布瑞奥妮盯着她看了好久，才明白过来刚才听到了什么。手指僵了，脖子上的毫毛和头皮上的头发都竖了起来。她抓住小刀抽出来，手却颤颤巍巍。“你是谁？你怎么知道我的名字？你刚才对我做了什么？”

老婆子摇摇头。“每次都是。凭这每年都会复生的神圣心材起誓，每次都是这样。我做了什么？我不过是帮你恢复而已，你这不知感恩的小东西。我怎么知道你的名字？就跟我知道所有的事情一样。我是银色森林的莉丝娅 · 麦兰娜，比尔吉亚的九女之一，我是这座森林的守护人，就像我的姐妹是埃昂其他森林的守护神一样。我父亲是无可量力的沃洛斯，听说过吗——是神。你可以叫我莉丝娅。我是一位女神。”

“你是……你是……”

“我口齿不清吗？好吧，是女半神，我母亲是位树精。父亲年轻的时候和母亲生下了我们，过程非常浪漫，也有点儿残忍——但更残忍的是，父亲不能待在我们身边养育我们。我从没像你们一样叫过‘爸爸’，坐在他膝盖上啊，抵着他的下巴咯咯笑啊。神明是不会那样的——当时不会，现在肯定也不会。”她像是想起了什么私密的笑话一样笑了起来，“就像公猫一样，不过说真的，女神也好不到哪儿去。”

布瑞奥妮把小刀放回膝上，没有收起来。就算这女人完全发疯了，她也还算有本领。布瑞奥妮感觉好多了。虽然还是又冷又累，也仍然饿得要命，但疾病带来的虚弱无力，还有身上的许多伤口似乎都已经消失了。“我……我不知道……”

“你不知道该说什么。你当然不知道了，孩子。你觉得我可能疯了，不过却不想冒犯我。在你那种情况下，你已经算非常谨慎的了。你又冷又饿，还孤身一人，但你的想法是对的。永远别把神惹怒了。在过去，要是有凡人冒犯了我们，即便是最微不足道的冒犯，好说，我们可能会把他变成一丛灌木或是一只沙蟹。”老婆子叹口气，看看自己皱巴巴的两手。“我不知道自己是否还有那样精湛的能力，但我敢肯定，至少还是能让你再发起烧，再加上剧烈的胃疼。”

“你说你是女神？”这不可能。森林女巫还差不多，但女神肯定不会是这样。

“只是女半神而已，我刚才已经承认了，就别拿这个来羞辱我了。已经没有什么真正的女神了。别犯傻了。”莉丝娅皱眉，“我能听到你的想法，可是不好听呢。非常好。我痛恨这样做，尤其是为了治愈你花费了那么多精力——唉，明天要头疼了！不过我猜，如果我不证明一下，心里的声音会让我们无法安宁相处的。”老婆子不无困难地站起身，张开细瘦的双臂，就像是未吃饱的猛禽振翅欲飞。“你最好稍稍闭一下眼，孩子。”

布瑞奥妮刚刚吸了口气，火舌就窜出异样的颜色，阴沉的天空似乎要往他们身上压下来了。老婆子的身影拉长伸展，褴褛的衣衫变得如烟般通透，但在那中间，莉丝娅瞪视的双目却更加明亮，就像是火焰隔着火山玻璃爆发了。

布瑞奥妮大惊，两肘撑着倒下去。女仆瑟莉亚也曾经变成这样可怕的黑暗模样，带着爪子和煤一般黑的尖刺。一瞬间，布瑞奥妮确信自己是掉进了可怕的陷阱。接着，她被周围金光闪耀的大地所吸引，抬头看见一张安详美艳、令人震惊的脸庞，所有的恐惧一扫而空。

她很高，女神很高，即使和高大的男人相比也还要高出一个头，从朦胧的黑袍中露出来的脸庞和双手都呈金色。她周身缠绕着藤蔓和枝条，一轮银色树叶组成的光环随着不易察觉的微风温柔摇曳。黑色的眼睛是唯一没有发生变化的，但这时也闪耀出魔法的光芒。这样的一张脸上生起气来会多么吓人啊！布瑞奥妮感到自己的心无法承受那样的震惊。

那张看上去纹丝不动的完美面庞动了：双唇轻启露出一丝自得的微笑。“看够了吗，孩子？”

“请……”布瑞奥妮呻吟出声。就像是想要盯着太阳看一样，“是的——够了！”

那身影这时开始收缩，就像被火烧会收卷的羊皮纸一样，直到站在面前的又是一个满面皱纹还弯腰驼背的老婆子。莉丝娅举起圆圆的手指关节放在眼前，像是在轻轻拂去什么东西一样。“啊，”她说，“重新变美真疼啊。不，是恢复原样太疼。”

“你……你真的是女神？”

“我说过了。凭神圣的春天起誓，你们现在这些人类的孩子都太实际了，什么都不相信了，是吗？只在神圣的日子才请出些神灵的雕像，咕哝几句就完了。好吧，我希望你开心点儿了，因为现在我是一点儿力气也没有了。只能你去照管那些树根了。”老婆子颤巍巍坐在火堆边上。“每过一基尔，要恢复旧日容貌就困难几分，而且每次都会变老几分。时候快到了，我总有一天会变成你眼前看到的这个样子，那时我就要唱出最后一首歌，接着长眠直至世界终结。”

“谢谢你帮我。”布瑞奥妮感觉好多了——这一点毋庸置疑。烧热退了，呼吸时肺里面也不疼了。“但是我不明白。一点也不明白。”

“我也不明白。那个声音一直命令我要找到你，要我去关照你，说不定还要给你什么建议——不过我没有什么可建议的。现在已经不是我的世界了，时间已经过去很久了。”

布瑞奥妮忍不住盯着老婆子，想要分辨出女神那惊人美艳的容貌，但那再一次不着痕迹地隐藏在了起皱的皮囊下。

“你叫……莉丝娅？”

“我是叫这个名字，是的。不过真名只有我母亲才知道，也只在那本伟大的书中才有记述，所以，孩子，别想着要命令我。”

“伟大的书？你是说《三神之书》吗？”

她被女神狂笑的样子吓呆了。“哦，好吧！真是个好笑的笑话！那个自私自利的谎言？就连那些傲慢的人自己也没想过要把这样的无稽之谈当作真相流传后世。不是的，真相是，真相应该是——《虚空火焰之书》。就连神明也要被其中的音乐所控制。”

布瑞奥妮感觉像是遭人掌掴一般：“你说《三神之书》是谎言？”

莉丝娅不屑一顾地拍拍手。“倒不是蓄意的谎言，至少不全是。其中也有许多是事实，我想，但都像地里烧了太久的东西，早已不辨形状了。”她斜视着锅子说，“把那些热籽实舀出来，孩子，趁水还没烧干，我来给你解释。”

暮色急切地降临了，布瑞奥妮顾不了自己身处陌生之地，困意袭来。她先是被这个女人的所作所为吓到，然后又见识了莉丝娅所谓的真容，但现在她发现自己竟奇怪地消除了疑虑。在森林女神的营地，什么也伤害不了她的，不是吗？除非是森林女神自己，不过莉丝娅看上去没有任何恶意。

“好的，”她说着舀出金盏花根煮的汤，“是迷迭香。能让汤变得更香。好了，你刚才唱的歌就完全是现在改编的无稽之谈，其中有些是从别的歌谣中窃取的，有些直接来自三神教的教规，尤其是其中说到佐睿雅被佐悉蒙所救的蠢话。骗子佐悉蒙一生从没做过任何好事。我都知道——我们是堂亲。”

布瑞奥妮只能点头，吃个不停。恢复活力的感觉真是太棒了，不管情况有多荒谬。她只想明天再去考虑。

“佐睿雅呢。她没有被偷走，并不是苏拉泽姆一族一直声称的那样。她是自愿跟科尔斯一起走的。她爱过科尔斯，多么愚蠢的姑娘啊。”

“爱过？”

“他们教你们的都是些自私的蠢话，是不是？什么苏拉泽姆一族是英雄，翁依那一族是邪魔，等等的蠢话。我要谴责雷神佩林。只知道咆哮，他希望除了他自己之外，谁也不能统治众神。他被称作雷神，很大程度上是因为他的吼声就像他的锤子一样势不可挡。哦，从哪里开始讲起呢？”

布瑞奥妮只能一脸茫然地看着她。她咬一口金盏花根，听着莉丝娅讲这些听不懂的事，不知道自己还能坚持多久。“一开始？”或许她该闭一会眼睛，只当是休息一下。

“哦，在我心爱的森林里，不行。顺便说一下，那句话并不是虚无缥缈的誓言——你现在坐的这块地方从前是我神圣的森林。”莉丝娅用木瘤般的手指比比周围的空地，“你看得出吗？这个火坑以前是我的祭坛，那时所有的人都对我心怀敬意。所有的一切都在几百年前毁掉了，只剩一片废墟。当然了，你看——大火烧掉了最高大的树木。都是雷神干的好事，我一直都不相信那只是场意外。睡狗也会吠啊。可它们以前是那么美，这里以前长着一圈桦树。树皮白得像雪，在月光下闪烁如水银……”莉丝娅一阵咳嗽，“可怜可怜我吧，我太老了……”

布瑞奥妮打起嗝来。她吃得太快了。

女神皱皱眉："真可爱。现在，我讲到哪儿了？啊，从头开始。不，我可不指望能将你不知道的事情全部纠正过来，孩子，而且老实说，佩林和他的兄弟们要求教徒讲述的那些胡说八道的事，我也记不全了。关于最古老的日子，你需要知道的是，光之神佐娶了虚空之神斯瓦为妻。他们育有四子，长子昼空神拉德在抗击古老的黑暗群魔之战中战死。这些所有的人都知道——包括凡人在内。斯弗洛思，也就是我们所称的暮光之神迎娶了自己的侄女，也即拉德的寡妻玛蒂·翁伊那为妻，后者为他生下白焰神祖米奥斯和月亮王科尔斯。然后暮光之神斯弗洛思被玛蒂·翁伊那的孪生妹妹苏拉泽姆所引诱，离开了妻子。那姐妹二人是从一枚金蛋里出生的。苏拉泽姆为他生下了佩林，埃瑞沃和科涅奥斯三兄弟。于是暮光之神的这五个儿子——当然还有一些女儿，以及一些同父异母的女儿，不过这些人的故事有谁在乎呢？——就生出了伟大的众神，他们之间展开了永恒的争斗。这些你应该早已了解了对吧？"

布瑞奥妮强打起精神坐直，装出没有瞌睡的样子："多多少少……"

"你还必须知道，佩林和他的兄弟们开始对抗父亲斯弗洛思，将他逐出世界打入中间空间。但此后三兄弟并没有成为诸神首领，这一点和你们教的一样。白焰神，也就是你们所称的祖米奥斯是斯弗洛思的长子，他觉得自己应该被尊为头等。"

"长角神祖米奥斯？"布瑞奥妮瑟瑟发抖，不仅是因为衣服还没干，整个童年时代她一直听到人们讲述那条古老的大蛇的故事，说大蛇会等在那里，把那些调皮撒谎的孩子都偷走，拖进他燃烧的洞穴里去。

"所以佩林的牧师们答应了他，是的。"莉丝娅噘着嘴，"我自己从来没有祭司。我不喜欢他们，说实话。在人们还会向我献祭的岁月里，能有一个蜂巢或一抱花我就高兴得不得了了。那些血淋淋的红肉……动物血肉是喂祭司的，女神才不需要。无论何时，我都不会要他们石头神庙里进献的动物尸首。好吧，除了有一回，不过今晚还是不讲那个故事了……”老婆子眼睛眯细了。“你困了，孩子，”她表情严厉地说，“我要开始给你讲述诸神的真实历史了，但你却连眼睛都睁不开。”

“抱歉，”布瑞奥妮小声说道，“只是……我好久……”

“那就睡吧，”莉丝娅说道，“我等你等了一天了——上次有客人来都是好多年前的事了，再多等几个小时也没关系。”

“谢谢你。”布瑞奥妮伸展开身子，胳膊枕在头下，“谢谢你……夫人……”

她甚至没听到女神是否回话，因为几分钟的工夫她就睡着了，就像海水吞没了精疲力竭的水手一般。

醒来之后，布瑞奥妮又静静躺了片刻，淡淡的阳光洒在她闭起的眼皮上，她试着回想自己身处何方，发生过什么事情。感觉好得令人惊讶——烧也已经退了吗？胃里感觉也很饱足，就像梦到的事情都是……真事。

布瑞奥妮坐起身。如果说昨晚的事情都是梦，那现在就是梦境的延续：距离她睡觉的地方几步开外，石坑里篝火还在燃烧，上面还煮着什么东西，香甜的气息令她齿颊生津。但这片小空地上，除了布瑞奥妮一个人也没有。她不知道该做何感想。就算那个自称是女神的老妇人是做梦看见的，但剩下的这些呢，篝火、旁边码放整齐的柴火、香味……是烤苹果？在这冬末时节？

“你好啊，孩子，你总算是从梦里爬起来了。”身后的声音让布瑞奥妮跳了起来，“你昨晚没睡好，所以我多添了些柴火。”

她转身看到瘦小的莉丝娅穿着一身黑袍，步伐迟缓地下到谷底来，一对小鹿跟在她身后，像是宠物狗一样。一雄一雌两个小家伙看到布瑞奥妮都停下了脚步，但并没有跑走。它们用清澈的棕色眸子仔细打量片刻，接着就弯下腰开始啃食这里那里从落叶和断落树枝间钻出来的青草。

“你是真的，”布瑞奥妮说道，“我是说，我不是在做梦。那么……所有的一切都是真的了？”

“那我怎么知道呢？”莉丝娅放下包，两臂高举过头顶舒活身体。“凡人一般都不认识我——不管怎样，我晚上都用来散步。不管那是不是梦，你想起什么了？”

“想起你喂我吃的，给我地方睡觉。”布瑞奥妮羞涩地笑着，“你治好了我的病。还有，你是位女神。”

“是的，和我记得的一样。”莉丝娅伸展结束，咕哝着，“唉，这把老骨头！想想当年一个晚上我就能在白木森林中跑上一个来回，然后还有力气挑一两个俊美年轻的伐木工上床。”她看着布瑞奥妮皱皱眉。“你还等什么啊，孩子？你不饿吗？今天我们还要赶远路呢。”

“什么？要去哪里？”

“先吃饭，我稍后解释。拿苹果的时候当心烫手。啊，差点儿忘了。”她说着伸手从布包里掏出一个小玻璃瓶，里面是蜡膏一样的东西。“是奶油。有个农夫留给我的，他的奶牛产奶量太大。你瞧，也不是所有的人都不记得我的。”她愉悦的样子就像是一个老姑娘有了追求者。

早餐乱七八糟，但味道很棒。布瑞奥妮连手指上沾着的最后一点奶油和香甜松软的苹果肉也舔得干干净净。

“要是留在这里，我还可以做些面包的。”莉丝娅说。

“可是，我们要去哪里呢？”

“去你必须要去的地方。那里会发生什么事情，我也说不好。

那乐曲说你偏离了路途。”

“你之前就说过了，可我不明白。什么乐曲？”

“孩子！你这个样子就像是小麻雀拼命尖叫，期待虫子自己落到嘴里来！乐曲就是……乐曲。是它让天空中燃起火焰。是它赋予宇宙秩序——或者说，必要时就赋予其秩序，需要时也代之以混乱。那乐曲，诸神都能感觉到，也必须留神。它在对我们诉说——也对我们歌唱，在我们身体中跃动，代替了心脏血液跳动的声音。好吧，除非我们能脱掉血肉之躯，不然我们就必须努力聆听那音乐，通过愚蠢的身体器官鼓动的乏味声音。肉体凡胎是多么不方便啊！”她摇摇头叹口气。“那乐曲还告诉我，你迷了路，布瑞奥妮·埃顿。我的任务就是将你送回正途。”

“这是不是说……一切都会好转？诸神会帮助我们，赶走敌人，我们能夺回南境国？”

莉丝娅露出一副谑笑的表情。“期望别太高。不是这样，完全不是这个意思。上一回，我帮一个人回到正途，告别之后第二天他就被一群狼吃掉了。你看，那才是他的正途。”她说着停下来抓抓胳膊。“如果我不帮他，谁知道他是不是可以活久点——他和狼群都不知道，我想。”

布瑞奥妮张大嘴等着她：“所以我要死了？”

“迟早啊，孩子，就是这样。归根结底，凡人注定是这个结局——这也就是‘凡人’这个词的含义所在。还有，相信我，这样的结局可能比不断衰老的一千年寿命要好太多了。”

“可是……可是诸神怎么能这么对我？我已经失去了所有——所有我爱的人！”

莉丝娅转过身，貌似愤怒了。“你失去了所有？孩子，等到你不仅失去了所有爱的人，就连你认识的所有人都消失的时候，等你像我一样，美貌、力量、青春全都消逝，最后一丝也在几百年前就溜走的时候，你再来抱怨吧。”

“我想……我想你应该……”

“帮你？凭我的森林起誓，我是在帮你。你没有饿肚子吧，对不对？说实话，别人进贡给我的奶油现在好像还黏在你的下巴上呢，老天才知道，这些日子，我的贡品已经不多了。你还在干燥的地方睡了一觉吧，你也不再咳得撕心裂肺了吧。有的人会感恩这些就是巨大的恩赐了。”

“可是我不想被狼群吃掉啊，我的家人需要我。”

莉丝娅恼怒地叹口气。“我只说上次带领的人被狼吃了——本来是有点开玩笑的意思（虽然我想那个被狼吃掉的家伙不会这么想）。我不知道你会遭遇什么。说不定那乐曲要给你送去一位英俊的王子呢，他会将你抱上自己的白马，带着你走进暮色。”她瞪大眼睛吐口唾沫，“就像格里高利那些拙劣的歌谣中唱的一样。”

布瑞奥妮也露出怒容：“我才不要什么王子。我想要我的弟弟回来。我想要我父亲，想恢复我们的家园。我想要一切都恢复如初！”

“我很高兴，听到你缩小了自己的要求。”莉丝娅摇摇头，“不管怎么说，别再想狼了——那些都无关紧要。那个山坡上有条小溪。去洗个脸吧，喝点水，或者方便一下，总之就是你们凡人早晨要做的事。我来收拾收拾，然后如果你还有要问的，我们就边走边说。别再磨蹭了。”

布瑞奥妮听从女神的建议，去找小溪了，途中走到吃草的小鹿旁边，其中有一只回头来用鼻尖抵了抵她。这完全出乎她的意料，虽然是小小的一个动作，却奇怪地让她感到宽慰。她洗完脸，用手指理了理头发，感觉自己又像个人了。

★ ★ ★

布瑞奥妮恐惧得到了宽慰，肚子里也垫了点食物，还有一个实实在在的人——如果一个像时间般年长的女神能算真人的话——陪伴，她发现白木森林里还是有许多值得赞叹的美景的。许多老树长得如此巨大，以至于那些年轻一些的树只能长在它们的夹缝之间，虽然那些小树本身也足够高大了。这个地方如此宁静，比人类所有建筑都要浩大深邃的宁静,不管是多么庞大的建筑也无法与之相比。还有那些柔和的光芒，透过树叶和纠结的枝干洒落下来，让她感觉似在埃瑞沃的水下王国巡游，就像在南境王国家中装饰有美丽的蓝绿色壁画的小礼拜堂中一般。她如果眯缝起眼睛看，纠缠的藤蔓几乎如同浮动的海藻，高处树枝上扑扇翅膀的鸟儿就像俯冲的鱼群。

“啊，还有一件事，”莉丝娅听到布瑞奥妮羞怯地提及小礼拜堂的壁画时说道，“你们凡人是不是把老鱼叉当作祖先？”

“你说埃瑞沃？怎么了，这也是谎言吗？”

“别这么敏感，孩子。真真假假谁又能知道呢？佩林和他的兄弟们肯定这样散布了许多年了，人类中一定有许多女人想一尝和神同床的滋味。这还只算那些自愿选择如此的。”

“这些……太难以置信了。”布瑞奥妮听到莉丝娅的话不免有些退缩，“不，我不是说不相信你是女神，而是觉得难以……理解。难以理解你还认识其余的神，就像我了解自己的家人一样了解他们。”

“不太一样。”莉丝娅说着声音柔和了许多，“我们人数有好几百，而且很少聚在一起。大多数神都不与他人来往，尤其是我这一族的。森林才是我们的家园，而不是高贵的赞德山。不过我确实认识他们，是的，偶尔会碰面，有些时候我们会聚会。许多神喜欢游历，比如佐悉蒙、晚年的库比拉斯、闪亮旅程之神德瓦娜，这样其余神灵的新闻就能及时传入我们耳中。不过佐悉蒙的话你一句也不能信，那个卑鄙小人。”

“可是……可是他是诗人之神啊！”

“那真是太符合他的个性了。”她抬起头，像老鸟一般扭头环顾四周。“我们拐错弯了。该死的老眼昏花！”

“拐错弯？”布瑞奥妮环顾四周，一望无际的森林，头顶上苍翠欲滴的树冠连绵无边，潮湿的泥土宛如迷宫般延展，树干之间满是落叶。“你怎么发现的？”

“因为真正的时间本该比现在要晚。”莉丝娅嘶嘶吐口气道，“我们本该丢了时间，然后赶回一点，但现在是都赶回来了。从我们出发以来，时间慢得惊人。”

布瑞奥妮摇头。“我不明白。”

“你也不该明白，你只是个凡人小孩，从没走过诸神的道路。相信我——我们拐错弯了。我必须停下来想一想。”莉丝娅说着停下脚步，坐到一块圆形石块上，用手指按摩太阳穴。布瑞奥妮运气不好，没有找到石头；只好蹲在她身旁。

“我们只能等到云层消散。”莉丝娅最后宣布，就在这时布瑞奥妮腿部的疼痛陡然尖锐起来。

“我们能生火吗？”

“最好生堆火。很可能要等明天才能启程了。找些干木头来——这样就简单多了。”

布瑞奥妮拿着五六块相当干燥的木块，莉丝娅把它们堆在一起形成一座小小的山丘，然后用她瘦骨嶙峋的手拿起最上面一块念起布瑞奥妮听不懂的话，只听见几个含混不清的刺耳辅音和清亮的元音。莉丝娅指缝中冒出烟来，她把木块放回柴堆，先前手握的那块黑色区域已经阴燃了。

“好精彩的戏法。”布瑞奥妮赞叹说。

莉丝娅嗤之以鼻。“这可不是变戏法，孩子，这只是我全部力量中残存下的可怜的一点罢了，以前我可以将半座森林夷为平地，其余部分烧成灰烬。枝枝叶叶，根根节节，从树心到树皮纹理再到节瘤全为我控制——都为我所有。我能在一瞬之间让一棵大树开成鲜花，让河流改变流向。可现在我生火经常会烧到手。”她蜷起熏黑的手掌。“看见了吗？都烧出水泡了。我该涂点薰衣草油。”

女神在包里翻翻找找，布瑞奥妮凝视着火苗开始变大，午后阳光还很强，火焰几乎看不见。身处此时的中间地带感觉很奇怪，这里就像是个不存在时间的结合点，前面是过去的人生，以后不知会发生什么，况且自己现在还是女神的宾客。她还剩下什么？又会变成什么样子？

“巴瑞克！”她突然发出声音。

“什么？”莉丝娅恼怒地抬起头。

“巴瑞克——我弟弟。”

“我知道是你弟弟，孩子。我虽然上了年纪，但还不蠢。你怎么叫起他的名字了。”

“我刚想起来，在我……在我找到你之前……”

“你找到我？”

“好吧，是你找到我。行行好吧……作为女神来说，你一定很瘦。”

“看着我，孩子。瘦？我的骨头都快戳出来了——虽然皱纹好像是比以前要多。继续说。”

“当时我看到一面镜子，我在里面看见他了。他被链条锁住。那个画面是真实的吗？”

莉丝娅扬起蓬乱的眉头，那样子令人不安。“一面镜子？什么样的？是占卜水晶球那样的吗？”

“是镜子。我不能肯定——好像只是一柄手镜。是兰德港和我在一起的一个女人的。”

“嗯。”女神把油膏放回形似洞穴的皱巴巴的布包里。“要么是有人拿魔力强大的工艺品当饰物，要么就是有什么我猜不到的奇怪东西在跟随你和你弟弟。”

“工艺品……你是说魔镜吗，像诗里写的那样？不是那样的。”她把手指弯成一个小圈，“只有这么大。”

“好吧，说得好像你是研究这类东西的专家。”女神的表情让布瑞奥妮低下眉眼，“但这还是不太可能啊，一块那么小的瓷片，还照得那么清楚，又是最强大的魔器，不该落入凡人之手，当成是女人的梳妆镜传来传去不被发现啊。”

布瑞奥妮再次抬起头来。莉丝娅显然正在思考，眼神一片空洞。布瑞奥妮尽量保持耐心。她不想再惹女神发怒。她不想——哦，慈悲的佐睿雅神啊！——被孤零零丢在森林里。但是等篝火中的树木烧掉一半的时候，她再也忍不住心中的疑问。

“你说‘瓷片’——是什么意思？是指我们铺在小礼拜堂地上的东西吗？佐睿雅长什么样子？和画中的一样吗？她心肠好吗？”她想起来，自己的侍女罗斯·特莱灵有一次回老家兰森德参加孤儿日，其余亲戚问了她数不清的问题——有关布瑞奥妮和她家人的，有关南境城堡生活的，各种各样的问题都有。*所以我们总是会对高于我们的人——那些著名人物，或是富人，或是力量强大之人心存好奇。他们和我们有相似之处吗？*想想真好笑，普通老百姓心目中的她就和她心目中幻想的诸神一样。诸神们会忌妒谁？何人的所作所为能让他们坐下来提高警觉？布瑞奥妮想知道的事情太多了，而且她身旁现在就坐着一位还在呼吸的活生生的女半神！

莉丝娅叹出一口气：“所以你是下定了决心，要将我从这苦不堪言的长生不死中拯救出来，是不是？你的撒手锏就是无休无止的问题是吗？”

“抱歉。很抱歉，只是……我怎么可能不好奇呢？”

“好奇倒没什么，关键是你问的内容，孩子。不过凡人好像总是这个样子的。就算有了机会，他们也很少问重要的事情。”

“好吧，那什么才是重要的事情呢？请告诉我吧，莉丝娅。”

“我会解答你几个问题——不过得尽快，因为我还有自己的事情要担心，我必须仔细聆听乐声。首先，最灵验的占卜水晶球中所用的瓷片都是来自于科尔斯之塔，你们从森林里穿行时唱的那些愚蠢的歌谣中把它称作冰晶还是什么之类的胡扯。那座塔是巧匠库比拉斯为他建造的，库比拉斯也就是翁依那一族所称的歪神……”

“翁依那一族？”

“让你被教授的那些谎言都见鬼去吧，孩子，专心听！翁依那一族——比如祖米奥斯、科尔斯和他们的姐妹祖丽雅——这些神灵都是玛蒂·翁伊那所生。你知道苏拉泽姆一族吗？佩林和他的兄弟们都是玛蒂·苏拉泽姆所生。翁依那一族和苏拉泽姆一族是交战的两大诸神家族。但他们是同一位父亲，即老斯弗洛思所生。”

布瑞奥妮点点头，抑制住自己不要出声。

“是的，就这样，很好。歪神帮助科尔斯加固了宫殿，但他用来加固的材料现在天界已经找不到了，大地上也没有了，而是散落在许多地方。库比拉斯用瓷片来代替，虽然有人说瓷片只能伪装起本身的自然属性和方位，外观并不相同。不管怎么说，诸神之战中，佩林发怒摧毁了科尔斯之塔，塔楼断裂后，有些残余物被留了下来。这些就是我们现在所说的瓷片。它们外表看上去只是普通的镜子，但远远不止如此，它们实际是占卜水晶，拥有强大的魔力。”

“可是你不觉得我就是因此才看见巴瑞克……”

“我老了，孩子，不会再愚蠢到以为自己通晓世间万物。不过我有点怀疑。全世界只有不到二十块瓷片保留下来。我不太相信，经过这么漫长的岁月，又从一个女人的化妆盒里多出一块……你说在哪里看到的来着？兰德港？”

布瑞奥妮点点头。

“跟着你和你弟弟的可能是别的东西。我没觉得有什么不正常的，没有感受到魔法的力量——除了你的童贞之外，出于某种原因，童贞一般会有些价值。”她咯咯笑了，声音刺耳又干涩，“神圣的石块啊，看看佐睿雅。一千年光阴过去了，但他们仍旧称呼佐睿雅为童贞圣母！”

“这是什么意思？”

“我向你保证，这是苏拉泽姆一族和翁依那一族共有的稀世珍宝。事实上，除了巧匠本人之外，可能只有我们的德瓦娜女神才是纯真无瑕的，这很讽刺吧，是不是？我想这多半是因为爱好所致。就像凡人一样，诸神也有各种各样的性格和欲望。不过佐睿雅……绝对不是个简单角色。”

“你是说，神圣的佐睿雅神不是……以前不是……她不是……”

莉丝娅眼珠骨碌骨碌转：“孩子，我告诉你，科尔斯是她的情人，她很爱他。你觉得她为什么要从草原和赞德的山上逃走呢？她是和科尔斯一起逃走的！如果不是她父亲率领所有军队和亲族前来捍卫自己的荣耀——愚蠢的男人，愚蠢的荣耀！——她本可以幸福地嫁给月亮王，为他生下许多继承人的。但命运注定无法如此，世界沧海桑田。”那一刻，气氛似乎缓和下来。布瑞奥妮看到女神脸上浮现出如此深刻的悲伤，看上去痛苦不堪。“世界已沧海桑田。”

她的表情太直白了——那感情太过隐私。布瑞奥妮于是低头看火。

“再来回答你之前的问题，你悬而未决的疑问……”莉丝娅突然开口，接着清清喉咙，“是的，佐睿雅不是处女。现在她不是了——我们这些被天界遗弃的可怜人，我们这一小部分继子和怪物也都不是了。就像森林被大火焚烧，昆虫会从烧焦的大地上爬出来，只有我们躲过了上一次诸神之战，存活下来。”

“你是说……其他诸神都死了？”

“没有死，是沉睡了，孩子。但诸神的沉睡已经持续多年，而且还将持续至世界终结。”

“沉睡？那么说诸神都……不在了？”

“并不是全部，不过这又是另一个故事了。我相信，还有许多像我一样年迈的半神和女半神仍然在看护自己的森林，或者是那些被陆地所包围的湖泊，那里曾经是小片海域。但在这醒来的世界中，我已经有太久没和亲族讲过话了，我几乎都快不记得他们了。”

“没有神了？他们抛下了我们？”

莉丝娅冷酷地笑了：“这并非他们的选择，人类的孩子。不过自从你们的祖先最早用石头一块一块垒砌古老的城市之时，他们就已经沉睡了，所以事情并没有什么区别。”

“但我们一直在向他们祈祷啊！我总是祈祷，尤其是向佐睿雅……”

“如果你愿意，也可以继续啊，还可以向其他神灵祈祷。他们甚至可能会回应你——他们在沉睡中也会做梦，而且他们的梦和你们的不一样。比如说，他们的睡眠无法安宁……不过这个必须下次再讲了。我们已经停留很长时间了。起来，出发吧。”

“什么？我们还要走吗？”

“是的。跟上。”莉丝娅说着便一瘸一拐地向林中走去，根本没有回头看布瑞奥妮有没有跟上来。

夕阳渐渐隐没在远山之中，她们走出了白木森林。身后是森林高大的屏障，布瑞奥妮眺望着眼前的草原，她只能猜测那是银色草原。一望无际的草原向北向西一直伸展到地平线尽头，是那样的美丽和宁静，而且空无一物。“我们为什么来这里？”她问。

“因为乐声呼唤你前来此处。”莉丝娅从不辨形状的袍子中拉出一串什么东西举到头顶上，动作灵活得惊人。“啊，让我这把老骨头照到一丝阳光也是恩赐啊。现在，孩子。我很抱歉我们没有时间了。我很高兴能有机会和你说话，你比那些树木要灵活得多、敏捷得多，作为一个凡人的小孩，你的脑子并不是那么死板。”她说着伸出一只手，“拿着这个。”

布瑞奥妮接过来。是一条做工粗糙的项链，用鸟的头骨和干枯的白色小花做成，串在一根白色绳子上。“我太老了，不能前去应诏了，”莉丝娅说道，“身体太虚弱，不能一路帮忙了，但这个东西可以帮你扫平困难。我还是有一两位崇拜者的。”

她拉紧脖子上的皮绳，布瑞奥妮问：“我们到了你说的那个地方吗？你不会离开我吧，对不对？”

莉丝娅微笑：“你是个好孩子——我很高兴被派来帮助你。我希望这条路能为你带来幸福，哪怕是一点点也好。”

“路，什么路？”布瑞奥妮环顾四周却一无所获，在新鲜的晚风中只见蒿草在沼泽中挥舞。此处什么也没有——没有道路，没有小径，更不用说城镇了。“我该去哪儿……”

但等她转过身，老妇人已经消失了。布瑞奥妮跑回森林，大声喊了又喊，探寻着任何黑色袍子的痕迹，但银色森林的女主人已经消失了。

第二十四章

三兄弟

听啊，我的孩子们！阿戈尔和他的兄弟们现在找到了需要的借口，随后邪行四起。他们进入诸神之中，宣称努沙什强行掳走了苏娅，诸神闻之大怒，表示会推翻努沙什，推翻这位合法的首领。

——引自《努沙什启示录》（卷一）

“在我看来，这并不是什么好主意，”乌塔小声说道，“他想从我们身上获取什么？他可是危险人物！”

梅若兰娜摇摇头：“你一定要相信我。我可能了解不多，但我知道这类事情该怎么处理。”

“可是……”

乌塔停下话头，因为新城主迪尔南·海弗莫进了房间。他双手捧着一本书，身后跟随的男仆搬的书更多，更危险的是，书上面还架了一块写字台。海弗莫头发梳成之前扫荡过城堡的希安人发式，耳朵之上剃得很高，因为这类似秃顶的发型，他看起来更接近教士而非其余身份——像极了，乌塔心想，海弗莫只是太渴望鼓励。就连从前只担任艾文·布罗纳代言人之时，他也一直自视为哲人，是愚民中的智者。乌塔从来就不喜欢他，而且她还知道，除了托利的圈子之外，没人喜欢海弗莫。

海弗莫停下脚步，像是刚刚才意识到房间里有女人。“怎么了，公爵夫人？”他一边说一边透过架在狭窄鼻梁上的眼镜打量两人。“您真是让这里蓬荜生辉。还有乌塔修女，很高兴见到您。恐怕城主这个新职位让我焦头烂额忙到这么晚——忙得都没有时间拜访旧友了。也许我们现在该弥补一下。你们想来点葡萄酒吗？还是喝茶？”

乌塔能够感觉出，光是听到这个自命不凡的家伙自称是旧相识，梅若兰娜就已经气不打一处来了。她把手扶在这位长者胳膊上。“我就不用了，谢谢你，海弗莫大人。”

“我也什么都不用，先生，”公爵夫人表现得比乌塔预想的还要优雅，“我们很想和您好好谈谈，但也知道您公务繁忙。我保证不会占用您太多时间。”

“啊，不过有客人来访实在是乐事一桩。”海弗莫折压着手指，然后招手，“葡萄酒。”男仆把书和摇摇欲坠的写字台放在城主又长又窄的书桌上，那张书桌从前为史蒂芬斯·奈纳使用多年，几乎快成了他身体的一部分了，就像皮肤和疙疙瘩瘩的双手一样。男仆卸下担子离开房间。“实在是乐事一桩。”海弗莫又说了一遍，似乎很喜欢这句话的发音。“不管怎么说，我自己得喝一杯，整个上午真是忙得够呛，要准备迎驾卡拉顿公爵。我相信你们也一定都听说了——很令人振奋吧，是不是？”

但对乌塔来说这却是个新闻。*亨顿的兄长，新任夏土公爵，要来这里？*毫无疑问，他会带上全部随从——还有家族里的那几百名托利兄弟支持者，就连在不吉利的石神节也不例外。她的心一沉，想到这地方会变成什么样子，大概会到处都是烂醉的士兵。

“那么，两位优雅的女士，”海弗莫说道，“今天我能为你们做些什么呢？”

乌塔难以想象，有什么事情是迪尔南·海弗莫能做，而不会立即被汇报给亨顿·托利的，于是就没有说话。此事是梅若兰娜的主意，乌塔就让公爵老夫人为首。**守护在我们之上的佐睿雅神啊，这里可是我们仇敌的大本营**，她祈祷着，即便他们对自己和梅若兰娜正着手进行的惊心动魄的任务一无所知。统治派系对她二人除了蔑视毫无期待，有一个重要的原因就在于：两人都没有任何可供还价的筹码，没有武力、没有军队，也没有金钱。**好吧，除了梅若兰娜的贵族血统，她是奥林的血亲**。乌塔猜托利家族是想把她哄得高高兴兴的，至少会持续到他们的魔爪深入南境国之前。

“可是海弗莫大人，您一定知道该怎么做，”梅若兰娜说道，“既然是您叫我们过来的。正如我之前所说，我不想占用您太多时间，因为那对整个南境国来说都太为珍贵，尤其是对我们无私的守卫亨顿伯爵来说。”

当心，乌塔不禁想道。梅若兰娜移动了一下，自己也够不着对她胳膊施加警告了。**不要太明显。他没想过讨你喜欢，但也别将厌恶表现得太过明显**。

“亨顿·托利很了不起。”海弗莫龇牙咧嘴，狼子野心比从前更甚——他很享受其中。“我们都很感激他帮助护卫奥林王合法继承王位。”

护卫端着葡萄酒和几个酒杯返回。乌塔和梅若兰娜双双摇头。男仆于是只倒了一杯拿给城主，接着回到墙边，竭尽所能表现得像是一件家具摆设。海弗莫径直离开了公爵老夫人站立的方位，在自己的窄凳就座。

“您是说护卫奥林王吗？当然了。”梅若兰娜语气很欢快，丝毫不在乎对方的轻慢。“为奥林王守护王位。这样的继承让人心满意足，不过我姐夫奥林仍然是国王，即便他不在场。”

“当然了，夫人，当然了。我措辞不当。不过，国王现在身为囚徒，继承人们又都不在了——可能已经去世。若是还假装小婴儿才是最合适的继承人，那我们就是犯傻了。”

“是的，理所当然。”梅若兰娜点头道，“无论如何，都不必再为继承人的问题吹毛求疵了，我相信，您这样的学者对这种事情其实没有丝毫兴趣可言吧。是您邀请我们前来，可我们何德何能值得您好心的邀请呢？”

“啊，现在您反倒假作无辜了，夫人。您要求和艾文·布罗纳谈话，但您肯定也知道他已经……退休了。他的职责现在已经全部交由我和新任王室总管胡德大人处理了。我们亲爱的布罗纳一直为南境国兢兢业业——他应该休息了。所以，我考虑也许该为他省去不必要的工作，不管您二位女士有什么问题，就让我自告奋勇来代为关注吧。”他的微笑看上去就像是用一支削得非常尖细的铅笔一笔画出来的一样。

“这实在是太好心了，海弗莫大人，”梅若兰娜说道，“不过我们真正想要的——我想要的——其实是见见布罗纳大人，出于朋友的情谊，考虑到旧日的交情。为什么呢？我敢说我和艾文·布罗纳的交情比您的年纪还要大呢。”

“啊，我懂了。这么说，我没什么能帮上忙的了？”海弗莫就和所有野心勃勃的年轻人一样，都不喜欢别人提到自己还未出生就结下的情谊。

“您可以记住，应该多和城堡里其他人交流，海弗莫大人。”公爵夫人露出胜利的微笑，“有您这样的学识，像您这样能言善道，应该多操些心才好。”

他眯细眼睛，不能完全确定公爵夫人所言到底是什么意思。“您真是好心。不过还有一个问题，夫人。我能理解您想和故人布罗纳王叙叙旧，可是乌塔修女前来所为何事呢？她和布罗纳总不是故交吧？我从没听说艾文老伯爵热衷宗教啊，除了必要的做做样子之外。”海弗莫为自己想到的这个朋友间分享的小笑话开心不已，而乌塔修女则第一次感到阵阵寒意。这个男人可不止有狼子野心，他还是个危险角色。

“我确实把布罗纳当朋友，他从前待我一直很好。他有宽广的胸怀，这点与他进不进教堂无关。”乌塔突然开口，不顾梅若兰娜的畏缩。

“我很高兴您能这么说。”迪尔南·海弗莫现在紧盯着乌塔，“我为他效劳多年，经常感到他最大的优点不为人发现，或者说，至少是没有得到欣赏。”

梅若兰娜向前迈进一步，像是要阻止这场对话离题偏向危险地带：“是我叫她来的，海弗莫大人。我……我近来身体不大好。有乌塔这样明理的女伴，比我那些稀里糊涂的年轻女仆要便宜些。”

“自然。”他笑得更欢了，“自然，夫人。您的神采如此超凡，您的举止如此迷人，我恐怕都忘了您的年龄了。自然了，您一定得有同伴。”现在他的眼神几乎变成斜睨了。

他在打什么主意？乌塔不想多做猜测。

“无论如何，去见见你们的老朋友艾文伯爵吧。我恐怕他已经换了房间了——当然嘛，我需要更多的空间，所以就把他过去的房间占用了。如果布罗纳不在兰森德的家里，那你们可以到王室卫队房间附近的老账房找他。他还会过来，虽然这些日子已经没有什么事情要处理了。”海弗莫现在站了起来，脸上的微笑也转变成了别的表情，某种为敌军欢呼，显露真意的表情，“你们还会来探望我吗？这对我真是莫大的乐事。”

“对我们也一样，”梅若兰娜肯定他的说法，“您还有兴趣接见我们这两个老婆子，海弗莫大人，我们荣幸之至，您现在已经是南境国的重要人物了啊。”

★ ★ ★

“您是不是有些过了？您不需要将他树为敌人。”两人拉低风帽抵挡冷雨，穿过城堡花园时，乌塔问。

梅若兰娜嗤了一声：“他已经是敌人了，乌塔，永远不要有丝毫的怀疑。如果我不是奥林的唯一血亲，我也早就离开了。托利家族和他们的拥趸不会欢迎我，但也不能让我离开——至少现在还不能。也许过了这个冬天，他们会考虑处死我。毕竟我也上了年纪。”

乌塔修女吓了一跳，比画出三的手势：“诸神会保护我们的，那么你又为什么要告诉他自己犯了病呢？岂不是让他们没有借口可找？”

“他们如果想杀我，一定能办到。我现在相信了，肯德里克被杀一定和他们有关。提醒海弗莫是想让他放心，不管我做什么，都不会给他们带来太多麻烦了。”她绊了一下，于是握住乌塔的胳膊，“而且我这段日子确实不太好，说真的。我感觉很虚弱，有时思绪无法集中……”

“嘘。够了。”乌塔握住老夫人的手肘，抓得紧紧的，“您这些……圈套吓坏我了，夫人，这些威胁的话、这些阴谋和反间计。我只是佐睿雅神的修女，这些非我能力所及。而且，我需要你，所以您不能生病，也不能虚弱，更不能死！”

梅若兰娜笑了。“去和你那位长生不死的女神说吧，别对我说这些。如果诸神要带我走，或者想要我变成个自作聪明的老家伙，那是他们的事。”她放慢语速，两人走进了狼牙塔和军械库之间的那条狭窄通道。这里墙壁早已斑驳，砖缝之间青苔簇生。“因为三兄弟的慈悲，我有好多年没来过城堡的这个区域了。这里都要倒了！”

“那还真是个理想之地，对于我们这些已经无用的人来说，比如布罗纳、您，还有我。”

“说得好，亲爱的。”梅若兰娜赞许地捏紧她的胳膊，“我们越是无用，就越是不会有人怀疑我们将犯下的邪行。”

“夫人，这……这真是太令人惊喜了。”布罗纳的声音有点沙哑。账房里空空如也，只有两个机警的年轻守卫，他们更像是在看守囚犯，而非保卫一位重要的国王。“还有乌塔女祭司。保佑我吧，祭司，我好久没见到你了。你好吗？”

“很好，布罗纳大人。”

“恕我不能起身迎接了。”他指指自己搭在草垫子上赤裸在外的左腿，脚踝肿得像火腿一样，“该死的痛风。”

“不是因为痛风，你是喝酒喝得起不来了，”梅若兰娜说道，“才刚刚中午。你今天已经喝多多少酒了，布罗纳？”

“什么？”他瞪着她，眼珠骨碌骨碌转，“不多。一两杯而已，是想缓解疼痛。”

“就一两杯，是吗？”梅若兰娜做了个鬼脸。

老实说，他的穿着更糟糕。乌塔许久没见过他了，因此他脸上添了新的皱纹也没什么奇怪，但他眼窝深陷、眼眶发黑，肤色也很坏，像是在病床上躺了好多周了。很难想象，面前这个浮肿苍白、衣衫褴褛的老者和不久前还像一艘张满帆在城堡间到处穿梭的战舰的大个子竟是一个人。

梅若兰娜敲敲桌子，指着其中一名守卫说：“布罗纳大人饿了，需要一些面包和奶酪。去拿些来。”

那名守卫盯着她说：“夫——夫人……”

“还有你，”她对另一个守卫说，“我年老体衰，很容易发寒。去拿一火盆炭火来。去吧，你们两个！”

“但是……但是我们不能离开布罗纳大人！”第二个守卫说。

“你们担心佐睿雅神的修女和我会趁你们不在刺杀他吗？”梅若兰娜盯着他，接着转向伯爵，“您觉得我们像是要行刺你吗，布罗纳大人？”不等他回答，她就朝护卫走近一步，摆摆手像是在花园里赶鸡。“那就去吧。赶紧的，你们两个。”

守卫们一脸疑惑地走了，伯爵清清嗓子：“这是为何，我能问一下吗？”

“我需要您的帮助，布罗纳，”她说道，“出了很严重的大事，没有您的帮助，我们无法解决。也不能当着海弗莫的奸细面前说，所以我才把那两个蠢货打发走了。”

布罗纳大人盯着她看了一会，但眼睛一直黯淡无光。“我帮不上忙，公爵夫人。您知道的。我已经失去权位了。我已经……退休了。我已经隐退了。”他的笑声听起来像是阴冷的咳嗽。

“所以你就坐在这里喝酒消沉。”乌塔听到梅若兰娜的话有些畏缩，心下疑惑为什么公爵夫人会对艾文·布罗纳用这样亲密的语气说话。“我不是来帮你喝酒的，布罗纳，如果你能坐起来集中精神，我会很感激。你了解我。知道如果不是不得已，我不会来找你帮忙的——我不是那种一看到困难迹象就哭着求助于男人的人。”

布罗纳脸上浮过一丝微笑。“确实如此。”

“事情看起来可能已经很糟糕了，”梅若兰娜说道，“布瑞奥妮和巴瑞克走了，托利家族骑在我们头上作威作福——但我的消息比这些更奇怪。关于屋顶族人，你都知道些什么？”

布罗纳盯着她看了一阵，仿佛她刚刚突然载歌载舞，绕着房间撒起了花一样。

“屋顶族人？过去故事中的小精灵？”

“是的，就是那些屋顶上的人。”梅若兰娜急切地看着他，“你真的不知道吗？”

“我发誓，梅若兰娜，我完全不知道你在说些什么。”

“那就看看这个，然后告诉我你的想法。”她说着从紧身上衣中拿出一张羊皮纸递给布罗纳。他茫然地看了一会，然后伸手——动作令人不安——从身后墙壁架子上取下一支蜡烛方便阅读。

“这是奥林的信。”他看完后说。

“是奥林写来的最后一封信，你应该知道——就是肯德里克遇刺前接到的那封。这是其中的一页。”

“丢失的那一页吗？真的吗？你在哪里找到的？”

“这么说你知道。告诉我们吧。”梅若兰娜这时看起来像是变了个人，更像是布罗纳从前的间谍头目，而非她自称的老妇人。

“肯德里克遇刺后，整封信就丢了，”他说道，“几天之后，有人把信夹在我的文书中，但缺了一页。”他浏览着羊皮纸，变得越来越激动，“我想这就是丢失的那一页。你在哪里找到的？”

“啊，这就说来话长了。也许你最好还是再喝一杯，布罗纳，”梅若兰娜说道，“或者喝些水清醒一下头脑更好。要弄清楚可不简单，而且故事才刚刚开始。”

“这么说屋顶族人……真的存在？”

“我们亲眼所见。如果只有我看见，你还可以责备我老眼昏花，但乌塔也在场。”

“她所说的句句为实，布罗纳大人。”

“可是这太让人难以置信了。他们在城堡里这么多年了，我们怎么从来都不知道……”

“因为他们不想被我们发现。而且城堡毕竟这么大，布罗纳。但问题就在于，我该怎么去找到那一块月亮石呢，或者不管是什么东西。乌塔觉得小精灵妇人说的是查文，但他人在哪里呢？你知道吗？”

布罗纳环视杂乱的房间。护卫们没有要回来迹象，但他还是压低声音："我不知道。但我猜他还活着。托利家族如果想要他死，给他捏造一个罪名是很容易的。我还有些……耳目散布在城堡中，听说亨顿的人马还在搜寻他。"

"好的，告诉你的耳目们去找他。尽可能快些。这个月亮石，或者不管是个什么东西，调查一下也无伤大雅。"

"但是我不明白——这些小精灵为什么会找你？你还说他们想和你交易。怎么交易？他们有什么交易品？"

"啊。"梅若兰娜笑了，这一次看上去像是开心的样子，"一朝为臣下，终生为臣，我懂了。如果我说他们是觉得我善良友好才来找我，你会相信吗？"

布罗纳皱起眉头。

"你说得对。他们答应用我孩子的消息交换。"

艾文·布罗纳瞪大眼睛："你的……你的……"

"孩子。对的，没错。别担心乌塔——她已经听过整个悲惨故事了。"

布罗纳看着她，脸色苍白："你告诉了她……"

"你今天不太会讲话啊，布罗纳。我担心酗酒损伤了你。是的，我告诉她，我和逝去已久的恋人有私情。"她说着转向乌塔，"布罗纳已经知道了，你瞧。我在这城堡有几个密友，他早就是其中之一了。孩子被抱养，就是他一手安排的。"她又转身面对布罗纳说："我还告诉了布瑞奥妮和巴瑞克。"

"你说什么？"

"我已经告诉那两个可怜的小家伙了。他们有权知道。你知道吗，在肯德里克的葬礼上，我看到那孩子了。我的孩子。"

布罗纳只得再次摇头："当然了，梅若兰娜，我们两人之间一定有一个发了疯。"

"那不是我。我考虑了一阵子，必须这么做，但现在，我想我想清楚了。告诉他们，那么——你准备怎么做呢？”

“我？做什么？”

“这一切。找到查文，弄清楚为什么精灵族要带走我的小儿子。”她看着艾文·布罗纳的脸，“哦，我没告诉过你吧，对不对？”她迅速转述了尖塔蝠女王和神秘的伊尔斯的话。

“现在，你准备怎么做？”

布罗纳看上去一片茫然：“我……我想，可以再去查探查文的行踪，但是线索可能早就断了。”

“你能做的还有许多。你可以帮助乌塔和我进入精灵族的营地，那些……他们叫什么来着？加尔人？我们以前一直是叫他们暮光族的，不知道为什么大家都改了口。不管怎么说，我要去他们的营地。毕竟他们只隔着一道海湾而已。”

现在轮到乌塔震惊了：“夫人，您在说什么呢？去找加尔人？他们都是杀人不眨眼的刽子手——他们屠戮了您无数子民啊。”

公爵夫人拍拍手，驱散乌塔的担忧：“是的，我知道他们很凶残，但是只要能知道我儿子的下落，我不在乎他们怎么对我。我想知道答案。为什么要偷走我的孩子？为什么让我年复一年受尽折磨，只为了再把他送回来，就和当初带走他时一样年纪？我看见他了，你知道的，就在肯德里克的葬礼上。我还以为自己是发了疯。但是为什么现在才发生这种事呢？肯定与其他无关紧要的事有关，记住我说的。”

“您……您确定自己真的看见了吗？”乌塔问。

“他是我的孩子。”梅若兰娜表情变得阴冷坚毅，“如果你尊崇的佐睿雅神降临你的礼拜堂，你会认不出来吗？我看见他了——我可怜的小儿子。”她说着转身面对布罗纳，“怎么样？”

布罗纳深吸一口气，然后吐出来：“梅若兰娜……公爵夫人……您误会我了，以为我还有权有势，但我现在就像匹断了腿的老马，被抽得只能躺在草地上了。”

“啊。所以这就是你的答案了？”她回身对乌塔说，“你可以走了，亲爱的。如果你能好心下午再来我的住所，到时我们再详谈。有许多事情需要决定。不过现在，我还要在这里做些劝说工作。”她回头对布罗纳偷去犀利的一瞥，“还有，告诉大厅里等候的男仆，就说等我忙完了，他的主人需要洗个澡吃点东西。伯爵有工作要做了。”

乌塔走了出去，她有点被梅若兰娜的气势和决心吓坏了，心生畏怯。她会设法让布罗纳屈从自己的意志，这一点无须置疑，但是等要面对所有的敌人时，要面对残忍的亨顿·托利，或是那些长生不老的异邦暮光族，那样的强势足够吗？

突然之间，这座城堡似乎也不再是乌塔的庇护所了，它变成了一个冰冷的石头箱子，被四周冰冷的世界所包裹。

“我好像认识你吧？”守卫询问廷莱特。他上前一步，满是胡须的圆脸凑近诗人：“我当时是想敲碎你的脑袋吧？”

马特·廷莱特感觉膝盖发软。就好像形势还不够糟糕似的，这还是上次那个守卫，几个月前阻止廷莱特和女朋友在“獾皮靴”后那条小巷探险的那位。“不，不，你一定是把我错认成别的什么人了，”他说着笑了笑，想要让对方确信，“不过有没有别的什么忙我可以帮您的，只要不敲碎我的脑袋……”

“饶了他吧。”另一名守卫说，语气更多的是调侃而非同情。“如果是托利大人传唤他进去，他们的惩罚会更厉害，简直让你难以想象。而且，托利大人可能不想这个家伙被注意到。”

肥脸守卫瞥了一眼战栗不停的诗人，就像是目光短浅的公牛想要弄清楚该不该冲过去："也对。好吧，如果大人不把你抽死，或做出些别的惩罚，那我再和你算账。"

"对诸神起誓，您真是个明白人！"廷莱特走开几步，背靠在墙上，"不会干扰大人的计划，当然了。考虑真周全。"

真是侥幸逃脱，但廷莱特很快就想到，自己只要活着，以后还会遇到这个守卫报复。他刚刚还在花园里亲吻伊兰·麦克里的手，疯狂地表达自己的爱意，这么快亨顿·托利就要召见他，这肯定不是什么巧合。在此之前，托利从未多注意过马特·廷莱特，他不过像是桌下的一条狗。

他会杀了我。想到这里，他膝下又是一软，只得将指甲挖进身后墙壁的裂缝才能保持站立。他无法遏制逃走的冲动。*不过，哦，诸神啊，也许本来没什么罪过。但逃跑无异于表明自己有罪*……

马特·廷莱特上午接到海弗莫城主男仆送来的传召通知。他当时觉得送信男孩的眼神很奇怪，读完信息之后，他就明白了。

马提亚斯·廷莱特晨祷之后来正殿。

签名的"T"代表的是托利，封印上带有夏土的野猪和长矛饰章。男仆一走，廷莱特就陷入了绝望之中，咕咕哝哝坐在便壶上。

现在他靠在墙上，看到胖守卫和朋友在一旁漫不经心地东拉西扯。等他死后，他们或别的人会记得他吗？那个胖守卫会欢呼！城堡里别的人都不会在意，除了可怜痛苦的伊兰之外，或许还加上老帕佐尔。一个梦想着成就大事业的人却摊上这样的宿命……

但是我还未成就伟业。老实说，我也从未认真尝试（如果我很快又能站在诸神面前，我可能会切实付出行动）。我本以为成为宫廷诗人就能写出伟大作品，但结果毫无成就。虽然为公主写过几句赞颂佐睿雅神的诗句，但自从十月之后就只字未写，而那首诗我本

以为会成为我的代表作，却从布瑞奥妮走后再无进展。如果让我说实话，那无论如何也不能算是我最好的作品。剩下的呢？为帕佐尔写过几篇杂谈，一些歌谣，玩乐的文字。还写过几篇任务之作，几个年轻的贵族想要些情话，好把情人哄上床。总之就是——一无所成。我在浪费生命和才华，如果我曾经确实拥有的话。

他还是感觉冷，就像肋骨里面结了冰，但是麻木的腰肢突然涌起一股急切的尿意。

廷莱特痛苦地想道，一个人到了最后关头了，却还在想着诗，想撒尿。

通往正殿的大门砰一声打开。“那个诗人在……”一位彪悍的守卫问：“在这里啊。来吧，别想逃——很快就结束的。”

正殿里一如往日聚满了人。一列全副盔甲装扮的王室守卫和身穿狼与星制服的埃顿士兵靠墙而立，此外还有数量相差无几的亨顿·托利自己的武装勇士，他们冰冷的眼神与其他贵族和富商完全不同，就连说话之时，他们也从不注视交谈者，而任由视线在四周飘忽。其他朝臣都在小声讨论或闲聊，沉浸在日常事务之中。没有一个人抬头注意廷莱特被带进房间，大家都太专心于各自的事务。在当下的南境国朝廷中，与精灵族的抗战中损失了几百名贵族，许多财富无主可归，又加上战利品也很丰厚，立场暧昧的人很快就能成为富有人士。

还有，宫廷之前一直都热闹非凡，像个野心与名利的蜂巢，但是现在有一点却显然和几个月前不尽相同：在巴瑞克和布瑞奥妮执掌王位的短暂时期内，正殿一直都吵吵嚷嚷，虽然不比奥林当政之时那么和睦有序（或者这些也只是廷莱特道听途说，因为他从未踏足过奥林时期的正殿，连内帷都没进过），但即便是在最受人尊敬、最庄重的时刻，消失国王的正殿也一直是高谈阔论之地。而现在这里几乎鸦雀无声。廷莱特被守卫带领穿过大殿，聚集的人群散开好让他们通过，但始终不闻一声喧哗。就像身处夜间的鸽舍——尽皆静谧的沙沙声。

正如寒风扫过枯叶，他想着，腿下又打了个趔趄。**山岳与峡谷诸神啊，他们要杀了我！**这句诅咒是他妈妈常说的，他已多年不曾想起，也绝少运用，此时也不能为他带来安慰。**佐悉蒙啊，最智慧的神灵，您在倾听吗？救我脱离这荒谬的宿命吧，我……我将为您建造一座神庙。等我有了钱。**这誓言在他自己听来也那么空洞。这位诗人和醉鬼的守护神还有什么想要的呢？**我将在您的祭坛上放上一瓶最好的西斯葡萄酒。别让亨顿·托利杀我！**但佐悉蒙最是以变幻莫测闻名了。那重量压在廷莱特身上，他几欲作呕，挣扎着不哭出来。**佐睿雅神啊，神圣的圣母，如果您曾经爱过人类，如果您曾经怜悯过并无恶意的傻子，现在请您救救我吧！我会改过自新。我保证会成为一个更好的人。**

亨顿·托利并没有在往常上朝时所坐的椅子上。取而代之的是迪尔南·海弗莫站在空座椅前，他正在阅读手中的一沓文书，眼镜半架在鼻梁上。

“这可怜虫是何人？是廷莱特，是不是？”海弗莫问道，视线从镜框上方瞥视诗人，他转身伸出一只手。身后的男仆将厚厚一沓官方文书似的羊皮纸递过来。海弗莫眯缝着眼睛看看：“啊，是的。他要被执行死刑了，这里说了。”

马特·廷莱特痛苦地叫出声来。世界似乎开始疯狂旋转，接下来他才意识到是自己在转——或者不是他，而是世界：他躺平在地上，世界不仅仅是在旋转，而是高速盘旋如同孩童的陀螺，他快晕倒了。只能强将胆汁咽回去。

他躺在地上，脸颊贴着石块，嘴里泛出呕吐的酸气，耳畔又传来海弗莫充满了愤怒的声音。“看看你干的好事，笨蛋！要处死的根本不是廷莱特，这上面写着是一个叫韦恩莱特的人，那家伙勒死了一位镇长。”城主拍打着男仆，诗人听见一声咕哝和一阵痛苦的呻吟。海弗莫气道：“你不识字啊，蠢小子？我要的是‘廷莱特’的命令书，不是‘韦恩莱特’！”马特·廷莱特又听见羊皮纸沙沙作响，周围又响起廷臣的私语，宛如一群老鼠惊慌逃窜。“找到了。他是要等待大人的召见。”

“不必了——我来了，诗人在这里啊。但这里看上去可是个奇怪的候旨室啊。”一个新的说话声。一双镶着银链的黑靴子走过来停在廷莱特脸颊旁边的地上。

廷莱特刚刚才恢复力气，挣扎着爬了起来。亨顿·托利看着他站起身，嘴角翘起一丝难看的微笑，然后转身走到自己的执政王座，以娴熟的姿态闲适地坐下，一只猫从低处墙壁一跃而下。

“来者是廷莱特，对吧？”

“是的，大人。我……我刚才接到命令说您想见我。”

“是的，是的，不过没有必要用这样奇怪的姿势。你在地上干什么呢？”

“我……我被告知要被处死刑。”

亨顿·托利大笑：“真的吗？所以你就晕倒了，对吗？那么，我想由我来告诉你从没有过这样的事，这也算是好事一桩。除非我决定处死你。这些日子以来，一直都很无趣。”他笑着，眼睛仍旧充满寒意。

*哦，仁慈的诸神啊，*廷莱特想道，*他逗弄我如同玩弄一只老鼠。*他咽口唾沫，想要深吸一口气，以免落下无助的泪水，说道：“那……是您想要杀我吗，护国公？”

托利抬起头。他一副华丽的希安宫廷装扮，身穿一条猩红色褶皱长袍，黑色的袖子肘部之前显得异常蓬松，头发中装饰的华丽绳索直垂到眼睛位置，但廷莱特可以确信，一旦发起怒来，这个衣着华丽的花花公子可以立即将自己或其余任何人杀掉，轻松程度堪比普通人踢翻一只椅子。

这位南境国的守护者眯缝起眼睛，直至几乎闭上了，但眼神仍在闪烁："我听说你……野心很大啊。"

伊兰。他知道了。"我……我不明白……您所言何意，大人。"廷莱特回答道。

托利弹弹手指，就像上面沾湿了一般，说道："不要和我玩文字游戏。你知道'野心'这个词是什么意思，不是吗？你清楚自己的处境吗，诗人？"

"我……我希望能提高自己，先生。就和绝大部分人一样。"

托利俯下身子笑起来，仿佛终于找到了值得猎杀、诱捕或屠戮的东西："啊，但是事实真是这样吗？我认为大多数人都是家畜，诗人。我认为他们都不希望自己被狼群发现，当有同伴被抓走时，他们全都紧紧抱成一团，然后再次开始祈祷。有野心的人就像狼——必须靠我们喂家畜，他们才能存活，这样我们就比他们更聪明。你觉得呢，廷莱特？这样的说法，你们怎么称呼来着，是叫比喻吧？这个比喻恰当不恰当呢？"

廷莱特糊涂了，连连摆头表示不解，但又担心会被误解成自己是在否认亨顿·托利的话语。护国公是在拿他的诗人身份开玩笑吗？这话对廷莱特意味着什么呢？他答道："是的，大人，当然是比喻。非常妙的比喻，我敢说。"

托利玩弄着剑柄。除了王室卫队外，他是大殿中唯一可以配备武器的人。廷莱特早就听过许多有关他灵巧剑术的故事，因此强忍着不去盯视托利爱抚自己的剑柄。"哈，我想委派给你一个职位，"南境国的守护人最后说道，"我听过你写的那首凯勒的歌谣，觉得很了不起，所以想给你安排一个实在的工作。"

"您说什么？"马特·廷莱特不知该说什么，他没想到会听到这样的话。

“任命你一个职务，蠢货——除非说你觉得自己太优秀了，不愿接受这份工作。不过我还听说了一些别的事情。”托利又若有所思地盯着他，眼神还是那么冷漠，继续说道：“事实上，我听说你很多时间都用来接近长辈。”

这话让廷莱特又不舒服地想起伊兰·麦克里。说任命会不会只是一个诡计呢？托利在杀死自己之前，还想玩玩什么抽象又残忍的游戏？但他还是不敢过多表露出来，只假装成一个无辜的人：“我很乐意接受，大人。我还从没获得过此等荣誉。”

他的新主人笑了：“不对。其实，我听说你曾接受过一位出身高贵的女士的重要任务。不是吗？”

廷莱特知道自己的表情一定就像兔子盯着摇摆的蛇：“我不明白您在说什么，我的大人。”

托利靠回椅背，咧着嘴笑：“你肯定还没忘记那首赞美我们可爱的布瑞奥妮公主的诗吧？”

“哦！哦，不，先生。不，不过……不过坦白说我最近很久都没想起过……”

“自从她消失以后。对的，感觉和我们一样。可怜的布瑞奥妮啊。勇敢的女孩！我们都在等待她下落的消息。”托利甚至连假意的悲伤都懒得作。海弗莫再次出现在椅子旁边，殷勤地把羊皮纸翻得沙沙响。他俯身向前说道：“现在，听仔细了，廷莱特。我觉得你这样有才华的人还是应该忙碌起来，所以我想要你为我写首史诗，为了一个特别的场合。我哥哥卡拉顿即将于石神节的第一天前来——卡拉顿，就是夏土公爵。你听过这个名字吧？”

廷莱特意识到自己一直大张着嘴，睁大了眼睛，但还是不敢相信自己能活过这次召见，回答道：“是的，当然了，先生。您的哥哥。一位杰出的人……”

亨顿挥手打断他的恭维：“我想要些别出心裁的东西，纪念他的来访，以及托利家族……对南境国的领导。你来写首诗，写些风格相配的东西。诗句要涉及斯弗洛思的陷落。”

“斯弗洛思，暮光之神吗？”廷莱特惊讶地说。他没想到托利兄弟竟然是宗教诗歌的爱好者。

“还能是谁？我喜欢听他暴政的故事——还有他罢黜三兄弟的事。”

那是三神神话故事，当然了，佩林和他的兄弟埃瑞沃以及科涅奥斯推翻了残暴父亲的统治。

“如果你想要，大人……当然可以！”

“我觉得非常贴合嘛，你瞧。三兄弟，一个死了——科涅奥斯被杀了，当然了，后来又活过来了——他必须推翻昏庸老国王的统治。”托利又龇牙咧嘴地笑了，诗人想到这个人简直是狼中之狼。托利弹弹手指：“那就去工作吧。要忙起来。我们可不想看到你这样的天才无所事事。这对年轻人是很危险的。”

三兄弟，一个死了，推翻国王，廷莱特一边想着一边对新主人鞠了一躬。*这当然象征着托利家族继承奥林的王位。他想让我为他窃取南境国的王位写首赞歌！*

虽然这样的想法在他心中沸腾，但他转念又想，*如果我给他惹麻烦——如果我接近伊兰，他可能会杀掉我。智慧神佐悉蒙啊，我等愚民的保护神啊，我该怎么做？*

“石神节首日晚宴上你来表演，”托利说道，“现在你可以走了。”

回房之前，廷莱特先跌跌撞撞去了花园，等周围只剩他一个人时，他对着树篱大吐不止。

⚜ ⚜ ⚜ ⚜ ⚜

“你在干什么，女人？”布罗纳想站起来，但只能一脸苦相，重又坐回去。

“别这么和我说话。你该称我为夫人。”

“现在只有我们两个了。你不就是为此才把修女遣走的吗？”

“但并不是为了让你羞辱我，把我当成女仆对待。我们碰到问题了，布罗纳，我是说你和我。”

“但是你是怎么想的呢？你已经保密多年了，但现在看来好像城堡里所有人都知道了。”

“别这么夸张。”梅若兰娜环顾小房间四周，“屋子里有女士你还坐着，这就够糟糕的了，但你连个椅子都不能给我提供吗？你真是快赶上海弗莫那般粗鲁了。”

“那个卑鄙奸诈的婊子养的……”他痛苦地咆哮，“桌子那边有个凳子。原谅我，梅若兰娜。站起来真的很痛苦。我的痛风……”

“是的，你痛风。总是有借口——你年老了，你职责在身了。总有借口可找。”她找到凳子拖出来小心翼翼地坐在小小的椅面上，裙子在周围散落开来，就像是雉鸡脏污的尾羽，继续说道：“好了。现在你别和我找借口了，布罗纳。精灵族正在横渡海湾。奥林和双胞胎都消失了，他们的王位面临极大威胁——埃顿人是你的亲族，记得吧，虽然是远亲。”

“不需要你提醒，是我没能保护我的家人，我的国王，女人，”布罗纳满脸痛苦，“我每天晚上都要唱着这样的歌谣才能入睡。”不久以前，他看近处的东西还没有这么模糊。

“那么现在听好了。托利家族的毒手已经掐住王国的咽喉了。但不知为何——不知为何，我也不想假装自己明白——我的孩子也牵扯了进来。我们的孩子。”

“我不敢相信，你竟然告诉了巴瑞克和布瑞奥妮。”

她皱起眉头：“我不傻。我说孩子的父亲已经死了。”

他看着她，脸色柔和下来："梅若兰娜，我竭尽全力了。我从来没有拒绝过你。"

"太少了，而且已经太迟了，一直如此。"

"我说过要娶你。我求过你……"

"是在你妻子去世之后。但那时我已经习惯了寡居生活，谢谢你了。在我愚蠢地爱了你二十年之后。太晚了，艾文，太晚了。"

"你从前是国王兄弟的妻子。我该怎么做，难道要他给你一纸休书吗？"

"而且我的年纪比你大。但是我记得这些都没有阻拦你追求我的爱。"她顿了顿，粗声吸了口气，"够了。这样的争吵已经太迟了。我们都老了，布罗纳，我们犯了大错。让我们竭力弥补吧，因为结局远比我们的幸福重要。"

"你想要我怎么做，梅若兰娜？你看看我——又老又病，权力也被剥夺了。你想要我怎么做？"

"找到查文。找到这块月亮石。然后帮我渡过海湾，这样我就能见到精灵族，我要问问他们把我的儿子怎么样了。"

"你是认真的吗？你真是疯了。但不管你犯了什么疯病，我都不会帮你。"

她拖着身子移动。"你真是个懦夫！你一辈子的功业都被托利家族窃取了，但你还坐在这里，无动于衷……"她俯身趴到桌子上，举起手仿佛是想打他。布罗纳也举起手抓住她，用他的大手握住她的手。

"冷静，梅若兰娜，"他说道，"你以为自己了解很多，但其实不是。你知道奈纳的事吗？"

"知道，当然知道！他们把他排挤走了，将他的荣耀和职责都分给了你的马屁精代言人海弗莫！奈纳回自己的国家了。"

"不是，该死的，他死了。亨顿的人杀了他，把他的尸体丢进了大海。”

公爵夫人颤抖了一阵子，如果不是布罗纳握着她的手，她可能已经瘫倒在地。她抽出手坐下。“奈纳死了？”她最后说道，“史蒂芬斯·奈纳？”

“被谋杀的，是的。他说了一些反对托利家族的话，告诉了不该告诉的人。那些话传回亨顿那里。伯坎·胡德趁夜里把奈纳从床上拖下来，杀死了他。我亲耳听一个当时在场的人所说。他们把这个善良的老人剁成碎块，用装粮食的大桶偷运出城。连模拟审判都没有就杀死了敌人，这样的罪名他们也在所难逃。难逃。”布罗纳拳头握紧，直到手指关节都泛白了。

“哦，凭所有的神明起誓，这是真的吗？杀了他？”梅若兰娜突然大哭起来，“可怜的史蒂芬斯！托利家族都是魔鬼——我们被魔鬼包围了！”她比出一个三的手势，接着用袖子擦擦脸，想要平复心绪，“但这更增添了你帮我的理由，艾文！有些事情正在密谋……”

“不。”他再次摇头，“肯定有事情在密谋，而且你的了解并不全面，梅若兰娜。”他又环顾四周。守卫们还没回来，但他的声音放得更低。“求你了，谅解我吧，夫人——我一直在努力要亨顿和他的同党相信，我对他们不是威胁，这样才能开展自己的计划。我不能让他们怀疑我。我会竭尽全力找到查文，因为这么做并没有什么奇怪之处——医生和我本就是旧识。但是除此之外我做不到。我不能拿保住奥林王位的这一点点机会去冒险。所有的事情都命悬一线。”

公爵夫人盯着他看了很长时间。“所以这就是你的抵抗，是吗？”她笑了笑，但话语却更加尖刻，“这就是你所谓的努力在做的其他重要事情吗？很好，如果万不得已，我会自己去找这块月亮石，弄清楚我的孩子——我们的孩子出了什么事，就算必须一砖一瓦推倒整座城堡我也在所不惜。”

“你不是奸细，梅若兰娜。”布罗纳柔声告诉她。

“对。但我是个母亲。”她伸出一只手颤巍巍触碰自己的脸，“亲爱的佐睿雅神啊，我一定狼狈极了。你惹我哭了，布罗纳。我必须先遮掩一下才能去找乌塔谈话。”她环顾杂乱的房间，现在的动作是那样迟缓无力，体力几乎消耗光了，继续说道：“看看。我们坐在远境王国首都的中心，但你连一块给老女人补妆的镜子都没有。就找面镜子而已，怎么也这么困难呢？”

第三部分

机 器

MACHINES

第二十五章
灰色男人

最先出生的那些精灵有的像山岳一般巨大，有的像隐秘之境的宝石一般小巧。他们从四面八方汇聚而来，有的站在源雾神之子的一边，有的支持微风神之子，因为伤口不会自己愈合，当暴风雨骤起，只有鲜血与答案的歌声才能传入耳中。天界之战由此而来。

源雾神之子首先在银光别墅周围画一个圈，其中的房间像人们活着的时间一样多。

——引自《忏悔之书·百种思索》

他打我！

巴瑞克的愤怒收缩至胸口，变成一团又冷又硬的东西，但并没有消失。他很高兴：这让他有了一些活力——体会到愤怒总比麻木不仁要好。他盯着费拉斯·范森，那人正在咀嚼一块发霉的面包。守卫精灵往牢房中央扔下一碗泔水，其余囚犯迅速被分成获胜者和失败者两类，那东西既是吃食，又被用来滋养伤口。有些身材矮小的囚犯面黄肌肉，一副营养不良的样子，显然已经放弃了食物竞争，只一心等死罢了。但巴瑞克才不在乎那些倒霉蛋。

他自身难保，没有权利关心他人。

停。基尔推推巴瑞克的手，他的手里面是一块硬面包皮。吃吧。我给你带吃的来了。

但他打我！

如果我能靠拢过来，我也会打你。你怎么像个婴儿一样——不，还不止。人类的孩子都不会这么愚蠢。这里很危险——但危险程度我们还不得而知。没有时间浪费在这种恶作剧上。重击声砸在牢房地面上，就像脚下地底深处砸下了一柄大锤。巴瑞克之前就听过那雷鸣般的声音，就像是炮弹袭击，自他被逮捕以来听过许多次了，但别的囚犯甚至连头都没抬一下。

基尔从自己的那条面包上撕下一大块，他的那条面包是从所有囚犯中抢到的最大的一块，剩下的他塞进斗篷。吃不了的就储存起来。晚点可能用得上。

为什么？巴瑞克问，这让那想法苦涩到了极点。你其实根本没吃，对不对？而且，抓住我们的是一个神。我们能怎么办？

不，我说了，吉库因是半神，不是神。相信我，区别大了。我们能怎么办？等着看吧——而且，更重要的是要思考。他们拿走了我们的武器，但智慧还在。那精灵迟疑片刻，好像还有话想说。接着，令巴瑞克震惊的是，基尔将脸从头骨上剥落下来，从下巴一直卷到眼睛之下。

不，不是这样，王子惊恐片刻之后才意识到。那张在普通人脸上本该是下巴和鼻子的毫无特色的皮肤被卷了起来，其弹性犹如马的上嘴唇，下面暴露出更为灰白的血肉，闪耀着湿漉漉的光泽，还有一张几乎呈圆形的小小的嘴巴。范森这时也看呆了。基尔不顾这两人的反应，将一块面包塞进那个长满牙齿的洞里。第二层肌肤之下的骨头和肌肉开始活动——他下颌骨的接合方式显然与别人不同——他先是咀嚼，然后吞咽。精灵也瞪回两位同伴，像是在试探他们还敢不敢说话一样。

是的，现在你的问题有了答案，基尔最后说。他看起来一副就要生气的样子。我们这些胎膜族就是这样进食的。并不好看。

那你们怎么呼吸呢？巴瑞克问，你……你的嘴……总是遮着。

基尔将细长的黑发从一侧梳到脑后。我耳朵后面有缝，就像鱼鳃。必要时，可以闭起来。接下来的想法令人很好奇，但一阵沉默后爆发出来却让巴瑞克一时难以领会。那样，下大雨的时候我才不会溺死，他补充完毕。刚才那阵沉默应该是在笑，巴瑞克意识到，虽然并不好笑。

基尔吃掉剩下的面包，然后将卷起的皮肤恢复原位，刚好卷至颌骨之下，就像是一面鼓皮，红色眼睛之下的皮肤再一次恢复象牙般的平滑。那么，他说道，你们的好奇心满足了吧。作为一个胎膜族的精灵，含义就在于此。现在我们也许可以回头来想想什么才是真正重要的事情了。基尔站起来舒展身体。其余几名囚犯急忙跑走，但基尔全没注意。我感觉比从前更强壮了——我认为是敌人的声音影响了我，虽然不知具体是以怎样的方式——但是即便是在最厉害的时候，我也不可能直接前去挑战吉库因。不过，如果他还是和过去一样粗心的话，那我们就有机可乘了。

“你是什么意思？”范森大声说。

别出声，基尔命令道，必要时我会传译你二人的发言。

巴瑞克怒目以对。就在昨天，还只有他一个人和基尔说话，但现在这个士兵也知晓了所有的事。如果自己不再是最特殊的，那所受的折磨又有什么用处呢？

那些长生不老的诸神虽然有各种各样的力量，但总会有一个弱点，基尔说道，他们不会变化，也从不学习。吉库因虽然令人害怕，但他总是犯傻——总以为自己比从前更伟大。基尔的手指张成一个不熟悉的手势，打破了惯例。但在上一次诸神与魔鬼、人类的大战中，他选择了站在翁依那一族的对立面——也就是我们这方，可以这么说，因为我的人民也曾与翁依那一族交战。但是吉库因在本该进攻的时刻却无动于衷，或许是想着坐收渔翁之利。就算如此，他还是有着雄心壮志。

等他带着自己的寡妇制造者军团赶上战场时，已是太迟。翁依那一族被击败了，但苏拉泽姆一族——佩林三兄弟和同盟军——仍很强盛。吉库因被困住，无法撤退。他出于愚蠢的骄傲之心，向伟大的科涅奥斯本人发起进攻，杀死了大地长老的一个儿子，即半神安农。但是科涅奥斯发起怒来，力量远胜吉库因。他那根地星矛一掷就戳碎了吉库因的盾牌，击破了他的头盔，穿透进头颅。他当时差点死去，但那些寡妇制造军见此处无利可图，就拖着受伤的独裁者撤出了战场。许多人以为他随后就死掉了，但这只是人们的自以为，谁也不知道吉库因的真实命运如何。我们小心点没错。

那他想要什么呢？巴瑞克难以明白这个故事，因为比起父亲给他讲过的诸神故事，这仿佛是个混乱阴暗版本。为什么要囚禁我们呢？他想拿我们做什么？

基尔举起一只手，毫无特点的脸庞上眼睛突然之间变得紧张起来。别说话。有东西过来了。

各种各样的生物在这巨大的洞窟牢房中进进出出持续了好几个小时——有守卫带着单个的囚犯或一群群囚犯离开，也有的是进来，而负担过重的精灵们则扛着一桶桶食物跌跌撞撞前行。有几次甚至长颅也出现了，带着一队队衣衫褴褛的新囚犯，连基尔也表现出兴趣，这还是第一次。巴瑞克感觉心跳在加速。

沉重的青铜大门颤巍巍打开，一群毛发倒竖、形容像猿猴一般的狱卒走了进来，他们凶神恶煞的表情和手中粗重的棒子迅速在争抢着道路的囚犯中开出一条道——就连那些仍在争抢食物的囚犯也安静了，缩回了墙角。寂静笼罩了整间牢室。那位巨人半神自己也会来吗？巴瑞克突然感觉呼吸困难。那个大怪物能走进这扇巨大的

牢门，而无须跪下来四肢着地爬行吗？

相反，那个单独走进牢室的人却和普通人一样身形，他身上的连帽袍子是那样黑，感觉连火把的光芒照进去也会被吞噬掉一样，似乎如果有人拿出刀凑近那显眼的面料，轻易就能割下来一块一样。他的双手那样消瘦，看起来只剩皮包骨了，但显得强健有力，皮肤被兜帽覆盖，显露出光着的头顶，一张脸干瘪得好似赞德的干尸，珍珠灰色皮肤下头颅的每一根线条几乎都清晰可见，那肤色细薄得宛如女士的精工丝绸长袜。他可能是一具刚刚开始腐烂的尸体，只有深邃阴暗的眼窝里两只眼睛闪烁着青灰色的光芒，犹如两轮明月。

“我主人要我来确保你们过得舒适。”这个容貌吓人的陌生人连声音也毫无温度，就和他的脸一样。他不眨眼，就巴瑞克观察，他甚至连眼睑都没有，眼神死死盯着一处，像鱼眼一样毫无变化。“舒适……和安全。但我想有防风灯陪伴，你应该有更多的私人照顾。”他扬起一只瘦骨嶙峋的手招呼，“跟上来。”

那些野兽般的狱卒走上前来，小小的眼睛隐藏在厚厚的眉弓下几乎看不见了，石棒威胁般拎在手中。巴瑞克想站起来，但颤巍巍难以自控，在范森的帮助下才好歹坚持住。他挣脱士兵的拉扯，向后倒在基尔的身上，基尔正跟在黑袍人身后朝又高又长的牢室后部走。那陌生人滑动的脚步那样优雅，就好像双脚不用接触地面一样，令人不安。

这个灰色的男人是谁？巴瑞克强忍着恐惧问道，**他要拿我们做什么？**

基尔没有回头。**不要说话——声大声小都不行，不要反抗。这是无梦人尤尼索。他虽不是神，但年纪却很老了，而且力量强大。安静！**

巴瑞克跟在基尔身后跌跌撞撞，两边都是毛发蓬乱的巨人随从。虽然他腹中空空，但那些人身上的臭气还是熏得他想吐。三个囚犯被强行带进一间狭窄的石室，是在这间巨大牢房后部裸露的岩石上凿出来的，与洞穴的其他部分之间用另一扇厚重的大门隔开，上面有一扇栅栏阻挡的窗户。小牢房是空的，只在地上有一个臭烘烘的洞以供大小便，四周很黑，只有门上的窗户中漏进火把光芒。巴瑞克必须深呼吸才能压下体内积蓄的尖叫声。

灰色男人出现在门口。他静静地盯着他们看了很长时间。

你到这个世界上来了，尤尼索，基尔说道，**曾经你在自己的族群中神通广大。现在你好像成了土匪王的宫廷巫师了嘛。**

如果这话是为了刺激或干扰灰色男人，那么目的没达到。他的声音仍然毫无温度，一如以往。“主人说你是个奇怪的小伙伴，他说的没错。你在这里对我毫无意义。我不喜欢这样的事情。你——那个小家伙。过来。防风灯，如果你想搞破坏，这些野兽会杀死你。”

什么都不要告诉他！基尔的话语像箭头一样扎入巴瑞克脑海，**想想别的事情。什么都别说！**

尤尼索一眨不眨的凝视目光定在了巴瑞克身上，除了这两团闪耀如蓝色火焰的眼睛之外，狭窄的牢室中仿佛空无一物。还未反应过来之际，巴瑞克就踉跄地跌向前去，无助地站在灰色男人的身前，在那非神之人冰冷的目光之中摇颤不已。他能感觉到，那个无梦人拉扯着刺入他思想最深处，尸体般惨白的长手指仿佛打开珠宝盒一样打开了他的头颅。

不！他紧紧闭上双眼。**想想别的事情，他绝望地告诉自己。什么事情都行！**他试着什么都不想，真的什么都不想，但他所召来的无特征的白色却渐渐有了形状，终于变成他在南境国住所外面花园里的雪花——那画面他曾见过无数次了。巴瑞克·埃顿能感觉到那灰色人的兴趣，就像移动的渴望一般。他绝望地想把思绪转移到别的地方去，挣扎着想要保护自己免受这痛苦可怖的刺探，但此刻他意识之中的雪花却愈发真实——那是一层厚厚的新雪，堆积在烟囱和嶙峋的树枝之上。虽然身后壁炉里烧了火，但在这个十月的早晨，他的房间仍然像个冰窖。他靠在自己强壮的手臂上，凝视着窗外……一个人？不，并不是只有自己……

“你在看什么呢，红毛？”

“乌鸦。真好笑。那一只从厨房偷了些东西，看见了吗？另一只正想去抢走。”

“它们饿了。这一点都不好笑。我们应该喂喂它们。”她走到他身边来，这时，她金色的头发宛如突然升起的太阳。

“喂乌鸦？”他粗鲁地笑了，“你疯了吗，稻草头？喂完之后我们又该做什么，去山里喂狼吗？就算我们把青铜城里所有动物幼崽都拿去喂狼，它们明天也还是会饿啊。”他假装理解的样子说道：“不过也许喂乌鸦的狗崽还是足够的……”

布瑞奥妮打了他，下手并不重，然后到床上把小狗抱了下来。“你听见了吗，西莫吉尔？你听见他在说你还有你的兄弟姐妹们了吗？他是不是个残忍的野兽？”

他转身看着她，真正地打量她。她眼中的神采犹如魔幻。有时候他觉得她是这座巨大城堡中唯一真正活着的人。“疯了，”他说着自己笑起来，“看见了吗？跟小狗说话。疯了才会那样做呢。”

“我才没疯呢，巴瑞克·埃顿。你才疯了。别再说什么无聊的大雪和乌鸦了。说些我想听的。”

“那你想听什么呢？”

“看着我，”她说，但那声音听起来不再像是她发出来的，“告诉我，你为什么会在这里。”

“为什么……我不知道你在说什么。”

“你知道的——你知道。别浪费我的时间。你为什么在这里？”

他感觉呼吸都快卡在胸口了。那不是……布瑞奥妮不会……

一阵冷冰冰的惊讶和恐惧瞬间淹没了他，他再次发现自己盯视的是尤尼索冰冷闪烁的眼神。

那岩石色调的嘴唇稍稍翘起一丝微笑："这样啊。比我想象得要强啊，还有些……有趣的爱好。另外那个阳光大陆人怎么样？他会不会没有那么呆板？"

灰男人突然转移视线看着基尔，仿佛感受到他那边的动作一样说道："不，我不会和你对峙，防风灯——还不到时候。我很享受其中的乐趣，所以愿意先想象一下。"那尸体色的脸转向费拉斯·范森，巴瑞克感觉瞬间松了口气，就像那双强有力的手已经放开了他的喉咙。他跌坐在地，范森步履沉重地从他身旁走过，接着停在那黑袍人面前，就像一个温顺的仆人。

在这个守卫身上盯视了几秒钟之后，尤尼索举起一只手。范森摇摇晃晃地瘫倒在地。

"有趣。"尤尼索说着露出一口又长又尖的牙齿，颜色和皮肤一样灰白。"你们都用同一个女人来掩饰自己的想法。我要好好思考一下。"他说着滑出低矮的囚室，身后那群野兽般的守卫也离开了。门砰一声关上，整个房间陷入完全的黑暗之中，门闩吱吱嘎嘎锁上了。

他会拿我们做什么？巴瑞克问基尔，但这无脸战士并不回答他。"会发生什么？"巴瑞克终于大声说出来，"他们……他们会杀了我们吗？"

"就算是不杀我们，"范森冷酷地说，"我想也不会好受到哪去。"

我要你们两个保持安静，说真的。基尔的怒气喷到巴瑞克头上，就像是一阵冬风。**我们处境非常危险，你们每次大声说话都是在冒险。**

但你不回答我！巴瑞克这话听起来很小气，但他不在乎。巴瑞克·埃顿几天前刚刚发生过什么事情啊，当时基尔也是丝毫不在乎他的死活吗？你就只是坐在这里。

我沉默并不是因为什么变态的玩笑，基尔告诉他说，我是……在检验自己。还有思考。

什么意思？

停。基尔闭上眼睛，让我静静思考，孩子。不然，损失的可就远远不止我们三个人了。

巴瑞克又痛苦又恐惧，连走动的空间都没有，只能坐下来，在这渐渐扩散的可怕的寂静中呼吸。

巴瑞克王子最后终于睡着了，范森对此非常感激。基尔动了一下，接着以连贯敏捷的动作站起身——那情景令人印象深刻，想象不出他刚在坚硬的石头上坐了几个小时。

他们是不是只比我们大一些，这些精灵，接受的是不同的训练？他们学会的难道都是些魔法诡计吗？或者说，他们难道真的在各方面都强过我们，高过我们吗？他永远也难以忘怀当时在科尔坎之战中暮光族人猛砍自己的族人的情景，简直犹如狼群攻破娇宠的家犬。

基尔挪动到牢室门口，站在格子窗旁注视外面大牢房的光景。

有人来了吗？对于这种不出声的交谈，范森开始感到一种奇异的安心。

精灵举起自己灰白的手。安静。

范森受到责骂，自己挣扎着站起来想看清楚，但基尔挥手要他回去。精灵不只是在观察那么简单，范森意识到：基尔细长的眼睛中眼神是那样专注，火把光芒透过格子窗洒在他的脸上，范森甚至能看见象牙色的眉毛处的血管在隆起。

费拉斯·范森看着精灵从牢房的一侧打量到另一侧。基尔的目光落在一个身材高大、面容更像是人的囚犯身上。他虽然长得像人，但毛发浓密杂乱，肤色黄得如同毛茛植物，脚趾张得很开，星星形状的鼻子宛如鼹鼠打出的洞。那家伙抬起头环顾四周，一开始像是有点好奇的样子，接着开始颤搐，仿佛被飞虫围攻了。它抓住自己的耳朵，像是要把噪声赶出来，然后摇摇晃晃站起来，踉跄走向基尔和青铜大门。

那黄色精灵停下了，花朵般的鼻口距离格子窗只有几英寸远了，眼睛张得大大的。基尔举起一张手，它便闭上眼睛，基尔伸出长长的手指穿过格子窗，直至能够轻轻触摸到那东西的额头，接着基尔也闭上眼。

很长时间里，他们就那么站着，一动也不动，像是在分享着什么古老的仪式记忆。最后那个黄色精灵向后古怪地迈出一步，接着转身走开，摇头晃脑的样子，一眼都没向后看。基尔站在那里看了片刻，接着摇摇晃晃地瘫倒在地。

费拉斯·范森接住倒下的精灵，咕哝着他的体重，虽然基尔相较他的身形要轻多了。范森将防风灯放在牢室地上，不可避免地注意到他身上的味道，那是一种海水和毛皮味道的混合，甜得发腻，像是花朵的味道。

*别害怕——我不会死。*基尔的思绪在范森看来很好笑，*只是让我休息一会。*

你刚才在做什么？

*必须休息了。*精灵甚至没有把头靠在胳膊上——只是闭上了红色的眼睛。

基尔再度坐起身时，巴瑞克王子已经醒了，他揉着自己的头，像是很疼一般。“你们两个做了什么？”男孩问范森。“他不肯告诉我。”范森答道，他丝毫不怀疑，王子如此大吵大嚷是为了激怒基尔，但又不由自主地想到男孩的父亲以前是不是只会把他抱上膝盖一顿猛抽。

“我不能告诉您，陛下，因为我自己也不明白。”

*我已经说过多次了，要安静。我不会再重复。*基尔皱起眉头，那是他特有的皱眉头方式。*听。*范森听到在这间狭小的牢室之外传来狱卒的咆哮，还有囚犯抗议的呻吟和尖叫。他们在逼迫下一批犯人出去劳动，*我必须……集中精力。深挖。我要通过他们的眼睛——范森队长看到的那位黄皮怪的眼睛去查看。我要看看他会做些什么，要去什么地方，去查看这地方的信息。*

范森迷惑了。*但是我觉得你已经……瘸了，你说过的。那些追随者们对你做了些什么。*

*我恢复一些了。其实，我觉得我能恢复，或者说至少速度加快了，这都是拜吉库因的到来所赐，因为受到他的话语的折磨。被他抓住并囚禁在此，却不经意间让我找回了一些属于自己的东西，想想多么好。*他顿了顿，想听清楚巴瑞克说的话。

*我不知道自己是否拥有能力，*基尔最后说。接着又说：*很好，你也许是对的。我会试试。但是如果我太虚弱，我就会砍断连线，也就是让你们两个消失，以免放弃了我自己的联系。*

“什么意思？尝试什么？”范森问，一边又注意着说话声音不要太大。

小王子想要我带着你们两人也借那囚犯的眼睛看一看。

你真的能这么做吗？

精灵背靠着门坐下，接着示意范森和王子过来。*握住我的手，闭上眼睛，心无旁骛。*他一只手伸向范森，另一只手递给巴瑞克，手掌向上，白色手指如同水花般翻卷。*快——抓住。*

范森抓住了，心下疑惑没有任何不同，只不过是这情景有点奇怪，抓住的是精灵的一只又凉又滑的手。

不，你必须摒除杂念。如果你四处观看，动来动去，想得太多，就会让我更难集中精神。

范森竭尽全力去遵守。一开始他什么也看不见，只有些浮动的光斑，就像平常闭着眼睛在黑暗中看见的一样。接着一块光斑开始扩大，光芒膨胀，最终战胜了黑暗，填满了意识。

但并不只是视线，他还能感觉到前面大门打开了，他跟着另一位身材矮小、背上长满了毛的囚犯走进巷道。他甚至觉得自己能感受到那黄皮怪的思绪了，虽然还很不习惯，就像试着听懂鸟儿的歌声。他现在所栖居的躯壳正无助地思念家乡，那种痛苦范森非常了解，但“家”这个字眼对这个家伙来说好像只意味着茂密的森林、纠缠的树叶、林间湿漉漉的地面上未被切断的蜗牛爬过的银色痕迹。这个家伙还有名字——类似于“赞美 - 甜美 - 莉丝娅的 - 优雅”，范森到目前为止就知道这么多。它吓了一大跳，但那恐惧却消散在了无抵抗的行动之中，范森无法理解。它确信一切都不会改变，即便改变，也不过和从前一样，比如饭食变得更难吃、一个要求接着另一个，除非最后发生什么事情来结束这场噩梦，即便是死亡也行。

这种感觉令人寒心，更糟的是，这样绝望的体验就像是自己亲身经历一般。范森试着不去品尝那缓慢而古怪的思绪之下流淌的记忆。他只想完全摆脱这生物的思绪，尽快摆脱——他痛恨待在这个被囚禁在此、可悲又绝望的东西体内……

有什么东西包裹住了他，就像父母安慰小孩一般。是基尔，并不是出于怜悯，而是因为范森的不舒服干扰到这位精灵自己的冷静。范森感觉很惭愧，竭尽所能咽下自己的不适和恐惧。*只需要看就行了，坚强些。这不是我。*他告诉自己。这些体验不是我自己的。但他从没料到，被困在他人的体内竟然如此恐怖。

囚犯队伍向下走过几条坡道，其中有一段盘旋的阶梯如此漫长，范森担心是不是马上就要看见永生之境的看门人伊蒙的脸了。在如此之深的地方，那传入囚室的雷鸣般的声音隆隆作响，听起来更清晰了。那声音不会一直持续，甚至也没有规律可言，但每迈下一百步台阶左右，重击声就会响起，仿佛周围的每一块石头都颤动了。

他们经过几十个毛发蓬乱的狱卒，几百名从地下深处返身回牢室的其他囚犯，大多数队伍都和他们自己一样人员芜杂，但其中有些明显是为了特定的限制任务才被召集而来，比如有一群个头很矮、肌肉发达的怪物，他们脑袋深深地窝在巨大的肩膀之间，手中都拿着一柄青铜鹤嘴锄，像是准备上战场的枪兵。这些矮胖的挖掘工最令人心惊胆战之处并不是他们的沉默，也不是那苍白得发亮的蘑菇色皮肤，而是胸骨之上那张粗糙的脸上竟然没有眼睛。

终于到了阶梯最底部，狱卒驱赶这名黄色精灵和同伴们又穿过几道走廊，走下一段斜坡，然后进入一道厚重的木门。房间比犯人们住的那间牢房稍稍大一些，一辆干草车一般大小的车子无人照管地停在那里，那车轮深深陷入轨道之中，轨道上像是积累了几百年的灰尘。房间另一端有一扇大开的门，大小刚好足够车子通过，后面只见无边无际的黑暗。房间的这头有一个垂直的杆轴，上面系着一个大滑轮系统，蛛网般的绳索一直下到地下深不可测的地方。

范森努力想要弄明白这森林精灵眼睛看到的东西，但百思不得其解。他们是要从那扇门后运来什么东西，然后用滑轮放下去吗？是金子？还是宝石？或者刚好相反，这些是挖矿挖出的脏土和碎石，是要送到地面上去丢弃？

野兽狱卒把剩下的犯人也赶进了房间，但并没有停下来作出指示，如果他们有这样的能力的话。相反，有些毛发蓬乱的家伙挥舞着棒子待在后面监视囚犯们——很难弄清楚囚犯的数量到底有多少，因为黄皮怪努力不和其他囚犯产生目光接触。剩余的狱卒列队走出了房间，不管要做的是什么工作，这些犯人们都没有立即动手，而留下来的那些狱卒似乎也无所谓。黄皮怪和同伴们无聊而又耐心地等待着，不过时间并不长。

范森感觉好像听到刺耳的一声响——是从下面传来的，于是大部分犯人都匆忙走到幽深方坑的滑轮那里，而剩余的则把货车推到附近。奴隶们拖拽绳索，发出咕噜咕噜的呻吟，直到从深不见底的坑洞中拖上来一个巨大的木头篮子，他们接着把篮子从铰链上取下，摇摇晃晃地抬到巨大的货车厢上方。倾斜篮子，几十具尸体就从绵软的尸堆上滚落下来。

范森几乎快抓不住基尔了，或者说精灵差点放开了范森。

一具尸体从尸堆上掉下来，滚落在车轮旁边的石头地面上，四肢绵软如同粮食袋。黄皮精灵和其他囚犯弯腰抬起尸体——活着的时候是一个小精灵，范森猜测，虽然那小东西的毛皮上沾满灰尘，难以确认。没有明显的暴力痕迹，至少没有致命伤：小精灵背部横贯着长长的鞭痕，在毛皮上形成十字交叉的形状，就像是被荒草埋没的道路，但那伤口是很早之前就有的了：杀死这个小东西的并不是这鞭痕。

黄皮怪迈着梦游般的步伐做着这项吓人的工作，这样也好，因为费拉斯·范森发现很难看清这怪物在做什么。它把另一具掉落的尸体扔回车上，那具尸体皮肤疙疙瘩瘩的，鼻子呈星形，是它的同类，脸上虽然有血，但看不出其他暴力的痕迹。范森意识到，这个东西看到是同类的尸首也只是短暂地犹豫了片刻，接着就转过身去不去看那张脸，范森感觉到它的意识一片空白。然而，它并没有在星形鼻同类尸体边耽搁太久，而是绕到车子后部，这时那木头篮子开始嘎吱嘎吱离开坑洞。黄皮怪最后一次弯下腰想抬起一具硬壳怪的尸体，那东西皮肤上长有硬硬的壳，只有半闭的眼睛和下垂的嘴巴露在外面。那虫一般的生物看上去比黄皮怪预想的要重得多。挣扎片刻之后，它决定改抬为拖。尸体在地上刮擦出声响，这时另一名囚犯赶来帮忙——范森感到一股莫名的感动——它们一起举起硬壳怪扔进车厢。

在房间那一头门外，那道多少保持水平的轨道向黑暗之中延伸开去。几百步开外，轨道被灰尘埋没，货车速度减慢，最后停了下来。黄皮怪和其他几名囚犯上前推车，直至轮子又能自由滚动为止。又是一声重击摇撼着洞穴——范森听得不是很清楚，因为黄皮怪和周围所有的囚犯都失去了平衡。片刻之后，他借由打量的那双眼睛直瞪瞪地看着一片虚无：道路的左边逐渐空无一物，只有无边阴影扩展开来，火炬的光芒也照不到尽头。

囚犯们缓缓引导沉重的货车走至轨道拐弯处，保证自己和货车都不要太靠近边缘。尽管如此，还是有一个小个子囚犯被卡在前轮和轨道之间。范森听到一声几乎不可辨认的尖叫，虽然他知道这在黄皮怪听来十分骇人，那小东西被掀到了黑暗之中。剩下的囚犯停下脚步，吓得痛苦万状，但狱卒们挥舞着大棒驱赶着他们再次前进。

终于将货车抬过艰难的拐弯处，他们发现迎面沿着轨道走来更多毛发蓬乱的狱卒。这伙狱卒脸上围着围巾，因此只有小小的眼睛露在外面，这让他们看起来更加奇怪不祥。这伙狱卒不想看到道路被货车阻断，于是就拿起叉状矛强指着囚犯，怒气冲天的又是骂又是指，直到黄皮怪和同伙们缩身贴在悬崖壁上，让这群蒙面怪物挤了过去。他们走后，林间精灵和同伴囚犯又费力地举起尸体车继续走动。

范森的这部分思想仍然保持着自己的特点，他好奇囚犯们为什么要走这么远，这些尸体又将被带到什么地方去呢？现在他明白了。货车嘎吱嘎吱前进，光芒越来越亮：显然在狭窄的道路上方除了火炬之外有其他的光源。继续走一百多步之后，道路拐了个弯，然后又转了个弯。光芒和恶心的味道扩散开来，这些衣着褴褛的囚犯们纷纷想遮住鼻子和嘴巴。黄皮怪只能将手捂在鼻口上，压住星形凸起的鼻子让其闭合，就像父母用手握住孩子的手一般。即便是基尔魔法的古怪调换，范森还是闻到了尸体腐烂的味道——实际的腐臭味肯定难以想象。

有一阵子，范森不仅感觉到了林间精灵和自己的恐惧，还体会到巴瑞克王子的绝望和惧怕，就像男孩正站在他身边一样，或者甚至有可能就在他体内。巴瑞克挣扎着想要逃走，但不知怎么被眼前翻涌的光线中展开的情景拉了回来。范森感觉基尔与他们之间的联系越来越少。

*不！*基尔的思绪如同锤子般敲击过来。*不要走！等等！*

几十名狱卒，大多穿着麻袋般带兜帽的袍子，将自己整个遮盖起来。巨大洞穴的地面上，架子中间有一个敞开的巨型坑洞，里面满是尸体，成千上万具死尸，各种类别，各种尺寸。其他狱卒推进装满尘土的矿车，洒在最上面的尸体之上。到处都是火，巨大的坑洞里到处都是熊熊火焰，外面架子上许多地方也被狱卒燃起了小一些的火堆，目的是为了分解和驱散臭味。浓烟和火花盘旋而上，火堆的热浪卷着空气从各个方向的走廊进入坑洞，臭气在洞穴内盘旋，最后腾空消失在洞顶的黑暗之中。

不。这么多……这是……

范森不知道现在的想法是自己的，还是巴瑞克的，或者甚至是基尔的。他所知道的只有这可怕的一幕在眼前搅动，他的眼里好像蓄满了泪水，接着全部落入黑暗之中。他再次回到自己虚弱的身体之中，趴在牢室地上，又脆弱又恶心，他被吓坏了。基尔和巴瑞克就在身旁。

第二十六章

风起云涌

黑暗神祖米奥斯的最爱，白手尤维斯被科涅奥斯所伤，抬下战场后即死亡。长角神于愤怒之中击败了无可量力的沃洛斯，用他那把锋利的白焰之剑刺死了他，直至战神的鲜血将霜迹河染红，最后佩林的巨人之子摇晃着倒地身亡。

——引自《三神之书 · 万物之始》

皮尼蒙 · 瓦什身为西斯国首席大臣，其财产遍布整个赞德大陆，此刻他正不满地看着自己的衣柜。三个赤身裸体的男仆缩在地毯上，他们只有脖子和脚踝上装饰有黄金饰物。奴隶们知道主人不开心会发生什么事。

“我没看到那件绣有夜莺家徽的丝绸袍子。应该在衣柜里的。那件袍子可是比你们家族七代人的性命还要重要。袍子在哪里？”

“您送去洗了，主人。”长时间沉默之后，一个奴隶冒险说。

“我是送去清洗再拿回来。现在还没拿回来。我要出门远航了，必须穿那件夜莺袍子。”

瓦什正想着该打哪一个奴隶，如果时间足够应该打两个，这时信差进来了。是猎豹护卫，他全副华丽战甲打扮，明显预示着即将到来的战火与嗜血的日子。那士兵站立的身姿如同门口的扫帚般笔直，手掌触摸额头敬礼，接着宣布："我们国王苏列佩斯，圣帐之主要您立刻晋见。"

皮尼蒙·瓦什小心隐藏起怒火，在这举世动荡的岁月里，让任何人拿住他这个野心勃勃的首席大臣或是独裁者本人（诸神也许都会禁止）哪怕一点点把柄都是不明智的。但实在是烦人。他难以想象出发前哪里还有时间去给这些男仆们执行应得的惩罚，就连船上的那间客舱也是缺乏隐私之地。那么，什么事情也做不成。独裁者已经传召了。

"我就来。"他简单一句应答。猎豹护卫敏捷地转身，大步走出房间。瓦什在门口顿住脚步。

"我很快就回来，"他对仆人们说，"到时候如果衣柜里还看不见夜莺袍，你们就都等着跛脚爬上踏板哭泣吧。如果袍子有一点不干净，我就带其他仆人上路。你们三个就从运河顺流漂过父母家吧，不过他们可认不出你们，也没办法为你们哭泣了。"

瓦什看看他们脸上的表情，想到还要去听那位疯狂而极端苛刻的独裁者无聊的胡言乱语也不算什么了。他已经很老了，很享受所剩无多的乐趣。

独裁者正在一间点了几百根蜡烛的房间中沐浴。瓦什早已习惯了看到主人赤身裸体的样子，但并没有觉得太不习惯。并非因为独裁者的裸体丑陋不堪，完全不是：相反，苏列佩斯年轻气盛，身材高大健美，但就瓦什的口味而言却有点太过纤瘦（他喜欢圆圆的脸，孩子气的小肚子）。不，是因为他的裸体会让人觉得脆弱，或觉得太过熟悉，因此显得……无足轻重。苏列佩斯有一副身体仿佛就只是为了方便，或是出于地位所需，但其实质上的舒适度却与骷髅、无皮之肉或石雕四肢相差无几。独裁者的裸体在瓦什看来没有任何人类的色彩。每次看到独裁者，欲望、羞愧或是恶心这样的感觉甚至丝毫也感觉不出，而其他任何未穿衣服的男男女女都会激起某种感觉，如果不是全部都有的话。

“您召见我，神佑者？”

独裁者盯着他看了很久，就像是之前从未见过这位大臣一样——就好像皮尼蒙·瓦什是某个无意间闯入独裁者浴室的陌生人一般。烛光穿透独裁者，就好像他颀长的身躯浮动在宏伟运河底部一般。“啊，”他最后说道，“瓦什，对。”他绵软地指指另一侧的人，那人的身影因为浴室浓重的雾气而若隐若现，说道：“瓦什，你一定要见见储君普鲁萨斯。”

瓦什朝那瘸腿的家伙转过身，他正坐在轿子上摇摇晃晃，仿佛身处疾风之中。很多人都以为他头脑简单，但皮尼蒙·瓦什却存疑：“幸会，储君，希望你别来无恙啊？”

普鲁萨斯想说什么来着，但表情很痛苦，接着又试了一次。他的圆脸扭曲了，如同发怒一般——即使身体条件最好的时候，说话对他来说也很不容易，在独裁者面前说话就更艰难了——只挤出几个咕咕哝哝的音节，苏列佩斯笑着挥挥手。

“可以了，可以了——我们可等不了一天。告诉我，普鲁萨斯，你怎么祈祷？就算是努沙什面对你吞吞吐吐，含混不清的言语也要失去耐心了吧。啊，我们还有别的客人呢，这位是军事长官乔哈尔。瓦什，你和乔哈尔互相认识，对吧？”

瓦什对一旁目光冷漠的人稍稍鞠躬，几乎像是在对同辈一样。伊克里斯·乔哈尔是独裁者军队里的最高军事长官，权势很大，虽然目前为止他和瓦什还没有起过正面冲突，但显然有一天会发生的。还有一点很明显，他们中将有一人无法在冲突中活下来。看着伊克里斯·乔哈尔那张没有丝毫笑意的残忍的嘴，瓦什觉得自己很盼望那一天的到来。毕竟是闲暇时间太多啦。瓦什答道：“当然了，神佑者。军事长官和我可是老相识啦。”

乔哈尔虽然咧着嘴笑了，却如同狮子在嗅探微风，毫无喜悦之意地说道：“是啊——老相识。”

“乔哈尔很高兴呢——对吗，军事长官？因为很快他就有机会操练人马了。自从米汗投降以来，过去几个月过得太无聊了。”独裁者说着伸开双臂，好让奴隶涂油。

“恕我直言，神佑者，”乔哈尔说道，“我不敢肯定，围攻赫若索尔会不会只是操练。因为赫若索尔在漫长的历史岁月中还从未被武力攻陷过。”

“然后你的大名就会和我一起永享荣耀了，军事长官。”

“如您所言，当然了，我很感激您这么说。圣帐之主永远不会出错。”

“此言不虚，你知道的。”独裁者像是突然想到什么乐事一般站起身。一个奴隶试着躲开主人的碰撞，但没能成功，几乎滑倒在湿漉漉的地板上。“因为我体内住着神——努沙什的血脉在我体内奔涌。我不会出错，也不会失败。真是令人宽慰。”他又坐了回去，就像刚刚突然站起来一样，大浴池里的水卷起浪花在两头来回打转。

*如果那是真的，我伟大的王，*皮尼蒙·瓦什不禁想，*您的兄弟并没有幸免于难，他们体内也流淌着神明的血液，但当您篡夺王位之时，他们的鲜血可没少流。这样的想法当然是秘密的，但独裁者带着邪恶的调笑表情看向他时，他还是不免一阵剧痛，就像首席大臣体内孕育的邪念已被他看穿了一般。*

“过来，还有许多事情要做——即便我这样的人也难免犯错，对不对，瓦什？来人带储君回房。好了，再见，普鲁萨斯。不用了，省着点喘气。所有人都必须为出发典礼，为军队的献祭仪式和其余事情做好准备。”独裁者笑得很狰狞，“我要所有忠诚的侍从都过来。当奴隶为我穿衣之时，你会站在我身边吗？”

老大臣瓦什鞠躬道：“当然，神佑者。”

“很好。还有你呢，乔哈尔，毋庸置疑会有许多细节工作要监察。我们黎明时分就出发。”

“当然，神佑者。”

独裁者笑了：“两个强壮的男人，说出来的却是同样温驯的话语。绝对可靠的和谐统一。这是多么美妙悦耳的世界啊，我亲爱的侍从们。还有比这更美好的吗？”独裁者大笑，却带有一丝古怪的刺耳感，就像他心怀某种怀疑。可是独裁者是从不会怀疑的啊，瓦什是知道的，而且独裁者无所惧怕。从他认识苏列佩斯以来，从他寡言勤奋的童年时期开始，直至突然暴力篡位，皮尼蒙·瓦什从没见过过独裁者有别的样了，他总是自信到几近疯狂的程度。

“这确实是一个美妙的世界，神佑者。”瓦什先是大笑，继而沉默片刻说道，只是寒意突然之间渗入了他的心田，他要特别特别努力才能伪装出真心相信。

她径直走出房门，谁也没有阻拦。上一秒四周还充满光芒与温暖，兄弟姐妹们熟睡所发出的呼吸声让人心安，下一秒契妮坦突然就踏入了冰冷异常的黑夜之中，那里没有月亮。

猫眼街上的屋舍和商店只剩影子的形状，但没关系。她像了解自己身躯的线条一样熟悉这里，她知道阿尔杰迈勒的门道应该就在这里，如果不踏高一些，脚趾就会撞上下一条门道松开的砖石。她熟悉所有事物的形状，但也知道有些事情会发生变化——在这条阴暗冰冷的街上，有些东西已经变了。

井……井盖已经不在了。

但那是不应该发生的，井在夜间都会盖好。但是，虽然她看不见——周围隐隐约约浮现出房屋的朦胧影姿，映衬得紫色天鹅绒般的天色黑魆魆的，除此之外，几乎什么也看不见——却还是知道井盖被揭开了。她能感觉到它就像夜间的一个洞口，比她双眼能看见的任何事物都黑。更糟的是，她能感觉到里面有东西——有什么正在等待。

她继续向前无助地移动，仿似有神明在引领，感觉到赤裸的脚跟接触到粗糙的沙粒。那是一条和西斯国历史一样悠久的街道，路上的砖石早已被流沙淹没，它们席卷了一切。猫眼街上的女人们无论多么努力地清扫，石砖再也不复出现。但据说那些最古老的房屋的地窖门曾经能通往这条街上，当时石砖还清晰可见，虽然现在那些大门早已打不开了，即便能打开也只有累积了几个世纪的尘土。

契妮坦还没看见它之前就已经感觉到了，那齐腰高的石头圆孔中心空无一物，像是一处无人照管的伤口。她感觉能听见微弱的声音，好像井深处有什么东西正在轻轻地拍打，水波来来回回。

她弯腰向前，虽然并不想这么做，所有的感官都大叫着要她转身回到屋子里去，回到熟睡家人身边的安全场所去。她继续弯腰，直到脸凑到那看不见的井口了，直到那微弱的声音蹿起来进入她的耳朵——“嘶嘶，啪啪，嘶嘶”，有什么东西正在下面的黑暗中翻搅。

是她在集市中看过的八脚怪吗？就像一种湿漉漉的海蜘蛛，肢脚如面条一般滑腻松软？那样的东西是怎么跑到井里去的呢？但是，不管是什么东西，她都能感觉得到，正如她能听见声音一样，她感觉到下面某处有一种非人的东西存在。

现在她感觉那东西在动。向上移动。它在攀爬，有着超乎人类的力量和耐心，爬上这光滑湿黏的井壁，向她爬上来，而她则无助地俯在井口，四肢如石块般僵硬。她还感觉到那东西也在她头脑中——冰冷的思绪，古怪的祈愿，虽然不甚明了，但毫无疑问正如掐住她喉咙的手指。那东西正专心地向她爬来，如同是她自己召唤过来的一样……

“布瑞奥妮！帮帮我！”

一开始，她以为那吓人的声音是井下的东西发出的，但听起来却像是真人——一个年轻男人，和她一样吓坏了。有谁叫她吗？但是为什么那名字从没听过？

井里的东西没有停下，甚至也没有放慢攀爬速度，黏腻的声音一直在拍打。契妮坦想尖叫，却叫不出声。她又试了一次，尖叫声只是在体内积聚、积聚，直到她像水坝一样，快被洪水击溃。

“布瑞奥妮！我在这里！”

她能感觉到他，好像他正站在井的另一头——几乎能看见他了，是一个肤色灰白灰白的男孩，头发像她乌发中的那一绺一样火焰般红，那男孩瞪着她，虽然没有看见，他的眼睛像是被魇住了……

“布瑞奥妮！”

她吓坏了。那东西湿漉漉的手指已经蜷缩在井沿上了，男孩难道看不见吗？她想知道他为什么叫自己那么奇怪的名字，但相反的是，等她最后终于找回自己的声音，她听见自己问他：**“你为什么会在我的梦中？”**

这时黑暗从下面爆裂开来，男孩被吹散如烟雾，那声尖叫终于冲出体外，上升、刺耳……

契妮坦坐起身大口喘气。有什么东西抓在她身上，她挣扎了一阵子没能摆脱，最后才意识到那东西既不大也不冰，而是又小又暖，而且……而且也吓坏了。是鸽子。鸽子正挂在她身上，吓得直咕哝。他吓坏了，但还试着在安慰她。

“别担心。”她小声说。她在黑暗中找到男孩的头，轻轻抚摸他的头发。男孩依附在她身上，就像街头乐师的猴子一般。“只是做了个噩梦而已。你吓坏了吧？是你在叫我吗？”

当然不是男孩在叫她——那不是真实的声音。那声音也是在做梦。**布瑞奥妮**。多么奇怪的名字啊。好一场噩梦！就像从前在隔离地的那些夜晚一样，潘西斯尔祭司给她一种名叫太阳之血的可怕的长寿不老药，那毒药让她发起高烧、惊恐万状，担心它是不是会窃走她的心智。

契妮坦想起那些就绝望得直发抖。鸽子已经又睡着了，他小小的身子只剩皮包骨压在她身上，她几乎连放低手臂也很难，那只手臂已经开始有点疼痛了。她怎么会相信独裁者会轻易放她走呢？她真是愚蠢到家才会在赫若索尔逗留，这里距离西斯国只隔短短一个海湾而已。她应该今天早上就打包，把这城堡和洗衣房抛却身后。

她将怀中的男孩放入黑暗中，听到什么东西在呻吟，在宿舍外面，起风了。

她想着：**是风暴，南风。这里的人怎么称呼来着？赤风——从赞德大陆吹来的风。从西斯国……**

她翻了个身，轻轻推开鸽子。男孩的呼吸声变了，接着变成低沉的嗡嗡，如同神圣的蜜蜂发出的声音般令人宽慰，但契妮坦不可能如此轻易就平静下来。她想：**风会推动船只**。一瞬间，睡眠似乎比南方大陆还要遥远。

她站起身，走过冰凉的石头地面来到大房间，刚刚经过的熟睡的女人们发出的声音让她心安，只有夜晚的黑暗可以让一切显得那样陌生。她走近一扇窗口，抬起沉重的遮板想要看看月色，或者树林被狂风压弯的情景，任何寻常的事物都行。除了周围平素事物的证据之外，她隐约希望看到猫眼街和外面那口被揭开的井，但取而代之的是，她看到回音市场的外墙，定了定心。不过，有什么东西正在空荡荡的街上移动——一个穿长袍的人影，像平时一样急匆匆地走过柱廊。可能只是城堡中其他数不清的侍从中的一个，回家晚了而已，或者也可能是宿舍门前看守的某个人。

她屏住呼吸，好像那返回的身影从一百步之外也能听见她的喘息声一般，契妮坦悄悄放下遮板，匆忙回到黑暗的房间。

有时候皮尼蒙·瓦什会觉得正宫大殿就像他童年在寺庙里区的住所一般熟悉（那处住所很大，但又不至于过分，是侍从们渴望得到的财富，但对声名显赫的瓦什家族来说只是一处居所而已）。毕竟这座大殿只是首席大臣工作的场所，因此有时他会忽略其规模和华丽程度也就可以理解了。不过又有些时候，他能看出其本来面目，这座巨大的大厅规模堪比一座小村庄，黑白瓷砖铺设成完美的几何图样，延展数百米远，直至视线模糊难以辨认，屋顶上的瓷块拼贴出西斯国诸神的图像，其浩大如同天界本身。

大殿中人头攒动。似乎宫廷里所有的人都来观看饯行典礼了——就连颤搐不已的普鲁萨斯也来了，他一般只有在苏列佩斯要求其出席的时候才会离开自己住所，于是皮尼蒙·瓦什得以破天荒一日内见到他两次。瓦什还很高兴见到储君，名义上的王位继承人，他身着的华丽袍服太过暗沉，遮掩了下巴上不时滴下来的唾沫。

自打独裁者加冕以来，这巨大的宫殿还是第一次如此拥挤，瓦什都看不见地板图案了。所有人打扮得都像是在过节，只不过大半个上午，祭司和官员队伍从他们身边经过走上猎鹰王座之前时，他们都只能沉默地站在那里，几十名官员只有在这类国事场合才会出现，比如：凯拉月光圣殿的先知，独裁者的猛龙队保镖，瓦舒姆石棺的主人，克塞阿什哈南啤酒商首领，上赞德大陆天佑独裁者之眼，下赞德大陆天佑独裁者之眼，苏黎伽丽私语的神谕使者，努沙什圣蜂饲养人，命运之碑的作家，海洋之门的看守人，阿皮索浪涛的祈祷者，皇家运河的看守人，诺布圣猴饲养人，圣帐的圣奴，尼萨拉隔离地的主人，皇家兽禽长，左什纳粮仓长，佐兹的祭司，帕因努之鞭的守护人，乌卡蒙挖掘棒的看守人，赫内加尔圣器祭司。

还有很多一些其他的祭司，比如努沙什的大祭司潘西斯尔，他也是这个国家地位仅次于独裁者本人、最有权势的宗教人物，还有一些祭司服务于哈比里和萨瓦玛特（说实话，这位伟大的女神拥有的女祭司远远多于男祭司，但就和蜂房神殿中的情况一样，她的女侍从都从属于男主人名下，只是一个象征性的存在），所有曾经存在过的男神、女神的祭司们都来了，其中有些侍奉的神明可能只存在于异端神话之中。

和祭司一样挤在大厅里的还有朝廷官员，宫廷宠臣，独裁者的全体陆军和海军，马厩主人，厨房长，文件书记，巨大的果园宫殿里所有粮仓、食品室、仓库的抄写员，更不用说所有附属国派出的大使，他们现在正和着独裁者的喜好表现，有图安国、米汗国、赞卡图姆国、赞阿米亚国、马拉什国、萨尼亚国、伊亚尔国，甚至还有一些使者来自北方大陆，代表着沦陷的优洛斯国、阿卡利斯国和托尔维欧国。哈卡群岛远道而来的岛主人们身着棕榈树叶编成的草裙，也有沙漠牧人酋长、骆驼长。红沙漠的马夫带着轻蔑与自豪，因为独裁者自身的家族就从他们之中发源，但他们此时也明白要和所有人一起屈膝行礼。（作为沙漠酋长以及独裁者的亲属，这种身份确实值得自豪，但在神佑者面前表现太多骄傲就属于愚蠢了：沙漠里走出的少数那种蠢货通常活不到成年。）

圣帐之主、神佑者、世界之神苏列佩斯本人正站在人群之前，宛若苍穹之上的太阳，他只身着一片洁白无瑕的腰布，伸展双臂好像即将发言。但他一语未发，只和皇家铠甲奴隶一同站在那里，正接受一位名为铠甲长的高级官员指导——这个职位只预留给独裁者最亲密的朋友，一位名为慕塞壬·查的身材圆胖的年轻人所有，他是一位二等贵族家中的长子。慕塞壬和苏列佩斯由同一位乳母养大，但他并没有皇室血统。经过慕塞壬沉默（但明显充满紧张）的指导，皇家铠甲奴隶们先是帮独裁者穿上宽大的裤子和绣有比沙克猎鹰的红绸子衬衫，接着是靴子、腰带、皇室徽章、黄金和火蛋白石打造的护身符和大项链。然后他们帮他穿上黄金铠甲，首先系上胸甲和精致的短裙、结实的链甲，然后是其余物件，戴上金属护手。他们接着为他披上黑色大斗篷，上面伸展的猎鹰翅膀都由金属丝线绣制而成，最后将火焰作战皇冠戴在他头上。

祭司们为独裁者用过焚香之后，轮到瓦什了。他举起安放有努沙什权杖的盛器，那容器用金板做成，形状如同燃烧的太阳。苏列佩斯看了很久，脸上露出一丝微笑，接着朝皮尼蒙·瓦什眨眼，将权杖高举至空中。有那么一刻，首席大臣确信独裁者当着所有贵族的面，立时就要将他的脑袋打落下来——而甚至没有任何人敢于对此有任何怨言，更不用说反抗了，但相反的是，独裁者转身面对人山人海，用高亢有力的声音开始怒吼："不征服伟大西斯国的敌人，我们誓不停歇！"

人群高喊支持，那声音先是十分低沉，宛如痛苦的呻吟，继而变得高亢，像是想要将头顶上绘有诸神画像的瓷块从空中震落下来，将他们砸入地底。

"不将全世界纳入我们帝国的版图之内，我们誓不停歇！"

咆哮声越来越响亮，但这些人为什么会关心西斯国能否扩张领土，瓦什却想象不出理由。

"不让努沙什成为至高无上的神灵——世上永生的神，我们誓不停歇！"

现在噪音确实快把屋顶的瓷块震落下来了，甚至连将天地分隔开来的柱子也开始震动。

独裁者转身对瓦什说了些什么，但声音淹没在人群赞同的狂呼声中。他接着转身挥手示意安静，很快四周便安静下来。

“我们不在期间，铠甲长慕塞壬·查会代替我守护你们，就像牧羊人守护羊群，父亲保护孩子一样。服从他的统治，不然等我回来会将你们全都碎尸万段。”

廷臣全都瞪大双眼点头不已，一面小声称赞，一面竭力表现出无法理解不顺从意味着什么，但瓦什必须尽力保持面无表情。慕塞壬？独裁者要让那个傻子铠甲长坐上王位？这显然应该由普鲁萨斯那瘸腿储君来担任啊，或者也该由瓦什首席大臣来——为什么会做出这等匪夷所思的抉择？难道仅仅是因为慕塞壬不会对王位造成威胁？因为要离开城市，手头控制人数不足二十五万就变得如此脆弱，真是让人难以想象，苏列佩斯体内可是流淌着一百位独裁者的血啊。

慕塞壬·查从独裁者手中接过摄政指环，接着屈膝亲吻苏列佩斯双脚。独裁者解散众人。(但此刻没有人会那么愚蠢，敢离开此地，大家都等到苏列佩斯离开之后才散。)独裁者转身面对皮尼蒙·瓦什。

“上船，”他说着咧嘴笑了，“腥风血雨就要到来，还有其他事情。”

瓦什不懂他的意思，问道：“但是……但是普鲁萨斯怎么办呢，神佑者？”

“他和我一起去。我们亲爱的储君当然也应该见识见识世界，对吗老朋友？”

“当然了，神佑者。只是他以前从没有旅行过……”

“无须多言。我还需要最信得过的大臣。你准备好了吗？”

“当然，圣帐之主。早已整装待发，随时听命了，一如既往。”

“很好。这将是最精彩的探险。”

独裁者走回轿子——现在因为身穿皇家铠甲，他无法以正常脚步走出大殿，事实上在上船之前他都无法踏上西斯国的土地。肌肉强健的奴隶们抬着他走出大殿，只剩瓦什在原地疑惑，为什么他觉得世界好像突然之间偏离了既定轨道呢。

第二十七章
演 员

努沙什担心新娘苏娅的安危，于是将她带到兄弟霄释的府邸月亮象牙中，那里是一座用月亮上的象牙（因为月亮每个月都变成一枚象牙，然后从天空坠落）建成的巨大堡垒。但是听我说啊！阿戈尔，赛加尔和艾菲亚从骗子肖申姆口中得知了苏娅的去向，于是率领大军前来迎战。

——引自《努沙什启示录》（卷一）

又只剩孤身一人了。再次迷路，遭遇诅咒，迷失方向，又孤身一人。

布瑞奥妮用手背狠狠擦掉脸颊上的泪水。**不。站起来，你这个蠢姑娘！**你这是干吗？哭得像个孩子！你在森林边上坐了多久？太阳都开始落山了。一个人要愚蠢到什么程度才会在月升狼嚎时分大哭大喊啊？

她挣扎着站起来，虽然很久很久没有走动了，但还是膝盖发软，全身乏力。如果这一切都只是梦，那么——女半神莉丝娅、食物、诸神的故事和战争都是假的吗？只是一个人在迷失方向四处流浪之时做的梦吗？

但是等等——莉丝娅曾给她留下了什么东西，让她拿好一个护身符。到哪里去了？布瑞奥妮拍拍袖子口袋和褴褛的衣衫，她穿的是一件长长的男式衬衫，是她杀掉那个男孩才扒下来的，上面溅有男孩的血液，已经干掉了……

只是出于自卫，她想着，因为愤怒而感到一丝暖意。*只是为了保护自己不被绑架强暴*。

女神送的小玩意，她找不到任何线索。心里沉重冰冷，像是井底的石块。早该想到这一切的。

她心里实际上仍然残留着布瑞奥妮·埃顿女王的记忆，几个月来，年轻的女王每天早上醒来都感到人民的福祉压在自己身上，面对谄媚的参事官和诡计多端的敌人，她早已学会只信任自己。那个布瑞奥妮极大地继承了家族闻名的顽强精神，不会轻言放弃，即便现在也一样。她开始回溯自己的脚印——但令人再次感到苦闷的是，似乎只有她一个人的脚印——她沿着森林边缘寻找自己和莉丝娅留下的任何踪迹，以便弄清楚事情发生的真实证据。

最后找到护身符纯属机缘巧合：白色丝线挂在森林中几百步开外一根高悬的树枝上，摇摇晃晃如同一轮小巧的圆月。布瑞奥妮轻轻放开鸟头骨，向佐睿雅神寄出一份感激的祈祷，接着是对莉丝娅，感激这份她根本没想到的证据。她将护身符举到鼻尖，嗅着干花奇怪的霉味，又想起城堡厨房中美味的菜肴，然后收进口袋。她应该系起来的，以防丢失。

那么这一切都是真的了——莉丝娅说过的所有的事，她那些奇怪的故事？

布瑞奥妮突然恐惧地想到：*如果符咒是真的，那么莉丝娅将她带到林地边缘一定是有原因的——但布瑞奥妮却却开了原地*。

她在越来越黑的天色中跌跌撞撞，一路多次滑倒，想要快速穿过嶙峋的树林，赶回那片高低不平、覆满落叶的地方去。

傍晚时分，她冲出森林，来到一片雾影绰绰的空地，那是一块毫无特别之处的草地，一时之间什么也看不见。接着，就在她想要睡到湿地上的时候，草丛中传来的声音让她几欲屏住呼吸，她看见一团跳跃的火光，向她左边的黑暗中前进，是马车灯笼，正朝着南方的希安和遥远的赫若索尔前进。那个女巫，女神，或者不管她是谁，她将布瑞奥妮带来这里总是有原因的。她一瘸一拐地跟在那不断减弱的灯光后，心里一边祈祷这些陌生人不要是强盗，一边想着该怎么解释自己一个人在这白木森林旁边空旷的草地上徘徊。

两辆马车分别停在大火堆两侧，制造出一种城镇的假象，布瑞奥妮几乎有好几个月没有接触到人类文明了。跟她说话的那人一定念过书，他的措辞就和他的外表一样委婉简洁。她其实隐隐约约记得他，不过直到他自报姓名之后她才意识到，他名叫费恩·特奥多罗斯。他是一位诗人和戏剧家，多年来曾为布罗纳和宫廷里其余人士创作过作品，有一两次还曾为孤儿日或佩林节发表精彩的演讲。其余的旅行同伴都是戏子（她从那些人彼此交谈的话语中分析出来的），他们一起乘坐马车在各省内外进行冬日旅行。特奥多罗斯提问的时候，火堆旁另有些人也饶有兴味地听着，但大多数似乎更关心吃，尽可能多喝些葡萄酒。在那些只顾吃吃喝喝的人中，布瑞奥妮觉得还有一个人似乎耳熟，名字大概是休尼，也是个诗人，她的侍女罗斯和莫伊娜曾用混合着恐惧与一丝不检点的着迷语气提醒她，那实在是个坏家伙。

“你说你叫提摩伊德是吗，小伙子？”费恩·特奥多罗斯冲她礼貌地点点头，“有点像是康纳德海峡渡轮上踢掉的一只被麦秆掩盖的南瓜。或许我们可以叫你蒂姆。”

布瑞奥妮报的是埃顿家族牧师的名字，现在只能点头。

“不过还是很奇怪啊，因为就我所知，海峡渡轮不会在白木森林中央停靠啊。你说话听起来也不像是康纳德口音。你说在这里徘徊很久了是吗？”

“好几天，说不定好几周了，我的大人。我不确定。”她试着保持声音像男孩般粗哑，也尽量用想象出来的简单的农民式词语。

至少这句话是真的，但让她高兴的是，脸上的污秽遮挡了恐惧所造成的红晕。“我不是从康纳德来的，而是从南境国来的。”她本想要伪装成流浪老兵的样子，最好遇到一些商人，但不曾想碰到来自自家宫廷的一帮聪明的熟面孔。

“别这么为难他了，这个小伙子已经精疲力竭、饥肠辘辘了，还又湿又冷。”一个名叫多文的大个子发话了，他的个头如此巨大，布瑞奥妮几乎连他肩膀都达不到，况且奥林·埃顿的女儿并不算娇小型。

“而且还会加大我们的经费开支。”一个被称作艾斯蒂尔的女人说。一头暗色头发泛出棕色光芒，那张脸虽然算得上漂亮，但表情很酸，像是别人有一点点对不住她的地方，她也都记得。

“我们可以多双手帮忙打理绳索。”一个棕色皮肤、面容英俊的年轻人说，他是这群人中为数不多的看起来和布瑞奥妮同龄的人。小伙子说话方式懒洋洋的，像是随心所欲惯了，布瑞奥妮怀疑这人是不是和剧团团长有关系。费恩·特奥多罗斯之前介绍他们是梅克维尔巡演团，是巡演团常见的团名——这个年轻人说不定就是梅克维尔的儿子，甚至有可能就是梅克维尔本人。

“好了，那样就很容易了，又可以招兵买马，又不会损失经费，艾斯蒂尔，”特奥多罗斯说道，“他今晚就吃我的饭，我胃有点疼。他和我一起睡马车——除非我没有那个权力？”

名叫艾斯蒂尔的女人阴沉着脸，但还是挥挥手，仿佛事不关己一般。

“那就来吧，流浪者蒂姆。”特奥多罗斯说着艰难地从座位上站起身爬上马车狭窄的台阶。他岁数和父亲差不多，头发露出在外的部分有点发灰，但动作却像是上了年纪。“你可以吃我的饭，我们再多聊聊，也许我可以找找你能派上什么用场，因为和我们一起旅行的人都能自己讨生活。”

“那可不是你想知道的全部，我敢打赌。”一个醉酒佬说。他咕咕哝哝的口气像是天还没黑就喝上了。那人下巴很宽，长得很英俊，一头乌发黑得惊人。

“谢谢你，裴德，”特奥多罗斯语气有点生气的样子，“艾斯蒂尔，你也许可以给你哥哥弄点吃的解解酒。要是这十天旅程他又病了，那我们的《埃克萨普顿》就又遭殃了，因为休尼还不记得台词呢。”

“这可是我写的，你个该死的！”大声喊叫的休尼是个满脸络腮胡子的秃顶男子，看上去就像是位虽上了年纪但仍死死抱着俊美年轻容颜的回忆不放手的大臣。

“写和记住不是一回事啊，内文，”特奥多罗斯解释道，“来吧，小蒂姆——你一边吃，我们一边说。”

进了小马车后，剧作家就坐在木板床上朝一只盖着的碗做了个手势，那碗放在一个折叠架上，从挂在毛皮口袋中的羽毛笔、钢笔和墨水瓶判断，这个架子可以展开当书桌用。“我没有带勺子。那里有盆水，你可以洗洗手。”

布瑞奥妮开始消受温吞吞的炖菜，特奥多罗斯看着她，脸上浮出小小的欣喜神色，说道：“你也许可以演些女孩的角色，你知道。我们在银色森林丢了男二号——他与当地人坠入爱河，这可算是巡演团的诅咒。费沃尔不可能扮演全部女性角色，皮尔尼容貌太丑，只能演些保姆和老妇，我们没有钱雇佣别的戏子了，除非进驻下一个剧场。”

布瑞奥妮咽了口唾沫：“当戏子——我？不。不，我的大人，我不行。我没接受过训练。”

特奥多罗斯扬起眉头：“没接受过诈骗训练吗？一个女扮男装的小姑娘说这话还真是奇怪呀，你不觉得吗？我们把剧情弄得更复杂些又何妨，你演过男扮女装的男孩吗？”

布瑞奥妮差点噎住：“一个女孩……”

特奥多罗斯大笑：“哦，好了，孩子。你不会真以为自己假扮男孩成功了吧？在戏子中可不行——或者说至少没骗到我。你还没出生的时候，我就一直在给男孩刷腮红，穿紧身胸衣了。不过随你——我不可能强迫别人违背意愿登台演戏。你和我一起睡马车，我们也可以给你找些别的差事。”

嘴里的炖菜突然之间味同嚼蜡，黏而无味。她从未和作家长时间相处过，但听过他们的不端陋习。

“和你一起睡……”特奥多罗斯伸手拍拍她的膝盖。她躲闪着，碗差点掉到膝盖上。“傻孩子，”他说着，“如果你真是男孩，长得这么俊美，可能还有理由害怕我。但是我对你毫无想法，而且如果让裴德·梅克维尔以为你是我的人，那他就不会对你有什么念头了。他喜欢迷人的小伙子，虽然剧团以他的名字命名，但他不敢得罪我，因为有我在特希斯的关系，我们才得以谋生，得以施展所长。”

“特希斯？你们要一路去往希安？”布瑞奥妮在小凳子上摇晃一下，因为松了口气而感到头晕眼花。*祝福你，莉丝娅——还有你，亲爱的佐睿雅。*

“我们兜兜转转最终是要到那里去的，是的。也许还要在一些边远城镇试演几场新剧目——《佐睿雅受掠记》还从没见过观众，在被特希斯金碧辉煌的剧院所扼杀之前，我想让它多呼吸几口新鲜空气。”

“受掠……我不明白。”

“《佐睿雅受掠记》。是我新写的一出戏，讲述佐睿雅被科尔斯掠走并遭受囚禁的故事，还有宿命的诸神之战的开端。逼真的电闪雷鸣，魔术戏法，诸神骑乘永生的骏马发出吓人的怒吼，这一切只要两个铜板！”他又笑了，“我对此自豪极了，老实说。这算不算我最好的作品，只有时间和希安城的民众才能评判。”

“但是你们……你们都是从南境国来的，不是吗？为什么你们要去希安呢？为什么不到南境国上演呢？”

“那些人对艺术表演和贵族知之甚少，”特奥多罗斯说着说着笑容消失了，“我们曾是洛里克伯爵的戏子，继承的是与他同名伯爵父亲的剧团。我们也曾是南境国最优秀，最受人尊敬的剧团——虽然你可能听别人说城主的剧团很垃圾。苍穹（那是一座剧院，孩子）被烧毁前曾属于我们所有，之后城堡之中的大剧院和大陆城中的国库剧院都开始攻击我们的作品。而且小洛里克伯爵也去世了，你知道。”

“去世了？洛里克 · 朗格伦？”话说出口后，她才意识到这样说有些奇怪，因为这会显得自己竟然知道他的全名。

特奥多罗斯点头：“他们说是被精灵族所杀。不管怎么说，科尔坎之战后，他没有回来，因为没有继承人，所以我们就失去了赞助人。这个国家的守护者，仁慈的托利从不喜欢戏子，或者至少是不想让戏子和王室扯上关系。他为一些戏子提供了支援——戏子，哈！那些都是些强盗，他们的剧本、他们的表演都很罪恶——但有一个年轻的、名叫克劳的愚蠢男爵支持。所以我们无能为力只能饿死，或者选择巡演。”他悲伤地窃笑道：“我们觉得巡游会优雅一些，少些痛苦。”

特奥多罗斯回去找火堆旁的同伴了，布瑞奥妮蜷在马车车板上，决心不要对费恩 · 特奥多罗斯对女人不太感兴趣这一点太苛刻，然后拉过剧作家的旅行斗篷盖在身上。堂兄洛里克已死的消息让她心神不宁，虽然她从没喜欢过他。洛里克是和巴瑞克一同参战的，没能活下来。她尽最大努力在马车外的谈话声和歌唱声中感到安慰。她现在有同伴了，即便只是些粗人，但不再是孤身一人了。布瑞奥妮马上就睡着了。如果做过梦，那到早晨的时候，她也都不记得了。

⚜ ⚜ ⚜ ⚜ ⚜

医生把自己弄得相当舒服。除了床和椅子之外，公会长还给查文弄了一张桌子，以及全部公会图书馆那么多的图书。想到要读这么多东西，燧岩头就疼。这些年来，除了在这大厅里因为一些特定难题就诊外，他自己从未翻过一本书，因为他很快就被带进了秘境。燧岩·蓝石英尊重学问，但并不喜欢读书。

“多年前，我就该来这里的，”查文说着几乎没有抬头看到燧岩进来，“我怎么会这么愚蠢！如果我早些猜到下面的这些珍宝……”

“珍宝？”

查文恭敬地拿起手中的书：“《比斯特罗多斯论水晶的培育》！我们整个埃昂的同行都以为这本书随着赫若索尔的陷落而消失了。如果我能找到人帮我从芬德林语重新翻译该多好，想到你的祖先在这里保存下这么多书卷，我就激动不已。”

“查文，我……”

“我知道你不能胜任这项挑战，燧岩，但也许能从焕华共修会找个人？我敢肯定，他们人数那样多，一定有学者能帮我……”

让保守的焕华共修会同意将芬德林的智慧翻译为其他民族语言，这太荒谬了，燧岩甚至不愿想象。不管怎么说，他手上还有更重要的事情要做。“查文，我……”

“我知道，自己的问题应该自己解决——我带来的问题现在也成为你们的麻烦了。我知道。”他摇摇头说，“但是很难对这所有的书籍视而不见啊……”

“查文，你能听我说吗？”

医生惊讶地抬起头：“怎么了，朋友？”

“我一直想和你说，但你总是抓着书说个不停。出了些事情，一些……麻烦。”

“什么？火石那小子没事吧，我希望？”

“不，不，不是这件事。我们收到城堡的命令了。”燧岩说。世上至少还有一件事值得感激，那就是火石仍然没有恢复记忆，但经过查文的镜子会诊之后，他看起来好多了。现在他能集中精神了，虽然话还是很少，但至少能参加家里的活动了。欧珀一个月以来终于开心起来。

“怎么说？”

“是奥科罗斯兄弟发来的。他要求芬德林的帮助。”

查文眯起眼睛：“那个叛徒！他想要什么？”

燧岩将信递给医生，医生到处摸索眼镜，最后在口袋中找到。他只能放下比斯特罗多斯，这样才能把信放在上面阅读。

致石匠公会尊敬的长老，您好！

来自尊敬的奥科罗斯·迪欧克蒂安，奥林·亚历桑德罗斯、南境国摄政王子及南境国，以及其母阿妮莎王后的御医。

查文气得恨不能将信扔掉：“这个混蛋！瞧瞧，他竟把自己的名字置于王子和王后名前。他还有一点羞耻心吗？”好一会他才平静下来继续阅读。

我想向您尊敬的公会请教一点学术问题，但无论如何我以及王后、摄政王子的守卫都会十分感激。请派一个磨镜匠人来城堡找我，这个人要对制镜过程、修补、其成分性质研究都特别精通。

先向您的援助表示感激。请不要透露给公会之外的人，因为王后希望此事能秘密进行，以免引起那些对镜子有诸多迷信思想的无知者的谣传。

“这里是他的签名——哦，还有印鉴！”查文的声音冷酷而充满憎恶，“他爬上高位了。”

“那么你意下如何呢？我们该怎么做？”

“怎么做？我们当然必须——给他派个人去。而且必须派你去，燧岩。”

“但是我对镜子一无所知……”

“读完比斯特罗多斯你就会无所不知了。”查文再次拿起那本书，接着放回桌面——厚厚的书本一压，桌子如支撑不稳的走廊般发出即将倒塌的声音。“我会教你如何像精通者那般措辞。”

事情如此荒谬，燧岩甚至无法辩解：“可是为什么？”

“因为奥科罗斯·迪欧克蒂安想要知道我的镜子的秘密——你**必须**弄清楚他的计划。你必须去，燧岩。我只相信你一个人。在奥科罗斯那等人面前，决不能透露镜子的威力。”查文脸色苍白到不自然的程度，但表情却异常坚定。

燧岩沮丧地摇头，虽然并不怀疑任务确实会落在自己头上。但他已经开始想象欧珀对最新暴行的看法了。

虽然莉丝娅治愈了布瑞奥妮手上的伤，但她身上还有许多地方

酸痛，不过她很高兴不用孤身赶路了。到目前为止，感觉还是有同伴比较舒服，一望无际的空旷草原只时不时为一些居民点、小村庄所打断，甚至还频繁遇到一些陌生的集市，比以前赶路轻松多了。布瑞奥妮很少说话，不想伪装被揭穿，但是第二天晚上，艾斯蒂尔·梅克维尔就走到篝火旁她的身边，小声说："我不怪你女扮男装，因为这些地方实在可怕。但是如果你胆敢给我或剧团惹麻烦，姑娘，我会揪掉你的头发——把你揍成傻子。"

很奇怪，唯一的一位女性同胞却以这样的方式来欢迎她，不过布瑞奥妮也从没想象过她们俩能成为朋友。

那么，如果能和他们一起到达希安，那接下来呢？她是很感激这些人的陪伴，但想象不出到了特希斯这些艺人中还有谁能帮她。虽然温言软语的特奥多罗斯在剧团中属于眼尖的显赫人物，但剧团毕竟还是以艾斯蒂尔兄长裴德·梅克维尔的名字命名的，但那人也是个嗜酒的演员（据特奥多罗斯所说，他还喜欢英俊的小伙子）。梅克维尔巡演团挑选他作为头牌是因为他是著名的主角演员，台词练得嘹亮，演技精湛。特奥多罗斯告诉过布瑞奥妮，缺乏鉴赏能力的人热爱梅克维尔，喜欢他夸张的表演，但也热爱他演出的悲剧的死亡场景。"**埃克萨普顿陛下一箭穿心结束了生命，**"特奥多罗斯赞同地说，"**虽然他强大的独裁统治导致半个赞德大陆陷入战争，但人们听到他的遗言还是落下了眼泪。**"

剧作家内文·休尼的名气至少和梅克维尔一样大，虽然演技稍逊——特奥多罗斯说他充其量最多只是名二流演员，他对演戏不感兴趣，只拿来当作武器吸引对象上床。但他的剧作却臭名昭著，尤其是《可怕的火灾》这种的，经常被人称作是亵渎神明。但他作为诗人却没人敢小瞧，即便是布瑞奥妮从前也听过休尼所作的《卡拉尔之死》，御医查文从前经常宣称这部作品几乎算得上是赎罪之作，使得戏剧摆脱了玷污语言、耸人听闻的污名。

“一旦找到诗歌的韵律，修文会如同焰火般炸裂腾空。”费恩·特奥多罗斯有一天早晨赶路时告诉布瑞奥妮，当时他们口中的那个男人正在前面一瘸一拐，不断咒骂昨晚的宿醉。“我还记得第一次读到《德沃尼斯精灵》时的感受，我相信那些诗句一旦在舞台上念起，一定会打开一个前所未见的新世界。但他那时还很年轻。倔强和坏脾气损坏了他的天赋，现在大部分是我来写。”特奥多罗斯摇摇头继续说道：“忤逆神意是可耻的，因为诸神赋予这等稀少的天赋，却被浪费了。”

梅克维尔的妹妹是剧团唯一的女性成员，她虽不登台演出，却承担了许多其他有用的活计，比如缝纫工和服装设计，同时每场演出还负责收钱记账。身材高大的多文·比奇眉骨突出，皱起眉来像是森林里的野人，但他却出人意料的好心，说话也很有智慧——特奥多罗斯称他是个“能豪饮一桶而远不止一瓶的绅士”。但因为身材和容貌，他只能扮演恶魔和怪物，看上去显然很不合适。其他主要演员还有英俊少年费沃尔，虽然他多年前就结束了与特奥多罗斯和梅克维尔的调情，但看上去仍是那样年轻俊美，使得这两人都像是害了相思病的老头子。他似乎也没有利用这样的优势，除了一些细小方面之外，布瑞奥妮觉得自己很喜欢他，他那种漠不关心的凌厉态度和偶尔表现的暴躁脾气让她想起巴瑞克。

“你姓乌里安，”有一天他们一起走在马队旁时，布瑞奥妮对他说，“所以说你来自优洛斯了？”

“那个姓氏只让我觉得那里是个垃圾堆，”他大笑着说，“我注意到你在南境国生活的时间也不长。”

布瑞奥妮几乎吓了一跳：“我爱南境国。我离开那里并不是因为厌恶。”

“那是为什么呢？”

她觉得自己已经踏入了不愿触碰的禁区，答道：“因为有人待我很不好。可是你呢，你当时多大年纪？我是说你离开优洛斯的时候。”

“我想不到十岁吧。”他皱着眉头思考着，“我识数，但不精通。我想我现在应该有十八或十九岁了，所以那个数字应该是对的。”

“你来南境国就是为了当戏子？”

“没有这么简单，”他咧嘴笑了，“如果你听说过戏子和剧院都是文明的败类这种说法，你就会知道说这话的人还没明白南境国丑陋的真实面目——更不用说特希斯了，南境国已经被恶习和邪恶吞噬一空！”费沃尔咯咯笑道：“我倒是期待再次看到那副情景。”

“在南境国有一个……医生，”布瑞奥妮边说边想着自己是不是越界太远，“我想他住在城堡。他叫查文。有人说他来自优洛斯。你听说过他的事吗？”

费沃尔露出嘲弄的表情：“查文·马卡洛斯？当然了。他出身优洛斯一个统治者家族。优洛斯如果有那种人，马卡里家族就会成为王者。”

“那么说他很出名了？”

“他在我家乡就像埃顿家族在南境国一样著名。”费沃尔停顿片刻做出三的手势，“啊，可怜的埃顿家族啊，”他叹口气，“愿诸神保佑他们。除了沦为囚徒的国王之外，我听说其余埃顿族人现在都死了。”他凝视着布瑞奥妮：“如果你曾经在城堡当差，我不会因为你逃走而责备你。那里现在形势严峻，正是混战时代。不适合小姑娘待。”

“姑娘……”

“是的，小姑娘，小可爱。你也许能糊弄过别人，但别想瞒过我。我一辈子都在当戏子，演技好坏我能分辨得出。但你两边都不靠，你是个真实的人。不过你假扮的男孩真是又可怜又没有男子气。”他拍拍布瑞奥妮肩膀，说道，“离休尼远一点，不管你怎么伪装。

他对年轻人饥渴得很，什么事情都能做得出。”

布瑞奥妮瑟瑟发抖，只能忍着不做出三的手势。被别的演员看穿自己女扮男装并没有什么，她不安的是费沃尔说埃顿家族的人现在都死了……

不是全部，她自言自语，并且因为这凄惨的否定而积蓄了一点勇气。

他们走了一段时间，每晚在简陋的营地过夜，直至到达一个地主骑士的庄园，显然他们多年前曾在那里受到热情款待，这次也再度受到欢迎。剧团不用为了房租而表演，但是裴德·梅克维尔被强迫到冰冷的溪水中洗了澡，清洁与冷静都极大地违背了他的意愿，他于是走进庄园，在骑士、女眷和其他家人面前慷慨陈词。裴德的妹妹艾斯蒂尔也一同前往观看表演（但在布瑞奥妮看来，她也是想抓住机会吃一顿大餐，那可比艺人们在骑士马厩中吃得要好得多）。她无法责备那个女人。如果不是害怕被人认出，她自己也很乐意到室内火炉边过一晚，吃点煮洋葱和胡萝卜之外的东西。但即便是胡萝卜、洋葱和两大块面包也比过去一个月内吃的多数东西要好，所以她试着不要太难过。而且她也了解到，有这样的食物，自己的大多数国民都会很高兴的。

特奥多罗斯早早离开聚会，带着汤碗回到了马车，因为他说自己为新剧作想到了一些绝妙的修改意见，他许诺晚点会给布瑞奥妮看。“保证会让你发笑，”他说，“至少会给你一些启示，不管怎么样，都会让你成为一个更合格的旅行同伴。”她不能确定那话是什么意思，但还是和其他团员一起被撇下，整个下午只能帮他们将马车从泥泞的车辙中拉出，双手勒出的血只能擦在绳索上，所以他们愿意将她当作剧团的一员，至少今晚愿意。

“其实我们是一个非常友爱的团体，小蒂姆。”纳文·休尼一边对她说，一边肆无忌惮地从骑士付作报酬的麦芽酒桶中倒酒，他们今晚还可以住在马厩里，这都是今晚梅克维尔朗诵的奖赏。“你永远也不要拉帮结派，哪怕是一会也不行，如果你不想引来所有惧怕神明的人们的辱骂的话。”

布瑞奥妮几周来逃过了大火、饥饿以及更多想要杀掉她而精心设下的计谋——尤其是其中还有一些是邪恶的魔法，因此对剧作家的狂妄言语并不感到害怕，但还是点点头。

“害怕神明的人们也害怕你，休尼，”年轻的费沃尔说着朝布瑞奥妮眨眨眼，“不过并不是因为你是戏子——或者说并不仅仅因为这个原因。而是因为你太臭了。”

大块头的多文·比奇听了这话大笑起来，其他三个团员也是，布瑞奥妮还没有记住他们的名字——都是些安静的大胡子，总是毫无怨言地干着工作，在她看来都太过普通无法当演员。纳文·休尼盯着那个优洛斯男孩看了一阵子，接着跳将起来，眼睛闪着光，嘴巴因为愤怒而扭曲着。他从污秽不堪的上衣中掏出什么东西，向前一跃刺向费沃尔喉咙。布瑞奥妮发出一声沉闷的惨叫。

“那东西应该放进锅里，不该放进我喉咙啊！”费沃尔说着推开胡萝卜。修文仍旧恶狠狠地瞪了一会，接着才举起胡萝卜放到嘴边咬了一口。

“新来的小子可是吓坏了，”他开心地说，“那叫声真是一点男子气概都没有。”休尼额头上汗水闪着光。*他差不多醉了*，布瑞奥妮心想，她的心脏跳得还是很急。“我的看法就是这样——我想应该重点强调一下。”他转身朝向布瑞奥妮，“你以为我会杀了我们可爱的费沃尔，是不是？”

布瑞奥妮耸耸肩，接着慢慢点头。

“如果由我来代替出演绅士……像这样……祈求得到温柔女仆一个吻……”他边说边演，噘起嘴唇像是相思病害得最厉害的求爱者。男主演费沃尔举起一只手，假装在摇曳扇子的模样，将那求爱者置于尴尬境地。“也许我该勾引你，俊美少年，”休尼说着朝布瑞奥妮靠过来，“你的脸那样光滑，就像佐悉蒙的娈童……”

“放过那小子，纳文。”多文·比奇不等惊恐的布瑞奥妮采取行动就抢先低着嗓子发话。她不想有谁靠得太近，发现她是女儿身，但绝对想象不到休尼这样的醉酒佬会做出什么举动。“你不开心是因为梅克维尔被邀请进屋，而你没有。”

“不对！”休尼做出一个无所谓的手势，接着发现自己有点站不稳，于是就跌跌撞撞假装小心坐在小火堆旁的地上。火堆旁冰封的土地融成一团淤泥，他只得拿出杂技演员般的本领一扭坐上了其他人共坐的木头。“不，正如我在受到优洛斯公主干扰时所说过的一样，我们戏子为什么这么胆小怕事呢。我们演出的正是其他所有人都想要掩盖的事情——甚至包括牧师想要掩盖的事情。我们表演牧师的布道——不过都被当作无聊之举。剧院大门就是通往地下世界的大门，就像伊蒙守卫的那座，但是没有我们演出的骇人事实，演出愤怒的骗子都想要遮掩的事实，谁又能说得清楚谁是谁呢？只有戏子，他们站在幕布之后，穿好戏服戴好面具，讲述故事真相。”休尼举起麦芽酒杯，撩起一缕长长的假发，仿佛因为陈述了自己的观点而满足不已。

“哦，可是纳文大人今晚话太多了，”费沃尔大笑着说道，“我估计不等酒桶喝干，他会再给我们解释一遍，自己是全世界活着的最伟大的剧作家。”

“要么就是倒进自己的呕吐物中！”另一位演员大喊。

“说点好听的啊，”大个头比奇说道，“我们还有客人在呢，说不定蒂姆没听过这样的冷嘲热讽，是在温和环境下长大的呢。”

“我猜就是这样。”休尼说着投来古怪的一瞥，让布瑞奥妮心都沉了。剧作家挣扎着站起来。“不过我呸，这位大块头朋友，我说的可都是事实啊。诸神之中，比如佐悉蒙和佐睿雅，还有诡计多端的库比拉斯，他们就是最早的戏子和剧作家啊，他们懂得我言语中的智慧。”他又猛灌一气麦芽酒，接着用袖子擦擦嘴，胡须在火光中闪着光，锋利的眼神熠熠发亮。“一个农民跪在地上，因为害怕死后会被送往科涅奥斯宫殿而浑身颤抖，这时他看到的是什么？是神庙墙上斑驳的壁画中如同稻草人一般呆板的神灵画像？还是他记忆中我们胸膛挺拔的同伴大个子比奇的形象呢，比奇穿一身宽大的肃穆黑袍，戴着面具，幽灵一般可怖，正如在《尼克洛斯王的生与死》中带走丹德伦灵魂那一幕中的装扮一样。”

“那不是纳文·休尼写的剧目吗？”费沃尔嘲笑道。

“当然，没有其他历史剧能和那一部相媲美的，”休尼说道，“但我要说的与你无关，似乎像以前一样将你遗忘了。”他转身朝向布瑞奥妮，“你明白我的意思了吗，孩子？想到人生中精彩或恐怖的事情，比如爱情、谋杀、诸神之怒，人们会想到什么呢？他们会想到诗人的诗句，演员精心设计的手势，戏服，我们用隆隆响的大鼓做出的雷鸣声。只要沃特曼记得准时敲响自己的鼓就行。”

团员们会心一笑，其中一个络腮胡子的男人羞愧地摇摇头——显然他曾经犯下那样不允许忘记的错误，他也从没忘记过。

“所以，”休尼喝干杯中酒，又满上一杯，“当他们看到诸神形象，就会想起我们。当想到魔鬼、甚至精灵，他们想起的是我们的面具和骗局——虽然那些可能会变化，现在无赖的加尔人从北方南下打乱了诚实戏子的生活。”休尼停顿一下清清嗓子，像是在提醒他们的玩笑话突然被蒙上了阴影一般，“但是，嘘，说演员和诗人是危险行业，原因并不仅仅在于此。想想！当我们写作或是讲述他人故事的时候，难道不是在往人们的头脑中灌输思想吗——那样的思想有时候连国王和王后也会害怕！权势越大的人就越害怕（现在我就在思考这个问题），因为他们担心失去的东西最多！”他又草草擦擦嘴，仿佛嘴唇已经失去感觉一般，“事实上，在所有其他情况下，仿冒品都会被最高法庭判定为犯罪吧？假冒的金子足够让工匠被判监禁了，或者热铁棒烙刑，甚至是绞刑。也难怪他们会惧怕我们，因为我们不仅可以冒充国王和王子，还能假扮神灵！还远远不止这些。我们甚至能控制人们的感情……甚至人类。没有一个骗子能做到戏子这一步！”

“或者像醉酒作家一样，”费沃尔说，虽然觉得好笑，但现在也有点愤怒了，“谁喜欢看他嘴里冒出来那些漂亮话啊，就像小孩子吐泡泡一样嘛。”

“很好，乌里安，很好，”修文说着又喝了一口酒，“你也可以成为诗人。”

“何必费这个劲，要想听诗人吟诗，我露屁股给他们看就够了。”

“因为有一天，那雪白的屁股也会变老、变黑，像乌龟的脖子一般爬满皱纹，”休尼说道，“我也曾是赫迩明海最俊美的少年，这一点我很清楚。”

“所以现在你成了买家，而不是卖家了，只要是个年轻冒昧的酒馆女仆就可以得到你的诗歌，只要付出价值一个铜板的伪装就好，休尼大人。”费沃尔乐了，“还有撒谎也是用来出售的——你所说的就是这个意思。在我看来，你描述的就是集市买卖，所有的农民都知道集市怎样运转。”

“但是没有人像戏子这般了解。”休尼顽固地重复。布瑞奥妮辨别得出，他的口音现在几乎不怎么含糊了。

聚在火堆旁的其他人似乎看惯了这样的把戏。他们怂恿休尼，又给他倒满麦芽酒，假装向他提问。

“戏子们害怕什么呢？”有人大喊。

“戏子们了解的到底是什么呢？”那个名叫沃特曼的家伙问。

“戏子害怕被打断，”休尼厉声说，“他们了解的就是……一切有价值的事物。你觉得普通人看到神秘事物时为什么会说：‘去酒馆里问问吧’？那是因为那里可以找到戏子。为什么会说：‘也可以问问脸上戴着面具的人’？因为他们知道人生充满秘密，而我们戏子了解所有的秘密，还能表演出来，如果出价合理的话。想想布罗纳老总管——或者我们新来的海弗莫大人！他们都知道谁知晓一切。谁了解所有最污秽不堪的秘密……”休尼摆头，似乎一时间突然找不到演说的方向了。“他们了解这一点……他们知道谁……会发现暗巷里隐藏的真相。只要花上几块银币，那些人就会将整个真相当着所有伟大和有权势的人物的面在宫殿中公之于众……”

“你该去散散步，纳文。或者你干脆去睡觉吧。我们明天还有很多事要忙，很长的路要赶。”布瑞奥妮身后传来一个声音，布瑞奥妮吓了一跳，差点又尖叫出声来。费恩·特奥多罗斯站在马车台阶上，圆滚的身影几乎将涂漆的车门整个遮掩住了。

“而且我说的太多了，”休尼说道，“好的，费恩大哥，我听你的。诸神知道，我满嘴的唠叨无意冒犯任何一位。”他眯着眼冲布瑞奥妮甜甜一笑，那样子已经是浑身臭汗的家伙能做到的最好程度了。“也许我们的新伙伴想陪我一同走走。我会挑些安全的话题——剧团的早期历史什么的，当时的戏子们都是罪犯，从来不能在一片草地连续扎营两晚……”

“不，我想蒂姆大人会和我一起。”特奥多罗斯严厉地看了他一眼，“你真是个蠢货，纳文。”

“但是从不遮掩，”休尼边说边继续微笑，“而且是个诚实的蠢货。”

“那蛇也能算是诚实了。”费沃尔说。

“蛇都很诚实的。”休尼回答，所有人都笑了起来。

“他刚才在说什么？”布瑞奥妮说道，“我几乎一句也听不懂。”

“没关系。”特奥多罗斯语速很快，就像是不愿在这个话题上停留过久一样。“那么告诉我，蒂姆……我的女孩，”他笑着，“你离开南境国有多久了？”

“我记不确切了。”她不想事事都完全照实相告——不能让别人联想到布瑞奥妮公主的消失。“好像是在孤儿日前。我逃走了。因为主人打我。”她说着，希望一切听起来合情合理。

“当时精灵族攻来了吗？”

她点头说道：“但大家都不是太清楚。军队出城迎战了，不过我听说……听说精灵族胜了。”她屏住呼吸。巴瑞克……“有没有人……知道详细情况？”

特奥多罗斯摇头：“没太多消息。南境国以西发生了一场大战，就在城外的农田里，幸存的士兵不到三分之一，传来的都是大屠杀和惨败的消息。接着精灵族接管了大陆城市，就我所知，他们现在仍在城内。我们的赞助人洛里克·朗格伦被杀死了，和其他许多贵族骑士一样，比如梅恩·卡伦、奥德里奇大人，多得数不胜数，这是自凯里克·埃顿时代以来发生的最大的骑士屠杀事件。”

“那王子——巴瑞克王子呢？有人听过他的下落吗？”

特奥多罗斯盯着布瑞奥妮看了很久，接着叹息道：“没有。他据说已死。没人能靠近战场——到处都是可怕的精灵，虽然开战以来他们没有继续作恶，似乎已经满足了栖居于黑暗的城市之中，好像在等待什么东西。”他耸耸肩继续说道：“但是再也没有人西行了。塞特兰大道空无一人。没有人去过大陆城市。我们只能乘船到达奥斯嘉特，开始自己的旅程。”

布瑞奥妮感觉像是有两只强壮的大手在揉搓她的心——几乎喘不过气来了，更别说思考了。“谁……谁会料到会发生这样的事情呢？”

“确实如此。”特奥多罗斯突然走过来坐下说道，“不过，现在你必须振作点，小蒂姆。生活还在继续，你已经给了我一个绝妙的点子。”

“你指什么？”

“很简单。你看，这是《佐睿雅受掠记》的草稿。我本以为可以结束了，但是你给我提供了许多大胆的素材，我又加了许多页。光是其中的俏皮话，很大程度上我都要感谢你——毕竟在一部血腥战场场景居多的作品中，精彩的俏皮话永远不嫌多。现在可以一个接一个了，就像甜点和开胃菜。”

“你说的是什么点子？”*难道所有的剧作家说话都这么含糊不清吗？难道他们就不会用通俗易懂的语言说话吗？*

“很简单啊。你的……困境让我联想到这些。我们看戏时经常会看到女扮男装的情节。这不是新鲜桥段了——某个小贵族家庭的小姐假扮成乡下姑娘，自称牧羊女，或者类似的戏码。但从没有见过女神假扮凡人吧！”

“……什么？”

“女神假扮凡人！我让佐睿雅在被月亮王科尔斯掠走的紧要关头假扮成女佣，这样她就逃到了凡人之中。但是因为是以你为原型，所以我把她假扮成了男孩。一位女神，不仅要假扮凡人逃亡，还要女扮男装——你不觉得太精彩了吗，石靴为她的逃亡和与凡人相处增添了多少故事啊？”

“我明白。”布瑞奥妮现在有点累了，还犯困，没有太多精力再听别人说话。她想起莉丝娅讲过的故事，忍不住想吓特奥多罗斯一下。“还有一个想法可以给你考虑。如果佐睿雅不是被科尔斯掠走的呢？如果她真心爱上了他——和他私奔了呢？”

特奥多罗斯盯着她看了很久，布瑞奥妮没想到一个想法丰富的人会吓成这样。“你说的是什么意思？你是在挑战整个《三神之书》

的权威吗？”

“我不想挑战任何东西。”布瑞奥妮的眼睛已经很难坚持睁开了，“我只是说，如果你想来点别出心裁的，那为什么不采取最简单的方式呢？”

她从床边溜下去蜷缩在特奥多罗斯借给她的毯子中，只剩剧作家还凝视着一支蜡烛无法照亮的黑暗地带，他的表情充满震惊，但似乎也在揣测。

第二十八章
黑色大地的秘密

苍白之女的儿子诞生了，几年之后就完全长大了。他被称作歪神，倒不是说他心肠坏，他的心肠就像箭矢的飞行轨迹般直来直去，而是因为他的歌声总是晦涩不明，往往朝着出乎意料的方向发展。他天资聪颖，到一岁之时，已经如此智慧，他为父亲银光王设计了瓦片，这让他们的宫殿比其他所有人的都宏伟。

但是战争随后而来，许多人去世了。古老的传说中，人们站在了微风神之子的一边，虽然面对雷神及其兄弟的怒火，人们如蝼蚁般死去。此后源雾神生下的第一个孩子痛恨反抗他的人，对他们百般迫害。但后来的岁月中，支持雷神的人们却子孙昌盛，因为他们对源雾神家族忠心耿耿。

——引自《忏悔之书·百种思索》

起初，范森甚至无法积聚力量坐起身来。埋尸坑的记忆沉甸甸地压在胸口。

我再说一遍。起来，费拉斯·范森。

这个名字并没有在他脑海中引起太大回响，他反倒是看到了自己的形象，虽然歪歪扭扭，皮肤暗沉，粗鄙得如同童年时代在大斯戴尔集市上见过的高山上近亲繁衍的族民。或许在防风灯眼中，他就是这样的形象。

你想干什么？让我睡觉。

我们必须弄清楚看到的情况，阳光大陆人——还有一些别的事要做。

范森呻吟着睁开眼，接着强迫自己坐起身，脊背和手肘刮在牢室粗糙的墙面上。巴瑞克还在睡，不时小声呻吟抽搐，就像是被噩梦困住一般。

让我静一会。我有事情和你说。

埋尸坑的记忆不会消失。诸神保佑我们，他们在下面干什么啊，是要将所有这些家伙都劳累至死吗？

基尔点头。那么，你也注意到了，大部分尸体都看不出伤痕，不知是被什么杀死的。是的，也许他们就是劳累至死的。精灵一只手掌抚摸另一只手背。不管背后有什么样的故事，肯定够给《忏悔之书》添上新的一页了。这样的想法不像真正的图书，图书上观点、图画和情感都已经固定成型了，而这想法对于范森来说显得太过复杂、太过陌生，一时难以把握。

还能有什么别的原因？他们看上去就像跌落致死。大多数尸体上都没有痕迹。范森对尸体的熟悉程度超出自己的设想，尤其是那些在战场上找到的尸体，每一具身上都带着一本《忏悔之书》，结尾在所有人读来都很残酷。

我们不应该给不了解的事情做出错误的假设，基尔说道，这地下深处的水有时候会有毒。或者也可能是因为瘟疫而死。也可能是因为别的……

范森虽然想到自己是被囚禁在瘟疫猖獗的巨大牢房中爬行，但还是为防风灯深刻的想法所惊呆了。他本以为这家伙不过是个小野兽，一只嗜杀的狼，但结果反而心思缜密得如同东境国的学者。还有别的原因？是什么呢？

我不知道。但我害怕那答案的恐怖程度会超过毒药和瘟疫。基尔看着一阵阵陷入昏睡梦话不止的巴瑞克，我希望不要让男孩听见我们谈论之前所见的死尸。他的思绪已经被恐惧和其他我不能完全弄懂的事情占满了。但是现在我们必须叫醒他。我有事情对你们两个说——非常重要的事情。

比瘟疫还重要吗？

基尔蹲在王子身边推推他的肩膀。仍在抽搐的巴瑞克迅速静下来。片刻之后，男孩睁开眼睛。精灵从短上衣中扯出一把面包，那是他从之前的食物中囤积下来的，接着走到格子窗边，范森惊奇地看到他将面包撒到牢室之外大牢房的中央。

其余囚犯惊讶地迟疑片刻，接着都宛如鸽子一般冲过来争抢面包，大个子的抢夺小个子的，体型差不多的健康囚犯为了保护自己抢到的部分则开始恶狠狠地厮打，或是偷窃自己没能快速抢夺到的食物。不过是心跳几拍的时间，外面的牢房就从一片静谧的凄惨变成嘶吼尖叫的狂乱场景。

现在我们可以说话了——至少这一会可以说，基尔说道，我觉得有人在近旁偷听——可能是尤尼索或者他的一名副官——不过，正如噪声能够遮盖说话声，愤怒和恐惧也能掩盖我们的谈话，即便是那些能听见无声交谈的人也不能听见。

范森不喜欢那样的声音。有人能听见我们在脑海中交谈？

这样交谈并不是秘密，阳光大陆人，这只是一项技能而已，可能有些人生来就会——或者和你的情况一样，只是一项奇怪的财富。无梦人尤尼索绝对能做到，只要他的距离足够近。现在你们都注意听我说。他转身看着巴瑞克，男孩仍旧睡眼惺忪，你们两个都注意。

基尔从短上衣中又拿出一些别的东西，但这次他没有张开手。这样东西我不给你们看，他说道，我不敢拿出来，即便是在这样混乱的情境——但是得让你们知道它的形状，以防以后你们自己得拿着。

范森瞪大眼。不管精灵长长的手指间握住的是什么，他都完全看不见，形状小得像是一只鸡蛋。什么……

基尔摇摇头。这样东西非常珍贵，你们只需要知道这一点就够了——说不出的珍贵。夫人交给我一项任务，那就是把它交给先民之屋。如果不能交给那里的人，那么我们两族之间可能会再次爆发战争或者更为糟糕的事情，而且还不止如此。如果不交给先民之屋，那么镜子契约会被打破，雅萨梅兹夫人将摧毁你们的城堡和其中所有的人。最后，她会唤醒诸神。世界将天翻地覆。我的族群会灭亡，你们则成为奴隶。

范森瞥了一眼巴瑞克，他看上去并没有范森想象的那般慌乱。男孩盯着基尔的紧握的拳头，看上去不过是一时兴起。为什么……为什么你要告诉我们这些？

费拉斯·范森，我告诉你是因为，王子还有其他任务——你不能知道的一些奋斗任务。雅萨梅兹给巴瑞克也设置了任务。我不明白，也不懂目的何在，但是她要王子和我一同前去——先民之屋。镜子契约必须履行，所以我现在告诉你是因为，我知道就算你不相信我所说的全部事情，但是你还是会追随王子，无论他去哪里。听！

他怪异的红眼珠看着范森，目光不容置疑却又充满乞求。他的话语游弋在充满恐惧的思潮之中，一如鱼儿穿行在迅速冷掉的波流之中。记住这一点——如果我死在这里，你们两个必须从我身上拿走这个东西，将它带到先民之屋。你们一定要记住。如果不这么做，一切都会失去——你们的人民，我的同胞，所有人都会溺死在鲜血和黑暗之中。大溃败的结局是那样迅速，那样丑陋，超乎所有人的想象。

范森看着眼前这张几乎毫无表情的奇怪的脸。你想要我帮你完成……什么任务？或者帮你的主人，你说她就是——给王子下咒的人？为了你的同胞，他们可是屠杀了我几百名守卫啊，他们烧毁了村镇，屠戮无辜平民。他别过身不去想巴瑞克，但是王子只是盯着他，像是在回忆两人之前在哪里见过一般。这一定是疯了。

我不能强迫你做任何事情，费拉斯·范森，精灵说道，我只能祈求你的恩惠。我明白你十分痛恨我的族人——但是请相信我，我对你的人民也有同样的感情，而且更强烈。基尔抬起头倾听，我们不能再说了。但是我请求你，如果那样的时刻到来的话——记住！

我怎么会忘记？范森想着，但这一次只是他个人的想法。我被要求去帮助谋杀我同胞的人。而且，愿诸神帮助我，我想我会帮忙。

关于基尔和范森之间那场乱七八糟的对话，巴瑞克记得的不多，更别说理解了，谈话结束之后，他又陷入昏睡。接下来的几个小时里，噩梦一直在折磨他，就像过去一样——愤怒和追杀的梦，梦里的那个世界他不认识，但那里却认识他，而且害怕他——但现在梦境似乎丰满了些，变得更深沉丰富。不过有一件事已经发生了变化：现在所有的梦中都出现了一个乌发碧眼的女孩，就像是他的孪生姐姐布瑞奥妮，和他同血同脉。布里克不认识那个女孩，女孩在他所有的噩梦中，即便是在毫无逻辑的梦中都没有主动行动，但她就在那里，如同远处山顶上的一个牧羊女，那样遥远，那样无动于衷，但无可争辩的是，她是在欢迎他。

巴瑞克眨眨眼醒过来。同伴们将他抬到一道光芒下（如果如此

微弱的光线能被称作那个名称的话），那光芒是从窗格子透进来的，并照在粗糙的砂浆石板上。

他坐起身，但周围牢室旋转起来，很快他觉得之前看到的埋尸坑不知怎么升上来抓住了他，将他拖入那恶臭的血河肉浆之中。他想爬到狭窄牢室另一头的垃圾坑去呕吐，但因为痉挛未能做到。虽然胃里几乎已经吐空了，但酸味立刻弥漫在狭小的牢室之中，让他在凄惨之中更添愧疚。巴瑞克再次呕吐的时候，费拉斯·范森转过身去，但这次吐出的只是些胆汁——卫队长出于礼貌而做出的举动只让巴瑞克感觉更加糟糕。他还记得范森打他的情景——这个人一定也只是屈尊俯就吧？拿他当小孩对待吧？

他想说话，却没有力气。他又是燥热又是打寒战，受伤的胳膊疼得难以忍受。范森和基尔看着他，但他却挥手拒绝卫队长伸来的帮忙之手，不顾手臂持续的疼痛爬回牢室墙边。他想告诉他们，自己只是累了，因太虚弱没能说出声。他任由两人给他喂下一小口用水润湿的面包，接着又陷入凄惨灼热的睡梦中。

今天是什么日子了？这真是不合时宜的想法：日期的名称已经快忘光了，如同天空的样子，还有松针和熟食的香味之类的美好事物一般。突然之间的沉默吸引了巴瑞克的注意力。他翻身坐起来，战栗之中他以为加尔人和侍卫已经被带走了，只剩自己孤身一人被留在牢室。他一阵眩晕，牙齿咯咯作响，眼前直冒金星，但当火花熄灭之后，他看见范森和基尔只是隔了一段距离，没精打采地靠在墙边，低着头睡着了。

“感谢所有的神明。”他小声说。听到王子的声音，基尔睁开红眼睛。范森也醒了过来。卫队长脸颊瘦削了，因为胡须蓬乱而显得十分暗沉。**他什么时候变得这么瘦了？**

“你觉得怎么样，殿下？”范森问他。

巴瑞克花了一段时间清清嗓子："这重要吗？我们反正会死在这里。我想过……说过的所有事情……现在都不重要了。这里就是我们的葬身之地。"

*先不要丧失希望。*基尔的声音听起来惊人的有力。*所有的东西都没有失去。这里仿佛有什么东西加强了我的……*巴瑞克不明白那话的意思——感觉就像是一团小而刺眼的火焰。*我的能力，你可能会说——就是让我成为防风灯的能力。*

*真好笑。我感觉比离开城堡那会儿还糟糕了。*这是实话：巴瑞克离开家以来，确实从噩梦和奇怪的思绪中得到了一些释放，尤其是那些和泰恩·奥德里奇还有其他士兵骑行的日子，但自从和伙伴们一起被抓进这个地狱般的地下洞穴以来，过去的痛苦来得比从前更猛烈了。他几乎能感觉到，宿命如影随形。*你们说是可怕的吉库因害的我吗，就是那个大个子？我觉得他的声音……好像伤害了我……*

基尔摇头。*我不知道。但是这个地方有点奇怪——比半神本人的出现还要奇怪，我想。我过去的几天一直在撒网，想从其他犯人，甚至包括狱卒的头脑中收集情报，虽然他们大多数的思想比野兽多不了多少。*

你竟然有这个能力？

我现在能做到了。很奇怪，但这个地方不仅仅让我的力量都回来了，我觉得还让我比以前更强大了一点。

巴瑞克耸肩。*强大到足够带我们逃出去吗？*

他感觉基尔一定会遗憾地笑笑，像是爱夸口的普通人一样。*我想不能——仅凭我一己之力不足以反抗尤尼索和强大的吉库因的力量。但是不要绝望。多给我点时间，让我想想别的事情。我需要多了解这个地方的秘密。*

*秘密？*巴瑞克看到范森也听得聚精会神——可能已经在和基

尔展开对话了吧。想到这里，他并没有和以往一样开始忌妒，反而奇怪地感到和这个人联系在了一起。有时候他憎恶这个卫队长，但有些时候他又感觉和费拉斯·范森比和任何其他活着的普通人都还要亲近——除了布瑞奥妮之外，当然了。诸神保佑你，他想到这里心里突然充满疼痛感。哦，稻草头，我该付出怎样的代价才能再见到你啊，真正地看到你的脸庞，出现在我的面前……

当你陷入灼热的梦境之时，我没有浪费时间，基尔告诉他说，我找到一个有时会下深坑工作的狱卒——他负责看守犯人们将尸体放上平台，然后送给上面推车的奴隶。

你能……看到他的思想吗？你能看到我们将面临怎样的命运吗？

不。这个狱卒很奇怪，在那些记忆本该在的地方却是一片空虚。

那他对我们有什么用处？巴瑞克又没劲了。多荒谬啊，他只能保持这片刻的清醒！

我可以追随他——进入他体内，就像之前深入那个林中精灵的思想和感情中一样。我可能会去看看他在地下都做了些什么。

那我也要和你一起去，就和上次一样，巴瑞克说道，我想看。基尔和范森交换了眼神，这让巴瑞克很生气。我知道你们两个觉得我没用，但是我不要被留在这个牢室中。

我没觉得你没用，巴瑞克·埃顿，但是我觉得你有危险。上一次带着你的思想的时候，我就感到这个地方不知有什么东西正在削弱你的力量。费拉斯·范森和我不会离开——只是思想离开而已。你不会被孤零零丢在这里的。

巴瑞克太虚弱了，本来无力发火的，但他却做到了。不要在我的头脑中说话，对我撒谎。孤零零？困在这里守着你们空荡荡的身体，还有比这更孤单的事吗？如果你们出了什么事，你们的思想……迷路了，或者是类似的事情，那该怎么办？我宁愿我也迷路，也不

要被留在这里守着你们的尸体。

基尔盯着他看了很久。**我会考虑的。**

“我也觉得这不是什么好办法。”范森大声说。

巴瑞克竭尽全力恢复冷漠的面貌说道：“我知道你不会遵从你讨厌的命令，范森队长，但是除非你完全放弃对我的忠诚，不然你对我家族发过的誓言就还有效，你还是我的臣民。我是南境国的王子。你觉得你能命令我吗，不顾我的意愿？”

范森盯着他，脸上掠过几十种不同的表情，就像油在池水中扩散开来。“不，殿下，”他最后说道，“您可以做您觉得最正确的事。一如以往。”

卫队长当然是对的，但是巴瑞克痛恨这一点。他犯傻了才会冒这样的危险，但他必须说出实话——他太害怕被孤零零丢在这里了。

“多利安，你在做什么？他离火炉太远——会受凉生病的。”阿妮莎王后从床上探起身子看着保姆说道，那是个强壮而沉闷的女孩，肤色苍白，这些都是康纳德人的典型特征。

“好的，陛下。”那年轻女人将孩子连同身下的垫子一同抱起，故意表现出自己又被添了多少麻烦的样子，接着用脚将椅子推得离大火炉近一些。乌塔修女不禁想到，那样婴儿极有可能被飞溅的火星烫到，在这个本就很温暖的房间中赤裸一会倒是不会怎么样。**当然了，我从没生过孩子，虽然我曾经出席过庆生会。也许自己生孩子感觉会不一样。**

“我只是不明白，为什么有些事情要我一遍又一遍不停地说。”阿妮莎说。怀孕以来，她瘦削的身子丰满了些，但是现在皮肤显得有点松弛。“就没有人听见吗？难道我的痛苦和折……折磨还不够多？”

“别这么焦躁，亲爱的，”梅若兰娜告诉她说，“你是受了苦，没错，不过你生了一个多么健康的儿子啊。他的父亲一定会很骄傲的。”

“是的，他确实很健康，不是吗？”阿妮莎笑着看看婴儿，小家伙正抬起头全神贯注地盯着保姆，婴儿的神情那样无邪，令人感动——这也是乌塔一生中所做出的最后悔的抉择之一。可能会很有趣，她想着，甚至也许会带来深刻的满足感，自己照顾一个无邪的小生命，像装满首饰盒一样，只为这个生命中填满美好的事物，只填满善良、虔诚的思想，只填满爱和友情。“哦，我祈祷他的父亲能尽快赶回来看看他，”王后说道，“看看我做的事情，我给他生了一个多么俊美的儿子啊。”

“你准备叫他什么名字？”乌塔问道，“如果你不介意在仪式之前透露的话。”

“奥林，当然了。和他父亲一样。是的，奥林·亚历桑德罗斯——亚历桑德罗斯是我祖父的名字，就是德沃尼斯大子爵。奥林。我还能叫他什么别的名字吗？”阿妮莎听起来有些激动地说。

乌塔没有指明国王已经有两个儿子了，两人都没有用国王的名字命名。阿妮莎是个没有安全感的人，但情有可原：她丈夫被囚禁了，继子们全都不见了，唯一被承认的就是这个小婴儿。她想要所有的人都时刻记住这孩子的父亲是谁，他所代表的是什么，这一点也不奇怪。

有人敲门。王后的另一名女仆离开这群小声交谈的女人去开门，接着和门外狼一般凶猛的侍从说了几句。“是医生，陛下。”她通报。

门打开时，梅若兰娜和乌塔交换了一个惊恐的眼神，这一次走进来的是奥科罗斯男修士，而不是查文。这位学者身穿一身酒红色的东境国学院袍，深深鞠过一躬然后单膝跪地。“陛下，”他说道，“啊，还有夫人。女士们好。”他接着站起身为乌塔和其他人鞠了一躬。

“你可以到我身边来，奥科罗斯，”阿妮莎叫他，“我有麻烦了。我的奶水，几乎出不来。如果不是有多利安，我真是不知道该怎么是好了。”

乌塔很惊讶阿妮莎完全不能哺乳——虽然在贵族妇女中，此类事情并不少见，她应该猜到的，能把孩子交给乳母喂养，王后高兴还来不及呢——于是转过身让医生和病人谈话。其余女仆上前围拢在王后床边聆听。

“我们还没和奥科罗斯谈过，”梅若兰娜小声说，“现在时机正合适。”

“和他谈什么？”

“我们可以询问他那些小人儿们说过的奇怪事情。有关月宫还是什么的事情。如果与查文有关，那么奥科罗斯兴许会明白是什么意思。也许当医生的都知道。”

乌塔突然感到一阵恐惧，虽然也说不出具体是为什么：“你想……告诉他？伊尔斯王后说的那些事？”

梅若兰娜挥了挥戴有戒指的那只手：“不会全部告诉——我不傻。我肯定不会把从屋顶上那些小人儿那里听来的事情随便说给别人听，那些小人儿长度只有我手指这么长。”

“但是……但是这些事情都是机密！”

“已经过去十几天了，我还没弄清楚我的孩子发生了什么。奥科罗斯是个好人——也很聪明。如果能认出来任意一个，他会告诉我们的。你交给我来做，乌塔。你担心的太多了。”

奥科罗斯为王后看诊完毕，为女仆们写下一张注意事项清单：“要记住，他还太小，不能吃面包。”

“但是他喜欢舔我手指上的糖和牛奶。”阿妮莎噘着嘴说。

“你可以用手指蘸奶给他舔，但别喂糖。他不需要。还要告诉你的保姆们别把他包得太紧。”

“但是那样会让他的脖子漂亮呀，我英俊的桑德罗。”

“也会压弯肩膀，可能还会导致鸡胸。不行，告诉她们给他松开些，直到这些动作不会吵醒他睡觉为止。”

“无稽之谈。不过，当然了，如果您说必须这样……”阿妮莎的表情看上去像是在说，等医生一走出房门，她可能就会故意忘掉这些建议。

奥科罗斯鞠躬，清瘦沧桑的脸上浮现出微笑。“谢谢，陛下。愿三神——还有库比拉斯和我们好心的玛蒂·苏拉泽姆——赐福于您。”他做出三的手势，然后转身对梅若兰娜和乌塔又鞠了一躬。“女士们，再见。”

梅若兰娜趁他经过时将手搭在他胳膊上。“哦，您能在外面等一会吗，奥科罗斯修士？我有些事情想问您。恕我们失陪了，阿妮莎，亲爱的。我是说，王后陛下。我得走了，得稍微休息一下——我岁数大了，您知道。”

阿妮莎的目光又集中到了儿子身上，她正全神贯注地看着多利安给婴儿包上亚麻襁褓。“当然了，亲爱的梅若兰娜。你能来看我真是太好了。抱子日那天你会来吧，当然了——就是桑德罗的命名仪式。过不了几天了，就在石神节前一天——你们把那天叫作什么来着？”

“先知日。”梅若兰娜说。

“对，先知日。还有乌塔修女，也欢迎你来参加典礼。”

乌塔点头。“谢谢您，陛下。”

“哦，我会准备上一大包金海豚的，阿妮莎，”梅若兰娜保证，“我会错过刚出生的侄儿的家族欢迎庆典吗？我当然会来。”

奥科罗斯正在前厅等待她们。他又笑着鞠了一躬，然后转身随她们一同走下塔楼台阶。乌塔看出公爵夫人真的是累了——梅若兰娜走得很慢，因为腿疼走路有些不稳。

“我能帮您什么，夫人？”奥科罗斯问。

“需要一些信息，老实说。我可以问问您吗，还是没有查文的任何消息吗？”

他摇摇头。“我恐怕没有。我有许多事情想要请教他。接替他的职位，我有许多疑问，许多不解。我怀念他的指导——还有他的出现，当然。我们许多年来一直是朋友。”

“您了解有关月亮的任何事情吗？”

奥科罗斯面对话题的突然转换显得有点惊愕，但接着摇摇瘦削的肩膀。“这得看情况，我想。您是说夜晚在我们头顶天空上的那个月亮吗？有时候白天也会出现——是的，瞧，现在就在那里，皎白如同贝壳！还是说四肢银白的女神梅希雅？还是说月亮会影响女人的经期和海洋的潮汐？”

“这些都不是，”梅若兰娜说道，“至少我觉得不是。您有没有听说过什么叫作月宫的东西？”

他沉默很久，以至于乌塔觉得她们是不是哪里惹恼了他，但是一开口他的声音还是一如往常。“您是说科尔斯的宫殿吗？被三神征服的那个老魔鬼？在一些古老的诗歌和传说中，他的宫殿就叫那个名字，月宫。”

“有可能。查文以前有没有什么东西被叫作月宫碎片的？”

现在他谨慎地看着公爵夫人，就像是这一刻之前从没注意过她一般——这当然是无稽之谈。乌塔知道自己是太过紧张出现了幻觉了。

“是什么让您问出这样的问题？”他最后说，“我从没想过从您这样的学者口中能听到这样含糊的词语，夫人。”

“为什么我就不能说呢？”梅若兰娜着恼了，“我又不傻，是不是？”

“哦，不，夫人，不是！”奥科罗斯笑了——在乌塔看来他有点紧张。“我不是这个意思。只是如此古老的传说，如此……微不足道的古老故事……我有点吃惊，没想到会从您口中听到这样的事情，我还以为只有我那些南境国图书馆的兄弟学者才会说呢。”他低头思忖，“我不记得查文提到过有关月宫的什么事，不过我可以想一想，也许甚至可以查阅一下查文这些年来给我写过的信——有可能是他进行的什么调查，我也许忘了。”他顿住话头，抚摩着下巴。“我能问一下吗，是什么让您打听这个？”

“只是……我听到一些事情，”梅若兰娜说，“也可能是听错了。我想我应该听他说过一次，就是这样。”

“那么这对您很重要吗，夫人？需要我这个卑微的学者，还有学院的朋友们帮您调查吗？”

“不，真的没什么紧要的，”梅若兰娜说道，“如果您听到查文的任何消息，以及这个月宫的事情，也许我们可以再谈谈。但是您不用太担心。”

奥科罗斯离开后，两个女人从内城走回住所。雪花在风中飞舞，但鹅卵石路面上只铺了白粉般薄薄一层。天空仍然如烧煳的布丁一般黑，乌塔心想明天早上，地上积雪可能会更多。

“我觉得事情进展很顺利，”梅若兰娜皱着眉头说，她走得更加吃力了，“他看上去很乐意帮忙。”

“他知道些什么。您难道看不出来吗？”

“是的，当然能看出来。”梅若兰娜眉头皱得更深了，“这些人，尤其是学者，都以为如此学识只应归他们自己所有。但他现在也知道，必须一物换一物。”

“您有没有想过，这样的游戏很危险？”

梅若兰娜惊讶地看着乌塔。“你是说奥科罗斯修士吗？城堡里充满了危险，亲爱的——光是托利家族就足够让某些人做噩梦的了——不过奥科罗斯修士就像牛奶般纯洁。相信我。”

“我也只能如此，不是吗？”乌塔虽如此说，但她也不可能和朋友置气超过几个月时间。她挽着梅若兰娜的手肘，好让年迈的公爵夫人倚靠着她，两人就着迅速暗下来的黄昏天色，穿过薄薄的积雪往回走。

*即便是个蠢汉，要像这样撬动他不设防的思绪也并非那么简单，*基尔说道，*你们要保持沉默，我才能把他带到我们牢室门前来。*

巴瑞克有点太高兴了，难以遵守。他已经开始后悔自己的坚持了。想起被困在那个林中精灵迟钝无望的思绪之中处理尸体的感受，就像是他们被剥除了衣衫扔在地板上，胃里到现在还在翻腾，想起来就头晕。

窗格子上露出一张毛发浓密的兽脸，眉骨又瘦又低，巴瑞克几乎看不见那家伙的眼睛。它先是呼噜了几声，接着怒吼起来，像是被什么东西惹怒了，但显然又被强迫留在原地无法动弹。

基尔站起来和它四目相瞪，巴瑞克感觉过了好久好久，静谧之中只有偶尔从外面牢房中传来的囚犯的痛苦哭号。这名狱卒挣扎着，但无法摆脱基尔的控制。精灵站在那里几乎一动也不动，但巴瑞克能感觉到一些冲动和抵抗的浪涛在他们之间来回涌动。最后那东西发出一声奇怪又粗粝的声音，可能是因为疼痛。基尔用袖子擦去苍白的眉头上的汗珠，接着转过身来。

现在，我控制住他了。

巴瑞克盯着狱卒，它半睁的眼皮下小眼睛转来转去，最终变得如同银子一般雪白。但是如果你能控制他，那他不能放了我们吗？帮我们逃走？

他只是个奴才——只负责送食物。他没有里面这间牢室的钥匙。只有尤尼索才有。但是这个呆滞的野兽也许能为我们提供比钥匙更好的东西。坐下。我来给你们展示他的一些思想，他的所见，因为我已经送他上路了。

巴瑞克还坐在坚硬的石板地面上，那狱卒已经转身蹒跚穿过外面的牢房。囚犯们连连躲闪，而它走过的模样就像那些囚犯都不存在一样。

基尔的形象压在巴瑞克的思绪上。他闭上眼睛。一开始除了黑暗中红红的东西什么也看不见，接着开始慢慢溶解出能辨认得出的形状——一扇门打开了，有道走廊向外延伸开去。

除了纠结成一团的感觉，光线和声音之外，巴瑞克几乎感觉不到那东西自己的思想，他想着是不是因为这些狱卒都只是没有思想的野兽的原因。

不。精灵的声音迅速而清晰。基尔确实力量大长。巴瑞克能够感觉到范森也存在于这野兽的思想之中，就在他身后，好像有人在他肩膀后面呼吸。他不仅仅只是野兽，基尔说道，就算是动物也不是你想的那种。只不过是我尽最大努力压制了他的思想，这样他就会按照我们的意愿行事，而且过后不会记得。

野兽狱卒艰难地下降到地底深处，好长一段距离，甚至比停尸房还要低。虽然基尔古怪的控制让它的步伐也显得很古怪，但其他囚犯和狱卒还是如同没看见他一样，只是躲闪开来。他们可能不仅仅只是野兽，巴瑞克觉得，但是即使是和同类在一起他们也没有活力。他第一次想到，也许这些猿猴一般巨大的狱卒也如同他和同伴们一样，都是囚犯，只是方式不同。

每走几百步远，就有什么东西在地下深处砰一声发出隆隆声响，巴瑞克觉得，那声音像是比这野兽沉闷的感觉还要清晰。

那是什么声音？听起来像是打雷——或者是炮弹爆炸！

后者比较接近。基尔沉默了片刻，因为那野兽绊了一下，后来自己走正了。**是歪神的火枪，至少我们是这么叫的。你们的人管那个叫火药粉。**

那么说，他们真的在往这下面发射炮弹了？

不。我猜他们是用来挖掘。现在让我集中精力。

他们继续往下往下往下，直至那野兽狱卒走到一个房间，一具具尸体被装上巨大的筐子，更多的没有脖子，肤色如蘑菇一般的人用绞盘将筐子往上绞。尸体被从矿车上卸下来，推矿车的奴隶更多，这个野兽狱卒跟着肮脏的尸车轨道走进黑暗。

他们还在下降，但是这条坡道比较平缓，搬运工能将车子推上去。车子上装载的不光只有尸体：从地下升上来的装土和大块原石的车子要多十倍，但这些车被滚到另一条分支隧道上去了。

巴瑞克几乎能感觉到范森和基尔正尝试着弄明白这里的安排，但因为这里的深度、热量和更深处频繁传来的隆隆的震荡和敲击声而想要呕吐。**如果他们让我在这里工作，**他想，**我坚持不了多久。**巴瑞克·埃顿这辈子一直在抗争，不想被认为虚弱和病态，但是带着一只残缺的胳膊过活让他痛恨对自己撒谎，就像讨厌别人安慰他一样。**我没有办法干这些野兽干的活儿，这个灰扑扑的可怕地方连口水都没有。我可能几个小时就会死掉。**

这野兽狱卒继续向下，震动得越来越厉害。那被基尔称作歪神的火枪的变幻莫测的雷声现在更响了，震得这跌跌撞撞的野兽狱卒好几次差点跌倒。好几百名囚犯推着车从他旁边经过，沿着又长又宽的坡道向上，但是不管他们的担子有多么沉重，他们总是会避开这个野兽狱卒。

最后巴瑞克看到道路快到结尾了，那里有一座巨大的矮拱门，宽度至少是家里巴斯里斯克门的两倍。狱卒穿过拱门走进洞穴，那洞穴太过巨大，相比起来，就连埋尸坑的那个洞穴也嫌矮，巴瑞克感觉到热浪朝宿主身上冲来，烘烤着它黯淡无光的毛皮，这野兽本来就模糊的视野里涌起了泪水。在盘旋的烟尘之下，一排火炬标记出宽阔的轨道，那是一处交叉口，其他狱卒和囚犯正在那里推矿车。在巴瑞克看来，每迈出一步似乎都要付出极大的努力——他在拱门那里感受到的热浪的冲击仍在持续，每走一步，就像走进了气喘吁吁的龙的咽喉里。这想法就像一双大手般压着巴瑞克的思绪，巴瑞克感觉自己随时可能昏厥，就像最脆弱的小女孩那般陷入麻木不仁的状态。

“*你们感受不到吗？*”他冲另外两个人叫喊，他的思绪已经开始尖叫了，“*感受不到吗？这是个可怕的地方——可怕！我坚持不住了！*”

勇敢点。基尔的思想带着他所有的力量和知识而来，所以有一刻巴瑞克想起了是什么对他付出了完全的信任。

我试试。哦，诸神啊，你和范森难道感觉不到吗？

不像你那么强烈，我想。

巴瑞克痛恨自己的弱小，超过对其余一切的痛恨。在整个童年时代，只要有人说起他残废的胳膊或是年纪的幼小能让他有机会逃避一些事情，他就马上犯浑，不管别人的本意是多么和善。现在，虽然仍旧如此，但他已经承认自己坚持不了多久了。再多沉着的话语也不能消除胃部的绞痛，自从他们接近这个地方以来，那股恶心就一直没有减弱。

*为什么我会有这样的感觉？我甚至真身都不在这里！是什么害得我这样？*现在不仅是疼痛和疲累——恐惧也席卷而来。他对基

尔所说的有一句是真相，他的骨头、他的灵魂都能感觉到：这是个可怕的地方，是个错误的地方。

“**我们不属于这里。**”他应该这么说的，这样他们就会听他的。但他不知道，也不在乎。他甚至不再感到羞愧。

空气越来越热，声音越来越响。野兽狱卒明显对这一切都很习惯了，但似乎还是有点害怕，就和巴瑞克一样。那涌上来的恶臭并不是腐烂的尸体和没洗澡的奴隶发出来的，虽然和这两者都有些相似——巴瑞克能清楚辨别，即便是通过狱卒陌生的思想。那股陌生的气味朝他翻腾而来，那味道他能识别得出，其中有金属味，有火的味道，还有海上空气的味道，甚至有花香，如果有花朵能在血液中开放的话。

坑洞的边缘就在眼前了，就着那几百把火炬的光亮，那边缘正在迷蒙的灰尘中起伏。另外两个人还在朝前走。如果他能往后退的话，他会那么做的——他愿意开开心心地承认自己是个懦夫，是个残废，怎样都行，只要能避开眼前的这个深坑就行。但他无法离开他们。他不知道该怎么办了。他只能依附在基尔和范森的思想之上，依附在他们寄附的野兽身上，仿佛它是一匹逃生的马，等待着一切的结局。头脑中现在一直乱作一团——疯狂的声音，无法识别的声音，移动的影子，闪烁的思绪，这些都没有意义，一切都在他的脑海中嘘嘘叫，就像愤怒的黄蜂。

光线很明亮。有东西正在他脑海中扬扬得意的歌唱，超过了其他一切声音，没有歌词的歌唱，没有出声的歌唱，但确实是在歌唱。他向前扑去，或者说承载他们的野兽向前扑去，像是一个盲人跌进了满是唧唧乱叫的蝙蝠的山洞。他站在深渊边缘朝下看。

那石头中的巨大坑洞几乎是垂直向下挖出的。坑底很深，到处都挂满奴隶的死尸，尸骸里全是蛆虫，几百名奴隶赤裸的身体上大汗淋漓，头上和脸上缠着布条。在坑底中央，最高的地方距离他脚下有五十英尺。有个东西陷入石墙之中，只挖出的一半是一个奇怪的形状，巴瑞克一开始没明白是什么。那形状是垂直的、大得难以置信，它在暴露出来的岩石矩阵中闪烁着奇怪的光芒。那是一个黑色石块组成的巨大的矩形，镶着浊金色和鱼鳞绿的边，遮掩在烟尘和石块之下。它高得惊人——几乎像狼牙塔一般高，而且还要宽许多许多。有人往黑石中刻上了一个很深的符号，黑石表面几乎被松树刻纹完全遮挡住了。还雕刻有一只还未成形的鸟，两只眼睛巨大，和松树的斑纹叠在一起。那雕刻远远的看起来极为古老，像是从高空星辰上坠落到地上来的什么东西。混乱的思绪之中，巴瑞克挣扎着想弄明白，然后突然之间就明白了。

那是一扇门——一扇雕刻有松树和猫头鹰的古老符号的巨大的门。那是科涅奥斯的标志，死神和黑色大地之神的标志。

这时，那标志的巨大尺寸让巴瑞克晕了过去。他离开了基尔，离开了野兽狱卒呆滞可怖的思想坠入虚空，多看那亵渎神明的符号一秒钟都不行。

第二十九章
钟 声

最后，他们毫不停歇的彼此厮杀了一整年，天空之主佩林击败了强夺者科尔斯，并将其杀死。他砍下月亮王的脑袋，高高举起示众。看到这一幕，科尔斯的同盟军逃散的逃散，投降的投降。混乱之中，许多邪恶的暮光族人躲藏在森林和其他阴暗处，但有些逃到了寒冷荒芜的北方荒原，并在那里建起一座黑色堡垒，他们称之为库－纳－加尔——即魔鬼之城。

——引自《三神之书·万物之始》

她的梦一天比一天奇怪，到处都是影子和火光，还有些移动的东西，隐隐约约能看出是追杀者，但一切都很遥远，就像是透过浓浓雾气看见的画面，或者是站在一扇斑驳肮脏的窗户之后看到的一般。她知道自己应该感到害怕，她确实很害怕——但并不是为自己。**他们会抓住他**，她能想到的就是这些，虽然不知道他是谁，或者他们是谁。她梦到的那个男孩肤色苍白，一头红发因为出了汗而打成小卷——他是那些影子怪物追杀的对象吗？但是为什么她一再梦到他的脸，却始终认不出是谁呢？

契妮坦醒来时发现鸽子一半身子被压在她身下。虽然那哑巴男孩自己仍然睡得很开心，他瘦骨嶙峋的手肘、下巴、膝盖戳得她好多地方发疼，她倒宁愿一直睡在柏树枝上可能还舒服点。虽然戳得疼，但看到男孩的脸还是很难发火。他天真地张着小嘴巴，牙齿后面残存的舌根那样可怜，让她虽然疼痛但仍对他充满关爱，这样的感情她甚至对自己的弟弟妹妹也从未有过，也许是因为她对鸽子负有责任，而这种责任对弟弟妹妹是没有过的。

契妮坦躺在这异国他乡狭窄不适的床铺上，惦记着这两个人，一个是身旁的孩子（现在正因为她给自己挪了点地方而微微颤抖），另一个则完全是梦中所见的，这感觉真是古怪。她的人生怎么会变成这样？她曾经也是一名平凡的少女，走在普普通通的大街上，和其他孩子一起嬉戏，现在却孤身一人来到一个如此遥远的国度，只为了逃脱独裁者的控制。

契妮坦还是不能全部明白。为什么苏列佩斯，整个南方世界的统治者首先会选中她呢？她又不像他的妻子艾瑞莫恩那样是稀世美女，她甚至连美女都算不上：契妮坦曾多次打量自己颀长的身影，薄薄的嘴唇噘着，警惕的眼睛有一丝怀疑。她从隔离地那些铮亮的镜子中往自己身后窥看，因此知道这一点毋庸置疑。

她决定停止担心，打了个呵欠。天一定是快亮了，虽然她希望努沙什大车的车轮在天亮的轨道上至少再走一个小时：她想多睡一会。她安置好鸽子，这样她就可以伸展开来。鸽子鼻子中发出一声不耐烦的哼哼声，但也任由身体戳成一个不那么痛苦的姿势。

她正要蒙蒙胧胧滑入温暖的梦乡之时，传来一声沉闷的声音，那声音如此低沉，她感觉到地板都震动了。片刻之后又是另外一声，调子高了些。接着这两个声音再次响起，之后加入了第三个音调——是钟声，她终于意识到，从很远的地方传过来的。一开始，契妮坦还处于朦胧的睡梦中，想着一定是蜂房神殿在召集晨祷，接着她才想起自己现在身处何方，于是就坐起身，从那抱怨不已的男孩身旁摆脱出来。周围的人们也都开始骚动。钟声还在继续。

契妮坦爬下床，匆匆穿过宿舍，走进黑暗的走廊。另外几个女人也随她跌跌撞撞走出门，因为穿着不成样子的睡衣，看上去就像是笨拙的幽灵。嘹亮的钟声一直持续，现在她已经不记得片刻之前的夜晚有多么寂静了。

她爬上走廊窗户，就是向东能看见伟大的三兄弟教堂的那扇窗。太阳还没有升起来，但她能看见鸣钟的塔楼窗户中透出灯光。太奇怪了——那意味着什么？她低头向下看，想看看街上是否已经有了人。就着庭院角落灯笼的光线，她看见一抹灰白的头发，一个男人——就是之前那天晚上看见的那个男人，她可以确定——从楼下房屋窗户中跳进了黑暗，匆忙的步伐中又带有一定程度的悠闲。她的心像是被一只冰冷的手握住了。又是他。在监视她，或者说至少是在监视科索普之屋，她住的宿舍。他是谁？他想做什么？

她站起来，第一缕晨光将天空染成紫色，冷冽的空气扑打在她脸上，皮肤起了一层鸡皮疙瘩。钟声响彻整座城市。有什么可怕的事情正在发生。

佩拉亚正在家里的小礼拜堂念诵破晓祈祷文时，三兄弟教堂的钟声开始轰鸣，声音如此嘹亮，似乎要把墙也给震塌了。她和姐妹们，弟弟还有母亲全部涌进小礼拜堂，佩拉亚一个转身，差点把弟弟基里尔从长椅上撞落。

“仁慈的佐睿雅神啊！”她母亲匆忙跑到小礼拜堂门口，将佩拉亚还是婴儿的小妹妹交给保姆，钟声仍在铿锵轰响。“是火灾！把孩子们带到安全的地方去。”

“那不是火灾钟声。”佩拉亚大声说。

虽然处于惊惧之中，但泰洛尼还是被激怒了，问道：“你怎么知道？”

“因为火灾钟声只敲一口钟，一遍又一遍敲。但现在是所有的钟都在敲。”

母亲转身走向佩拉亚的弟弟基里尔说：“去找你父亲。看看出了什么事。”

“他年纪还太小，”佩拉亚激动惊吓得过了头，不想和母亲及姐妹们待在一起，说道，“我去！”

她站起身，不等母亲阻拦就朝门外走去。“你真是个固执的小魔鬼！”母亲喊道，“泰洛尼，跟着你妹妹，别让她惹麻烦。不，基里尔，你待在这里——我不能让孩子们全都跑散了。”

佩拉亚走出大门，基里尔沮丧地大叫起来，声音大到超过了铿锵的钟声。

“你中邪了！”泰洛尼大口喘气，在第一层台阶处追上了她，说道，“妈妈说让基里尔去的。”

“为什么？因为他是男孩？”她拉起裙子，以免匆忙上楼时踩到。楼梯和上面的平台上挤满了人，有些还只穿着睡衣，像夜游魂一样走到外面打听这骚动是怎么回事。

“慢点！”

“你慢得像头母牛想爬过门槛，但并不意味着我就要等你，泰利。”

“如果是火灾怎么办？”

佩拉亚转动眼睛，开始一次跳两级台阶。难道除了她以外，别的人就不会记事情吗？那就是为什么她喜欢和那位外国国王奥林·埃顿说话的原因，他会留心身边的事情，他夸赞过佩拉亚的机灵，佩拉亚也对他发表过赞叹。“不是火灾，我告诉过你。可能是独裁者要攻打这座城市了。”

泰洛尼滑了一下停住脚步，要抓着墙壁才能保持不跌倒。“什么？”

“西斯国的独裁者，蠢货，你从没听爸爸说过吗？”

“你竟敢那样叫我——我可是你姐姐。你说的是什么意思，独裁者……攻打？”

“爸爸已经为此准备了好几个月了，泰利。你一定注意到什么事情了。”

“是的，不过……不过我觉得不会真的发生。我是说，为什么？独裁者想从赫若索尔得到什么？”

“我不知道，为什么男人们总是因为想得到什么东西而打仗呢？快点——我想找到爸爸。”

“但是他进不来，不是吗？独裁者？我们的城墙非常坚固。”

“城墙很坚固，但他可能会包围我们。那么我们就都要挨饿了。”她扶住姐姐的腰说道，“没有糖果和蜂蜜蛋糕你坚持不了多久的。”

“别说了！你就是魔鬼！”

“但你爬楼梯会爬得好一些。快点！”那笑话就算在佩拉亚自己听来也嫌空洞。她很难戏弄她姐姐，因为她大多数时间都那么善良可亲。可怕的钟声响彻整座城堡山，一直在回响，回响。

她们在正殿前厅找到了父亲，周围聚满了惊恐的贵族和耐心的卫兵。“你们两个姑娘家来这里做什么？”他一看到她们就问。

“妈妈想叫基里尔来问问你发生了什么事，”泰洛尼快速说道，“但是佩拉亚快得像只兔子，我只得跟着她来了。”

“你们俩都不该来——你们应该和母亲待在一起，帮助照顾弟弟妹妹。”

“出什么事了，爸爸？”佩拉亚问道，“是独裁者……”

佩里沃斯伯爵冲她皱皱眉，那表情不像是在生气，倒像是希望她根本就没有问过这个问题。“也许吧。我们接到西边要塞的信号，他们遭到攻击，还有报道说一支大军从北方南下登上海滩朝内克塔里安城墙来了——就是大陆城墙。”他摇头道，“不过也可能是夸大其词。独裁者知道他根本不可能攻破我们的防御措施，所以他可能只是想要吓吓我们，好得到经过我们的海域去攻打别处的权力。”

佩拉亚不相信，而且她相当确信父亲也不相信这样的说法。“好吧，那么我们就这样告诉妈妈。”

“告诉她把全家人转移到下面集市旁边的房子里去。就算独裁者想设法攻下西部要塞，火枪也不可能射中我们这里，话虽如此，但城堡上还是太危险。最好把你最后的那个海豚放在屋顶上，就像你爷爷过去说过的那样，就是以防下雨。告诉妈妈快收拾行李。正午祈祷之前我就回来了。”

佩拉亚踮脚亲亲父亲的链甲。仅仅几年之前，父亲要完全弯下腰来，她才勉强能够到他的脸。但现在她伸手就能搂住父亲宽阔的胸膛，闻到他袍子上香丸的味道了。“去吧，”他的声音很温柔，“你们两个。你们的妈妈需要帮助。”

“我们会安全待在下面城里的。”泰洛尼说。两人转身走下城堡主楼梯，一边推开心烦意乱、又惊又恐的人群，所有的人都在跑，就像那钟声是在召唤他们接受诸神的审判一样。“就算是独裁者开炮射击，也不可能够到这么远。”

佩拉亚心想，**如果不开炮，那你泰洛尼说说军队还带着沉重的炮弹做什么用**。“除非他将军队带到火蜥蜴门来，从那边朝城里开炮。”她自己也觉得这样说太残忍。

泰洛尼眼神发了狂，跌跌撞撞跑到楼梯下面的平台上。佩拉亚只得抓住姐姐的衣袖。“他不会的！”

佩拉亚想光会说什么用都没有，就算说的是实情，也只能让姐姐的处境更糟，并且很快，还会让母亲和弟弟妹妹们难过。她迅速掐了一下泰洛尼的胳膊。

“我肯定你是对的。去告诉妈妈。我很快就回来——我有些事要做。”

佩拉亚猛地冲过大厅朝花园跑去，姐姐张大嘴巴惊讶地看着她。“你……你要去干什么？”

“去找妈妈，泰利！我马上就回来！”

她抄近路穿过四姐妹庭院，几乎是低着头朝一列城堡卫兵冲去，那些卫兵身穿天蓝色的外衣，上面绣有飞龙纹，那是老德沃那伊诸王的标志，虽然距离他们最后一位国王统治的时代也已经过去几百年了，但飞龙纹仍然是赫若索尔正统的标志。在平时情况下，这些卫兵至少应该会停下来让她经过，但现在几乎丝毫未作停顿，他们匆匆赶路，脚上穿的靴子踩得地板啪啪作响，他们紧绷着脸，深藏不露的样子让佩拉亚胸口一阵发痛。

*爸爸当然是对的——独裁者一定还不至于蠢到想要攻打赫若索尔的程度。一千年来再没有人想过那种事了！*但她不相信事情只有这么简单。她感觉空气中有一股令人不安的刺激，就像风吹来了异国野蛮的气息。就连钟声的停止也没能让世界变得正常一点。如果说有什么不一样的话，那么就连沉默似乎也在颤抖，现在就和之前钟声大噪时一样危险。

佩拉亚到达花园之时，奥林·埃顿刚被他的卫兵带回来。经过几个月的讨论，他设法说服了那些人，因此可以在花园这边的城墙上逗留片刻，能眺望西边低矮的宫殿屋顶和海塘，眺望海峡以及宽阔蔚蓝的海洋。花园里冷风盘旋，但海水看上去却一如大理石雕像表面般平滑。佩拉亚记得父亲对西方港口的评价，于是朝着半岛方向看去，但除了一道薄雾之外什么也看不见，海峡中的海水和清晨灰蒙蒙的天空似乎氤氲在了一起。

“我没想到今天还能见到你，也没想到会这么早。”他的笑容有些悲伤，看上去比上一次见面时还要瘦些，“你早上不用上课吗？莉瑞斯修女会生气的。”

“别开玩笑了。你听到钟声了吧——你怎么可能会听不见。”

“啊，是的。我确实听到有什么东西在响……”

佩拉亚满脸阴沉。她不喜欢听他说蠢话，还假装很认真的样子，把她当个需要逗弄的小孩子。佩拉亚想着他对自己的女儿是不是也会这样，那个说起来就很悲伤的女儿，他显然是很思念那个女儿。(但他不是经常提起儿子，佩拉亚无法不注意到。）“够了，我必须马上赶回家。您呢，陛下？”

“这么正式的称呼。现在我是要担心了。”他点点头，几乎像在鞠躬，“我会没事的，女士，但是我要感谢你的关心。和你家人一起去吧。我有一个舒适安全的房间，窗户上有栅栏，褥子也很暖和。”他停顿一下，“哦，但是你好像确实是吓坏了。我很抱歉——我还开玩笑，真是太残忍了。”

佩拉亚正要否认，但突然感觉脸上一股暖意。她害怕自己在这个人面前哭，虽然他们友好地交谈了那么多次，但毕竟那人是个陌生人，是个异国人。“有一点，”她承认道，“您不怕吗？”

有一刻，他伪装的优雅举止中流露出某种东西——一种深沉阴冷的悲惨表情。“我的命运全数掌握在诸神之手。”片刻之后，他恢复了镇静，那伪装的面具像是从来不曾滑落。

佩拉亚心想：**当然了，我的命运也是。那有什么可害怕的呢，如果我们能按照诸神的意愿行事？**她大声说：“可是您认为独裁者想从我们这里得到什么呢？”

“谁说得好呢？”奥林耸耸肩，“但是赫若索尔已经存在很久了。许多国王都想要将其摧毁，但都没能成功——许多独裁者都动过这个念头。一百年前，莱普西斯……”他皱着眉停顿一下，“原谅我，我记不得是莱普西斯几世了，三世还是四世。人们称这位国王是‘残忍国王’，好像这样就能将他与其他的莱普西斯国王区分开，就能将他从其余双手沾满鲜血的家伙中区分出来一样。不管怎么说，这位独裁者发誓要用炮弹摧毁赫若索尔的城墙，他的火枪举世无双。你知道这些事吗？”

“一点点。”佩拉亚轻轻吸口气。奥林好像真心为吓坏了小姑娘而抱歉，而现在佩拉亚不禁在想，到底是谁在安慰谁。“他失败了，对吗？”

奥林大笑：“显而易见，因为我们是在讨论赫若索尔的安危，可你看现在城堡山上没有任何火红的努沙什神庙或者黑色的苏黎伽丽神庙吧，对不对？残忍的莱普西斯王发誓要摧毁所有异教神庙，他就是那么称呼的，他想令所有的赫若索尔人都死于刀剑之下。炮弹轰炸持续了一年，但城墙纹丝不动。苍蝇蚊子在北方城墙之下的峡谷中越飞越多，西斯士兵一群群死于发烧和瘟疫。还有更多死于城堡投出的飞弹。最后他的人要求撤回西斯国，但是莱普西斯不会向此类恐惧妥协。所以他的手下就杀了他，让继承人登基代替，接着所有人都乘船返回赞德海岸。”

“他被自己的手下杀死了？”

“自己的手下。说到底，在又饿又累的情况下，就连最嗜血的军队也不愿意打仗，或者说，他们明白自己的死亡毫无意义，只会给指挥官增添荣耀罢了。”

佩拉亚望向海峡中蓝绿色的海波，然后向南看，她知道西斯国的都城一定就在迷雾背后的某处，那里绵延的城墙又烫又干，如同白骨一般在沙漠日光下逐渐褪色。“您觉得这次也会那样吗？我们能熬过围困的一年——甚至更长时间？”

“我觉得不会糟糕至此，”奥林说道，“我想现在那位独裁者可能只是想拖住赫若索尔的舰队和防御部队，这样他就能集中精力攻打别的地方，防御没有这么坚固的地方——可能是赛锡安岛，那里现在仍在反抗他。”

钟声敲响以来，佩拉亚第一次感觉到胸中松了口气，之前一直那么紧绷，她都担心呼吸会太深。父亲和奥林都说会好起来的。他们都是成人，都是贵族，受过教育：他们了解这些事情。“我希望……”她刚开口就又停顿了。她不假思索地举起手捂住眼睛，然后相信太阳就在那背后。盘踞在水面上的只是低沉的雾气，它们让人难以看清海峡南岸的情况。

“佩拉亚？怎么了？”

过了一会她才意识到自己是在对三神祈祷，咕哝着那些从童年时代就牢记于心的话语，那些祈祷从未像现在这样重要。“看。”她说。

奥林走上城墙，站到她旁边，朝海峡那边望去。“我什么也看不见。你年轻，视力好，看得清楚……”

“不，不是那里。朝海那边看。”

奥林回头顺着她手指的方向看去，这时钟声又敲响了，响彻整座城堡山，那嘹亮的声音就像是诸神的长矛击打盾牌那般铿锵有力。

他们朝东南方看去，那浓重低矮的雾气在佩拉亚看来似乎是浓密的森林和云层——好像海岸上的整片森林都被设法砍倒了，漂浮在库洛安海峡中央，现在正朝赫若索尔城墙漂来。等那形状清楚一些后，她才意识到那些都是船。过了片刻她才明白过来是独裁者的舰队，好几百艘战舰——也许有几千面船帆冲出迷雾，如雪暴一般向赫若索尔压来。

“白星之神希薇妲保佑我们。三兄弟保佑我们。佐睿雅和所有天神保佑我们。愿诸神拯救我们。”佩拉亚小声说。她自己的名字现在已经成了个可怕的笑话——大海现在就是城市最可怕的敌人。海峡中有那么多艘船，就算是诸神自己向下俯视，肯定也看不见下面的海水了。

“但愿如此，孩子，”奥林·埃顿用惊讶的声音小声说道，“如果天界诸神仍在注视的话。”

戴克纳斯·沃到达住处时，大街小巷挤满了怨声载道的人群，那摇摇欲坠的住所就在神系门附近，位于老城墙之内，就在荒僻的墓地之下，之前曾是一个富有家族的房产。狭窄的街道现在毫无入时之处，但这并没有让沃觉得困扰，正好相反，一座总在不停变化的房屋才最适合他。

人群多数是在朝最近的三神教堂走去，或者是想穿过城市去三神教堂和城堡。从要塞返回经过喷泉广场时，城堡大门外已经聚集了几百名城民了，那些人焦急地盯着逐渐亮起来的天空，好像天空会对轰鸣的钟声做出解释一般。

许多人已经猜到了警报的原因，到处都是大声咒骂西斯国独裁者的声音，其中还混着辱骂自己的保护者卢迪思·德拉卡瓦的难听的话语。

沃当然很开心。他本以为进攻还要过几个月才会发生，一直在设计审视一个个计划，想要将那个女孩偷运出城。他经历过一些痛苦的时刻，当时女孩似乎引起了城堡中一个贵族的兴趣，那人是南境国的国王奥林·埃顿，但让沃宽慰的是，不管那个北方佬曾经产生过什么兴趣，现在似乎都熄灭了。他当时被吓坏了，害怕那个南境国的人要把女孩收作情妇：要在卫兵的眼皮子底下，将女孩从德拉卡瓦自己的宫殿中偷偷运走，没有比这更艰难的任务了。但是相反的是，女孩仍然住在科索普之屋，就他目前来看，没有人保护她。

现在趁着独裁者的进攻，他可以将女孩偷出赫若索尔。如果入侵者迅速得胜，那么一切会更简单，他可以手握独裁者苏列佩斯的安全通行证大摇大摆走出城，走到崇高的永生之神身边，亲手将犯人交给他，然后换回酬劳——而且，他还希望能将自己体内那有毒的东西都清除掉。戴克纳斯·沃并没有幼稚到那种程度，以为愿望必将实现——说到底，他都已经证明会帮忙了，那独裁者为什么还要为他脱去脚镣呢？但是神佑者的反复无常是出了名的，所以如果沃哄他开心了，他说不定会履行承诺。

就在刚才，戴克纳斯·沃还在想着，除了侍奉像独裁者苏列佩斯这样强大的主子之外，他一生还能有别的什么奢求，但他也并不傻：他能想象，如果时机成熟，他也希望能摆脱这位永生之神的控制。沃决定了，如果独裁者没有立即将他体内的侵入物移除的话，他就要自己想办法，摆脱主子那致命控制，只要能保证安全。

他走进神系门旁边的一家客栈。多数顾客似乎都走了，因为轰鸣的钟声的召唤，他们比往常更早离开了跳蚤滋生的床铺。他走上摇摇晃晃的楼梯进入房间，那里现在空空荡荡的。他爬上床缩在臭烘烘的毯子下，倾听着城市在战争中苏醒的声音。一切都会改变。死亡会躺在成千上万骨瘦如柴的手掌之上。周围所有事物都会毁灭变形。而沃将会穿身而过，一如以往，会比其他人更强大、更敏捷、更聪明，他要在灾难中才能活得舒服，在混乱中才能蓬勃发达。

沃想到即将到来的时刻，确实激动万分。他闭上眼睛，倾听着血液和着震动的钟声奔涌骚动的声音。

第三十章
海藻婆

苏娅的堂兄，骗子肖申姆给她下了迷药，令其昏睡，好趁着诸神纷争之乱将其偷走。但是粗粝的风沙惊醒了苏娅，她于是逃走并迷失在风暴之中，肖申姆的欺诈计划失败了。

——引自《努沙什启示录》（卷一）

马特·廷莱特在雨水飞溅的泥泞街道上站了很长时间，惊异于自己的胆怯。让他如此烦躁的并不是要重返名为奎勒的薄荷的客栈，甚至也不是害怕要和布丽吉德打交道，虽然他没有忘记，上次见面时她愚蠢地打了自己一巴掌。不，这次吓坏他的是他将要越过的界线。伊兰·麦克里，夏土公爵之妻——是唯一和他有些关系的人，更不要说让他掺和进这最深刻可怕的决策之中了。

他想着：**勇敢，伙计，想想佐悉蒙，迈步向前去拯救佐睿雅，拯救天空之神的女儿！**廷莱特一直在想这位诗人和酒鬼之神——他想让佐悉蒙成为亨顿·托利布置的那首诗的叙述者。佐悉蒙很勇敢，虽然只是位小神。

神？他只能站在街上笑笑，冰冷的雨滴从帽檐滴落，流进脖子里。**那我呢？**对于大多数人来说，他甚至连个男人都算不上。他只是个诗人。

但是，他暗自思忖，**如果我们不伸手，就像我父亲从前说过的，我们的双手就永远空空如也**。当然了，柯尔恩·廷莱特所说的伸手可能只是去拿下一杯酒。

“看看这吹的是什么风啊。”布丽吉德嘴里发出一声酸笑，“城堡里都住满了吗？还是说上次你在这里丢了什么东西？”

“科纳利在哪儿？”

“上次听到说是在地窖拿长柄烤面包叉打老鼠，不过那也是几个小时之前了。他从来不屑于和我说一句话——就和你一样。”她就连假作的笑容也消失了，“哦，不过当然了，你也不记得我，是不是？你去告诉你那个长满皱纹的老朋友，别再那样盯着我的乳头看了，简直就像从来没见过一样。”

上午的这个时间，客栈里只有两三个顾客在暗淡的灯光下打瞌睡——这都是违反“王室许可专卖法”的，法律规定中午十一点之前任何人不得进酒馆。廷莱特猜测，这些人是因为昨晚都睡在草垫子上，刚刚才醒过来。科纳利作为店主，一定是懈怠了没有看见。但是这地方冷得可怕，火炉也还没生起来，为了抵挡冬寒，窗户都关上了。

廷莱特盯着布丽吉德看，她又回身到脏兮兮的长椅下去接啤酒了。廷莱特正要为上次拜访找个借口———一时之间好多种解释挤满头脑，但是好像没有一个有十足的说服力——但此时，让他自己也大吃一惊的是，他耸耸肩膀说：“我很抱歉，布丽吉德。说起来丢脸，上次我连你的名字也不记得。但是不要责怪帕佐尔盯着——毕竟你太美了。”

布丽吉德狠狠地盯着他，伸出手拨开脸上的一绺头发，就像去年春天对她说过的所有甜言蜜语她全部都还记得一样。“别想着对我蜜里调油，马特·廷莱特。你想要什么？你来是有目的的吧，是不是？”但她看起来并没有太生气。也许跟刚才那句真诚的道歉有关。廷莱特却不确定要不要养成习惯。这会占用他许多时间。

“是的，我有些事情想说，但是并不是白请你帮忙。我会付你报酬。”

结果又引发了布丽吉德的疑心。“三兄弟知道，有多少人来找我接待他们的儿子，但我还从没见过有人为自己的曾祖父来的。我才不会让那个老家伙碰我，廷莱特。”

“不，不，不是这样！”事实上，想到这个实在让人不安。帕佐尔这个年纪肯定是想不了什么男欢女爱了。不过说出来却更加不礼貌。“我需要找个人。一个……一个海藻婆。”

“海藻婆？为什么，难道你在乡间路上找了个城堡侍女？”布丽吉德大笑，但看上去又生气了，“我就该想到，是什么样的勾当会让你回来求我。”

“不。不是……和孩子没有关系。”

她扬起眉头：“那就是春药了？想滋润滋润你这些日子以来追随的木鞋娼妓了？”

廷莱特挫败地长叹一口气。为什么这个女人要把所有的事情都弄得这么复杂呢？当然了，她一直是有独立思想的女人。“我……我不能告诉你，现在还不能。但是不是你想的那样。我需要帮助……拯救一个痛苦不堪的人。”一想到那件暴行，他说话就结结巴巴，“我还有件事请你帮忙。”他把手伸到袖子口袋中掏出一枚海鸥币。他必须向帕佐尔借钱，这钱他还不了，但这次的事情比他自己的事更重要。“我先给你这个，如果你愿意帮我，我再给你一个一样的，布丽吉德——但是一个字都别和科纳利说。成交吗？”

布丽吉德看着硬币一副吓坏了的表情。“我不会帮你杀人。”她喘口气，但看上去对那句话并不确信。

“这事……这事很复杂。”他说道，“哦，诸神啊，复杂得吓人。给我倒杯啤酒我从头解释。”

“那你要再付一个海星硬币买两杯啤酒。”她说道，“——当然得给我买一杯——如果我愿意接受那枚海鸥硬币的话。”

他已经记不得上一次白天来水鸥人的环礁湖是什么时候了——他来过的次数并不多。实在是令人惊讶，因为他大部分时间都在薄荷居住和生活，而那家客栈离环礁湖区外围不过几百步距离而已。但在驳船街还是有一条明显分界线的，这条街这样命名是因为街角有家酒馆名叫红色驳船，除了共享环礁湖区腥湿之气的南境国最穷的居民之外，酒馆只有水鸥人会来光顾。例外多发生在夜幕降临之后，一群群年轻人会钻进环礁湖区周围各式各样的酒馆之中。

廷莱特现在到驳船街了，他沿着这条街要去往盖印人大道，那是该地区的主要通道，从环礁湖区边缘一直通往新城墙下的广场集市。这里一丝日光也没有，但廷莱特却很感激上午晚些时候这种灰色的光线。驳船街如此狭窄，他能想象得到，两边门廊上的水鸥人如果伸出胳膊都能抓住他了。事实上，他几乎一个人也没看见，只有几个女人往水沟里倒污水，一些小孩子在他经过时停下游戏瞪大眼睛一眨一眨地看着他。这些盯着他看的孩子让人心神不安，他发现自己正匆匆向盖印人大道赶，那条街他相当熟悉，在那里也许能找到些同类。

盖印人大道在水鸥人的环礁湖区中，可能是大多数城堡居民唯一去过的地方，渔民和他们的妻子会去购买符咒——水鸥人据说很擅长制作符咒，尤其是涉及水上安全之事。还有些人会去环礁湖边的酒馆喝酒、吃鱼汤或喝一种名叫威克利尔的咸汤。还有许多人，尤其是南境之外的人们过来只是为了看看不一样的风景，因为盖印人大道、环礁湖还有水鸥人本身，就是远境王国的人民在雾影线这边能见到的最奇怪的风景了。就连布伦和杰尔等其他一些国家的人也会来环礁湖，因为除了希安和南部偏远群岛少数聚集地的湖区民族之外，南境国的水鸥人就是独一无二的。

他们的食物几乎全部来源于海湾和大海——他们竟然食用海藻——就连威克利尔的味道尝起来也像是从漏水的船底舀起来的什么东西。水鸥人手臂很长，但是即便在严寒天气，手腕上也很少盖衣服，虽然女人们一般会穿着长度及地的长裙，还会用头巾裹住头部，但廷莱特听闻那样只是出于礼仪考虑——并不是因为不如男人那样抗寒。在其他一些场合，比如旅途中所见的一些女性旅行者，甚至包括偶尔见到的赞德女人，她们眼睛中藏有秘密。廷莱特觉得那种神秘特别有吸引力，但是水鸥女人却不一样。他曾听到有男人夸口自己在环礁湖女人中的战绩——但是从来不敢当着水鸥族男人的面——但是他自己从来不曾受到诱惑。即便是苍穹剧院后面的妓院，那里总让休尼和特奥多罗斯流连忘返，但马特·廷莱特还从没发现自己对哪个水鸥族女孩特别有兴趣。她们皮肤冰冷是一个原因，就算是沐浴完毕洒上香水之后，她们身上还是有一种让人厌恶的味道——不是鱼腥味，但不可否认带有一点点海水气息。就算是水鸥族女孩展露出头脸，他也没什么兴趣，虽然他也说不好到底是因为什么原因。她们颧骨的形状，眼睛的大小和目光，几乎完全看不见的眉毛——廷莱特总是发现她们在隐隐战栗。

但还有比盖印人大道更可怕的去处，廷莱特之前甚至还渴望旧地重游一次。那里自有一种活力，是南境国其他任何地方都无可媲美的，甚至包括热闹的广场集市也不能。每天早上天不亮，或是渔民出海归来的夜晚，那个地方总是充斥着奇怪的歌谣和异国风情的景状。

但是今天环礁湖区看上去要安静许多，到了上午晚些时候仍然有些没精打采。人们都很沉默，街上看到的人也比预想的少。他看到人最多的地方好像最近刚遭了火灾，一排三四间房屋和商店烧毁了。十二个大人和两倍多的孩子在烧焦的碎石中踢踢拣拣，有些人扭头来看着他经过，有一阵子他确信那些目光很愤怒，就好像他对他们做了什么错事，接着又幸灾乐祸起来一样。

经过一座鱼贩仓库时，又有两个拿着刀背上镶嵌着贝壳的长刀在掏鱼肠的水鸥人停下来瞪着他，他们的脑袋随着他经过慢慢转动。他们瞪大眼睛，从冰冷的目光中很容易就能感知到杀意。

最后他来到狭窄的银钩巷，按照布丽吉德告诉他的那般向右拐，沿着那蜿蜒的道路走了几百步远，找到一条小街，那里看上去就和布丽吉德描述的一个样。街道两边隐约可见高大房屋的背墙，上面没有窗户，遮挡住一切只留下一线灰色的天空，但在这条又短又暗的小巷尽头有一座房屋狭窄的正立面，往下走几个台阶才能到达大门位置。

廷莱特正要敲门，但他看到一根刻有花纹的长角，于是停下动作，那东西足有人伸开的手臂那么长，就挂在门上。他背后泛起一股迷信的刺痒。这是独角兽的角吗？或者来自于某种更加奇怪危险的动物？

“想偷走吗？”

这出乎意料的声音吓了他一跳，他回头看见一个矮胖的身影挡住了小巷入口。想到那些拿着贝壳长刀的水鸥族男人，他不由退了一步，差点跌倒在台阶上。“不！”他说着挥舞双手保持平衡，“不，我只是……看看。我是来找海藻婆艾思灵的。”

“啊。”那人上前几步。廷莱特手指团成拳头藏在身后。“好吧，我就是。”

“你？”他声音的惊讶难以掩饰——说话声如此缓慢粗粝，廷莱特觉得是个男人。

“我希望确实如此，旱地人，不然我过去的几百年来就一直都在替别人活了。”还是看不见那人的脸，她戴着深深的兜帽。但是能看见眼睛，又大又湿，即便是在这昏暗的小巷中也让人不免胆怯，“让开道，你这个乳臭未干的小子，让我来开门。”

“抱歉。”女人擦过时，廷莱特闪到一边。看到女人用花白皮肤的手去拿钥匙，他感到有些不舒服，因此就抬头去看门上的长角，问道：“那是独角兽的角吗？”

“什么？哦，那个啊？不是，那是从范特海捕获的角鲸的尖牙。如果你是在市场买独角兽的角，那我可能会改变说辞。”她的笑声介于咯咯与咳嗽之间，她还靠过身子用手肘戳戳他以示强调。如果这就是艾思灵，那她真是臭气熏天了，但廷莱特发现自己几乎要喜欢上她了。

门开了，女人小心翼翼走下台阶。廷莱特跟着她走进去，屋顶如此之矮，他几乎难以直起身来，椽子上挂满了东西，他几乎要以为走进的是一棵大树树根之下的洞穴了。无论往哪个方向转身，都有一捆捆干海藻、更多的芳香植物、皮革般的海藻根茎和花朵擦在脸上。那些干货之间还有数不清的木头和烧制的陶土符咒在摆荡，他和海藻婆一碰就转来转去，所以就算是站在原地不动也感到晕头转向。许多符咒是活物的形状，大部分是水生动物和鸟类，海豹、海鸥、鱼，包括带状的鳗鱼。这些符咒没有挂在屋顶上，而是摆在所有够得到的表面，包括地上大部分区域都是。

廷莱特必须走得十分小心，他被各种各样的动物形状迷住了。有些甚至用玻璃珠按在陶土中或粘在木块上做眼睛，看起来像是活了一样……

“啊，你在这里啊，小杂种。”艾思灵突然对一个廷莱特看不见的东西说道，“你在这里啊，我亲爱的。”

那黑白两色的海鸥一直目不转睛地瞪着廷莱特，他本来以为又是什么制作尤其精美的物件呢，但它却呱呱叫着张开翅膀。廷莱特朝后退去，几乎跌倒。“是活的！”

“差不多吧。”艾思灵咯咯笑着说，“他缺了只腿，我的索索，飞不起来了，但翅膀的伤还可以痊愈。不过我想他哪里也去不了了——是不是啊，亲爱的？”她俯下身子噘起嘴凑近海鸥，那东西却发怒似的啄了一下。“你在这里过得太舒服了，是不是啊小杂种？”

艾思灵摘下兜帽，解开围巾，散开倒竖的白色毛发。她的脸就和一般水鸥人无二，眼睛间距很开，嘴唇张开着。就和廷莱特见过的其他水鸥人一样，艾思灵皮肤上也有一层奇怪的坚硬外壳，不像普通人上了年纪之后皮肤会松弛下垂，她的皮肤开始变成一层又厚又硬的东西。就连两边脸颊和鼻梁上墨色文身中的卷纹图案也似乎要消散在角质皮肤中了，如同无人行走的道路逐渐隐没在荒草之中。

“你想喝点什么吗？”她问道，“暖暖身子？”

“威克利尔？”

“那种泥巴浆？”她摇摇头，“我不喝那东西。那是给派利卡里水手和其他野蛮人喝的。黑藻酒吧，这才是你应该喝的。”她从摆荡的符咒中滑到小房子的一角，那里的钉子上挂着瓶瓶罐罐——你可以叫厨房，廷莱特猜。艾思灵身材就像是酿酒师的酒桶，但脱掉沉重的斗篷之后，她在拥挤的房间里动作那样敏捷。

“是用什么做的？”他问道——“黑藻酒”听上去不怎么好喝。

“你觉得呢？你难道不知道什么是海藻？就是海草啊！艾格耶瓦尔保佑你，孩子，你想要什么？你想要一个海藻婆——你以为‘海藻’是什么意思？当然就是海草啊。”

廷莱特什么也没说。他并不知道——还以为那个词是指制作疗伤药和……和其余别的东西的老妇人呢。

“在没有海藻的地方，人们怎么称呼你这种人——或是水鸥族呢？”

她高兴地笑了，那咯咯的声音听起来就像是木匠锉磨发出来的。“当然叫女巫啊。来喝吧。立刻就能帮你驱走胸口的寒意。”

艾思灵皱着眉头一饮而尽，显然在考虑要不要给自己再满上一杯，但她并没有那样做，而是坐回屋里仅有的一把椅子上叹一口气。廷莱特的凳子不太牢靠，尤其是喝完杯中酒后更难坐稳。他不记得那呛人的酒他到底喝了几杯，但为了将那复杂而吓人的事情解释清楚，喝得可不少。那酒虽然喝起来和血一般咸，但还是相当提神的，原本的恐惧也弱化成一股平淡的漠不关心。他盯着老妇人，想要记起自己究竟是怎么来到这么个奇怪地方的。

“我并没有什么顾忌，小伙子。”老妇人说道，“我没有什么事情好害怕的，这一点从我一开始请你进来就可以看出来。”

廷莱特摇摇头。海鸥索索恶狠狠地看着他，佯装要啄他的耳朵。那鸟看上去并不像喜欢艾思灵一般喜欢他，尤其不喜欢廷莱特移动——它已经朝诗人脚踝和手上重重啄了好几口了。“你指什么，让我进来？我不会伤害你。”

“伤害我？可别这么说——我能把你像一捆岩藻一般扔出去，小子。”她说着邪恶又自得其乐地咯咯笑了，“也许吧，因为你是个陆地佬……你叫什么来着？”她瞪着诗人，缓慢地眨眨眼。“啊，没关系。因为你是个陆地佬，你这种善良人目前在这附近可不怎么受欢迎。”

“为什么？”这种想法一旦潜入他的脑中，就无法摆脱了，他觉得海藻婆艾思灵外表和声音都像是一只巨大的灰皮青蛙，穿的也是不成样子的衣服。这让谈话变得很复杂，刚刚喝下的那杯酒也起不到什么作用。

“为什么？凭祖先湿淋淋的鳕鱼起誓，孩子，你难道没看见吗？盖印人大道有一大片被烧完了不是吗？你觉得是谁干的？”

廷莱特吃惊地望着这个眼神发光的水鸥族女人。“不是我！”

“不，你这个傻子，很高兴不是你，是上面城里下来的一群陆地佬干的，是一群年轻人，真是愚蠢又可憎。我们死了三个人，有一个还是孩子。这附近的人可不怎么高兴。”

“他们为什么这么做？”他突然明白了那几个水鸥人为什么要那样看他，脊背一阵发凉，“我没听到任何有关火灾的事。”

“你当然听不到了。我们从来都是自己照顾自己，这里发生的事城堡里的普通人不会感兴趣——除非是这里整个付之一炬，威胁到城市其他部分。”纠缠之妻又坐稳了，大大的双手挥动着好像是想赶走鸟的臭味，“自从那些加尔人越过雾影线以来，形势就开始恶化。我们族人不一样——他们过去把我们叫作基尔皮斯和海上精灵，你知道吗？——所以我们的情况在恶化。上一次他们来的时候也是这样，就是我曾祖母时代。他们最后将所有人都赶出了南境国，但最先赶走的是我们的族群——是被我们自己的邻居赶走的。”

“抱歉。”该死的酒让他神志不清了——他们怎么说起这些了？“什么……什么是加尔人？”

“你说的不太对，不过对陆地佬来说已经差不多了。加尔人是雾影线那一边生活的老家伙们的名字——就是暮光族人。”她盯着诗人看了片刻，“你在这里坐了快一个下午了，小伙子。该起来回去了，趁天还没黑。我想像你这样的人大晚上的在盖印人大道附近爬，可不是什么好事。”

“那好吧。”廷莱特站起身来，跌跌撞撞鞠了个不成样子的躬，然后穿过摆荡的符咒想走到门口，尽量不去理会那只狠狠啄在脚上的黑白海鸥。

“你想干什么？”艾思灵喊道，“你不是要找我买东西的吗？”

他顿住了，脑海中突然想起一个主意：“啊，是的。”

“你不是为黑藻酒来的，小伙子，这是肯定的。”她嘟哝着站起身，“让我去找粉末和药剂。别又坐下了，你都快睡着了。”

她去了没多大一会儿（那段时间里，廷莱特和海鸥都假装彼此毫不在乎的样子），回来时拿着一个塞着瓶塞的小瓶子，大小和小孩的大拇指差不多。

“这种毒液是从南部海域的章鱼身上提取的——你想不到这个小东西会有这么大的毒性。用针头蘸一下，一滴就足够。就那小一滴就能让她的旅程毫无痛楚。不过要小心拿好，不然你会毒死自己。这个毒药可是六亲不认。”

廷莱特接过来盯着看。蓝色的玻璃瓶看不太真切，但里面的液体看上去就像水一般清澈无害。“小心……”他吸口气，“我会当心的。”

“那最好。”她的笑声又尖刻又粗糙，“这么点就足够毒死一打身强体壮的汉子了。我自己倒是不喜欢摆弄这玩意。曾经还出过一桩事故。”她重重坐下继续说道：“还有，不要说是从这里弄到的，你不认识我，我也不认识你。我不会有什么内疚之心，但也不想惹上托利家族的人。所以记好了，如果有人来我这里问起我和蓝玻璃瓶的事，那么这些人也一定会去找你。明白了吗？”

“是的。”那些水鸥人一边比试着宰鱼刀的刀刃，一边看着他走过的样子他一时半会是忘不了的。黑藻酒在胃里快泛出酸水冒出泡泡了。他迟疑片刻，将那小瓶小心地放进袖子口袋。

“看在祖先的分上，小伙子，找个什么东西包一下吧。”她嫌恶地说道，“给你，用这片海藻，厚得很够包了。要是摔倒了，打破了瓶子沾在衬衫上，你就再也爬不起来了。”

廷莱特包好小瓶，感觉自己确实像中毒了。他盯着艾思灵看了一会，摇摇晃晃朝门口转过身。

“你是不是忘了什么东西啊？”

“什么？”他回头，“哦，是的。谢谢你，非常感谢。”

“不，你这条蠢鲱鱼，给我钱。你得给我一个海鸥，两个铜板。”她得意地笑着，“我已经给你这个可爱的蠢诗人打折了。”

“当然。”他摸出钱递给老妇人。她掂量着，主要是用大拇指把每个硬币都摸了一圈，接着从闪着亮、皱巴巴的胸口缝隙中放进去，那胸部的隆起就像一只磨损了的马鞍。“现在你该上路了。记住我说的话，你就是立时就把那一瓶喝干也别透露一个字，说出是谁给你的。”

廷莱特感觉就好像有什么毒药已经让他丧失了思维和言语能力，点点头朝门口踉踉跄跄走去。然后进入灰冷的天色之中，或者说是离开其中。

到达银钩巷时，他回头看看这条窄巷。海藻婆艾思灵还站在门口那支长长的灰角下面盯着他。她举起手像是挥手告别的样子，但那张眼睛突出的奇怪的脸已经恢复了冰冷和陌生。她转身进了屋。

马特·廷莱特急忙以最快的速度离开环礁湖区，一边敏锐地感受着傍晚迅速暗淡的天色，一边想着衬衫里隐藏的那个装满谋反和谋杀的小瓶。

⚜ ⚜ ⚜ ⚜ ⚜

欧珀从集市回来时布袋已经差不多空了，脸色充满担忧。

“你看上去糟透了，我亲爱的老太婆。”燧岩告诉她说，“我才上去到城堡去了一天。我敢肯定没有什么可害怕的。”

“我不是担心你。”她怒冲冲地摇着头说道，“不，我当然不是担心你，所有人都被吓到了，说大个子这次又发了疯。不过我倒是不担心。家里什么吃的都没有了，就连市场上也没什么东西了。”

“为什么？”

她嗤了一声道：“你真是个笨脑瓜，燧岩！你以为呢？城堡被精灵族包围了，半数的商人不肯派船只到南境国来，芬德林人也没有活儿可干了。你在公会闲晃的时候，一定听过什么吧？”

“当然。”他抓抓脑袋，“欧珀是对的，不是没有问题。但是新任治安长官伯坎·胡德承诺要安排两百个我们的人去修缮城堡城墙，所以朱砂和其余人都说不用担心。”

“那他们用什么付报酬呢？”欧珀这时取下围巾，在盆里用力洗手，“托利族人为了吸引商人往南境国运送食物和饮品，已经花钱如流水了，更别提他们还必须购买船舰、雇佣海员以保护港口。”

“这些你都是在集市上听说的？”

“你以为我们整天都在聊些蔬菜和缝纫吗？”她在穿得看不出形状、到处都是缝补痕迹的旧衣服上擦干手，燧岩一阵抽搐，妻子连件好点的衣服都没得穿。“老实说，你们这些男人啊。你们觉得自己能搞定一切，是吗？”

“好多年没有这么想过了，我善良的老女人。”他感伤地笑笑，“自从有你在身边纠正错误以后就没有了。”

“好了，快去和那孩子说一声，你又要走一整天。他昨晚没睡好，我还有好多事要忙，就靠留下的这堆烂东西还要做顿饭出来。”

★ ★ ★

火石坐在床上，淡黄色的头发乱糟糟的，脸上表情冷漠又悲伤。

“你还好吗，小伙子？”

“还好。”但他没有看燧岩的眼睛。

“我在想是不是真的。你妈……欧珀说你昨晚没睡好。”他在男孩旁边坐下，拍拍他的膝盖。“你没睡好吗？”

“没睡着。”

“为什么？”他看着那张苍白到几近透明的脸。火石看上去像是缺乏光照。真是奇怪的想法——他完全想不起来是否对其他人也有类似的想法。当然了，他认识的人如果有可能的话，大部分甚至从没见过太阳。

“太吵了。”男孩说道，“噪音太多。”

“昨天晚上？是吗？好的，我们会尽量安静一些。”确实如此，昨天傍晚早些时候，朱砂和其他公会里的人顺路过来问燧岩今天的行程，但不等夜幕降临，大家就都离开了。

“太挤了。”火石说。不等燧岩要他解释，男孩又说：“我做噩梦了。好吓人。”

“比如呢？”

火石慢慢摇头道：“我不记得。有眼睛，很亮的眼睛，有人把我往下拽。”他胸口迸出一声哭音：“好疼！”

“过来，小伙子。别害怕。一切都会好起来的，你只是最近很难熬。”燧岩无助地用胳膊搂住男孩，感觉他整个身子都在发抖。

“但是我不想睡觉了！没有人懂。他们就是不让我睡！他们一直在叫我！”

“那就躺下。”他尽量半哄半强迫地将男孩按在床上。拉起毯子盖到下巴位置。“嘘。现在睡吧。欧珀就在旁边房间。我必须出去工作了，但是马上就会回来。”

火石一脸痛苦，任由他轻轻拍打抚慰，进入朦胧、不安的浅眠。燧岩尽量轻地站起身，不想吵醒男孩。

*我们对这个男孩都做了什么啊？*他想着，*他出什么事了？他还是和从前一样古怪，虽然以前总是机灵又活泼。自从在那个秘密中发现他以来，他好像只剩半条命了。*

他甚至不敢告诉欧珀，因为欧珀比他更觉得奇怪和分神，他走过的时候只朝她挥了挥手，系上工具腰带。

“红·朱砂托她丈夫给你带了个信。”欧珀喊。

燧岩在门口停下问道："说什么了？"

"她说查文在你上地面之前想再见你一面。"

他叹口气："为什么？"

医生正在公会大厅镜光地板中央等待。几个芬德林人正在布置大厅为明天的会议做准备，在他低头盯着地面看的时候，他们礼貌地闪避着他，像是小孩子绕着心不在焉的父亲在转圈圈。燧岩第一次发现自己的族人在大厅里看起来是那样渺小。

甚至在燧岩礼貌地咳嗽过几声之后，医生还是没有抬头。"查文？"他终于说道，"你有话对我说？"

查文吓了一跳，抬起头来答道："哦，是你！抱歉，真是抱歉，只是……这个地方。我觉得很奇怪……说让人不安还不足以形容，不够贴切。但是这里是少数几个让我关心的地方，他们就……就溜走了……"

燧岩从没觉得热岩石之神有什么特别让人不安之处，即使是雕像形式也不会。他抬头看着科涅奥斯的画像挂在高高的屋顶上，接着低头看看脚下映照在镜子中的版本。确实如此，被悬在两个眼睛乌黑、表情肃穆的大地之神中间，看起来确实让人有点不安，尤其是镜子中照出来的查文和自己就像两滴水珠，脚在中间，而脑袋长在两端，就像悬在天界和地狱之间一样。"我听说你找我。"

查文将注意力从神灵身上收回来："哦，是的。我只是觉得关于你将要说的话，我们应该再谈谈。"

"千沟万壑做主，老天哪！"燧岩咒骂着，"我们已经说了几十遍了！还有什么可说的啊？"

"我很抱歉，但是此事非同小可。"

燧岩叹口气道："如果我实在要假装了解一些本不了解的事情，那是会有区别，但是如果问我一些我不知道的问题，又问得太慢，那我只能发出些听似很重要的噪音，然后告诉他我得咨询我的芬德林同伴。”他对查文露出不耐烦的表情，继续说道：“然后呢，是的，我会直接来找你，告诉你，然后编排好说辞。”

“很好，很好。那你需要找到什么东西才能确定是我的镜子？”

“黑色的柏树镜框，有伸出来的翅膀。刻有眼睛和双手的图案。”

“是的，但是如果没有镜框，或者她换了一个新镜框呢？”

燧岩深呼吸一次。**耐心**，他告诉自己。他经历过太多事情。但是这可是比对付酒鬼还麻烦，有些人永远想把空酒瓶里的最后一滴也晃出来。“镜子本身稍稍向外弯曲。”

“是的。很好！”

“我可以走了吗？在奥科罗斯决定换别人代替我之前？”

“你能把不确定的地方写下来吗？这样有助于我弄明白奥科罗斯的意图。你能保证吗？”

燧岩没有说话，只是拍拍脖子上用细绳穿起来的石片。“真的，我现在必须走了。”

两人又焦急地将刚才的对话重复了一遍，查文跟着他走到门口，但是让燧岩松了一口气的是，他没有再继续跟上来了，就好像他不愿意离公会大厅里那大地之神的形象和避难所太远一般。

燧岩有好多好多天没有出过芬德林镇了，差不多有一个月了吧？地上的世界距离他上次上来时已经有了明显区别，他惊呆了。之前城堡中到处可见衣衫褴褛之人互助互爱的场景，现在明显已经过了期，被疲累和恐惧所征服，大家都担心围困永远不会结束，从某种程度上来说，这种奇怪的、悬而未决的警惕性甚至比即将来临的真正的进攻还要可怕。

遮在围巾和兜帽中的一张张脸都冻得通红，看起来面无表情，就连拉文之门和王宫附近也都一样，这里的人们至少还不用担心挨饿。但这些毫无疑问能吃饱肚子的大臣们也一个个露出狼一般的表情，就连最善良乐观的人似乎也在考虑，如果事情真的恶化了，如果真的需要挣扎求生了，他们该怎么办呢，又该拿谁下手呢。

城堡本身也变了个样。内城周围的城墙用木头围起来了，上面守满了士兵，草地上满是动物（大部分是猪和羊），水井都有士兵把守，狭窄的街道和公共广场上挤了比平时多两倍的人。当他亮出奥科罗斯的信时，也只是被草草检查一番就被放进了拉文之门，他听到几个士兵咕哝了几句贬损芬德林人的话语。虽然这样的事情燧岩这辈子并不是第一次遇到，但对他们激烈的语气还是感到有些吃惊。

*好吧，形势严峻，没有睦邻，*他提醒自己，*而且总有谣言说国王在养活我们——就好像我们是动物园里的动物一样，好像我们不是自己挣钱谋生一样，虽然我们一向如此。当艰难时刻到来，正是这样的事情让这些大个子憎恶我们。*

看到奥科罗斯公开占领了查文在天文台的居所，燧岩有些不安，但又想到这也情有可原。不管怎样，他都应该装成不认识查文，所以绝对不能对此发表任何意见。

一位长有招风耳，身穿东境国长袍的年轻侍从打开门，沉默地带领燧岩进入天文台，里面屋顶很高，上面装有滑板，充满潮湿之气。奥科罗斯从堆满书本的桌子前站起身，脱掉暗红色的罩衣。他身材苗条，部分头发已经白了，看起来喜悦又充满智慧。很难相信，这就是查文眼中的混蛋，虽然燧岩自己也听过奥科罗斯兄弟对亨顿·托利谈起查文镜子的事情。

不管怎样，他都要谨慎行事。他鞠了一躬，说道：“我是蓝石英会的燧岩。是石匠公会派我来的。”

“是的，我正在等你。你对镜子了解得多吗？”

燧岩措辞很小心地答道："我是蓝石英会的人。我们属于晶质宗，镜子只是水晶或玻璃制品，因此芬德林所有的磨镜工作都是由我们监督进行。当然了，我确实有所了解。不管能不能满足您的需要，大人，我们可以试试看。"

奥科罗斯一副打量的表情说道："非常好。我带你去。"

学者从桌上拿起一个灯笼，带领燧岩走出屋顶很高的天文台，走下一段走廊和台阶。燧岩之前来过查文的房间，当然了，次数不多，因此不知道自己现在身处何方，只知道在往下走。有那么一刻，他非常恐惧，以为这个人现在要带他去那间自己曾住过的秘密小屋，当时这里还是查文的居所，他以为这个人已经完全摸清了自己的底细，掌握了自己到这里来的目的。但相反，他们下了几层楼，小个子医生拿钥匙打开走廊旁边的一扇门，招呼他进去。一张空荡荡的桌子中央有一个用布盖起来的东西，就像是一具形状古怪的尸体，正在等待出殡——或者复活。

奥科罗斯用手指小心揭开布帘。正是查文描述的那面镜子，但燧岩却尽力装出以前从未见过或听过的样子。黑色的镜框上雕刻有一双手，手指伸展的方向各不相同。还有间隔出现的眼睛，雕工虽粗糙但眼神咄咄逼人。镜面凸出有弧度，也刚好让移动图像的影子看起来不稳定。事实上，多看一会儿就会觉得焦躁难安。

"您到底想知道什么呢，大人？"燧岩小心翼翼地问道，"这看起来只是一面普通……有点，看起来好像有点……坚不可摧。"

"是的，我知道！"燧岩第一次探查到医生的话语中有一丝奇怪的东西，"它……它还什么事都没做。"

"什么事都没做？抱歉，什么……"

"不要假装没发现，芬德林。"奥科罗斯生气地摇头，接着平复语气，"这是一面占卜镜。你和你的同胞肯定不会以为我会请人来帮忙处理一面普通的镜子吧？这是正宗的占卜镜——一面'泰尔'，有时候也这么称呼——不过对我来说还是死物。你还假装没发现吗？"

燧岩眼睛一直盯在镜子上。那人不只是生气而已了，他已经有些惊讶了。这是什么意思？"我没有假装什么东西，大人，我也不是没有发现。我只是想要听听您想要什么。现在，您还有什么要求吗？"他试着回想查文的话，"是反射有问题，还是折射有问题呢？"

"都有问题。"医生似乎平静了些，"东西似乎没有损坏，如你所见，但是作为一个物品来说却没有发挥出作用。作为一面占卜镜，它毫无用处。我什么东西都得不到。"

"您能告诉我这个东西是从哪里来的吗？"

奥科罗斯目光锐利地看向他："不，我不能。为什么问这个？"

"因为占卜镜的记述和未写下的知识必须被用于已知事物之上，这样才能帮助发现未知奥秘。"他希望自己说的话听起来不要太像瞎编乱造（他确实是在胡说），查文曾告诉过他一些事情，还有一两个名词，以防到了需要辩解的时刻好抛出来，但奥科罗斯想知道什么，他是不可能提前弄清楚的。"也许我可以把它带回芬德林公会……"

"你疯了吗？"奥科罗斯双臂抱住那东西，好像是在保护一个无助的小孩不被狼吞虎咽的恶狼抓走。"你什么也不能带走！这个东西价值比整个芬德林镇还要贵重！"他盯着燧岩，眼睛眯成一条缝。

"抱歉，大人。我只是想……"

"你要记住，即使只是被召来问话也是你的荣幸。我是摄政王子的医生——御医，而且我可不是等闲之辈。"

燧岩突然间第一次感觉到恐惧，不只是因为奥科罗斯本人——虽然这个人可以召来卫兵将他锁进地牢，只要他愿意——还因为他奇怪的狂热。这提醒他想起自己曾见过查文的许多古怪行为。这个镜子为什么能把人变成野兽呢？

“如果有可能。”奥科罗斯说道，“我可以去芬德林图书馆查阅。公会当然会向我提供图书。”

燧岩知道这从很多方面来讲都不是好主意：“当然了，大人。他们会深感荣幸。但是有关镜子这类器物的大部分知识书本中都找不到记录。大部分知识都储存在我们最老的男男女女头脑中。您会讲芬德林语吗？”

奥科罗斯盯着他，好像他在开玩笑一般。“你什么意思，讲芬德林语？难道下面的人不是应该讲远境王国官话吗？”

“哦，不，奥科罗斯修士，先生。许多老人多年来都不曾离开芬德林镇了，他们只会讲先祖的语言。”这并不完全是谎话，虽然会讲古老的芬德林语的人数目很少。“为什么不让我带着您的问题回公会呢——还有我的所见，当然了——看看我过一两天能不能带回什么答案来。您这么繁忙，职责缠身，这样会是最好的解决方法。”

“好吧，也许……”

“让我做些记录。”他迅速画出镜子和镜框的模样，还在边缘做了一些记号，就像在搭建一副特别复杂的脚手架一样。他尽量拖延时间，突然想起查文曾对他说过的另外一些事，那些话听起来可能没什么意思，但他是想要燧岩去探索。他是想让燧岩提问题的方式更加巧妙一些，但燧岩记不起来了，因此就含混地问：“您在镜子中有没有看到什么不一般的东西？鸟啊，动物啊什么的。”

奥科罗斯看着燧岩，好像他突然长出了翅膀或尾巴似的。“没有。”他最后说，眼神仍然盯着燧岩，“没有，我告诉过你这是一个死物。”

“啊。当然了。”燧岩鞠了一躬，将石片挂在脖子上，接着退出房门。他觉得奥科罗斯不如第一眼看上去那么和善无害了。“您能邀请我过来，这是我的荣幸，感谢您，大人。我会咨询一下公会的同伴，很快回来。”

“是的。好吧，只是别让我等太久。”

燧岩戴上兜帽抵御严寒，因此在拉文之门附近差点撞到一个身高几乎是他两倍的女人身上，那女人刚从阴影处走出来。他吓了一跳，停下脚步抬头看，但过了片刻才认出那是谁——他只见过这女人一次，当然了，那差不多已经是一个月之前的事了。

“你是去过我家里的那个人，你从没告诉我你叫什么名字。”他说。女人还是一副心不在焉的表情，像个夜游魂。

“薇洛。”年轻女人说道，“不过无关紧要了。叫那个名字的人现在已经不在了，或者已经变了。”她停下脚步，显然是想要什么东西。但燧岩感觉到，如果自己不问，她可能永远也不会说，两个人会站在原地直至夜幕降临，然后黎明再度到来。

“你需要什么？”

女人摇头道：“你给不了的东西。”

燧岩从来都没有什么耐心，但今年他一直在接受考验，而且看起来这种考验远远没到头。“那抱歉了——我妻子还在张罗晚饭。”

“我想和你聊聊一个名叫吉尔的人。”她说。

燧岩突然间想起来了。“啊，当然了。你之前非常喜欢他，是吗？”女人没有说话，只是聚精会神地看着他。“我很抱歉，但我们两个都被精灵族士兵抓住了。他们放我走了，但他们的女王，或者是将军，不管是谁，却判处吉尔死刑。他死了。我很抱歉帮不了他。”

女人摇头道：“不，他没死。”

燧岩看着女孩的眼神说道：“当然。他的精神还活着，毫无疑问。现在我必须走了。再次为所发生的事情感到抱歉。”

这个年轻的女人笑了，虽然几乎是再平常不过的一件事，却有说不出的奇怪。“不，他没有死。我能听到他的声音。他每天都在对豪猪女士说话。豪猪女士痛恨他说的话，因为他模仿的是国王的声音。”

“你在说什么呀？”

“没有关系。我只想告诉你我听吉尔昨晚说起你了，或者是今天。”女人摇摇头，就好像燧岩一定能了解，要记起上一次听到死人说话是什么时候有多困难一样。“他说他要是能告诉你和你的同胞就好了。你们在城堡下面的地下不安全。世界很快就要变了，芬德林镇下的门将会打开，死亡时间就要到了。”她点点头，就好像变了什么戏法，水平还不赖一样。

“我现在要走了。”女人转身离开了。

燧岩站在拖长的阴影之中，感觉一阵寒意爬过他的身体，虽然是严寒天气，但那冰冷程度也实在是太过了。

第三十一章
黑眼睛女孩

诸神争战了一百年，苍白之女沮丧至极，决定出去向父亲投降结束战争，可她的丈夫银光神、她的兄弟姐妹不放她走，担心她会死去。而骗子堂兄秘密潜来，吹奏出一支甜蜜的曲子，说会帮助她逃离丈夫的家。骗子想将她据为己有，并且也确实实现了，但是一阵狂风吹来，她消失在呼啸的风中。她自己也迷失了，流浪了很久，甚至不知道自己是谁。

在战争中，白焰神杀掉了雷神之子布尔，雷神于愤怒之中击倒并斩杀了苍白之女的丈夫、歪神之父银光神。那一天，许多人死去了，从此万物之声都更加悲怆，直到现在也未平息。

——引自《忏悔之书·百种思索》

他一直在坠落，时间如此之久，他都不记得不下坠时是什么感觉了，不记得哪个方向是上，甚至不明白上下意义何在了。他记得的最后一件事就是看见了那扇门，有猫头鹰和松树，然后——就好像那扇巨大的门打开了，一阵黑风将他举起拉进了门——他一直在黑暗中翻滚，无助得如同雷暴之中的一只麻雀。

姐姐，他呼叫着，或者说想要呼叫，**我在下坠。我迷失**……但她没有来，甚至连一个幽灵般的记忆也没有，他们被某道深渊隔开了，就连血亲也无法桥接。

姐姐。我要死了……他永远也猜不到会这样发展——他们甚至连最后的告别也没有。但是姐姐一定知道他有多爱她。她是这个腐烂世界上对他来说唯一有意义的事情。不管怎样，这能让他感到些许安慰……

你……是……谁……

像是一声低语——不，比低语还小，空虚得就像是一朵花在遥远草地上盛开所发出的声音。但在如此彻底的之中，那声音听起来仍显得十分悦耳，欢快得如同号角。

是谁？是你吗，防风灯？但他知道脑海中精灵的话语从来不是这样的感觉，这些字每一个都像冰凉、轻盈又洁净的水珠，从雨后的树叶上滴落下来。是女人的声音，他能感觉到，但好像还不太准确：感觉甚至更加轻柔。然后他就知道了。是那个乌发女孩，在他其他梦境中观看的那个女孩。

你是谁？他对着虚空问。他仍在坠落，但感觉现在不太一样了，不再是向着某个东西坠落，而是向外航行。

我认识你吗？

我是谁？她沉默片刻，就像是被这个问题吓到了，**我……我不知道。你是谁？**

好傻的问题，他先是想了一想，但发现很难回答。**我有名字的，**他坚称，**只是现在想不起来了。**

我也是，女孩告诉他，声音仍然如同幽灵一般。**我也想不起来了。真奇怪……**

你知道我们这是在哪里吗？

甚至不等问出问题，他就感觉到答案会是否定的。**不。迷失了，我想。我们迷失了。**他第一次感觉到女孩的声音中有些悲伤，明白不是只有自己在害怕。他想帮帮她，虽然他连自己也帮不了，或者说自己也正为此苦恼。他知道的就是自己在无止境地向外坠落，穿越虚空，能有人一同承担真是无价的祝福。

我想看看你，他突然说，就像从前一样。

从前？

你一直在看我。是你，对不对？那些东西在追赶我，宫殿着了火……

那是你。不是在问话，而几乎像是心满意足的甜蜜感。我很害怕你。

我想看看你。

但是你是谁？她问。

我不知道！在他生气的当儿，女孩的存在变得更加微弱，他吓坏了。但是知道自己还会生气，真有意思。之前自己独自坠落的时候，几乎什么感觉也没有。我只知道先开始只有我一个人，接着你就来了。我没有感觉……就算在醒着的时候也可能根本无法解释——在这没有言语、没有方向的地方就更是无能为力。自从失去她以后，我就没有任何感觉了。他想不起那个名字，但是记得她，是他的姐姐，他的孪生姐姐，他的另一半。

对方沉默了很久。你爱她。

是的。但他们之前有误解，一种类似阴云般的困惑，接着女孩的存在更遥远了。不要走！我想看看你。我想……他想要的没有言语能表达——甚至思绪也无法串联起来——但是他想要一个存在下去的理由。他想要一个地方，想感觉到有人在等待他脑海中的思绪，这样他就能知道这里是诸神创造的世界，而不仅仅有无边黑暗中的零星私语。我想……

我们周围有一个地方，女孩突然说道，我隐隐约约可以看见。

你指什么？

看！很大，但有城墙。还有……一条路？

现在他也能看见了，至少能看见隐约的轮廓。这个空间只比他们一直在坠落的无边黑暗稍微小那么一点，也只亮那么一点，但它有轮廓，还有界限。在中间他看到了女孩说的路，一道安全拱梁横跨过令人异常惊骇的黑暗的虚空之上——那虚空甚至比他们一直从中坠落的还要深邃。但是拱桥下面的这个黑暗的深坑不只是虚空，这片黑暗想要吞噬一切。它存在于那里，而且它的存在对其余的一切都是威胁。那里就是什么也不是的原始空间。

不，那不是一条路，他说着看见那道东西慢慢变得坚硬，有了形体。**是一座桥。**

接着他们面对面站在拱桥上，男孩和女孩都摇摇晃晃，模糊得如同透过黑暗的水面看到的影子。两人都不是孩子了，但又都不是成人或接近成人的样子。他们都不成熟，惊恐又兴奋，对这样的一个世界还不熟悉，但又觉得它比其余一切都更合情合理。

他被女孩的眼睛吸引住了，虽然不能盯着不动看上片刻——这里的一切都是不连贯的，一直在晃动，模糊得就像是他的视力因为连续读了几个小时的书疲劳了，而不是刚刚恢复。

他着迷的不是那眼睛本身，虽然那对眼睛又大又美，棕色的眸子像是某种从森林深处小心窥看的生物的。也不是那双眼睛打量自己，看清自己的方式。甚至不是因为女孩看着自己的疯狂（或者不管吞噬他的是什么）方式，也不是因为他说的话，或者他看起来的样子，或者在他人看来的样子。也许只是因为他们处于这没有名字的场所，也许只是因为在这里他无法用别的方式看着她，那样子就像是一堆热情的篝火在召唤一位又冷又累的旅人。感觉就像是某种能够拯救他的东西。

你是谁？他又问。

我告诉过你，我不知道。接着女孩笑了，出乎意料一闪而过的欢笑让女孩悲伤的小脸看起来令人震惊。**我是个做梦的人，我想，或者我就是梦。我们之中的一个梦到了这里，对吗？**但那只是玩笑话，他知道。女孩并不是出于他的幻想或者她自己的幻影——她是实际存在的，而且强大有力。他能感觉到。**那你是谁？**

一个囚犯，他告诉女孩，知道自己说的是真的，**一个流亡者。一个牺牲品。**

现在，他第一次在女孩身上感受到除了善意之外的东西，她的回答有一种酸意。**一个牺牲品？谁又不是呢？那不是你，而只是发生在你身上的事。**

两种欲望撕扯着他，他想再次感受她的温柔，又想要解释清楚诸神给了他多么糟糕的生活。诸神？他们是想要杀掉他！

你不明白，他说道，**我的情况不一样。**但他发现在虚空之上的这座桥梁上，在这座两边都通向看不见的未知之地的拱桥上，他无法解释原因。**我……**

如果你是想要我对你感到抱歉，因为你梦到不可能存在的地方以及没有名字的人，女孩说话的语气又恢复了一些淘气的幽默，**那么你还是想些别的吧。**

他想让自己享受女孩的话语，但做不到。如果做到了——如果他贬低自己所受的痛苦——那他还怎么存在下去？他能够忍受痛苦的唯一原因就是他知道，痛苦也让他与众不同——这份痛苦以某种方式升华了他。**但是这不是我希望的！**他的痛苦上升成为愤怒的哭号。**我不想这个样子！我再也没有力气了！**

你在说什么？女孩停止玩笑——她又看着他，真正地看着他。即便和她面对面站着，他无法识别出这模糊又神秘的幻影，至少无法通过她的特征识别，但是他记得女孩看他的样子在哪里见过，不管伪装成什么样子都记得。

我是说太多了。一个接一个的恐惧。诸神他们……那整个骇人

的故事都无法解释。我被诅咒了，就是这样。我不够强大，受不了了。我以为可以的——我试过——但我不行。

你不是这样想的。你像是……在炫耀。

我真的这么想的！我宁愿去死。死了可能就再也见不到心爱的孪生姐姐了——还有这个女孩，这个黑暗中刚认识的新朋友——但此时此刻他不在乎。他对这些负担感到疲倦了。

你永远也不能说这样的话。女孩的思绪并不哀怨，而是又生气了。我们全都会死。如果我们只有一次选择生的权利呢？

如果活着只有痛苦呢？

反抗，逃脱，改变。

说着轻巧。他又是憎恶又是愤怒，但突然担心女孩会离开他，将他一个人留在这座虚空之上骨头一般白的拱桥上——不，比虚空还要糟。

不，不是的。做起来很艰难，我知道。但你必须这样做。

怎样做？

这样做。全部照做。你必须战斗。

你会……你会再来找我吗，如果我照做了？

我不知道。虚空之中闪过一丝甜蜜，那抹微笑如同黎明之前黑暗中的鸟鸣。我不知道我是怎么找到你的，所以我不敢说还能不能再找过来，亲爱的朋友。你是谁？

我说不好——我不能确定。但是要再来找我啊——请再来！

我会试试……但是要活下去啊！

接着那座桥，深渊，女孩，所有的一切都消失了，巴瑞克·埃顿慢慢穿越梦境和睡眠中常见的声响，游了回来。

⚜ ⚜ ⚜ ⚜ ⚜

看到王子的惨状似乎消退了些，费拉斯·范森如释重负。巴瑞克可怕的喘息声停止了，虽然仍旧伸展四肢躺在牢室的地上，但现在似乎睡得安稳多了，也不再做噩梦了。范森之前试图安慰过王子一次，但被困在梦中的王子伸手打了一拳，他现在松了口气。王子显然活下来了，虽然范森仍然不能完全确定是什么让他这样痛苦。似乎是关于……

那么，那是个什么东西？他问基尔，那个……门。自从我们回到自己身体以来，你还什么都没告诉我呢，只在男孩猛踢地板时说“抓住他的腿”。你为什么这么沉默？

因为我想试着弄清楚。基尔的思绪转得很慢，一如夏日的云朵。我们看到的事情似乎只有一种解释，但是我不相信那些东西。不过想得越多，就越是一次次绕回同样的结论。

什么结论？范森看到王子坐起身来，但捧着腰，像是肚子痛的小孩。我只是个战士——对神啊，精灵啊，魔法啊一无所知。这里出了什么事？

你看到那个松树和猫头鹰符号了吧，基尔说道，那都是黑色大地之神的象征。我们看到的不是别的，只可能是可怕的伊蒙之门，你们可能会这么称呼，那里是伊蒙的主人，就是阴郁的科涅奥斯本人的宫殿。

范森脑海中这时浮现的并不是熟悉的三神的形象，并不是教堂墙上的雕像或画像，而是早年山谷生活记忆中的画面——那个阴郁的男人戴着面具和厚厚的手套，小声说着什么，抓住调皮的小孩（甚至是独自一人的听话小孩）将其拖入地下。

科涅奥斯……死神？你是说我们现在正站在死神宫殿入口之上？遇到吉库因这样可怕的巨人，并被告知他是一位半神是一回事，得知一位无所不能的三神就住在他们脚下可就是另一回事了。自从费拉斯·范森出世以来，那阴郁的神灵就皱着眉头瞪着他，那阴影从他记事以来就一直萦绕在梦里。但是怎么会这样呢？为什么会在这里？

它可以在任何地方。只是恰好在这里而已。或者只是座大门，至少如此。但其他还有什么地方有门，谁能说得好……

但是那意味着什么呢？如果门在这里，整个宫殿一定也在这里，不是吗？就埋在这里的石块之下？

基尔摇摇头。两眼之间的皱纹表明他很担心，这是他阴郁的脸上唯一可以识别的表情。诸神的道路，他们的住所和习惯不像我们。他们走的是不同的道路。他们住在不同的地方，有些我们甚至根本不可能走上去。门的两边经常不是同一个地方，甚至不是同一个时空。精灵举起双手先绞在一起，接着分开。有点费解，他承认。

范森回忆起自己的一些经历，他曾经试图找到绕回雾影线之后的路途，接着试着想象有什么事情会连基尔也觉得迷糊，他可是在这样不停变化、没有定式的土地的上出生长大的。但是为什么他们要把它挖出来呢？范森问道，巨人和那个灰色男人——为什么他们想要接近那里呢？费拉斯·范森突然想到一些恐怖的事情，是不是……科涅奥斯就在门那一边？正在等待？

不，他已经不在了，基尔说道，所有的诸神都不在了，毁灭之神佩林、科涅奥斯和黑猪神伊蒙——至少我知道名字的所有神都不在了。他们被驱逐到沉睡之境了。

“那么他们为什么要挖呢？”范森因为太激动，所以声音很大。过了这么久之后，那嘶哑的声音还是会激怒自己。“为了寻找宝藏吗？”

“因为他们疯了。”巴瑞克咕哝着翻了个身，“加尔人都疯了，但是诸神和半神们更加疯狂。这整片大陆都崩溃了，都死了。”王子还无法坐直身子，但他尽力掩藏自己的不适，范森为此不禁很佩服他。

基尔这时一定和他说了些什么，因为王子停顿片刻之后才大声说：“因为我不能。它让我的头太疼了。我必须留神自己说的话。你能同时和我们两个人一起说话吗？”

我试试，基尔说道，你觉得我们全都疯了是吗，人类的小孩？我倒希望真是如此，那么我们可能就没有这么大的麻烦了。你说疼痛，因为诸神的本质在伤害你，即便他们不在了。从这方面来看，你很像我。我们都能感受到这个地方的力量，只是方式不同。

你在说什么呢？巴瑞克问。

看来你很敏感，就和我从前一样，就和所有的胎膜族民一样——对吉库因的声音很敏感，对黑猪神之门和门后的黑色大地之神的正殿很敏感。但是有一点奇怪，几乎就像是……就像是……基尔闭上眼睛想了一会，不，他又睁开眼睛告诉他们。这并不重要。不过听着，我要告诉你们一些重要的事。精灵在石头地面上安坐好，闭上眼睛想了一会。

当科涅奥斯被赶走之后，基尔最后告诉他们说，他将一切物质事物留在身后，所有有血有肉的事物，或是……

范森很奇怪，不确定自己是否能正确理解基尔的意思。被赶走？

解释一下，巴瑞克说道，“我讨厌猜来猜去。”

是的，被赶走。他和其他诸神被赶出大陆，进入沉睡与遗忘之境。

被谁赶走的？

我会试着从头解释，但是你们两个一定不要提问打断我——尤其是你，不耐烦的王子，因为你说话的声音所有人都能听见。基尔的怒火一瞬间如同闪电一般穿透了他的思绪。我们很幸运——我觉得这附近没有谁能听见我对你们脑海中所说的话，也没有谁会讲你们凡人的语言——但是不要滥用这份幸运。我们正处在非常、非常可怕的危险之中——甚至比我所担心的还要可怕。精灵伸出手指放到太阳穴上，好像头疼一般。请让我从开始讲起。虽然他们对这种说话方式还不能完全熟悉，但就连范森也绝不会弄错基尔每一条思绪中的绝望。

巴瑞克王子举起一只手做出同意或是允许的手势。

首先，你们必须对我的历史有所了解。我不仅仅是一个武士。事实上，我本来根本不可能成为武士的。我的族人中和你们体型最接近的——这样的体型曾经是我们共有的——被叫作至高人，倒不是因为长得像阳光大陆人就好看，而是因为这是过去的相貌。但即便是至高人，其中有些也和你们存在着难以辨别的差距，要么生来就有差异，要么是会改变外表。有一些因为和你们相似，几千年来一直是大家恐惧的对象。另外的一些，比如元素公会的那些只在需要的时候才变成凡人的样子，就和诸神一样。

然后还有我这样的族人，我们虽然来自权力世家，家族里保留着绝大多数最古老的外表，但我们自己生下来就不一样——我们的容貌即便在各色各样的族人中也称得上畸形。我就是这样一个类别——一个胎膜族，就和我们这种疾病的名字一样。我们生来脸上就有一层血肉面具，必须佩戴一辈子，但我们也被赋予了其他天赋——感官比大多数同类要强，这项能力让我们在最强大的同伴也迷失的时候找到出路。在族群中，我们胎膜族通常担任向导，成为探路者，寻找不同的路径。有一些还进入先民之屋的深渊图书馆服务，那里是我们伟大的城市和首都。图书馆是我们与那些已经抛弃血肉面具的精灵交谈的地方，同时也能和从未有过面具的精灵交谈。到图书馆效力是一项激动人心的高尚追求。

那原本也是我的追求，但是我父母在朝廷中与一个对手产生了纠纷，父亲被杀死了。母亲被一群同伊尼尔王紧密联系的党派成员逐出先民之屋——虽然老实说，这些人经常不按国王的意愿行事，国王也经常无法控制他们。母亲和我流浪多年，最后到雅萨梅兹，即豪猪女士手下做事，女主人提倡打破旧习，不臣服于任何人，只依靠自己。我在她漫风山脉中的居所里长大，最后母亲受够了一生中经历过的失败和失望，屈服自杀了，于是我在女主人雅萨梅兹的军队中成长，我的天赋没有用来思考，而是投入战争，效劳于这位收留了我、几乎独自将我养大的女主人。

因为女主人的缘故，吉库因不是我见过的第一个半神。长大到刚能拿剑的年纪时，我就和女主人联手在黎明森林中与勃拉姆巴诺加迪尔打了一仗，那个吓人的老混蛋是暮光族人——就是你们阳光大陆人口中的夜空神斯弗洛恩。巨人巴拉姆巴诺加迪尔让女主人损失了二百精兵，最后女主人用一只长矛刺穿他的盾牌穿进他的喉咙。之后我们为族人又打了几仗，反抗无梦人和奸诈的山地黑暗精灵，为了族人的安危而奋战牺牲，甚至不顾族人对我们的逃避——除了萨奎丽王后之外，几乎其余族人都拿我们当邪恶的动物对待，将我们绑定在营地边缘，从来不能走得更近。

你们明白，只有古歌王后萨奎丽认出了我们的本来面目——我们就是族民剑鞘中的利剑，即便不拔出来也能将旁人吓呆，让他们思考掂量战胜恐惧的欲望有多强烈。雅萨梅兹是王后族人，而萨奎丽王后也尊她为最年长、最纯洁的在世至高人。王后知道女主人被赐予了长寿和勇气，国王、王后和祖先们都曾为之拜服，并将焰华作为回礼，那是最后的神灵给我们统治者的恩赐。

而那恩赐之物现在却成为诅咒……

费拉斯·范森感觉到几千年混乱危险的历史正如同黑水一般在精灵的话语之后搅动。他想问问焰华是什么，但基尔曾经公开说明过，范森害怕会搅他分心。

在我出生的好几百年以前，女主人雅萨梅兹就开始为族人战斗了。在诸神战争最后阶段，在那场恐怖又臭名昭著的战栗平原之战中，她摧毁了乌雷克的凡人形体，乌雷克并不是神灵的私生子，他自己就是一位名副其实的神灵，穿一身刀枪不入的魔法狼皮盔甲。仅是因为这个原因，女主人就值得铭记和纪念，直至时间之烛逐渐熄灭，但我提起这场战役并不为这个原因。那一天我曾对你们提起过，当时吉库因推迟参战，希望操纵局势为自己谋利，却反而被科涅奥斯击垮，双目失明，几乎被杀死。

范森想起吉库因的故事，他当时很晚才带领寡妇制造军上战场，然后意识到自己闯下的大祸无法承担，因为佩林、科涅奥斯和诸神都宣布苏拉泽姆一族获胜，其余神明和加尔人则已经四散而逃。科涅奥斯打伤了他，你说过。

确实如此。黑色大地之神把吉库因伤得很重，导致他永远无法痊愈。但是现在，出于某种原因，这位半神正在挖路要进入黑色大地之神——就是你们所称的科涅奥斯的正殿。

那么吉库因想干什么？

想方设法补偿自己的惨败遭遇。也许神灵那根威猛的地星矛就放在门后，或者吉库因可能想寻找一个更加精妙的奖赏。不过如果他确实是想要打开通往科涅奥斯在凡世领域的门户，我感觉他一定会力量大增——程度难以估量。多年以前的战败让他残弱不堪——你们眼前看到的形象跟当天骑马奔赴战栗平原的他相比只能算是个阴影——但他是真神们所生的私生子之中最后一个还在世的。如果他重新获得力量，那他将成为绿色大地上行走的最强大的人。

但我们没有办法阻止他，范森说道，是吗？

我恐怕必须阻止，基尔说。

你想说我们有责任保护全世界吗？范森扭头去看巴瑞克，想看看男孩是否明白了基尔模棱两可的话语，但王子只是恶狠狠看着他，仍在大口喘气。

当然——不过也要拯救我们自己的性命。伟大的魔法——最古老强大的魔法——需要精血——也就是你们所称的人和动物的灵魂——才能成功。他们需要献祭。那话语就像一把刀尖，冰冷且锋利，一开始几乎感觉不到疼痛。尤其是需要献祭那些自己本身就会些魔法的人。

你在说什么？但是范森已经猜到了。

我猜，现在我们并没有和其他囚犯一样在通往神明之地的门口干活累死，是因为吉库因需要我们其中的一个——很有可能是我，因为我是胎膜族——或者甚至是需要我们三个人一起来打开科涅奥斯正殿的大门。他需要鲜血，他需要灵魂。

“有件事你必须帮费拉斯·范森说。”巴瑞克决定。这个卫队长从没放弃……尝试。如果说他一向冷漠的态度和健壮的身体还不能成为被自己痛恨的足够理由的话，那么这点十分足够了吧：他总不停地想要前进和战斗，就好像人生就是一场游戏，会有最终结局和额外奖励一样。巴瑞克向来认为，乐观只是愚蠢的代名词。

但是那个黑眼睛的女孩会佩服他的，他痛苦地想到。

“那我们该怎么办？”范森轻声问基尔，但声音也大到足够让王子听见。这人还很会考虑。巴瑞克想拿什么东西打他。“我们当然不能坐等他们……将我们送上什么野蛮的祭坛烧死。”

“你可能还要想想有些小麻烦，有个疯狂的半神和他手下所有的魔鬼野兽都乐得将我们撕成碎片。”巴瑞克说话时的语气比一般人那样都要欢乐。不管怎样，他都想要帮助基尔和这个士兵，只是为了让他们发现所有计划都是徒劳。他想并不全是他们的错。因为他们不像自己，没有感觉到这个地方真正的力量，即便那个神灵已经不在了——如果他真的不在了的话，那恐惧的、压倒一切的力量仍然存留在深渊之中。不管是什么让巴瑞克如此敏感，那东西明显也让他很聪明：好像只有他明白所有这些讨论都毫无意义。

但是她会觉得这些没有意义吗？巴瑞克知道她不会，而那让他又惭愧起来。惭愧或是必死无疑，他想到，我经常拥有的都是多么精彩的选项啊。

当然，基尔说道，如果还以为自己有选择余地，那我们才真是愚蠢。我们别无选择。正如我告诉你的一样，我有些东西，无论付出什么代价都一定要送去先民之屋，所以我们必须反抗吉库因和他的计划。

说得很好，巴瑞克说道，但是我们到底能做些什么呢？我们还有什么希望？

一定不要再说出声了，基尔告诉他说，即便会让你疼痛，我也会和你们两个人都交谈，分别翻译你们各自对我说的话，来回交替。虽然会慢些，但是即便感觉不到有人在监视我们，还是不能将我们的计划说出声，我不能再冒险犯错了。

很好，巴瑞克说道，但是话说回来，说要反抗吉库因又有什么用呢？他是个巨人——还差不多算是神！

基尔慢慢摇头。没有用？可能吧。需要准备和运气，即便如此，我们也可能毫无收获，只能惨遭横死——但是至少那样的死是我们主动选择的，意义重大。但是，首先我必须找到蛇纹石，得想个办法找到。

什么东西？巴瑞克没明白过来蛇纹石背后隐藏的含义——一条火舌，突然如同猪的膀胱吹满空气一样爆炸了。你指什么？

基尔停了片刻，似乎在倾听。我以前说过一次。燃烧的黑砂，库比拉斯之火。啊，费拉斯·范森提醒我你们管它叫火药。

火药？我们怎么能弄到那种东西，何况是锁在牢室呢？巴瑞克问道，弄这个就和弄一台射石炮或一群火枪手一样——我们什么都弄不到。

他们每天都在我们脚下使用迅速燃烧的蛇纹石。基尔告诉他说，他们将蛇纹石塞进裂缝，可以将石块炸得粉碎，从而加快挖掘速度。就在脚下深渊的某处。我们只能找到，然后偷一些过来。

接着像鸟一样飞走吗？巴瑞克说道，这些事我们怎么可能做得到？我们是囚犯，你没意识到吗？是囚犯！

基尔摇摇头。不，孩子。只有投降之后，你才是囚犯。

第三十二章

回忆西莫弟弟

叛徒长角神祖米奥斯和无情的祖丽雅（祖米奥斯的妹妹兼妻子）被流放到吞没了万物之父斯弗洛思的那片空虚之地，一段时间内，赞德山恢复了和平。科尔斯死后，梅希雅离开丈夫科涅奥斯去执掌月宫，科涅奥斯大度地迎娶佐睿雅为妻，不在乎她所遭遇的不名誉之事。

——引自《三神之书·万物之始》

真奇怪啊，布瑞奥妮心想，**跟着这一群演员还要走多久才能到达王宫呢。每个城镇停留一晚，娱乐当地人，让他们开心，假装自己从未到过这么欢乐的地方，直至安全离开，然后再抱怨收入太低，那里的伙食和住宿条件太差。**

这样的旅行和父亲偶尔穿越远境王国进行的远足相比，最重要的不同在于，作为国王远征团的一员，就算当地人不喜欢你演讲的形式，你也很少会被腐烂的蔬菜痛砸。而且王室团队会配备足够的武装护卫，没有人敢明目张胆行骗。

今晚，她不太情愿地想起了这样的往事。虽然时间早已过了午夜，但他们没能借住在干草棚或是空着的酒馆房间，而是一路冒着滂沱大雨沿着坑坑洼洼的道路穿过最南端的柯特维尔。原来他们刚刚离开的哈里亚集市上最大的酒馆老板也是当地镇长的兄弟，他宣称梅克维尔巡演团当晚表演收钱时欺骗了他——虽然裴德·梅克维尔的妹妹艾斯蒂尔发誓真相完全相反——众人没能得到镇长和属下的支持，反而被敲诈了一大笔钱，数目比酒馆老板之前承诺付给的报酬还要多。因此他们只得离开，卖命演了一个晚上，没赚到钱而且饥肠辘辘，还要浑身湿透连夜赶路，寻找更欣赏表演艺术的村镇。

布瑞奥妮也在冷雨中行走，因为大块头多文·比奇身体不适，她只能将马车让出来。她倒不介意——比奇是个好人，就算不生病，走路也会让他那双超大的双脚疼痛——但是还是希望这趟冒险如果能在一年里气候温和的时间里进行就好了，比如在七月或八月间，那时候的夜晚要美丽温和一些。

“佐睿雅啊，赐予我力量吧。”她屏住呼吸小声说。

费恩·特奥多罗斯抬起窗户，将头伸出马车小窗。“你还好吧，小蒂姆？”剧作家笑着叫她男孩的名字，他尽可能常这么做。

“糟透了。精疲力尽，而且浑身都湿透了。”

“啊，好吧。我们必须为诸神的礼物付出代价。”

“那是些什么礼物啊？”

“艺术，自由，男子汉的美德，那样的东西。”

胖乎乎的剧作家为说不清的理由自己先笑了，不等布瑞奥妮砸过去一团泥巴，他就关上了窗。

在这个最非同寻常的时刻，和演员们一起行走却开始变成了再普通不过的事。布瑞奥妮加入他们将近有半个月了，可能更久——没有宫廷礼仪，很多事情难于记起，比如今天是什么日子。一年里的第一个月已经转到了第二个月，虽然也难以辨别两者的差异：在这黑暗、混乱的年月，雪也下的少了，这倒是一件小小的幸事，但雨一直下个不停，风仍在刮，寒冷又无情。虽然自孤儿日以来发生了那么多事情，但布瑞奥妮还是没能习惯外面的生活，并且她怀疑自己是不是永远也无法适应。

他们大致是在往南走，沿着柯特大道顺着银色森林边缘走，反复越过柯特维尔的国界，沿途村镇只要规模够大、有地方表演、居民口袋里的钱足够值回价值，每一处都会停下来。也就是说，每一处都有人用蔬菜和其他食物支付看戏钱，许多小村子里走过之后，晚上收款箱里一个铜板也没有，不过艾斯蒂尔的木箱（用作剧团的验票闸门）里会有几块烤过的食物，许多干豆子和萝卜，足够在戏演完后给演员煮上一顿汤配面包做食物。虽然具有精神启蒙意义的《天上的孤儿》很受欢迎，《诸神之战》（佩林和他的兄弟对抗古老邪神的故事）的有些场景大受好评，但村民们最爱的还是残暴的历史故事，尤其是《匪王拖尔维欧》和休尼那部臭名昭著的《埃克萨普顿》，经常是裴德 · 梅克维尔扮演剧名中人物可怕又诙谐的死亡场景。布瑞奥妮进来已经见识过太多真实的人性故事，看到梅克维尔或纳文 · 休尼跌跌撞撞，用隐藏的猪膀胱喷射出猪血来的时候，她还无法完全适应，但是观众们就是看不够。虽然看到英雄或无辜人士的死亡，他们会生气发怒，尤其是那些感染力强的场景，当看到邪恶的长角神祖米奥斯被科涅奥斯的长矛刺死，他们会高兴欢呼。看到匪王被熊撕裂皮肉，一边咳嗽一边呻吟："多么可怕的爪子啊！多么邪恶奸诈的爪子啊。"他们会狂笑不止。

虽然大雨如注，但柯特维尔和银色森林南部的路上却出乎意料的繁忙，小贩的马车陷入坑洼之中，还有一些自由农民，举家出动，或者甚至是结为团体，都向南方进发想为来年春天寻找活计。布瑞奥妮在丹 - 莫赞家里所受的创伤和烧伤早已痊愈，最痛苦的忍饥挨饿的日子也都遗落在了森林中，长久以来从未感觉到如此强壮健康。首先，每天起床穿上男孩的衣服所带来的愉悦并没有暗淡下去，虽然她希望那些衣服要是再干净整洁一些就好了。倒不是她喜欢那些衣服，或是想变成男孩，虽然她一直很羡慕兄弟们活动和表情的自由，但她确实非常喜欢只穿着宽松的长袍和粗糙的紧身裤的无拘无束。她可以站着、坐下、弯腰，这些动作都可以做，甚至还能骑上剧团勤劳的马匹，而不用考虑“优先权或实用性的问题”。为什么南境国就没有一个人能理解这种感受呢？

过去在南境国的那些日子，几乎每天都要为了穿什么而和罗斯和莫伊娜发生争执，但回想起来这却让她犯起了思乡病，她非常想念那两个女孩，更别说梅若兰娜、查文和其他许多人了，但这些都比不上每次想起巴瑞克时的心痛。

她是真的在伊迪特的窥镜中看到他了吗？或者她只是因为太心痛而创造出来渴望看见的幻影？女半神曾说：“你和你弟弟将要碰到的事情，其奇怪程度超乎我的想象。”这话是什么意思呢？难道那不仅仅是梦境，或是布瑞奥妮狂热的想象，而是某种程度上的真相？但是布瑞奥妮知道自己不是圣徒——诸神早就挑选他们作为神谕者。不管怎么说，她看到的巴瑞克成了囚徒——戴着镣铐，惨不忍睹。还是假设自己看到的并不是实际情况比较好，虽然那画面能证明他还活着，但她还是不忍想到他那么可怜，那么……孤单。

关键点就在这里，当然了：她和弟弟都很孤单，而且这样的孤单只有双胞胎才能感受到，因为他们长这么大以来还从没像这样分开过，而且也从没经历过这样恐怖的事情。如果幻象是真实的，那么他也能看见自己吗？他也为自己感到哀伤吗？就像自己一样，或者他只是一个囚犯，满肚子愤怒和不适，几乎不会想到亲爱的姐姐？

而且，她突然想到，*费拉斯·范森怎么样了呢，弟弟的安全是他负责的*。她不得不压下怒火，想到他竟然让可怜的身患残疾的弟弟被抓住了。毕竟，谁又能说得准，护卫队长是不是从更糟糕的境地将巴瑞克救出来了呢？或者他也许是牺牲了自己的性命才保全王子？

最后那个想法所带来的懊悔力量惊人——甚至让她害怕：范森死了，而弟弟一个人活了下来？这一刻她说不好哪种结果更糟。

我必须为他们祈祷，她告诉自己。她在脑海中看见了范森的形象，虽然个子高大但并不蛮横，头发是胡桃壳的颜色，脸上既不是谨慎的面无表情，也不是完全喜形于色，而是露出迷茫的孩童般受伤的神色。他为什么会以这样的面目存在于自己脑中？其他重要得多的人物，比如哥哥和父亲都忘记了，沙索和肯德里克死了。为什么她还会记得范森呢？他只是个守卫，一个无名小卒——一个失败者，公平来讲，他第一次担负职责就损失了半数甚至以上的军队。怎样的女性弱点或是怜悯或者甚至是——三神教让她免受愚蠢之害——欲望让她再三想起范森，她思考着，尤其是想到自己可能已经将最宝贵的东西交给他去保护了。

她将所有关于范森的思绪抛至脑后，想要集中精神思考弟弟，弄清楚镜子中神秘的图像。她怎么会看到那样的情景呢？如果莉丝娅活着，那么还有其他的神在看着他们吗？难道他们家族的守护神埃瑞沃出于某种原因让她看到那画面，而她因为太盲目无法理解吗？

伟大的海神啊，帮帮您愚蠢的女儿吧！佐睿雅神啊，请将您的智慧借我一小会吧！

想到弟弟迷失在异国他乡，她的心又是一沉。他总是像个隐居的螃蟹，即使发起怒来，他的爪子也根本不会对他人造成任何威胁。只有壳能够保护他，因为失去壳的话，他会太过柔软而无法生存，太过害怕而无法守住海湾里的小小世界。

有一年——他们都是九岁或十岁的时候——父亲允许猎犬长送来一只小狗让他们自己养，那是一只漂亮的黑犬。巴瑞克想叫它伊蒙，但是布瑞奥妮不同意。她当时是非常虔诚的，连最温和的骂人的话也不会说，甚至不会自己默默地说。巴瑞克总是嘲笑她，叫她神圣的布瑞奥妮，但是她却一直很坚定。他们绝对不能给小狗取凶恶死神、大地长老的看门人的名字——那样会亵渎神明的。她给小狗取了西莫吉尔这个名字来代替，用的是沃洛斯忠诚的猎犬的名字（虽然她自己也总是开些渎神的玩笑，经常叫小狗为西莫弟弟），虽然这只小公狗平时总是气势高昂、咆哮不停，玩些吓人的游戏，但它也是只温驯的动物。布瑞奥妮一直很喜欢它，把它当作小弟弟一样对待。当巴瑞克拒绝和它一起玩耍，说它是邪恶的魔鬼时，她很吃惊。

但布瑞奥妮性格就是那样，她不肯放过弟弟，总是强迫他加入自己和小狗玩耍——或者至少要和它待在一个屋里，一开始布瑞奥妮挠着西莫吉尔的肚子，和它玩笑般打闹，小狗开心地叫着，从这头冲到那头，奋力追赶布瑞奥妮移动的手，但巴瑞克站在门口畏畏缩缩不敢进来。

最后她说服巴瑞克走进来，然后迅速发现了问题所在。他走近小狗的样子就像是进了狼窝。西莫吉尔充满防范，看巴瑞克的眼神完全不同于看布瑞奥妮，它看布瑞奥妮时，明亮的眼睛总是充满了友善，等待着还有什么新的乐子，但看巴瑞克时却眯缝起眼睛，好像在等待什么骗子或更坏的人。

"只要轻轻抚摸它就好。"她说道，"伸出手来，挠挠它的头——它喜欢那样。是不是啊，小西莫？是不是啊，我的小西莫？"

小狗抬头看布瑞奥妮，眼角泛出白色，它也挣扎着防御般注视着巴瑞克。如果小狗能对她说话，大声告诉她，它被气氛的突然转变弄糊涂了就好了，但是动物无法表达得更明确了，无法让她知道自己的感觉。

巴瑞克把手伸向小狗的脸，就像是要去够一个大黄蜂的蜂巢一般。西莫吉尔发出一声低吼，巴瑞克缩回了手，引得小狗跳了起来。布瑞奥妮赶紧抓住它的项圈。

“你看到了吗？”巴瑞克说。

是弟弟的问题，不是狗。弟弟身上有什么东西，也许是因为他的不信任，或者只是那丝恐惧的气息引得小狗毛发倒竖。但布瑞奥妮还是不相信自己宠爱的西莫弟弟真的会干出什么坏事来——而且她就站在旁边呢。“再试着摸摸它。我拉住它的头。它只是还不认识你。”

“它出生那天就认识我了，而且对我的憎恨一天比一天深。”

“嘘！不是那样的。红毛，让它闻闻你的手，不要因为它叫就抽回去。”

“哦，那我难道就任它咬吗？我又不是比大多数人多只手。”巴瑞克大吼道。

布瑞奥妮转转眼睛。她对弟弟受的重伤感到抱歉，当然了，她愿意做任何事以平复他每天所受的痛苦，但不能让这成为借口，不能因此就把他当作比实际年龄小一半的孩子对待。“别哭哭啼啼的，把手伸出来。”

弟弟更加愤怒，但还是照做了。西莫吉尔咆哮着，但只持续了一会，巴瑞克确实想要摸摸它的头。布瑞奥妮原本应该知道的，狗的突然沉默可是个坏兆头，不是什么好事，但是她太陶醉于自己为最爱的动物和双胞胎弟弟所做出的和平举动，以致没有注意到本该注意的事情。巴瑞克试探着摸摸狗的脑袋，手指向下滑到西莫吉尔咽喉部位，布瑞奥妮丢开项圈去抚摸小狗的胸脯。狗竖起耳朵咆哮起来，发出一声几乎令人恐惧的狂吠，猛地咬住了巴瑞克右手，尖牙刺进指关节间的肉里。巴瑞克颤抖着往后跳，狗咬着手不松口，直到他狠捶狗鼻子，小狗才呜咽着松开嘴。

片刻之后，小狗耳朵仍然倒竖着，巴瑞克盯着那野兽，仿佛长这么大从未见过更可怕的场景。弟弟的脸色变得煞白，眼睛因为惊恐而睁得大大的。接着鲜血倒回脸上，就像波浪冲上泥泞的海滨，魔鬼面具般的红色几乎染到了头发根，他的整个脑袋都像是烧着了。他从墙上抓过布瑞奥妮的一张弓，速度那样快，当弓尾呼啸着划过她的脸颊时，她甚至都没反应过来。他用弓抽打小狗，直到弓都裂了。那狗狂叫着扑在地上，接着想要躲回布瑞奥妮床下，它猛咬自己背上血淋淋的抽痕，而巴瑞克还在狠抽它的后腿。布瑞奥妮尖叫一声抓住弟弟的胳膊，身上溅到的血可能是弟弟手上的，或是血肉模糊的狗背上的，或者两者都有。

最后，小狗远远躲在床脚下，只露出爪子，巴瑞克扔掉劈裂的弓冲出去，一边哭泣一边向诸神咒骂。

如果当时是别的什么人而不是弟弟，那布瑞奥妮现在可能仍不会明白，为什么对弟弟的思念会伴随着这样的痛苦。西莫吉尔不会明白：小狗从此以后就瘸了，一听到大一点的声音就会趴在地上。虽然弟弟再也没碰过它，但不管是在什么房间，不等巴瑞克走进来，它就会冲出去，这样就让王子的行迹很容易被追踪：只要看到小黑狗西莫吉尔急急忙忙跑开，那么顺着反方向就能找到巴瑞克。

如果当时是别的什么人，那布瑞奥妮可能会骂他欺凌弱小，是懦夫，然后就完了——他们从此以后永远是敌人。其他人在她私人领域内犯下如此罪过，都别想着能减轻她的厌恶。但她太了解自己的孪生弟弟，从很小的时候就知道弟弟的坏脾气都是因为害怕，夜晚的恐惧追随着他，就如同瘸腿之前的西莫吉尔追随着布瑞奥妮一样。

巴瑞克有时候很残忍，但她为他心痛。除了布瑞奥妮没有人知道，他对世界表现出来的讨厌，甚至残酷的面具后隐藏着怎样的温柔。母亲死后，夜里当他哭着醒来，无法确定自己身在何方，甚至不知道自己是谁的时候，只有她会搂着他。只有她曾听过他说姐姐是他最爱的人，没有姐姐他会死去。他是多么害怕死后灵魂会永远流浪，无家可归，因为他那些渎神的思想，他麻木的脖子甚至在诸神面前也无法弯下，提摩伊德神父总是那样说他。

奥林曾经温柔地开玩笑说："我的黑荆棘，都足够去鞭打罪过最严重的忏悔者的脊背了。"父亲总是这样叫巴瑞克，其实是在暗示男孩衣服的颜色，因为他长大以后总是选择黑色的衣服。

父亲知道自己传递给儿子的诅咒吗？布瑞奥妮想到这里就很痛苦——倒不是因为事情本身，虽然已足够恐怖，但那不安也为他们所共有。事实是，她的孪生弟弟和深爱的父亲竟然共谋将事情对她隐瞒。这让布瑞奥妮其他的记忆似乎都变得可疑起来，甚至全部成为错误。好在现在感觉都很模糊了，就好像她整个童年、整个人生一直都不过是家人的设计，为了让她保持繁忙，但同时真正重要的事情却正在尘埃落定。

每次想到失去的弟弟和父亲都会带来莫大的痛苦，诸神本可以宽恕她的，让她永远不再想起他们任何一个。但是，当然了，她仍会想到他们，每次想起都会重新感受到那痛苦，而她几乎每一天、每一个小时都至少会想起一次。

⚜ ⚜ ⚜ ⚜ ⚜

他们到达希安国境边缘的湖区，道路在沼泽间蜿蜒，沿途要跨越小公国泰罗斯布莱奇的群山，梅克维尔的人马已经好几天没有遇到规模大到足够演出的村镇了，食物和水源都很短缺。所以他们到达希安国境内的一处大农庄，帮地主修补旧的羊圈、建造新羊圈，还为草场修起新的围栏，以此来挣得几顿饭食和几晚的干燥住处。搬运码砌石块的工作很辛苦，天气寒冷潮湿，但剧团的人都很开心，布瑞奥妮也惊讶地发现，自己也几乎称得上是快乐。

但是家族的王位被窃走了，这算是什么日子啊？像个农民一样膝盖上挂着泥巴，两手又红又痛，要冒着雨修造石墙，但这些对拯

救家族命运、向托利家族复仇来说都毫无用处。但是他们已经到达希安了，这是她的第一处目的地，她必须承认，只用处理眼前的工作，只用想着眼前的行动，这实在是一种宽慰。她相信，大部分生活在她的王国里的人每天都是这样辛勤劳动的。因此人们群集来观看演员的表演就丝毫不足为奇了。也难怪他们在困难时刻会更加倔强,因为生活本就如此艰辛！如果她有朝一日能够夺回自己的王位，一定要让所有的大臣们都去能找到的最潮湿寒冷的操场帮她一起修羊圈。

她大声笑了起来，惊呆了大个子、好心肠的多文·比奇。

“凭三神的鲜血起誓，孩子！”他发誓道，“你那样笑，我还以为我丢的石头砸到你了呢。”

“我要是被砸到了，一定会换个方式笑的，好提醒你知道。”她说。

“听听他说的话啊。”比奇招呼演主角的男孩费沃尔，“我们蒂姆的嘴可是像休尼一样尖刻啊。”

“为了孩子们好，让我们来祈祷他的嘴巴不要像纳文团长一样脏话连篇就好了，也不要有他一般的亵渎神明。”费沃尔辛辣地说。

“这个孩子是不是活了六辈子了啊。”休尼大喊道，“他就算是六辈子加起来，骂的脏话也比不上我每天早上醒来时骂的多，那时候我的脑袋和膀胱总是被头晚的麦芽酒灌得满到不能再满，然后发现自己还是这伙可怜的小偷、蠢蛋和男妓中的一员。”

“男妓？男妓？我是不是听到哪只蠢驴在叫唤啊？”费恩·特奥多罗斯借口称上了年纪，身材臃肿，休息的时间倒是比干活时间还多。他这时从石墙上探起身，“啊，不对，只是我们可爱的纳文又在踢牲口棚的门了。不过，要是我们把门开着，他会不会逃走啊，或者会吊在我们脚上，祈求我们再给他套上马具呢？”

“这个比喻可不准确。”休尼抱怨道，“没有人会在牲口栏里养一只蠢驴。除非他太有钱，自己就能假扮驴子。”

“还有呢。”费沃尔说道，“没有人会给休尼打马具的，除非他死了，而那时又太晚，从他身上榨不出一点好处了。”

“除非有一天，有人需要找到能喝干一条河的麦芽酒的人拯救整座城市，就像能喝光洪水的希里欧米蒂斯一样。”裴德·梅克维尔说。

“光顾着瞎扯，耽误干活。”他妹妹抱怨道，“早点干完，我们就能吃饭了，还能享受干燥的床铺。”

“也就是马厩而已。”费沃尔说道，“没有人乐意睡，除了我们的领头驴，嘻-哈休尼主人。”

“闭嘴吧你，不然你会尝到真正的拳打脚踢是什么滋味。”休尼说着瞪大双眼。

布瑞奥妮继续干活，她被逗乐了，有那么一阵子，虽然感觉到冷，但她很满足。

★ ★ ★

“这里。”她对红脸的年轻演员皮尔尼说道，“再试一次。记住，这根棍子现在就是剑了，不是棍子了。你不是用它来打人，而是用来当作手臂的延长部分。”她在麦秆中刮出一块空地好下脚，接着举起自己的棍子：“如果你用它来砍人，别人就会这样。”她把皮尔尼的武器弹到一边，躲过他生涩的攻击，然后刺向他的肋骨。

“你在哪里学的那一招？”皮尔尼屏住呼吸问。

“我……我的老主人。他很擅长击剑。”

“到我这里来，孩子们。”费恩·特奥多罗斯招呼着，“你们可以晚点再相互厮杀到死。”

大部分团员已经在舒适的大马厩中坐好了，默默祈祷不去理会马和母牛的气味，因为有这么多动物挤在一起，几乎就和火堆一般暖和了。

“我一直在想。”特奥多罗斯说道，“不用十天我们就要到达特希斯了，如果我们想在那庄严的首都让希安人都记住，那就必须给他们看点新鲜东西。毕竟他们本来就有许多演员了，观众也多得多。特希斯在河东拥有的剧院数目比整个埃昂大陆北部所有剧院的总和还要多。所以我们必须给他们点精彩瞧瞧。”

“我的《卡拉尔》就够精彩了。”休尼高喊，“就连梅克维尔也不由自主，在里面的表演都是一流的。”

“这个醉汉的话语还从没这么公平过。”梅克维尔说道，“我说的是我参演的休尼的作品，当然了。不过他说得对——特希斯人喜欢《卡拉尔之死》，因为我们扮演的是他们尊敬的国王。而且我们还有其他一些历史剧和戏剧可以给他们表演。”

“是的，四年前，当我们给他们表演《卡拉尔》的时候，他们是很喜欢。”特奥多罗斯说道，“那出戏现在仍然很受欢迎，好几个特希斯剧院也准备上演了。但是这并不意味那些缺乏鉴赏力的观众现在还会来看啊。”

“哪怕是剧作家本人上台表演也不行？”休尼如此愤怒，麦芽酒都吐了些在袖子上，接着又举到嘴边舔干净。

“你觉得呢，费恩？”艾斯蒂尔·梅克维尔问道，“我们是不是必须买几出特希斯宫廷剧，就是为狂欢节准备的那些垃圾？我们买不起啊。我们到达特希斯之前，可能连饭都吃不起了，即便是算上之前赚的钱……”特奥多罗斯瞪了她一眼，她的声音慢慢变小了。

“少说话，多听。”特奥多罗斯大吼。刚刚发生了什么事情，虽然布瑞奥妮没能弄清楚。“大嘴巴长在谁身上都不好看，但是尤其对女人来说更是如此。我不会买任何东西。我已经写了一出戏了——你们都听说了。名字叫《佐睿雅，贞洁女神的悲剧》。”

“听说？”梅克维尔把手放在优洛斯人费沃尔的膝盖上，但男孩把它挪开了。“我们都快排练一整年了，甚至还在银色森林演过好几次。有什么新鲜的。”

“别的不说，特希斯人没看过。”特奥多罗斯极为耐心地解释，“而且我还做了修改——重写了大部分剧本。当然，我也为你准备了更多的戏份，裴德，你扮演佩林，休尼，你扮演恐怖黑暗的祖米奥斯，成千上万处女的掠夺者。”他笑着说：“我知道让你演这样的戏违背你的本性，但是我敢肯定你一定会发挥出最好的演技。”

“听起来好垃圾。”休尼说道，“不过要是好看的垃圾，也不妨碍我在特希斯去演。”

“那么我猜你一定会将一担子的台词压在我身上，让我扮演被围困的贞洁女神了？”小费沃尔说道，“我不会干的，费恩。我的台词已经比所有人都长两倍了。”

“啊，不过现在轮到我说话了。”特奥多罗斯说道，“我很同情你的困境，费沃尔，所以我给你写了一个新的角色代替——更短，但是更富有激情和杀伤力，这样不管你去哪儿，观众的目光都会定在你身上。”

“那是什么意思？演什么角色？”

“我在这出新戏中让祖丽雅女神——祖米奥斯之妻、科尔斯的弟妹也成为一个重要角色。我的祖丽雅带有一份阴暗的美感，善嫉、尖刻而残忍，正是她的残忍对纯洁的佐睿雅造成了最大的威胁。”

“阴郁的美感可难不倒我。”费沃尔懒散地说道，“不过在一部以贞洁女神佐睿雅的名字命名的戏剧中，总得有人演佐睿雅吧？我倒是乐得减轻担子，但是要我们的沃特曼去演这个纯洁神圣的女神难道不会太粗壮和年老了吗？”

“自不必说——那么为什么不让蒂姆来演呢？”特奥多罗斯伸出双手指向布瑞奥妮，如同使节在向疲惫不堪的君主进献礼物。“他甚至比你还小，他这个样子来演女孩，难道不是非常贴近吗？”他回头对布瑞奥妮露出一个喜悦的微笑，这让布瑞奥妮想拿起棍子刺他。

“你疯了吗？”梅克维尔唾沫横飞道，“这孩子没有受过训练，没有演技啊。他学过女性的七个姿态吗？就因为在某个牛栏里扮演《埃克萨普顿》时帮我们拿过长矛，这也不意味着他就能在特希斯人面前演女人啊——更别说是女神了！你真有这么着急，想要获得另一笔分红吗，特奥多罗斯？就这么急着要把这个男孩当作实现你野心的廉价劳力吗？”

“别的情况下，我会随你怎么说，梅克维尔，但是我相信这次会给你带来惊喜。”剧作家冷静地说。

“我认为他能做到。”比奇说道，“他很聪明的，小蒂姆。”

“谢谢你，多文。”布瑞奥妮说道，“但是我根本不想当演员，更不想上舞台去扮演我亲爱的神圣的佐睿雅神，她永远也不会原谅我的。”

“那么，你是看不上我们的行当了？”休尼说道，“我们没弄错吧？我们中间不会是藏了个公爵夫人吧，微服私行？”

布瑞奥妮只能瞪着他。他一定是在拿她取笑，但是这样的批评让人不舒服。

“别一副吓坏了的样子，这里所有人已经都知道你是女孩了。”费沃尔笑着说。

“什么？”多文·比奇摇摇头问道，“谁是女孩？”

费沃尔·乌里安在他耳边小声说了句。那大个子瞪圆了眼睛。

“他选择和你待在一起的时候，我就知道他不是男孩了，特奥多罗斯。”裴德·梅克维尔骄傲地说道，“没有哪个俊美的年轻人会臣服于你的魔爪。”

“除了愚蠢的农村小子，我也从没见过还有谁会屈服于你的魅力啊，亲爱的裴德。”特奥多罗斯说道，“但这是题外话了。”

“你们都知道了？”布瑞奥妮难以置信的震惊。她还以为自己很聪明呢！

“你毕竟都和我们一起走了二十多天了。”特奥多罗斯和善地说。

“我不知道！”比奇说着瞪大眼，“你们确定吗？”

“废话少说了！”费沃尔说道，“如果说让我们的蒂姆——我们还能这么叫你吗？——扮演佐睿雅女神，有谁会不高兴的话，那应该是我，因为我的契约上写好是要扮演女主角的。但是除非我是费恩给我写的祖丽雅那个角色那样的贱人，我才会举手反对。”他笑了。“我在这一点上和多文是一致的。我觉得你还有许多隐藏的深度。”

“想想吧，蒂姆。”特奥多罗斯说道，“是的，我们应该继续叫她……他蒂姆，因为你们也许记得，让女人上台演戏是不合法的。如果你们同意，我们到特希斯就演这出戏，我可以谦虚地说这是我最好的戏。我有许多灵感都来源于和你的对话。”

“对话，是吗？”梅克维尔摇摇头，嘴里发出一声冷笑，“那就是说这出新戏有许多场景都是在写一个又老又胖的剧作家跟一个女扮男装的小孩讲话了？我以为你的风是只往一个方向吹的，费恩。”

“别忌妒了，裴德。”特奥多罗斯冷静地说道，“我保证我和小蒂姆的关系就如同佐睿雅神本人一般纯洁。不过蒂姆，梅克维尔团长可是真无礼啊，你觉得呢？你可以帮我们一个大忙，挣得演员的工钱，到了特希斯那可实在是很大的一笔钱啊，因为希安人对戏剧的热爱足以和赫若索尔对宗教仪式的虔诚相媲美了。”

“真是受宠若惊，我想。”布瑞奥妮小心地说道——她还要和这些人一起走几天，可能是几个月，不能惹怒他们。“但是答案是否定的。无论如何。不管是在这个世界，还是在别处，这是绝不可能的。你们必须找别人。”

她只有十天去记台词。那可是几十句又几十句的台词，蹩脚得根本说不上韵律。彩排也只有在演出结束吃过晚饭之后，所以大部分时候都要在酒馆庭院或粮仓的烛光下完成。虽然外面刮着寒风、雨雪纷飞，但他们还在练着台词，讨论“走位”——这个词是她刚学会的，用来表示演员们上下场和站定，他们一路沿着柯特大道向希安进发。

她想着：*我已经流落至此，从一个城堡里的公主成为一个无家可归的冒牌女神，头发里都是麦秆，棉布紧身裤中爬满了跳蚤。*

但是，这样的堕落与优雅相比还是多了一份新奇的自由感。布瑞奥妮不快乐，但她也不悲伤，而且她必须承认，不管有多么孤单不适，不管有多思念家乡和亲人，她现在拥有了一种只能称之为冒险的东西。

第三十三章
鳄鱼的咆哮

阿戈尔和他的兄弟们对月亮象牙堡垒发起攻击，许多神明惨遭屠戮，哦，我的孩子们啊，数以千计。

最后，努沙什遭到一个家人背叛，没能杀死自己同父异母的兄弟，于是他便与妹妹兼妻子、正义女神苏黎伽丽一同撤退至太阳。他的亲兄弟留在月亮上，将赛加尔之妻掳作内尼兹之战的战利品，使其成为他的妻子。

——引自《努沙什启示录》（卷一）

焦烟已然覆盖住库洛安海峡，一如被浓雾笼罩，像是巨大的灰色和黑色帘幕被风撕扯得稀烂。西斯国的舰队在赫若索尔城墙外来来回回，长长的桨橹刺入水中宛如昆虫的四肢，炮筒开火射击。守城者开炮还击：腾起的白烟展示出赫若索尔炮弹的射程，西斯国许多船帆被撕裂了，火焰探测器被烧着了，可围攻的船舰一艘也没有沉没。但是，看到射中赫若索尔城墙的炮弹几乎都没有造成实际威胁，佩拉亚还是感到些许安慰。

“看啊，爸爸！”她说着拉扯父亲的手臂，“它们就像卵石一般弹开了！”

但她父亲却几乎没有笑。“虽然我们的城墙又厚又结实。但那并不意味着我想让你站在这里观看。你已经将你母亲的口信和午餐送到了。”他转身面对武装仆从，他是个高个子，脸上的表情像是长期以来一直在遭受虽轻微但未间断的疼痛。“埃里尔。现在送她回去吧。然后告诉我的妻子和孩子们，让他们不要再来宫殿了，除非我要求。”

仆从鞠了一躬道：“是的，佩里沃斯伯爵。我会将您所说的通知公爵夫人的。”

佩拉亚踮着脚尖伸出双臂搂住父亲的脖子，一点也不在乎埃里尔皱起的眉头，以及父亲心不在焉、勉强的回应。

“您不该做此举动，小姐，在陌生人面前不要有此举动。”两人出得接待室走上台阶时，仆从责备说。打从佩拉亚能听懂说话开始，他就开始称她小姐——那已经是很久以前了。

“什么陌生人，埃里尔？”她显得异常激动，因为她总是竭尽所能地维护家族的荣誉——而那确实是一项很高的荣誉：奥库尼斯家族是德沃那伊家族的血亲，而德沃那伊家族从几百年前就开始统治整个赫若索尔，家族的葬仪用面具排在西里斯庄园门廊上，如同一群耐心又平静的幽灵。她也许不像泰洛尼那般胆小，不敢在公众面前大声说话，但她也不会像个小孩子般奔跑嬉笑。她总是很确信，她在人们眼中是一位年轻女人的形象，庄重、严肃，与她的出身和高贵血统相称。

“那里有士兵。”他说道，“你父亲的士兵。”

“你说西奥和达米安？还有斯比里顿？他们都来过我家好不好。”她告诉埃里尔，“他们并不是陌生人，他们就像我叔叔一样。”她想着达米安的样子，他真是相当俊美。“也许是小叔叔吧。但他们对我来说并不是陌生人呀，当着他们的面拥抱父亲没有什么好害羞的呀……”

她没说完，因为接待室外有什么东西发出雷鸣般的声音，楼梯之上的墙龛中佩林的神像摇晃起来。佩拉亚虽然也吓得叫出声来，但接着还是跑到窗口。

“你要干什么啊，孩子？”仆从几乎想抓住她的手臂将她拉走，但接着就想到这样会太过无礼。“走吧。您会被炮弹击中的！”

“别说蠢话了，埃里尔。”无论如何，佩拉亚总是她父亲的女儿。“他们的炮弹射不了这么远的，要射进城堡来，除非是他们已经进了我们的城墙。不过，亲爱的圣母希薇妲啊，你看！”

古老的城墙之后升起一团浓重的黑烟——是内克塔里欧斯码头沿岸的一处建筑。

“一定是弹药库被流弹击中了。哦，看看都烧起来了！”要不是她父亲高瞻远瞩，将原本为了方便起见贮存在巨大的码头弹药库的火药运走大半，打包好转移到全城各处十几座存储地的话，那城中半数的黑火药现在可能已经不复存在，更别提码头了，肯定会被摧毁。但现在，看样子只有一幢建筑，就是弹药库被摧毁了，如果能迅速开火反击，损失可能不会太重。

“我必须禀告父亲。”她说着迅速跑上楼梯，留埃里尔在身后追赶。

“你来做什么？”她跑进来时，父亲大喊。他看上去很生气，真的发怒了，佩拉亚第一次意识到，城市可能沦陷了——他们所有人可能都会死。她被这突如其来的骇人想法所压倒，一时说不出话来。

“弹药库……”她最后说道，“内克塔里欧斯码头上的那座，被打中……爆炸了。”

父亲的表情温柔了些：“我知道。别忘了隔壁房间就有窗户。回去吧，听我的话快回去找你母亲。她一定吓坏了——我肯定她听到兰兹曼市场的爆炸声了。”

父亲在保卫整座城市，佩拉亚看着他想到。父亲已经返身回到桌子前重新查看图纸，他的大手在羊皮纸卷上伸展开来，就像高大树木的根系。有一刻她感觉难以呼吸。

西斯国独裁者、神佑者苏列佩斯的首席大臣皮尼蒙·瓦什不喜欢坐船。这曾让走出赞德沙漠、定居在大陆北岸的祖先们为之振奋的海上空气在他闻来充满腐败之气。翻卷的浪涛让他感觉再一次回到童年，当时他得了胆汁热，连日来静卧于生死边缘，胃里存不住一点食物，打着冷战，盗汗连连。他能挺过烧热真是出人意料，为此父亲向萨瓦玛特女神献上整只公羊(这件事他从未对独裁者提起，因为独裁者除了努沙什之外，不承认其他任何神明的存在）。

现在，他颤巍巍走下斜桥，对于能重返干燥的陆地而满心感激，于是静静地向海神埃菲亚尔祈祷致谢。

这片长长的海湾半岛被称作手指半岛，它伸入库洛安海峡之中，与赫若索尔西海岸平行，那里从他所站的最南端几乎看不见。地面低低笼罩在翻腾熏臭的灰色和黄色烟雾中，城墙防御工事只有少数几处得见，他们看似漂浮在云端诸神宫殿之中。战事于午夜时分打响，独裁者的舰队从手指半岛近陆位置和瓦什乘坐的船刚刚登陆的位置同时发起进攻，现已接近尾声。赫若索尔要塞人员配备不足，因为德拉卡瓦（不顾首席顾问的建议）撤走大量兵员为围城做准备，现在已展开英勇抵抗。但一些小的要塞在硫黄燃烧弹面前显得不堪一击，不等旭日升上地平线，独裁者的石弩就已向城内投入几百枚之多。守城士兵咳嗽着什么也看不见，许多人被毒烟熏死，早已无力抵抗独裁者的舰队，而有了润湿的萨尼安棉花面罩的保护，独裁者的士兵等到烟雾一散，就立刻架起围城梯，没有受到任何抵抗就翻越过城墙。守城卫兵一番抵抗，但精力减弱，又由于呼吸不畅、视线受阻，如同勇敢的孩子迎战成人般败于舰队前。

瓦什心想：**如果能将这种战术用于赫若索尔，战争用不了几天就会结束了**。但是整个赞德大陆的燃烧弹都不够，也没有足够的石弩来投掷，即便是在独裁者的大军中也是如此。但他还是不禁佩服起伊克里斯·乔哈尔和其他官员为围城所制定的战略计划。从手指半岛要塞城墙上射出的炮弹或许够不到赫若索尔的城墙，但对防御来说却至关重要，足以阻止海峡中任何船只的靠近，或是将其赶入城墙机枪的扫射之下。

独裁者的帐篷已经安置在他旗舰的跳板之下，那只战舰名叫努沙什之焰，是一艘高耸的四桅战舰，被涂成炫目的红、金和紫色这些亮色调（以掩护任何有关其半神乘客的秘密），首尾均有巨大的闪耀的神灵之眼，红色船帆上有独裁者展开翅膀的金色猎鹰王室徽章。刚树立起来的帐篷也不再受限，建成一座条纹圆锥体形状，宽度足有五十步，飞扬着二十四条猎鹰旗帜。瓦什跌跌撞撞向帐篷走去，一路气冲冲地挥手赶走想要提供帮助的卫兵。神佑者苏列佩斯已经明确表明自己怀疑首席大臣的忠诚，瓦什最不想看到的画面就是：年轻的独裁者下令让士兵将他刺死。他还不如宣告自己年迈昏愦、百无一用完事。

独裁者少见地穿上了金色作战盔甲和火焰头冠，正端坐在帐篷正中高台上的战时王座上和军队监督谈话。几十名奴隶和祭司环绕在他周围，当然还有大量身着盔甲的豹队卫兵，他们均手拿火枪，眼睛如同他们名称中的那种动物般闪烁着无情的光芒。

“瓦什，欢迎！”独裁者展开的手指如同爪子一般，接着用金色长手套华丽的指尖抓挠下巴之下的皮肤，“你该在船上多待一会，休息一下，反正我们马上就要返回登陆地了。”

“抱歉，神佑者，我不明白这话是什么意思。”

独裁者笑着看看伊克里斯·乔哈尔，后者点点头，但仍保持着一贯坚毅的表情说道："皇家鳄鱼队就要靠岸了。"

有那么一刻，瓦什完全糊涂了，疑惑着他冲动的主人又在构想什么奇异的新计划。难道他要将西斯国水道中的那些巨大的爬行动物投入海峡吗？还是要想方设法将其引入赫若索尔城墙背后的水道中。那些巨兽固然令人恐惧，就算是幼兽也比渔船要长，其皮甲坚硬得如同工程机车，但有谁能指望它们来帮忙呢？

这表明独裁者是多么古怪而冲动啊，在他手下效命前途是多么难卜啊，甚至当他和伊克里斯·乔哈尔以及一群侍从和卫兵跟随独裁者的轿子返回舰队时，瓦什还在疑惑。当看到那巨大的家伙从六艘大货船中的一只船舱中吊运出来时，皮尼蒙·瓦什才想起来。

"啊，神佑者，当然了！是大炮。"

"人类历史上最大、最漂亮的杰作！"独裁者欣喜地说道，"每一件的工艺都如同精致的珠宝。它们将发出怎样的咆哮声啊，我的鳄鱼队！那将是怎样吓人的魔鬼般的咆哮啊！"

那巨大的青铜枪筒有人的六七倍长，这还不包括底盘，那重量显然令人难以置信——水手们五人一组拉扯绳索，想要稳定炮管将其从船身侧面吊下来，线轮和滑车因为吃力而嘎吱作响。这武器浇铸的形状确实类似河中那巨大的爬行野兽，有内嵌的黄玉石的眼睛，炮筒的嘴巴就像张得开开的尖牙参差的下巴，那家伙圆弧状的背弓上还有长满鳞片的皮甲。这家伙和它的兄弟们将射出巨大的石弹，每一颗的重量都足有一个人的十倍，如果独裁者的工兵们操作得当（他们早已被告知如果操作失误将会死得很痛苦），炮弹将沿着手指半岛的要塞抵达海峡最远端。

看到大汗淋漓的水手们放低机枪安置在一只巨大的有轮马车上，独裁者说："来，我们何其幸运啊，赫若索尔的老国王们早已铺就了这条结实的大路以供补给马车同行，不然我们就得拖着这些机枪过沙漠，等待将变得更加冗长乏味。我要用早餐了，接着或许等到中午时分，我们就能听见第一声可爱的鳄鱼咆哮了。来吧，瓦什。我一边吃，一边和你处理政务。”

独裁者如此直接，没有提及首席大臣就餐的任何事宜。登上坚实大陆已经一个小时了，瓦什肚子早已恢复正常，现在感觉饥肠辘辘，但他轻而易举就隐藏住一声叹息：独裁者所有的奴役们要么学会掩饰情感、扼杀需求的艺术，要么就等着尸首冰凉地躺在秃鹫神殿中等待清理吧。

瓦什鞠了一躬说：“当然了，神佑者。听从您的吩咐。”

“抱歉叨扰，奥林王。”佩里沃斯伯爵说。

那个满脸络腮胡子的男人笑了。“我恐怕不能像在老家那样招待您了，但欢迎您的到来，先生。请，请进。”他朝男仆挥手，后者颜色惊恐：奥林只是个异域国王，但所有人都知道这位来客身份显赫，来自赫若索尔一个古老世家。“劳烦帮我们倒点葡萄酒来，孩子。”奥林说道，“可以倒些托维安酒。”

佩里沃斯·奥库尼斯环顾国王的小室，里面装潢算不上铺张，但低调舒适。“我很抱歉让您这样过活，陛下。这本不是我的选择。”

“是卢迪思的意愿。他一定有什么隐藏的本领，身为国王护卫，他手下有个人像您一样声名显赫。”

佩里沃斯正准备开口，但看见门两侧站着的卫兵，便说道：“你们可以出去等了，你们两个。我现在没有危险。”

两人出去之前先看了他一眼。佩里沃斯伯爵清清嗓子。

“实不相瞒，奥林·埃顿，因为我相信您是一位值得尊敬的人物。我并非出于对卢迪思的忠诚才留在这里的，虽然漫长的内战之后是他让国家恢复了稳定。我是出于对城市和国家的忠诚。我是赫若索尔人，从头到尾。”

“但您本身也出身高贵。为什么不自己登基，或者支持某个亲族登基呢？”

“因为我知道就目前的形势，这样才是最好的选择。我不是国王，甚至算不上国王的参议。我是个战士，还是特殊兵种。我的才能是围城战，师从当代最伟大的佩特里斯·柯派伊斯。我知道自己别无选择，只能凭借一己之力，试着将城市和人民拯救于西斯国独裁者的血腥大手之中。因此，我无力承担代价，从内战持续的创痛中选取阵营。”

“我记得柯派伊斯——那是二十年前我们在这里迎战赞德联邦之时，我遇见过他。诸神啊，他真是位智者！”奥林稍许笑笑，“我所听说的一切证据都表明，您是他真正的继承人。这么说来，你对卢迪思没有怨恨，依你看——他对你也没有忌妒吗？”

佩里沃斯皱起眉头说：“永远不要小瞧他，奥林王。他是个狠角色，他的个人习性……令人不安。但他不是傻子。只要对他有利，不管是谁他都愿意起用，不管那人钦佩他与否，不管那人是否为他而战。他的侍从形态各异，信仰不同，出身芜杂。在内战中，他有两名谋士反抗他，但他们从绞刑牢房中就直接上了新职位，他还有一个主要大使是出身赞德大陆的黑人——确切说来，来自图安国。”

奥林觉得好笑地抬起眉头说：“真是非同寻常的抉择啊，但也不是前所未闻。”

“啊，说得对——您手下也有图安国的家臣，对吧？但我听说，他的所作所为不太妙。”

远境国王面容痛苦地抽搐着——但看到一个人的控制力能强到如此程度也着实令人震惊。“请您不要提醒我。我听说他杀了我的儿子，虽然我不太相信，但现在又听说他还抢走了我的女儿。真是……痛苦啊，听到这样的事情却什么也做不了——您也是个父亲，奥库尼斯，您应该可以体会！痛苦得无法言表。”奥林起身走了一会，接着返身喝了一大口酒。“好了，”他最后说，“我们显然对彼此都有了一定的考量，佩里沃斯伯爵。即使不为别的，仅仅是因为您女儿对我的善意，我也会竭尽所能协助您，我为此感到荣幸。只是您所为何事呢？”

奥库尼斯点点头说：“是有关西斯国的苏列佩斯。您曾经抗击过一位独裁者，而且很长时间以来，您一直饱受西斯国的威胁。您的建议很宝贵，我精通自己的专业，并且不会为请教别人而感到羞愧。您还有别的建议能帮助拯救这座城市吗？您一定知道海峡里已经挤满他的战舰，而且已经在赫若索尔境内两处登陆了。”

“两处？”奥林看起来很迷惑，“我听说他已经袭击了手指港口了——今天早上守卫们一直在谈论此事。但是还有别的什么情况吗？”

佩里沃斯伯爵看看门口，接着视线转回奥林身上，细瘦的脸上花白胡须已经长了两天，看起来满脸愁容。“这件事您对谁也不要讲，奥林王。独裁者已经决定在海峡出口北部的斯特里沃索斯湖附近登陆一支相当强大的队伍，也许只有诸神才知道如何做到。希安国的埃南德国王派出一支由儿子埃尼亚斯率领的百人部队，前来巩固城市以北的坦普尔岛堡垒附近的要塞，途中在克雷斯海峡一侧遭遇西斯国军队。西斯人朝他们开火，但希安人很幸运，西斯人还没有安装好大炮，只能依靠火枪。有些希安士兵逃回来送出了消息。”

“真是个坏消息。”奥林说道，“西斯人怎么到达那里的呢？难道是从海峡上神不知鬼不觉溜过去的？”

“我要是能告诉你就好了。”奥库尼斯沉着脸，“但是您能看出我的绝望。如果他们攻下手指半岛的堡垒，那我们就阻止不了了，会有更多的舰队开赴西侧到达大湖。他们将把我们的同盟军拦截在那里，尤其是希安军。我们将孤军面对围城之劫。”

奥林摇头道：“我不敢在您的专业范畴里指手画脚，佩里沃斯伯爵。您的声名早已超出您足迹所至之处，我在来赫若索尔之前就已经……听过您的名号。我是稍稍打听过这位独裁者，但并没有与之对战过，当然——二十年前我在此迎战的只是一群松散的图安人和其他国家的联盟军，虽然帕纳德的大军也与他们合力作战，但情况差异很大。”他举起两手说：“所以您明白……”

“但是您已经研究他很长时间了——您能不能跟我讲讲这位苏列佩斯的事，他有没有什么弱点是我的探子没有发现，而我可以利用的？不用说，我很荣幸用能打探到的任何您家人和国家的事情来和您交换。”

“老实说，我除非是不认识您，害怕您不相信我才会提交换条件——我不是故意要援助独裁者，我会竭尽所能帮助您。”他皱着眉头，“但是我肯定您这样的人一定早已了解得事无巨细。”不管怎样，奥林接下来还是花了一个小时的时间来描述记得的作战时西斯军队的情况，以及听说的关于这位年轻的统治者苏列佩斯的所有事情。

他讲完后，伯爵静静坐了片刻，接着放下酒杯，双手愤怒地猛捶大腿。“我最害怕听到的就是西斯军舰到达克雷斯城的消息。他们的人数是我们的十到二十倍，如果我们陆地上守卫力量得不到加固，不能守卫到陡峭的山谷路途上去，我担心赫若索尔会以战败告终，如果只剩饥荒的话。”

“那需要好几个月的时间。”奥林说道，“有那段时间，许多事情都会改变，佩里沃斯伯爵。会有新的战略产生，甚至会迎来新的同盟军。”他目光坚毅地看着伯爵：“如果我是自由身，我也许能调动北方军队帮助打破围城之战。”

佩里沃斯·奥库尼斯笑了，不再怒气冲冲。“如果我能说服卢迪思·德拉卡瓦做这件他绝对不肯做的事，那我就是神了，自己就能拯救这个城市。”他伸手端起茶杯喝了一口，继续说道：“我很抱歉，奥林王。即便周围被敌人包围，这位国王守护者仍然希望拿您来做一些有用的交易——如果不是您女儿的话，愿诸神保佑她，那也会是别的什么东西。除了奇怪地拿您做交易之外，我想象不出德拉卡瓦还会同意独裁者提出的什么条件。不管怎么样，我们的国王守护者与您的事还没完。抱歉，陛下，谢谢您的时间。现在我得去工作了。”

不等他走到门口，奥林从椅子上弹起来抓住伯爵的胳膊。“等等！等等，该死的！”

奥库尼斯立刻拔出刀抵住奥林的咽喉。“我不会叫卫兵来，因为我仍然相信您是一位绅士，但是您这是在滥用我们的善意，奥林王。”

“我……我很抱歉……”奥林松开手，踉踉跄跄向后跌去。“真的。我只是……您说独裁者想拿我……做交易……”

“哈！”佩里沃斯伯爵仔细地打量着他，“我以为您的人已经告诉您了。苏列佩斯许下了一些无用的承诺，想用来交换您。德拉卡瓦并不感兴趣。”

“但是那说不通！”奥林两只拳头举在眼前，并不像是要用来做什么，而更像是一个人想抓住什么东西以免跌倒。“独裁者为什么会对北方边陲联邦小国的一位素不相识的国王感兴趣？我对他又没有什么威胁。”

伯爵盯着他看了许久，接着收回刀。“也许他觉得您有威胁。您能猜到吗？也许有什么事情您忘记了——但可以为我所用。”佩里沃斯第一次明显流露出疲劳和绝望的神色，“不然我们将面临围城，火灾，饥荒，或许更糟。”

奥林跌坐在凳子上。“原谅我的失态，但震惊之事似乎一件接着一件。这说不通。我对他来说一文不值。”

“想一想。我会把打探到的关于您家人的消息都告诉您。虽然有许多精灵族的谣言，但我听说您的王国还安好。您的托利亲族把持摄政权，作为对您幼小孩子的保护，至少我听闻如此。”他突然一副受惊的样子，“您知道您又新添了一个儿子吧，奥林王，对吗？”

“是的。”奥林沉重地点点头，像是一个劳累一天勉强保持清醒的人，“是的，我收到妻子的来信了。他会被命名为奥林·亚历桑德罗斯。他们说他很健康。”

“好啊，无论如何也算一件小小的幸事。”佩里沃斯·奥库尼斯微微低头，“再见，奥林。愿诸神保佑我们将来还有机会一叙。”

奥林的笑声很刺耳：“诸神？所以你是害怕德拉卡瓦最终还是会将我送给独裁者了？”

“不，我是害怕独裁者会找到办法爬过城墙，将我们都杀掉。”他做出一个三的手势，接着嘲讽般地勾勒出致敬的图案，“如果到了那一刻，我会回到西里斯家中，和家人一同等死，而您也将面对自己的命运。如果结局至此，愿诸神保佑我们死得痛快。”

“我宁愿诸神保佑您和您家人安全，佩里沃斯伯爵。还有我的。”

两人击掌告别，接着这名赫若索尔贵族走出门。

第一架大炮组装好，在要塞城墙背后的四轮马车上固定到位时实际已是下午过半。空气中仍然充满硫黄燃烧弹臭鸡蛋般的腐臭味，瓦什很高兴终于能这里那里弄点吃食了——一点扁面包，几个橄榄，一个橘子。

“令人震惊，伊克里斯，是不是？”独裁者微笑地看着那架巨大的机枪，带着父亲般的自豪感。

“重炮从来都是最有利的武器。”军事长官严肃地看着瓦什，一副量首席大臣也不敢争辩的语气，“我们就靠这个接近城堡。我们要打得德拉卡瓦那只狗仓皇逃窜。”

“哦，我才不会浪费这台漂亮机器射出的石头去打德拉卡瓦呢。”苏列佩斯说道，“愿我们的神圣之父保佑卢迪思·德拉卡瓦——我不想让他死！这样会让整个冒险速度大为减缓。”

“我恐怕不明白您在说什么，神佑者。”乔哈尔刚刚看向瓦什的眼神充满卑微。与首席大臣相比，他显然还没有经验，不懂得该如何应付独裁者古怪而突然的行为，他有时候明显是出自疯狂，想要更改计划。“您当然是希望攻占赫若索尔。”

“哦，是的，我们要打倒那里的城墙。”独裁者说道，“我们要将城墙打倒，这样就不用浪费时间围城。”

“但是，神佑者，我无法想象，就连这些大炮投射的炮弹。”乔哈尔指着十二名大汗淋漓的奴隶正往炮筒口斜坡推滚的巨大的石球说道，“也不可能打垮赫若索尔的城墙。那些城墙有二十四码厚，工艺毫无瑕疵。”

独裁者的微笑第一次消失了，说道：“你以为我不知道吗，至高军事长官？”

就像一只脚已经踏出峡谷边缘的人一般，伊克里斯·乔哈尔突然后退说：“当然，神佑者。您是大地上永生的神。我只是个凡人，而且很愚蠢。请您教导我。”

“很明显应该有人教导你。我们将用大炮瞄准城墙一个位置射击，直至其坍塌。然后我们再派出部队进城。”

“但是……但是那么宽的城墙只从一处缺口强行突破？他们会往我们的士兵身上投掷火把、箭矢和烧着的油啊。那样的攻击会让我们损失几千人马！”乔哈尔太过惊讶，连原本的危险也忘了，

"成千上万的人马！"

"我的命运——世界的命运——就在我肩上。"苏列佩斯灰白的眼睛闪着光，警觉到难以置信，活跃到难以置信。"这些人乐得同独裁者一起生，为什么就不愿为之去死？不管怎样，他们都将永远沐浴在我的努沙什之父的金色光辉中。"独裁者大笑，那音乐般的颤音带有一种不容置疑且顽皮的冷漠，谋杀千万人也无所顾忌。"现在，让我们看看第一只皇家鳄鱼尽力欢唱吧，哈？"

乔哈尔棕色的面孔看上去比平时更加苍白，他一边从独裁者座椅前退下一边连连鞠躬，接着从金色轿子上下轿，挥手对手下的将军大声发号施令。命令迅速传遍指挥队列，最后炮手长鞠了一躬，下令让车轮发出最后一阵吱嘎，那走兽咆哮的炮口抬升起来。炮手长满意之后，站直身子，在这严寒天气中擦去满脸的汗水。

"遵照伟大圣帐之主的命令！"他高喊，"为了天界和永远的西斯国的荣光！"

这位现世神灵懒洋洋地挥手道："可以开炮了。"

"点火！"炮手长大喊。一个光着膀子的士兵将燃烧的火炬凑到炮筒的火门上。

那一刻，炮筒如此静默，像是吞噬了世上一切噪音。当炮弹飞出去之时，只有瓦什还意识到海潮仍在起落流淌，海鸥仍在头顶渴切地鸣叫。

片刻之后，西斯国这位首席大臣趴在膝盖上，确定自己以后再也听不到任何声音了：脑中嗡响如同火神神圣的蜂巢。周围空中弥漫着烟雾，慢慢被风吹散。炮筒后退了好几码，下面的两个倒霉的士兵被压得粉身碎骨。炮手长皱眉看着车轮下血肉模糊的一片。"我们必须在车轮下面垫些沙子，或者用铁链锁住。"他说道，"不然，我们必须每次都要往回推，那样开火耗费的时间会更长。"在瓦什狂跳不已的耳郭听来，炮手长的声音就像是在几英里之外小声说话。

“没关系。”独裁者的声音像是被蒙住了，“啊，真是精彩。看啊！”他用一只戴着长手套的手指着。

海峡远处，赫若索尔伟大的海塘上，宫殿大门那么大一块灰色石块被击落了，残留下一块伤口般的深色痕迹。城墙顶端士兵们匆忙奔走的小小身影像是吓坏了的蚂蚁，他们难以相信有什么东西能如此强大，也不愿相信还有武器能将石块投射这么远，更别说还把这古老坚固的防御城墙凿了一个口。

“啊，他们听见我们的敲门声了。”独裁者说着愉快地鼓掌。瓦什几乎听不见他们的拍手声。“很快我们就能进城，把那里当成自己的家园了！”

片刻之后，赫若索尔的钟声自打前一天以来再一次敲响了。

第三十四章
穿越伊蒙之门

银光之神死后，他的宫殿倒塌。白焰神和判决之神也被驱逐到古老暮光之神被流放的同一片虚空之地，绝大多数仆从遭到屠戮。歪神之所以能够存活，也只是因为源雾神之子觊觎他的本领。一开始先是折磨他，切掉他的男根，致使他永远也无法传续微风神的血脉，接着将他贬身为奴。

这些胜出者虽然没有歌颂自己的事迹，却编造谎言故事掩盖自己的羞愧和悲伤。然而真相是无法掩盖的。真实的故事就被称作《血泪王国》。

——引自《忏悔之书·百种思索》

他有好几天没见到那个神秘的黑发女孩了。牢室的时间漫长又空虚，他还在生范森的气，而基尔也仍未表现出想好了之前承诺的逃脱计划的样子（他静静地坐在晦暗光线中根本没怎么动），巴瑞克渴望有些东西来分散他的不适和恐惧，于是就想着她。

他甚至开始想到，女孩也许就是他死亡的预警——虽然她的话都是在讲勇气和抵抗，但她的现身也许就意味着他死期将近。说不定女孩就是科涅奥斯的一个女儿，被即将打开的那扇大门所唤醒，应召而来。巴瑞克不知道科涅奥斯是否有女儿——他从未跟上过提摩伊德神父没完没了不停朗诵的诸神家系，虽然他的家族据称就是其中的一支——但似乎是有可能的。

如果黑发女孩就是死亡的使者，他倒并没有想象中那样惧怕死亡。这个死神有一张善良、聪明的脸孔。而且那样年轻！一定比他自己还要年轻。然后，如果她是一位女神，那么她的外表无所谓——毕竟诸神可以随心所欲变换形态，变成树、星，甚至荒野中的兽类。

那么不管怎样，光想有什么用呢？他的脑海中一日一日充满悸动的疼痛和模糊的思绪，夜复一夜地梦到恐怖的画面——巴瑞克甚至无法确定何为真实。为什么挑中他来承受这样的折磨呢？这不公平，不公平。

反抗它。他又听见女孩的声音，但只在记忆中。*摆脱它*。*改变它*。

基尔是怎么说的来着？*只有投降，你才是囚犯*。就连范森似乎也对巴瑞克的缺点抱有坚定而冷漠的斥责态度——其余所有人都如此令人憎恶地肯定他们自己根本不用遭受的苦难。

巴瑞克稍稍睁开眼睛。范森睡在他身旁，这士兵细瘦的脸颊现在因为络腮胡子的掩盖柔和了许多，但并无法完全遮掩他脸颊的凹陷。虽然将吉库因的侍卫们给予的泔水吃得一滴不剩，但他们还是慢慢地消瘦衰弱。巴瑞克一开始就很瘦，但现在几乎能看到每一根骨头在他皮肤之下游移滑动，那只残破的手臂表现得愈加明 显，超出他所有的预期。

片刻之后，他半闭上眼睛，几乎能看得到奥林王的面容在眼前盘旋，取代了范森。

祝您幸福，父王。您一直为对我的所作所为而羞愤，甚至无法提及。我很快就要死了，您再也不用看到我了。

但那真的都是父亲的错吗？那是诅咒，归根结底，是埃顿家族血脉中共通的毒，父亲血液中的毒并不像巴瑞克的那么深。要说证据，只需要看看刚度过的日日夜夜即可：奥林逃出城堡之后，他所受的诅咒就减轻了——他的信件中几乎没有提到此事。但巴瑞克疯狂的烧热甚至比在家里时更加严重。

他闭上眼睛，但睡意不肯来。一阵窸窸窣窣的声音让他再度睁开眼。刚刚换班的囚犯们从劳役中回来了，一个猴子一般的守卫径直朝向他们的牢室走来。基尔的下巴撑在胸口坐在石头牢室的一角，慢慢抬起头。巴瑞克心跳加速——这守卫想做什么？基尔所担心的血祭时刻难道已经到来？

那家伙停在格子窗前，几乎遮住了外面射来的所有光线。基尔朝门口走去，敏捷从容而优雅的步态让巴瑞克的恐惧少了一分：他已经稍微学会了读懂精灵族的步伐，这时透露出的讯息并非危险而只是谨慎。

那野兽般的守卫静静站着，脸抵在栅栏上。他和基尔之间表面上什么也没有发生，但大约心跳十二拍之后，那毛发蓬乱的家伙摇晃一下，接着转身走开，非人的面庞上流露出一种迷惑，甚至是惊恐的表情。

接下来的几个小时和几天之中，又有更多的守卫和返回的囚犯重复了类似的仪式，巴瑞克一边看着觉得很有趣。他不禁想到这和防风灯口中的枪药有什么关系，因为这里看不见任何黑火药的影子。相反，这就像是在观看南境国宫廷举办的青铜牌仪式，那时南境国的大贵族们都会前来，将武器放在狼椅上端坐的国王脚下，这时每个人标记在青铜小牌上的名字都会得到赐福，接着将会被放进伟大的三神圣堂的穹顶之下。但是这些来自深渊的野兽们并没有给精灵带来任何东西，至少巴瑞克没看到，他们也没有带走任何东西。

他意识到，距离奥林王上一次青铜牌仪式举行完后不幸的旅程开始以来，将近有一年的时间过去了。他正想着今年布瑞奥妮是不是接替了远境国看护者的职位了，突然之间被一阵巨大的思乡之情所击倒，几乎哭出声来。随即又对自己的绝望和无用感到嫌恶。

看看我！我像个孩子般躺在这里，一动不动等着去死。而我的死又能算什么呢？是战士之死？是国王之死？或者能称得上是王子之死？不，我的死就像是个女孩，眼神天真无邪的女孩，充满怜悯，而我就像一位被迷得神魂颠倒的吟游诗人、一位……歌者一般等待着她。接着，那思绪如同熊熊火焰般在他的五脏中点燃：甚至就连她也以为我早已放弃——我是个懦夫。

巴瑞克踉跄起身，顾不得手臂的疼痛，每次曲臂睡醒疼痛都最为剧烈。他走到基尔身边坐下。上一个访客或称纳贡者慢悠悠走后，那精灵就一直闭着眼，像是睡着了一般，不过这时他用熊熊燃烧的眼神盯着巴瑞克。

你不用坐在我旁边来说话。我即使身处先民之屋也能和你交谈。我一天天越来越强壮了。

这些守卫和其他那些家伙为什么要来找你？他问。

我在教导他们为我所用，基尔告诉他说，我不想多说，因为此举孤注一掷。

巴瑞克静静坐了一会，思考着。为什么这所有的事情会发生在现在？他终于问道，不是指我刚才说的，而是指……一切的事情。

请说得具体些。

这些事情以前从没发生过，或者至少几百年来都没有发生了——阴影线在移动，你的人进攻了南境国，与我们开战了。而这位半神“锁链杰克”，不管是谁吧，正在挖刨科涅奥斯的宫殿。你也不能说这类事情经常发生吧。

基尔面对巴瑞克刚刚说的仇恨戏言付之一笑。你的国民和我的族人扼紧对方的咽喉，这并不少见。你们屠戮我族多年了。而且，公平说来，我们从那时起也对你们发起过两次攻击了。

你知道我在说什么。

基尔盯着他，接着点点头。是的，我知道。即便形势让我们结为联盟，有些事我无法对你说，我对他人发过誓。不过有些事情我可以说。你的同伴也应该听听。精灵顿住了。巴瑞克转身看到费拉斯·范森慢慢坐起身，因为防风灯无言的呼唤而醒来。

我们时间不多，基尔说道，你们两人都必须听好。他伸开苍白的手指。除了亲身经历之外，先民之屋还有两种方式可以学习智慧。其一是焰华的礼物——这件事让巴瑞克几乎无法承受，其广大和复杂程度在基尔说过的事情中前所未有——其二是大图书馆。

在先民之屋之中隐藏的绝大多数地点之中，我们最古老的智慧绝大多数仍然以存储和声音的方式保存了下来——这就是大图书馆。那些声音讲述着保存下来的智慧，因此人们可以学习和记起。基尔虽然是在讲述童年时期就已经了解的故事，但思绪很平静，几乎让人感觉单调。那些声音，连同有时会被叫作焰华的智慧，就是至高人士高于其余人之处，也正是这些让我们对自己的土地和歌谣有了支配权。

你们都听说过，诸神已经被从这个世界放逐，进入沉睡之境。这就是我们所谓的歪神的所为，这个秘密我不能多说，却是一切后事的基础。这些事件发生最炽烈的地方，几千年后仍在焖烧的地方就在我们所称的诸神坠落之地——就是你们所谓的南境国。是的，巴瑞克王子，就是你家。

巴瑞克不解地看着他。难道这精灵是想说，诸神从前就生活在南境国吗？或者就是死于那里？有一刻，他担心自己又在做梦了，想到这里感觉真奇异。

就在几年之前，基尔继续说道，那声音开始警示我们，说流放诸神的蛰伏状态已经变得十分浅显，非常脆弱。正如月亮的靠近会引来大地之上的潮汐，让最敏感的人血液骚动，诸神也是。虽然仍处于睡眠状态，但他们现在离我们的距离，是自打从清醒之地被驱逐以来最近的。基尔停下来去听范森的问题。不，我现在不能多说。知道诸神被赶出清醒之地就足够了，他们已经消失了很久，几乎如同死去一般。

但现在，诸神又朦朦胧胧越来越近，闯入你我族民的思绪和梦境之中，同时还有其他许多表现形式。这已经够糟糕了——也很危险，因为即使处于永恒的睡眠之中，诸神仍然能够挑起大大小小的是非纷争，他们渴望收回自己的东西。而且很有可能，这不吉时刻已经到来，因为我族民中的至高人士已经发生了另一项惨事，这事令先民之屋所有成员都陷入恐惧与悲痛之中。我们的萨奎丽王后，即古歌王后就要死去了。

巴瑞克此前从未看到精灵如此直白的暴露感情，但很显然，他正在陈述的思绪中的痛楚直戳他灵魂深处。

至高人士，基尔后来继续说道，至少是焰华队列中的那些并不会如同凡人那般死去。我们所有族民都会不得善终，成为疾病或事故的牺牲品，正如你们阳光大陆人一样，但萨奎丽和伊尼尔等至高人士和其余族民不同，无论是其必死命运还是不朽之身。我只能告诉你们这么多。不，我听到你的问题了，但这些秘密我不能和你们说。我没有那个权力。

但我可以告诉你们这一点。萨奎丽王后要死了，而她最需要的就是死在我们民族古老而神圣的家园——也就是你们的家，那座叫南境的城堡。两百年前，绝望驱使我们重新夺取城堡，但又一次被逐出。现在绝望驱使我们再次重返其中。

而这一次还要考虑不安沉睡的诸神。你们的南境国紧紧联系在诸神领域之上。就连大图书馆的那些声音也说，夺回这神圣城堡，借以拯救萨奎丽王后的命运，这样极有可能会惊醒蛰伏的诸神，开启大地之上嗜血与黑暗的时代。

但是为什么呢？巴瑞克忍不住要问。为什么唤醒诸神就会引发这样的结果呢？他看着范森，即便光线如此暗淡，他仍能看见士兵面色变得如此苍白，就好像他刚得知的是自己的死期。

“嗜血与黑暗……”范森小声说。他看上去就像是心脏被刺中了。

诸神不可能避免这结果，基尔说道，就像面前摆着一块血淋淋的大肉，狼就不可能任凭自己被饿死一般。这是他们的神性使然——他们已经一百年接一百年地在昏睡中被困住，如同猛兽困在猎手大网中一般无力。诸神最令人恐惧的一点就在于他们强大的愤怒。但是即便面对如此恐惧，人类也不会轻易放弃自己的领土。在遥远的往昔，当诸神生活在大地之上时，凡人只是他们的奴仆，数量稀少，对自身力量缺乏认识，但现在人类有了智慧，数量也大涨。如果诸神醒来，势必有一场恶战来结束所有纷争。但最终，诸神会得胜，可怜的幸存者们将开始详查城市废墟，为贪婪、凯旋的神灵主人建造新的神庙。

巴瑞克不确定自己是不是听懂了所有的事情，但难以忽视基尔思想之中令人恐惧的确定感。

所以出于对惊醒诸神的畏惧，先民之屋产生了分裂，一派希望不顾任何代价拯救王后，这一派由我的女主人雅萨梅兹主导；另一派则主张别寻他法，由伊尼尔国王支持。虽然我担心这样只能延迟不可避免的后果发生的时间，或者也许只会让时机到来时情况更糟，但他的支持者众多，最后我们达成和解。

我们将那和解称为镜子契约，此刻，能够保护你们国民不被消灭的只有这个契约，因为我们雅萨梅兹党人相信，我们所效忠之事高于一切仁慈之举，值得付出任何代价。

巴瑞克感觉又眩晕起来。而且……而且你也这么认为吗，基尔？为了实现你们的目标，杀掉南境国的所有男男女女、老老少少也在所不惜？

不知道真正的赌注，你们永远也不可能理解。精灵的想法就像滴落在石头上的冰水一般进入他的脑海。我不能将所有事情都告诉你们——我没有权利将所有秘密全部告诉凡人。

那么你所说的是什么意思呢？你的国王和王后产生了矛盾？但是订立了某种契约？

矛盾这个词太轻，基尔告诉他说，当你们明白她们不仅仅是我们的国王和王后，丈夫和妻子，同时也是兄妹，你们的人民也许才能理解个中的复杂原委。

她们是兄妹？

是的。说到这里就够了。我没有时间将民族历史一一告诉你们，也没有必要为了保护焰华队列而反抗你们阳光大陆人的无知。别说话，听我说！基尔的愤怒十分明显，他的话语几乎像是射出的箭矢。镜子契约的约束力十分脆弱，但此刻还能维系。但到了万不得已之时，我们将要采取行动，并且我向你们严肃保证，如果我们采取行动，大地上将血流成河。

巴瑞克现在也很愤怒。说你的事，防风灯。

我不指望你会喜欢我，小小人，只希望你明白，如果你以为我们的友谊可以改变事实，那么我很抱歉，而诸神也不会对即将到来之时无动于衷，即便他们会抱有那样的希望。

那你为什么要将这些事情告诉我们呢，好让我们诅咒你吗？如果我们都在劫难逃，说了又有何益处呢？

因为我曾告诉过你们，事情现在仍然在刀刃之上维持着平衡。我们必须竭尽所能保持那份平衡不致歪斜。看这里。他将手伸到破烂的衬衫中掏出一个肮脏的布条包好的小包，放在摊开的手掌之上。这就是我跟你们说的东西，但不能打开给你们看。现在我必须大胆一些，希望你们能够理解我们所面临的巨大危险，理解此事的重要性。这份奖品是我的女主人雅萨梅兹令我带去给伊尼尔国王的。这个小东西可能关乎一切的命运。

这是什么？那东西比巴瑞克手掌要小，大致呈圆形。他疑惑地看着。

是促成镜子契约建立的那个水晶占卜球。如果不能立即送至国王手中，雅萨梅兹夫人就会重新对南境国发起攻击，这一次她绝不会手下留情。

他将那东西递给巴瑞克，他太过惊讶差点没拿住。为什么要给我？

因为我担心吉库因会拿我当工具去开启通往大地长老宫殿的伊蒙大门。如果真的如此，如果我带着水晶球死去，那么所有的一切都结束了。

但是为什么找我？巴瑞克摇头说，我几乎站不起来！我满脑子疯狂想法——我生了病！给范森吧。他会将它送到你想送去的地方。他是位战士。他……值得尊敬。他回头看看卫队长，意识到自己所言出自真心——虽然他说过卫队长那么多坏话，虽然都是不喜欢他的话，但巴瑞克很佩服他，并且忌妒他的力量和决心。也许在另一个世界，另一个巴瑞克会付出许多代价只为成为此人的朋友。

我也想，基尔说道，但我想了很久。巴瑞克脑中安静片刻，精灵只在和范森一个人说话，接着他将血红的眼睛转回来看着巴瑞克。费拉斯·范森很勇敢，但他不能运送雅萨梅兹碰过的东西。她挑中的是你，巴瑞克·埃顿，要你单独接受这份差事，将之送到先民之屋——那里就连我也不清楚。即便其余一切都失败了，但她的要求仍会带你前行。如果命运之神使然，那这个东西也无法拯救你的性命，精灵也爱莫能助地补充说，所以不要蛮干！费拉斯·范森可以与你同去，但必须由你来运送。

所以你想让我对这个想要杀掉我所有国民的女人大发善心？

我是不是要为此和所有活着的阳光大陆人争辩？基尔摇摇头。你没听到我说的话吗？如果此物不到达伊尼尔国王手中，届时雅萨梅兹将一路摧毁一切，为我们族民夺回诸神坠落之地——你的家。如果镜子契约生效，至少还有一线希望，她会撤兵，但是镜子必须到达国王手中。

巴瑞克吞口唾沫。他童年绝大多数时间都在避免此类情况的发生——避免失败，以证明他比周围人、比那些有着健全四肢和无忧无虑心灵的人要弱小——但他还能怎么办呢？

很好，如果我们非此不可。他想到那个棕色眸子的女孩，想到她对自己的看法。那好吧！给我。

不要往里面看，基尔提醒道，你还不够强大。这东西十分强大，很危险。

我又不想往里看。巴瑞克把那破破烂烂的布包塞进衬衫，想要确定塞进的口袋没有漏洞。

啊，祝福你。愿赤鹿神保佑你一路平安。防风灯的思绪显然如释重负，巴瑞克这才第一次意识到，基尔也许一直也背负着一个不愿承受的痛苦负担。接着基尔突然静止不动，如同猎鹰影姿笼罩下的小动物般纹丝不动。快，他说道，今天是什么日子？他将红通通的眼睛从巴瑞克身上转移至费拉斯·范森，后者也无助地瞪大眼。当然，你怎么会知道呢？让我想想。基尔双手叠放，接着一齐举起盖住双眼，大概心跳二十四拍的时间里，他就那么坐着，静静地不发一言，也不去看周围情况。我们还有一天，或者两天时间，他突然说着将双手从光滑的血肉面具上拿下来。

一天之后呢？巴瑞克问，会发生什么？

大地长老的献祭仪式就要开始，基尔说道，就是你们所说的科涅奥斯的献祭日。你们一定还记得。

巴瑞克愣了片刻，当他明白过来之后就转过头面对范森，后者也已回过神来。“石神节，”他大声说道，“当然。凭诸神起誓，已经是二月了吗？我们在这个臭烘烘的地方已经困了多久了啊？”

*久到足够看到你们的和我的世界终结，如果我算错日期的话，*基尔说道，*献祭日到来，他们会来找我们，但我还没准备好。*

他不再说话，沉入沉默之中，将两位同伴彻底排除在外，仿佛关上了一扇沉重的大门。

用石神节来标记劫难日真是够糟的了，费拉斯·范森一直在想，但被困在地底深处，无法确定外面是什么日子更糟。这一定就像是被捆在树上丢给狼群，他曾听过远境王国一些古老的部落便是如此对待囚犯的，用泥巴堵住囚徒的耳朵，遮住他们的眼睛，这样他们便只能在黑暗中忍受折磨，永远不知道何时会了结。

听完基尔的发言之后，范森只能断断续续入睡，每一次巴瑞克王子在睡梦中抽搐，或是其他犯人在外间拥挤的牢房中咆哮或呜咽，他都会从浅眠中被惊吓醒来。

石神节。即便是在达勒之诺镇度过的童年时代，那也一直是个糟糕的节日。每个家族的墓地都要雕刻一只小小的骷髅，趁着黎明的第一丝曙光露出来，安放在鲜花之中，作为对终将带有所有人离开的大地长老的献祭。范森的生父一直对他达勒之诺镇的养父母的懒惰抱怨连连，说他们的骷髅总是用软木雕刻。而在范特岛家中，他每年至少会宣称一次，只有石头才能为黑色大地之王所接受。但费拉斯·范森从不怀疑，三个孩子都进了坟墓，外加妻子父母和祖父母的坟墓需要装饰，裴德·范森私下里一定很感激，能用柔韧的松木取代山谷里坚硬的花岗岩制作死神祭品。

骷髅，骷髅。范森无法将其从思绪中清除。当他到达南境国时，发现人们会在雕刻匠大街上购买节日用的骷髅，石头和木头材质都有，取决于你愿意花多少钱来购买。石神节前的几个星期中，你甚至可以在广场集市上买到特制的骷髅麦芽面包，骷髅的眼窝中装着深棕色玻璃珠。范森从来不知该做何感想：吃掉献给科涅奥斯的祭物似乎是在愚弄本该尊敬的神灵——不，他感到恐惧。

不过那时他们总说我是个蠢南瓜。克勒姆就曾杜撰过我的故事来取乐他人，说我以为雷声意味着世界的终结。说得好像农村小子就没听过雷声似的！

想到死去的可怜的克勒姆·戴尔，范森回想起石神节时的景状，神庙中的黑蜡烛，祭司们带着猫头鹰面具，人们唱起死神和地府的歌谣。他在某种算不得睡眠的状态中出出进进，显然得不到丝毫休息，直至最后在外面走廊里的许多只脚的踩踏声中醒来。

灰色的尤尼索滑过地面，就像是驾着烟雾地毯而来。他的眼神呆滞，面色如石头般僵硬，就连外面大牢房的囚犯也畏缩着躲在墙边。范森看着他几乎站不起来——他的面孔就像尸体，宛如噩梦转生。

“时间到了。”他说道，那些话语带着棱角，就像是一堆尖利的棍子。野兽般的护卫们穿着不合身的盔甲，在范森和两名同伴两边排列开来。

“什么时间到了，该死的？”范森蹲伏起身，虽然他知道在这个灰人面前的任何举动都只会让他死在守卫尖利的矛枪之下。

“你们属于吉库因的最后时间——我不是来教导你们的。”尤尼索点点头。六名护卫蹦上前来铐起基尔，为他脖子套上一条带圈，就像给猎犬套上皮带一样。巴瑞克和范森也被铐上了，灰人看了他们片刻，接着默默转身走出牢室。护卫戳戳范森和身后同伴，外间牢房的囚犯们都别过脸去，就好像他们三人已经死了一般。

不要绝望——尚有希望存在。基尔的思绪在费拉斯·范森听来如同从风声呼啸的山顶传来般微弱。**看着我。不要让任何东西窃走你们的智慧和心智。如果尤尼索和你们说话，不要听！**

希望？范森知道他们会被带往何方，而希望如同某位久盼不至的宾客。

野兽护卫押着他们往地底深处走，一路穿过隧道和下行台阶。大部分时间只能听见护卫毛茸茸的脚掌踏出的啪啪声，荒凉得一如伴随被判刑之人奔赴绞刑架的鼓声。范森因为之前通过被基尔的咒语蛊惑了的野兽的双眼看过这些通道，因此现在在自己身体中行走也如同置身奇怪的梦境。那些石头洞穴并不是他本以为的毫无特征，而是雕刻有复杂的图案、涡旋和同心圆，以及一些可能代表着人和动物的图形。隧道墙壁上有些图形他可以认出来，但有些很难看清——俯冲的眼睛如同星辰的巨型猫头鹰，头和四肢与躯干分开来的人形生物，他们的身体部件如同祭物般堆放在鸟儿面前。通道中还有其余一些不吉图案，有骷髅、没有眼睛的乌龟，这两种都是大地长老的象征，范森非常熟悉，还有一些他不认识，比如打结的绳索、一只带有短腿的蹲伏的杯子图案，他想着也许是碗或锅。当然还有猪的图案，这是科涅奥斯冷酷仆人伊蒙的最神圣的动物。

“黑猪带走他了！”他脑中响起一声绝望的哭号，那是他童年的记忆了——是山谷中一位老妇人在诅咒儿子的惨遭横死。“诅咒那只死猪，和它那冷血的主子！”她尖叫道，“我将永远不会再为科涅奥斯点亮一根蜡烛！”

石神节。在遥远的大陆上太阳仍在升起落下，人们可能会挤在南境的街道上，观看经过的戴有面具的神明雕像，他们被高高举在轿子上。人们会喝得醉醺醺的，即便是从清晨开始——轿夫，人群，甚至包括大地长老的祭司也会，那是一种深深地带着大笑却十分伤感的醉意，范森记得很清楚，整个城市如同置身葬礼宴席，持续了很久。但现在他正身处大地长老的领域，被拖拽着走向死神的大门！

一阵发烧般的颤抖袭来，范森必须努力坚持住不跌倒。他想抓住巴瑞克王子，提醒他并不是孤身一人身处这可怕境地，但被手铐阻止了。

通往神明大门所在洞穴的路途突然敞开在他们眼前。那巨大的洞穴只点着十二把火炬，黑曜石墙壁只被照亮几道纹路，顶部完全隐没在黑暗之中。但刚刚穿越漫长漆黑的隧道，费拉斯感觉这里如同晴朗下午南境国的三神圣堂一般气势恢宏，色彩从高高的窗口倾泻而下。那门本身比通过基尔的细作之眼看上去的还要巨大，那矩形暗沉的大门如同崖壁一般高，绝非普通的大门，好比那座著名的青铜佩林雕像也丝毫不像普通人。

护卫们戳戳范森和其他同伴，要他们往前走到裸露的岩石门面所在的盆地附近。奴隶们已经集合在那里，大都神色可怜、眼神空洞、无精打采，被似乎同样数量的狱卒看守着，顺从地走进俘虏的行列，在那扇巨大的门前清理出一片更大的空地。

狱卒踢得囚犯们跪下。范森跌倒了，石屑翻卷如同烟尘，他打了个喷嚏，巴瑞克倒在他身边，像是被箭矢射中般一动也不动了。范森用手肘推推小王子，想看看他有没有受伤，但因为手腕上的手铐太过沉重，他无法动作太大，只能向前倒下。

记住我说的话……

基尔的话语在费拉斯·范森脑海中响起，狱卒和奴隶开始在洞穴内骚动——有一刻他以为自己又听见了精灵的思绪。接着听见雷鸣般的响声，节奏并不规律，如同在敲击一面大鼓。他意识到那是脚步声，这才明白为什么甚至就连那些天生弯腰驼背的狱卒们也突然想要直起身子，而所有跪在地上的奴隶们也开始呻吟，将脸在洞穴粗糙的地面上磨蹭。

那位半神从门内缓缓走出来，头上锁住的链条装饰得他如同涨潮海塘中的海藻一般摇来晃去。范森长这么大还是第一次看见吉库因这般可怕的东西：那怪物跛了脚，靠在一个支柱上，那支柱只比一棵砍光了枝丫的小树大一点，他巨大的头颅懒洋洋地依靠在脖子上，就好像因为太大而无法完全直立起来一般。那古老的怪物环顾洞穴四周，咧着嘴露出巨大而参差的断牙，一副狰狞的满足感。范森感觉膀胱一松，浑身肌肉都僵硬了。结局已到，无论基尔再怎么伪装。落入这样一个怪物手中，任谁也无法活下来了。

其余的囚犯有许多身上沾满了劳工的鲜血，当这位半神走近时，都把头颅靠在地上哀号。这巨大的、恐怖的洞穴，一群群颤抖不已的家伙两手鲜血，面庞污秽而绝望，都拜服在这位巨人神面前——有那么一刻，范森简直无法再相信自己的眼睛：他已失去心智，事情只可能这样。他的脑海中又回想起小斯戴尔教堂中的修士讲过的最吓人的故事，当时助祭是为了吓唬范森和村里其他的孩子们，让他们以正确的方式来向诸神效力。

“*天空之主佩林，沐浴在光芒之中。*”范森自言自语，“*保佑我们度过恐怖夜晚，埃瑞沃身穿银色盔甲，扫平我们航行的海面，黑暗死亡境地的科涅奥斯，用您的双手将我们小心带走……*”

但是想起童年时代的祈祷文也毫无意义——现在还有什么用呢？有什么东西能发挥作用呢？那巨大的身影正是吉库因，他是如此庞大，以至于将脚下那些猛汉也无法搬起用作武器的巨石也给踩得粉碎，现在他正跌跌撞撞朝他们走来，每一步都那样巨大，世界像是被嚼碎了，碎了，碎了……

*不要绝望！*这声音尖利得如同一记耳光。

范森回头看到基尔仍直立在那里，即使看押他的狱卒也拜倒了。防风灯面无表情的脸孔上所有情绪都写在眼睛中，那眼睛因为激动和恐惧睁得大大的，同时也充满愤怒。就在基尔身旁，巴瑞克王子如身处狂风中一般摇摇晃晃，即便是跪在地上也几乎无法保持平衡，他的脸在闪烁的灯光下如同一副苍白的病容面具。有一瞬间，范森在王子脸上仿佛看见了他姐姐那俊美的面容，突然感觉到那几乎忘却的誓言如匕首般刺入他体内。只要一息尚存，他就不能投降——绝望也嫌奢侈了。这是他的义务。

站在大地长老的宫殿门口向三神兄弟祈祷似乎毫无意义。另一段祈祷不请自来飘入他的思绪，如同一团灰烬向上腾起，那段祈祷更加温柔，许向一位温柔的神——是向鸽子女神佐睿雅祈祷。嘴唇虽然在翕动，但黏在一起的喉咙却无法让语言通过。佐睿雅啊，贞洁女儿，给我……给我……

片刻之后，吉库因停在他们身前俯下身来，向佐睿雅念出的祷文、佐睿雅神，甚至连他自己的名字全都如同寒风中的树叶一般刮出了费拉斯·范森的脑海。吉库因的脸那样巨大，看上去就像是布满坑洞的月亮从天空中坠落下来。

“给你们的礼物。”那位半神的声音令范森的骨头也开始颤抖起来，他呼出的气体就像是熔炉中飘出来的一般，滚烫而充满金属气息。“你们将见证我最重要的时刻——甚至要参与其中。”一排排脑袋目光空洞地摇摇晃晃，干枯的嘴唇绝望地咧开来。

我很快也会加入他们一起了，范森想着。诸神会怎样审判他呢？他已尽了最大努力，但还是败下阵来。

吉库因长满络腮胡子的巨大头颅摇晃着观察范森和他的同伴们，范森只得转移目光——那神灵的眼珠大得如同炮弹，通红的眼珠射出的斜视目光太过猛烈，让人无法承受。“你们的鲜血将解封伊蒙的大门，”吉库因低沉的嗓音说道，“将开启通往污神正殿，那只配饮尿的爬虫神夺走了我一只眼睛。等到地星矛成为我的，等到他巨大的宝座为我所有，等到我戴上他黄色骨头的面具，届时，即便是诸神苏醒，我仍是其中最伟大的一个！”

你疯了，基尔竟然会说话，真令人诧异。洞穴中许多人都听见了他无声的话语："一声恐惧的呻吟传来，像是听懂了他话语的奴隶们想要分担他的惩罚。"

"诸神之中没有发疯一说！"吉库因大笑道，"等到我能按照自己的意志塑造万物了，还有谁能说我是疯子呢？这扇大门很快就将开启，鲜血将流淌，然后不管我说什么……都会成真。"

我的鲜血将干涸成为火药，成为呛人的尘埃，然后我会让你流下眼泪，追寻这份疯狂。

吉库因伸出一只巨手，展开手指好像能将基尔碾成肉浆。但他没有那么做，只是轻轻拂过他，将那位加尔国的武士吓得直发抖。那些能够逃开的囚犯们都仓皇逃开，防风灯一动不动倒在原位，毫无特征的脸庞埋在尘土中。

"谁说我想要你的血了，你这微风神的小崽子？"吉库因又大笑不止，那满足的咆哮声几乎要将洞顶震塌了。他又伸出一只手，将范森推倒在地，接着握住巴瑞克，后者又惊又恐尖叫出声，然后喘不上气来。吉库因将残疾的王子扔在狱卒堆中。"他——这个小小人。我能从他身上闻到白焰的味道。他的鲜血非常合适。"

狱卒将巴瑞克拖往若隐若现的大门面前，范森绝望地反抗着沉重的手铐，但太紧了，甚至无法滑动，同时又太重，无法挣断。费拉斯·范森发出悲哀的号叫。无论怎样，他也是死定了的，但是王子即将死去，这将是更大的失败，更加恐怖的结局。

什么东西抓住了他的手臂。范森一踢，一个臭烘烘的衣衫褴褛的狱卒向后倒去，但随即立刻起身朝他冲来。打斗在所难免，范森准备再踢一脚（哪怕收效更微），接着他看到那家伙表情有些奇怪。狱卒那猿猴一般的脸庞松松垮垮，眼睛慵懒地游移，无法聚焦，就像是瞎了一般。他笨拙的爪子中抓着一把钥匙。

如果他们在杀死我之前想先解开我的手铐，那只意味着我会抓几个来陪葬。但是他们为什么要冒这个风险呢？那家伙笨拙地摸索着范森的手铐，他突然意识到之前在被基尔控制的野兽身上也见过这样迷惑的表情。范森看着精灵。防风灯眼神正盯着一片虚空，因为太过斜视在一处，因此差不多快眯缝起来了。基尔身后有个狱卒也开始摆弄他的手铐，但即便是精灵同时控制了他们两个，时间也还是不够用。

狱卒们已经将巴瑞克王子拖到那扇巨大的门前，那门比南境的大教堂的前门还要高还要宽。尤尼索那个死尸般恐怖的灰影子慢悠悠走到他们旁边，将自己瘦骨嶙峋的双手举至空中。

“哦，火眼金睛的白翅啊，听到我们在这空旷之地的呼声吧！”他用刺耳又无情的声音吟诵道，“哦，灰色问题啊，赐我们听众吧！”

范森每个字都能听懂，但那样的话语他闻所未闻，那不像是人类的语言，倒像是蟋蟀的鸣叫：那灰影子流畅的声音就在范森耳边回荡，那滴滴答答的调子很含混，但意思却已深入他脑中。

“哦，蠕虫独裁者啊，透过黑暗看清我们吧！”尤尼索唱着，“哦，空旷的洞穴啊，赐予我们听众吧！”

那灰人的声音现在更大了，或者说获得了另外的力量，因为它填满了费拉斯·范森的脑海，如同水倾泻在碗中，声音越来越大，越来越大，直至他几乎无法思考，虽然那真实的声音仍然同之前一样克制徐缓。这不是他从前听过的石神节歌谣，但是范森不时发现有些字词很熟悉，是祖父从前在祖母位于群山之中的陵墓前唱过的古老的哀悼词，但灰色男人的声音太过平缓，太过恐怖，让费拉斯·范森脑中的画面与早就过世的祖母或父亲的葬礼联系不起来。他脑中的世界一片深红色，一切都终结了，不可更改，那样惨痛，如千钧重担压在他心上。

被基尔控制的狱卒还在摸索他的手铐。范森还没有获得自由——他不能被尤尼索的声音压垮。他不能失败。

“看现在黑暗在我们之间扭曲如河流，是时候起身走往红色光芒之地了。那里太阳永升不坠。哦，烧焦的腿脚啊，让我们在你阴影的坚硬折痕中躲身，在那里我们仍能看见垂死的太阳，直至最终之日到来。鸦鸟之父啊！铁手套的佩戴者啊！不解之结的丈夫。我们如此惊恐，哦大人。打开门吧！”

一开始，费拉斯·范森又恐惧又茫然，以为那巨大的石头大门开始褪色了，或者如同冰块一般溶解了。但不对，他片刻之后才意识到，发生的事情更加奇怪：那巨大的门正向内里的阴暗处打开，黑暗如此浓重，几乎可以抹去星辰的光辉。范森心生畏怯，身体突然像是失去了主心骨，如同空荡荡的麻布袋般绵软。

*费拉斯·范森，不要绝望！*这话语像是从世界那一端传来的一样，但让他恢复了一点心智。是基尔在说话，基尔在他脑中说话，但声音太过微弱。他能感觉到，精灵的力量在碰触到范森、巴瑞克、摆弄他手铐的狱卒，以及其他许多叫不上名字的家伙之时已经发挥到最大程度——基尔的意志在他们之间伸展，形成一面强有力的隐形蛛网，虽然那网现在正在摇晃松弛，即将撕裂。防风灯的力量令人惊讶，范森从来不曾想到。

*战斗！*基尔命令道，*为男孩战斗——为你的家园战斗！我需要争取更多时间。*

时间？为什么？就连精灵的英勇努力似乎也不会有太大用途了。不管有没有戴着手铐，世界即将终结，就在这地底的黑暗之中。不管那门后是什么，都会将他们吞噬殆尽……

但是即便到了此刻，一切都不再重要的此刻，费拉斯·范森还是不能忘记对巴瑞克姐姐许下的誓言。那几乎是他所能想起来的唯一事情：他自身的名字和来历，他所经历过的所有事情在这一刻都迅速褪色了，淹没在灰色男人响亮的话语之中。

“哦，银色钩鼻，将您的飞将送至我们面前吧。哦，乌鸦王子，在天空划出路途吧。为我们指明进门的路途，您的仆从之门的路途。”

灰色男人的咒语声如同骤起的风暴般填满了整个洞穴，刺耳且不断增大，但又是那样亲密，仿佛在范森耳边低语一般。绝对没有人能发出那样的声音……

“那呼吸停止的熟睡者安寝的泥海，让它经过吧！那用支离破碎的根系举起群山的梦幻之树，让它经过吧！怦怦跳动的心灵森林啊，迷路者的笛声在路旁的树荫下吹奏，让它经过吧！泪水的风暴啊，夹着雨点如同箭矢一般刺伤了朝圣者的面庞，让它经过吧！”

那大门彻底开启了，一个大坑通往绝对的黑暗，但那黑暗不知为何像是活着一般——范森几乎能听见它的呼吸，他的心脏似乎在胸中膨大，直至要从喉咙中挤出来，阻隔他吸入的最后一口空气。

“食骷髅者，将我们躲在路边的敌人都摧毁吧；不朽之松的根系填满我们的鼻孔，好让我们不嗅到魔鬼的气息！牧干尸者啊，带领我们平安穿越躁动的死者；黑色骨头啊，将我们紧紧裹在寒风之中！呼啸尘埃的斗篷啊，只让我们看见星群！”

灰色男人打了个手势。两个毛发浓密的高大狱卒将巴瑞克推得跪倒在尤尼索面前，后者仍在念咒，一个狱卒将巴瑞克脖子猛拉起来，如此那男孩的下巴就探出在范森和其余旁观者眼前。另一名狱卒抽出一把奇异可怖的大刀，刀刃豁了口，宽度是长度的一半，狱卒将刀架在王子脖子的血肉之上。范森发了狂，挣扎着想要站起来，就在这时，他感到背后的那家伙最后猛扭一次，手铐从他胳膊上掉落了。他举起双臂朝巴瑞克和狱卒踉跄冲去，那刀刃刺入他的关节，如此疼痛。

“哦，狭窄的路途啊，打开大门吧！”

无梦者的咒文充满了世界的各个角落，范森思绪的方方面面。它们重如磐石，掉落在他身上，碾压着——难道说那是吉库因雷鸣般的嘲笑声？王子，狱卒和灰色男人都被火炬光芒吞噬了，只在绝对的黑暗前留下一个轮廓，就像是诸神忘记赐予他们栖身之所了。

尤尼索的声音因为胜利而增大了。

“哦，螺贝啊，将我们领至中心！哦大锅之神，将我们的名字归还吧！草原酋长，打开大门！大地之神，打开大门！黑色大地！黑色大地！打开是与非之间的大门……”

现在门后的黑暗中出现了什么东西，那东西虽然看不见，但无所不在，涌动着生机，范森即便在向那狱卒身上扑去之时，也因恐惧而浑身发抖。他依稀记起多纳尔·穆里的教导，却如同来自他人生命之中一般：范森将狱卒的手肘往他自己的铰链之上又抓又顶，然后啪地勒住，那野兽痛苦地哀号着丢掉奇异的大刀。范森抓起刀挥舞着寻找尤尼索，但灰色男人似乎迷失在某种入神状态，因此范森冲向另一位狱卒，将巴瑞克王子从那家伙的控制之中解救出来，在此之间也将那毛发蓬乱的野兽的脸拖拽着拉过地面的石块。范森从地上抓起一块石头，开始用力砸王子手铐上的锁，不顾巴瑞克因为残废的那只手臂在肩窝嘎吱作响而发出的痛苦哭喊，他想要将他释放出来。

片刻之后，有什么东西在他脑中低语。费拉斯·范森自己思绪一团混乱，很长时间过去他也没明白是谁在和他说话，甚至当他意识到之后，还是没有明白那声音在说什么。“再坚持战斗一会……”

锁砸破了，王子的手铐解开了，有一个狱卒攻击过来。范森能做的就是将巴瑞克推到一边，接着用刀插进狱卒那毛发浓密的臭烘烘的身体里。范森和那狱卒僵持着，绝望地扭打在一起，都朝对方脸上喘着粗气。他们都有一只手能够自由活动，于是抓住对方的武器，两件武器都在对手因恐惧而瞪圆的眼睛前颤抖。范森能看见那巨大的门洞穿过了对手的肩膀，黑暗搅动着、冒着泡，无形的力量在挤压他的骨头，直到他觉得自己心跳都快停止了。

范森有一刻还在想着基尔是不是刚才制定了什么计划，只是除了打开手铐之外其余的行动都失败了。接着，第二名狱卒向他背部发起攻击，逼得他丢开另一名狱卒想要砍杀自己的那只手。他摇晃身体，躲开那向他脸部刺来的武器，和两名狱卒厮打在一起。三人喘着粗气扭打在一起，跌跌撞撞冲出去几步，接着一齐失足绊倒在神灵的门口，跌进黑暗之中。

黑暗。

冰冷。

虚无。

在他们一同垂直下落期间，两名猿猴一般的狱卒盘旋着消失在虚无之中。心跳一拍的工夫，他们无意义的尖叫声就退去了。范森自己的声音也消失了。他能感觉到肺部因为莫大的恐惧而发出尖叫，但除了下坠的嗖嗖声之外几乎不闻任何声响。

费拉斯·范森迅速下坠，下坠。片刻工夫，他就远远超越了能够活命的冲击点，但他仍在下坠。最后，他的意志消散在空虚和风中。

第三十五章

赐 福

参与了抗击三神之战而幸存下来的诸神中，只有极少部分幸免于难。其中有一位就是祖米奥斯之子库比拉斯，因为这位巧匠宣称自己效忠于舅父们，并发誓将为三神兄弟及其城市带来多项益事。而事实也正是如此。他教给人们治疗和其他技艺，甚至包括酿酒，这样凡人们便能将美酒进献给神灵，如同肉和血一样。

——引自《三神之书 · 万物之始》

乌塔盯着自己在镜中的形象。因为佐睿雅神的女祭司们既没有机会，也不被鼓励考虑自己的映像，因此照镜子就成了一项非同寻常的经历。“我不行，”她说道，“我看上去就像是在演戏的戏子。”

“不像，你看上去英俊极了——就像个出身高贵的绅士。”梅若兰娜说，她的身影有片刻工夫被一团粉尘遮住了，因为女仆埃丽丝正兴高采烈地往乌塔脸上扑粉。

“但我不应该像绅士啊，就算这是出荒唐的骗局，我本来也应该打扮成普通下人的样子。但事实上，我两个都不想。我是个老婆子，夫人。打扮成这样所为何事呢？”

“你一定要相信我。”公爵夫人说着挥挥手赶走最后一团粉尘。

女仆开始咳嗽，所以梅若兰娜打发她出去了。“我只是做不到必要之事，”寝房中只剩她们两人了，公爵夫人说道，“我必须参加赐福仪式，尤其是卡拉顿公爵也来南境国了。托利家族人多势众，所以我们埃顿家族必须做戏。我必须去。所以你也一定要扮演好自己的角色，亲爱的。”

“*但是我并非埃顿家族的人。*”乌塔看着公爵夫人，希望自己相当坚定。她觉得梅若兰娜对失踪儿子的事情没有那么上心了，她的计划越来越离奇，越来越疯狂，她们现在所考虑的计谋实则比哑剧还要危险。她明显是觉得自己在此事中早已成了步兵般的角色，应该服从一切指令。

“我理解您对孩子的感情……”她说。

“不，你不明白，修女，”公爵夫人的语气带着一种不容置疑的愉悦说道，“只有母亲才能明白。所以我们就继续吧，好吗？”

乌塔叹一口气。

梳妆完毕，所有陌生的结带和扣子都穿着到位之后，乌塔最后看了一眼镜子中阴沉的形象——一个上了年纪的柔弱老妇人穿着暗褐色袍子，戴着不成形的帽子。穿着紧身裤的腿露了那么多在外面，真是太可耻了，但男人们天天都是这样打扮的。她斜睨了一眼。

“您知道的，世间所有男子服饰都不能将女人装扮得相似。我的意思是像男人。我们的脸形就不对。”她用手指勾勒出太过精致的下巴弧线。

“所以我们才要把这个给你紧紧包住。”梅若兰娜轻快地说着将帽绳缠在乌塔下巴和脖子上，像围巾一样。“天气很冷——没人会注意这些的。尤其是在今天这样的场合。”

“但这个计划真的好吗？”她相当确信答案是否定的，但又为自己的笃定感和对梅若兰娜的忠诚而煎熬。

“实话跟你说吧，乌塔，我不在乎。”公爵夫人拍拍手，小侍女闻声返回寝房。“帮我戴上首饰吧，埃丽丝，可以吗？”梅若兰娜转身背对乌塔，“现在你最好启程开始。我们只剩几个小时的时间了——冬天还没完，天黑得太早了。”

因为再过几个小时，情况会更加危险，乌塔不能确定是否因此就该匆匆离去，尤其是她一开始就不相信计划能够实现。但她也早就明白，除非全身心为之努力、付出极大的耐心，不然就不可能反抗梅若兰娜成功。

“非常好，”她说道，“那么，稍后按照计划见面。”

“谢谢你，亲爱的。”梅若兰娜说着仍像尊雕像般一动也不动，女仆正费力地扣上项链上的铁扣，那项链看起来沉重得像是海港上的锚链。“你真是太好心了。”

每次看到她，马特·廷莱特都只能坚持几秒钟，然后就要转移视线。他确信自己的脸上一定透出了罪恶和热望，就如同祭坛上燃烧的火盆中射出的光芒一样。

只有一次，伊兰·麦克里抬起头来，目光穿过巨大的三神圣堂与他交汇，但是即便他们隔着五十步距离，她目光的力量仍是那样强大，让他几乎要大叫出声。即便是在这命名的喜庆场合，她仍旧穿着黑衣，半戴着面纱，仿佛南境城堡中只剩她一人还在为盖伦·托利的逝世而悲痛——她很可能确实如此。廷莱特从来都不知道，盖伦对伊兰到底意味着什么，是秘密情人吗？她希望能有一段好姻缘，或者是某种更难以理解的关系，但他更加确信，没有比女人心更难弄懂的事情了。

已逝公爵的弟弟亨顿站在伊兰身边，穿的是一套鸽灰色配黑色的优雅外衣，袖子过于瘦削，因此手臂看起来比大腿还要粗壮。伊兰·麦克里可能是房间里对于马特·廷莱特来说最为重要的人物了，但亨顿·托利显然对另一边那个女人更感兴趣，这位南境国的护卫者甚至根本都没看过伊兰一眼，更不用说和她交谈了，赐福仪式的大部分时间他都在和阿妮莎王后窃窃私语。王子出生以来，王后这还是第一次在公众面前露面。她面容灰白，但看起来很开心，十分乐意接受南境国现任守护人的关注。

王子由身旁的保姆抱着。看到那粉红色的小脸，廷莱特不禁惊异道，这个小家伙命途多么奇怪啊。如果是几个月前，这位小奥林·亚历桑德罗斯还能成为一个庞大家族的最小成员，这个幸福的小家伙将成为和平时代一位健康的统治者，除了成为南境最强大家族的成员之外，他的前方没有任何阻碍。但现在他在这世上几乎成了孤家寡人，两个哥哥和一个姐姐都不在了，父亲也遭到囚禁。如果马特·廷莱特会为一个未成形的婴儿般的事物感到抱歉（而廷莱特确实已经开始感到抱歉了）——好吧，那么奥林小王子将是他怜悯的最佳候选人，虽然他生来就拥有的几乎所有东西都是诗人自己也本该拥有的。

好吧，差不多是所有东西。但有一件事就算出身王室，他也无法拥有，而在此刻，那件缺失的东西正在猛烈灼烧廷莱特的心，叫他几乎无法站稳。就在今夜……那件可怕的事情他必须今晚就做……

他又朝伊兰苍白的脸庞看去，但后者垂下了眉眼。如果她能明白就好了！但她不明白，一切都已那样清晰。她已经邀请死神进驻了她的心。她不想再接受任何追求者。

大主教塞斯尔念完了玛蒂·苏拉泽姆的祈祷文，感谢女神保佑母子均能平安度过生产。廷莱特觉得大主教看上去有些紧张不安——但这个时候，谁又能幸免呢？暮光族人的阴影如同寿衣般笼罩在城堡上空，就连那些假装毫无感觉的人也不免心灰意冷。还有其他一些影响，进入港口的船只减少了，因为到处都是从大陆城市和村庄出逃的难民，要养活的人口更多了，而王国许多农场荒废无人耕种。即便是对此类事情知之甚少，但马特 · 廷莱特也意识到，当春天来临，没有人种植庄稼，这就标志着南境国的末日不远了。

大主教塞斯尔站在一座小祭坛背后，祭坛是专为这次仪式架起来的，这样仪式的火焰就能在大石坛之上燃烧。火焰在他身后翻腾，冷冽的空气在神庙高处翻卷。“谁将这孩子送至诸神面前来？”他问。

“我来。”阿妮莎声音很小。

塞斯尔点点头说：“那把他带上来吧。”

廷莱特惊讶的是，王后并没有亲自将王子送上祭坛，而是点头示意保姆抱着孩子跟在她身后。她们在祭坛前站定，塞斯尔揭开包裹王子的毯子。

“科涅奥斯的永生大地，”他一边说一边用黑黑的尘土摩擦王子的脚底，“佩林的强壮手臂，”他举起名为锤子的 T 形十字架，按在王子额头上过了片刻才放下，“埃瑞沃吟咏的海洋，你祖辈的保护人，家族宫殿的守卫者……”他将手指放进碗里蘸了蘸，接着将水花洒在王子额头上。王子开始哭喊。塞斯尔的表情总是那样温柔，接着做出三的手势：“在三神和其他天界诸神的注视之下，祈求他们所有神谕的保护，在这预言者之日，我赐予你奥林 · 亚历桑德罗斯 · 本尼迪克托斯 · 埃顿之名。愿天界的赐福保佑你。”大主教抬起头问：“谁来代表父亲？”

“我来，大主教。”亨顿 · 托利说。阿妮莎用感恩而愉悦的目光注视着他，就好像他真是孩子的父亲一般，而这时，廷莱特感觉一切都明白了：托利当然不想要伊兰——他还有更为宏大的目标。如果奥林王回不来，那他的妻子和儿子都需要有另外的男人扶助。还有谁能比这位已经成为小王子守护人的年轻英俊的国王更合适呢？

亨顿·托利从保姆手中接过王子，慢慢绕行祭坛，象征性地将小奥林介绍给王室认识。其余家庭，就连富裕之家都会将这项仪式放在自己家中举行，在此之前，就连埃顿家族新生儿的赐福仪式也会在家里的埃瑞沃小礼拜堂举行，而不会选择仓房般巨大的三神圣堂。廷莱特不禁想到，到底是谁提议将赐福仪式放在这么多人面前举行的呢。他还想到，他们急着将仪式放在卡拉顿公爵到达之前举行——赶在石神节之前举行——是因为多等一天就会带来厄运。现在他明白，亨顿不想让自己兄长出席仪式，是担心自己城堡守护人的风头会被夺走。

绕行祭坛第二圈时，亨顿·托利将小王子举至头顶。之前满怀敬意坐着的人现在都起身鼓掌欢呼，数达斯汀·克劳和其余的托利心腹叫声最响，但廷莱特还是能看见一些年迈贵族不善掩藏的脸上露出嫌恶表情——出席仪式的这些人数量很少。他想着艾文·布罗纳和其余人是用什么借口推辞的呢——虽然自己也小有权势，但廷莱特不敢冒着激怒亨顿·托利的风险。

片刻之后，大主教塞斯尔完成了最后的赐福，马特·廷莱特意识到自己的疯狂想法。他吓坏了，不敢拒绝托利，只能来参加婴儿赐福仪式，但他对托利的情妇来说又如同走私的毒药。

这就像是一场灾难，人群散去时他想道。有人向阿妮莎王后和其他贵族挤去，其余人则匆匆走进集市广场卷过来的寒风中。不管从哪方面来看，这都像是一个普通的节日场合，但廷莱特和其余所有人都知道，就在海湾对面，有一支可怕的敌军正沉默地虎视眈眈。*这里被一股烧热般失控的思绪所控制了，而他就和其余人一样糟糕。这里不再是一座城市，而成了一座瘟疫医院。*

令他震惊的是，当他准备闪身离开时，亨顿·托利发现了他。

“啊，诗人。”南境国的守护人看着他笑，暂停与迪尔南·海弗莫的谈话。站在亨顿身旁的伊兰则尽力不看廷莱特的眼神。“你这样躲躲闪闪，先生，”托利批评他道，“是不是因为明天宴会的诗句还没有写完呢？还是说你只是害怕宴会的气氛？”

“会写完的，大人。”将近十天了，他每晚熬夜都熬到很晚，蜡油和蜡烛耗费的速度惊人（这让帕佐尔很是讨厌，廷莱特本以为老人喜欢天一黑就上床，把铜板搓得叮当作响）。“只希望您能喜欢。”

“哦，我也希望，廷莱特。”托利咧嘴而笑，就像狐狸找到了一只没有看守的鸟窝，“我也希望。”

这位南境国的主人又对海弗莫低声说了几句，接着转身走了，他将伊兰·麦克里拖在身后，就像拉着只狗或是斗篷。如果她走得不够快，亨顿·托利就会转身抓住她的肩膀，激动地掐捏她灰白的胸口。她躲闪着，小声呻吟。

“要是我说快点上楼，”他用小小的声音低低地告诉她，“那么你就必须要跳，臭婊子，赶快。如果你还想用对付我兄弟的花招来对付我，我要让你用从未试过的方式来跳跃。走吧。”

海弗莫和其他站在附近的人甚至根本没有注意到这一幕，廷莱特一时太过激动，无法相信自己会看到这样的场景。伊兰默默跟在亨顿身后走出去，雪白的胸脯上出现一团令人愤怒的红斑。

这样子走路真奇怪，两条腿毫无束缚。事实上，乌塔觉得自己像是赤身露体般，感觉很不安——两腿的形状她一般只有洗澡或准备睡觉时才会看见，而不是大步走下街道时看到两腿之间空无一物，只有一层薄薄的羊毛紧身裤。

从前看到布瑞奥妮公主决意要穿男装，乌塔修女尽量不多唠叨，她心里觉得这只是儿童时期性情未定的表现，也许是因为周围发生的伤心事的影响。但突然之间，她似乎有点明白了，布瑞奥妮说的“男人们视为理所应当的自由”是什么意思。难道诸神真的是将女人当作弱势性别对待吗，或者说这只是服饰和风俗区别而已？

乌塔心想：*但他们比我们强壮，任何遭到男人掠夺和残暴对待的女人都不会太高，这一点她太明白了。*

她想：*但是光有力量还不足以占据优势，不然的话，牛和咆哮的狮子也能命令独裁者了。但相反的，男人却能让牛跛足，使它无法快走一步。布瑞奥妮曾经抱怨过的是真的吗，是男人让女人跛行？还是说，是我们自己限制了自己？但是如果真是这样，我们为什么要这样做呢？*

当然了，女人并不是最早帮助自己主人的奴隶，甚至也不是唯一。

听我说——奴隶们！被俘者们！是因为我们生活的时代——让一切黑白颠倒，让我们质疑一切。但与此同时，我并不知道自己在做什么，也许会任由自己走入环礁湖淹死！

乌塔抬头。她并没有走到环礁湖，其实锡街才刚走了一半，这里靠近昂·凯马教堂了——但仍然在水鸥族街区之外。她很高兴能看见教堂的塔楼和其他地标建筑，除了和佐睿雅神教的其他修女一同沿着主街走上铺道去大陆参加春日集市之外，她还从没到过这么远的地方。

前面有一群男人懒洋洋地靠在路边，只留下一条狭窄的通道。走近一些，她发现那都是些普通男人，并非水鸥人——从打扮来看应该是劳工，没有刮胡子，衣服也都是满是污渍的工作服。令她惊讶的是，当她走近时，他们并没有让路，而是站在原地，用愠怒的眼神看着她。

她想到：*我已经习惯了当一个女人，而且是个修女。人们会为*

我让路，甚至会索求赐福。这条路是只给男人走的吗？或者说他们挡路是另有原因？

“站住。”其中个头最小的男人说。他的声音中带着自满的语气，表明他是这群人的头目，虽然个子最小。他从墙上撑起身，站到乌塔面前挡住去路。“你想干什么，小个子？”

这在愤怒的乌塔看来是唯一不用争辩的事实，她在女人中算得上是大个子了，况且和这家伙身高相差无几，虽然体型苗条许多。“我有事要做，”她用最粗的嗓门说道，“请让我过去。”

“哦，在水鸥族镇有事情，是吗？”小个子提高声音，好像乌塔说了什么羞耻的事情，他要让所有人都知道一般。“是要找长着鱼脸的小姑娘，是吗，伙计？”

乌塔一时只能瞪着他。“不是这等事。有很重要的事，”她说着想到可能太过傲慢，“我主人的事。”

“啊，”那个一直在盘问他的男人说道，“你的主人，是吗？那他在渣滓镇有什么事啊？那里的渔民更便宜吗？我敢保证，他有工作却不来找合适的人。啊，看看这个瘦子现在的表情，小子们！”那小个子男人大笑起来。“真是让人吃惊啊。”他上前一步上下打量乌塔，“看看你啊，像是一团西葫芦冻。那么你也是水鸥人了？是他们的一员？”

“让我过去。”她试着让声音不要打颤，但没能完全成功。

“哦，你觉得我们会成全你吗？”男人靠近一些。浑身酒臭味。“是不是啊？”

“是的，”又传来一个声音，“让他走。”

乌塔和为难她的人都惊讶地抬起头。一个秃顶男人从旁边小巷走出来——乌塔意识到是水鸥人，他脸上有道伤疤，把一只眼皮拉得变了形状。堵住小巷的那群人全都骚动了，如同动物一般痛恨地颤抖着，乌塔能感觉出来。

“喂，鱼脸，”她的敌人说道，“你从池塘里爬出来做什么来了？镇子的这部分属于纯血人。”

那水鸥人瞪了一眼，脸上的表情僵硬得如同蜡像。他个头不小，作为水鸥人来说，体格相当壮实，但毕竟寡不敌众。几个男人移动过来，所以他快被包围住了。他笑着——受伤的那只眼睛于是闭上了——接着抬头发出青蛙般咕咕呱呱的声音。不出片刻工夫，又有六个年轻的水鸥人进入巷子，其中一个手里拿着一只球状挂钩，另一个将长木棒在腿上敲得啪啪响，笑的时候也看不见牙齿。

“仁慈的佐睿雅神啊。”乌塔吸一口气，*看来会有一场厮杀。*

“你们这群人不能越过驳船街的。”那个为难她的小个子男人说。他也笑着，和最早出来的那个水鸥人面对面团团转，每次只懒散地迈出一步。“你们不该来这里。这是我们的地盘，我们的。”他说得很慢，像是在念咒——他是在召唤神秘而强大的暴力，乌塔意识到，这种小心翼翼的语气就像是祭司在召唤神明的注意。她只能盯着团团转的两人，皮肤烧得直打颤。

“闪开。”她身后有人说——又一个水鸥人。她感到有一双强有力的手掌抓住她将她拉了出去，接着另一只手将她推到身后的小个子身上。她踉跄几步摔出现在拥挤的巷子，滑倒在稀泥中。她回头看，隐约希望看到之前向她搭话拦住她去路的小个子，或者是那个冲她大吼让她躲开的水鸥人，但她现在已经逃出了暴力魔咒的中心，最好还是不要再靠近了。那两个主要的敌对者拿着她此前从未见过的刀，佯装出温柔，甚至是充满爱意的样子。他们的同伴也静默地对抗，只要第一招发动，随时准备好朝对手扑过去。

乌塔在潮湿的街道上摸爬滚打，笨拙得如同初生的牛犊，挣扎着站起身迅速逃走，就连身后人痛苦愤怒的叫声也不去理会。又传来一声更大的咆哮，接着是许多声音搅在一起，街坊们从紧挨着的小房子里走出来看看出了什么事。

打开圆形大门的那个孩子是那么小，眼睛却瞪得那么大，因此，乌塔修女一开始也几乎要相信水鸥人确实是一种完全不同的生物了。她抖得还是很厉害，并不仅仅是因为遭遇了街头流氓而已。这里的一切都如此陌生，气味、事物的貌样，就连门窗的形状也是。现在她站在城堡最大环礁湖边缘的摇摇晃晃的踏板末端，等待着被允许登上一艘漂浮的船屋。她的人生已经变得多么古怪啊！

在乌塔·福恩斯多迪尔的童年时代，范特人群岛上已经没有水鸥人了，但他们仍然频繁出现在当地故事中。虽然故事中的水鸥人比居住在环礁湖边上的这些要魔幻多了，但终归还是面容奇怪的民族。乌塔意识到，自己在南境城堡已经生活二十年了，却从没和他们任何一个说过哪怕一句话，更别说和他们成为邻居和朋友了。

“你，你好，”她对小孩说道，“我来找雷夫。”

小孩回头看她。因为没有眉毛，头发往后梳（水鸥人不论男女都是这样打扮），脸孔也是男女不辨的小孩子式的圆脸，乌塔不知道这是男孩还是女孩。最后，小家伙转身迅速跑进去，留下门还开着。乌塔只能猜测这是某种邀请，于是就走上甲板进入船舱。

屋顶很低，她只得弯下腰。她跟随小孩走上台阶，猜测船舱至少有三层。里面绝对比外面看上去大得多，有许多拐角和走廊，狭小的楼梯井大概只有她肩膀那么宽，可以由此从一楼向上或向下。她的向导也不止这一个小孩——她至少还经过了六个人，他们都回头看着她，没有任何恐惧或喜爱的神色。他们穿的都不多，最小的那个光着身子，即便在二月，外面的天气也嫌冷，而船屋里也看不出有取暖设施。最小的那个孩子脚踝拖着一个破破烂烂的玩偶，那玩偶从前明显是属于一个相当不同的孩子所有，因为上面还有一绺长长的金发。乌塔从未见过哪个水鸥人有漂亮头发的，虽然他们的皮肤倒是和北方群岛族人的一样苍白。

第一个小孩领着她又上了一层台阶，接着往下，之后走上甲板，乌塔猜这里一定是船屋靠近环礁湖的一面了。她不禁想道，他们好像是通过最迂回的方式才到达此处。

那个年轻的水鸥族男人从正在编结的绳索上抬起头。小家伙现在明显因为完成职责而松了口气，跳回摇摇晃晃的船舱。小伙子抬头看了她一眼，接着注意力放回手中的绳索。“你是谁？”他的声音和族人一样都很低沉。

“乌塔，乌塔修女。我是来给你捎个信。你是雷夫吗？”

他点头，仍然看着绳索。“乌塔修女？我感觉你身上的气味不像是人，即便是相对*那里*的人来说。”他指的是内城，乌塔猜测，但他说话的方式就好像是在谈论一个囚犯或是一片满是令人不悦的野兽的森林。“难道没人告诉过你，不管是多老的女人，只要是女人我们就不会放过吗？”

我很老，她提醒自己，*我当然不会生气*。她看着小伙子，他却故意不回头。他和刚才巷子里的水鸥人一样年轻，甚至比他们要小，他的胳膊似乎比他们族群的标准长度要长。手指修长灵巧，下巴坚毅好看。

“是南境国的梅若兰娜公爵夫人派我来的，”她说道，“有人告知她你的名字，说你也许原意帮忙。我们需要船夫。”

“有人告诉她？”他扬起一只没有眉毛的眉头说道，“不管是谁，是谁告诉她的？”

“特里·长手指。”

他嗤了一声：“我就猜到是他。他乐得看到我被某件阳光大陆人的差事害死，是不是？他知道埃娜和我春天要去挂网，埃娜年纪到了，那时他也无法阻止我们。”他现在打量乌塔修女的眼神多了点好奇。“不管怎么说，这件差事报酬很丰厚吗？”

“我想是的。公爵夫人不是吝啬之辈。”

“那么告诉我，她想做什么，报酬有多少吧，范特女人。”

“你怎么知道的？”

“知道你是范特人？”他大笑道，“你闻着就有范特的味道，不是吗？不过，你比绝大多数人要好多了。跟希安人或是杰隆人比比，你就像春天的海泡和粉红色的海石竹花朵一样了。杰隆人不吃鱼，但很爱吃猪肉，是吧？隔着一英里都能闻到他们的气味。现在，不说人们的体味了，谈谈价钱吧。”

第三十六章
虚伪女人

苏娅在旷野之中徘徊了许久，遭遇许多艰难险阻，直至最后来到赛加尔宫殿的龙门前，跌倒在生死边缘。而大地之神赛加尔垂涎她的美貌，不想将她收归死亡国度，而是强迫她成为自己的王后。此后她再未说过一句话。

——引自《努沙什启示录》（卷一）

希安大大小小的集市上都在售卖骷髅，有些用烘烤的蜜汁面包做成，另一些则煞费苦心地用松树枝雕成，甚至还有极少数用漂亮的大理石打磨而出，给富商用来装饰餐桌或摆放在家里的神龛中。白水仙花枝铺在桌子上售卖，用于装饰领口或紧身上衣。石神节到了。

布瑞奥妮意识到现在和这群演员已经一同旅行整个月了，同样奇怪的还有她大多数时间里所干的事——即扮演佩林的女儿，佐睿雅女神。在费恩的戏剧中，布瑞奥妮这个女扮男装的女孩扮演的是一位假扮成男孩的女神，与此相比，演戏也就没那么奇怪了，况且那一系列嵌套的面具是如此令人迷惑，她无法长久地浪费时间去想那些事。

梅克维尔剧团还没有完整地表演过特奥多罗斯这出佐睿雅被拐的戏剧，但大部分重要场景都已经排演过，并且在希安北部地区各处辗转之际，已经在乡村观众面前表演过了。布瑞奥妮要在泥泞的庭院或乡村小酒馆中念出女神的台词（或者至少是费恩·特奥多罗斯安排给她的台词），真是太奇怪了。而现在剧团已经开始顺着绿色的埃斯特河行走了，越往南，城镇规模就越大。观众人数也增多了。

“但要背的台词太多了，我背下的才只有一半！”布瑞奥妮一天傍晚向特奥多罗斯抱怨，此时其他团员正从午后观光中归来。

“你已经干得很漂亮了，”剧作家安慰她，“你是个很机灵的孩子，大部分工作都能做好，我敢保证。再说了，你绝大多数台词所在的场景我们都已经演过了，剩下的你没多少要背了。”

“不过看起来还是很多啊。如果我忘词了怎么办？之前那天晚上我就差点忘了，还是费沃尔小声提醒了我。”

“那么如果你需要，他还会提醒你的。而且你了解整个故事，我的女孩——啊，我是说，我的小伙子。”他笑着说道，“如果你忘词，就说几句相关的话。休尼、梅克维尔还有其他人都很有经验。他们会来帮助你，将你扳回正轨的。”

就像从前老史蒂芬斯·奈纳教她宫廷礼仪时常说的话，还有达米亚的蜡烛节时城主强迫她学习烟雾仪式的复杂细节一样，她担心事情并不会如这些人讲的那般顺利。

埃斯特河谷也许是整个埃昂大陆最肥沃的地区，一条宽阔的黑土带在起伏的群山间伸展，从斯特里沃索斯湖北端延伸开去，而特希斯城就在那里铺开，顺着河岸绵延一百英里直至心形森林东北部的群山脚下。布瑞奥妮记得父亲曾说过，他猜测整个埃昂大陆有四分之一的人口居住在那片地区，而现在她看见几乎每一片山坡都被开辟成农田，在石头铺砌的宽阔大路两侧，还有河流的东岸上，城镇（许多面积几乎和南境国以外的远境王国任何一个城市一样大）彼此相连，她轻松地相信了父亲的话。

尤吉尼昂从前是一座贸易城市，现在规模缩小了许多；昂·迪奥卓多思有一座著名的水神教堂；还有多罗斯卡里达——剧团的马车队从这些城镇一一经过,有时只需沿着王室公路走上几个小时(公路有些地段仍被称作卡拉尔王之路），就到了另一个繁荣的村庄或城镇。希安在此时和布瑞奥妮有生以来所了解到的也又相似又不太一样了，而这让她更加思念家乡。这里的人们说话口音大多有些模糊，她发现很难听懂（虽然那首先是别人的语言，费恩·特奥多罗斯总乐此不疲地指出，所以说起来布瑞奥妮讲话才是带有口音的）。有些人来看过之后甚至会嘲笑梅克维尔和其他演员的口音，学着他们的样子大声重复、强调那些明显让他们感到刺耳的词语，攻击远境王国的口音。但是希安人似乎也乐得享受这种口音差异，纳文·休尼有一天告诉布瑞奥妮说，这是因为相比起远境王国农村地区的人，甚至南境国许多城市居民来说，希安人早就习惯了这样的差异。

“这里才是戏剧产生的地方。”休尼解释说。他大手一挥将周围整个山谷囊括进来，而这里空旷得不同寻常，似乎连农场都看不见，更不用说剧院了。就和平常几杯酒下肚之后一样，这位臭名昭著的诗人陶醉在自己的演讲之中。看到布瑞奥妮迷惑的神情，他沉下脸色攻击般说：“不，不是在这里的橡树下，而是说希安大地。赫若索尔的节日戏剧——无关诸神,而是虔诚的凡人们的精彩故事，绝大多数人的故事，圣徒和殉道者的故事——在这里就变成了大剧院、大佐悉蒙节和狂歌之夜上演的哑喜剧。这里的戏剧、剧作家和演员已经有一千年历史了。”

“但是从来没有得到应有的报酬。”裴德·梅克维尔说。

“那只是因为数量太多，”费沃尔说道，“补鞋匠太多，鞋子价钱就会跌，所有人都知道。”

“那么为什么我们……为什么你，我是说……要来这里？难道不是应该去一些演员稀少、会得到极大尊重的地方去吗？”布瑞奥妮问道。

休尼看着她，眯细眼睛说：“作为一个女仆，你倒是很会说话啊，我们的蒂姆。你是怎么学得这么会说话的？”

费恩·特奥多罗斯大声清清嗓子说：“你又在用那套舞台艺术惹得小家伙心烦吗，纳文？可以说，希安人热爱我们的艺术，这里有许多人乐于看到我们。现在，我们也有了新东西给他们看！”

布瑞奥妮皱眉道：“什么？”

“你啊。我们亲爱的，甜美的小女神。那些土鳖看到你一定会垂涎三尺。”

“你真是头猪，费恩！”费沃尔·乌里安大笑，但看上去也有点受伤，毕竟他从前才是剧团的当家美人。“别取笑她了。”

“哦，不过我们的蒂姆很特别，”特奥多罗斯说道，“相信我。”

有半数时间我不懂这些人在说什么，布瑞奥妮想着，**另一半时间，我太累了，懒得去理。**

阿多斯佩里诺思城坐落在山顶之上。这里曾是一个贵族的要塞，但城堡现如今被希安国王一个母系亲戚，教堂被埃南德所占据了。布瑞奥妮听到这里双耳一阵刺痛——埃南德就是沙索说过能帮助她的人，只是需要花钱。

“他是个什么样的人，希安国王？”布瑞奥妮问特奥多罗斯，后者正在马车旁行走，以让马匹减轻重量走上陡峭的山路。除了一些远方侄儿侄女之外，她从未见过埃南德或他的任何亲眷——希安国王当然永远也不会将自己的孩子送到南境国那样偏远的地方去——但布瑞奥妮听过他的名字。她父亲对埃南德保有勉强的尊敬，但没有人能争辩希安国王的许多英雄事迹，不过她听说的多是他年轻时代的故事。他现在肯定已年过六旬。

剧作家耸耸肩。“他是个很受爱戴的国王，我相信。身为武士却并不嗜战，也不狂热地笃信诸神，不会横征暴敛修建新的神庙。不过现在他上了年纪，我听有人说他对什么事情都不敢兴趣了，除了他的情妇，臭名昭著的杰隆男爵夫人安娜卡——那本是海茨帕王的弃妇，但不知怎么找到了更好的归宿。”想到这里他额头皱了起来，“关于此事还有一部戏剧——《鸠占鹊巢》，只不过不知道演完后还能不能留住脑袋，说不定……”

布瑞奥妮拼命集中精力去听费恩说的话——因为听到杰隆王海茨帕的名字，她就走了神，就是那个叛徒国王将她父亲出卖给卢迪思·德拉卡瓦的。那是另一个她此刻非常想用剑抵住的人，她想听他哀号求饶……

“还有他的继承人——埃尼亚斯，一个相当可口的小伙子，不过对我的口味来说过于成熟健壮。”特奥多罗斯露出最邪恶的微笑，“他正耐心等待登基。大家说他也是个好人，虔诚而勇敢。当然了，每个王子他们都这么说，甚至连那些一碰到王位立刻变成野兽的王子也是。”

布瑞奥妮当然知道埃尼亚斯。这是她七八岁时另一个让她的少女之心为之沉迷的年轻人。她从未亲眼见过他，甚至连画像也没看过，但她的一个侍女曾经去过希安(是不被埃南德重视的一个侄女)，告诉她说埃尼亚斯是怎样的善良和英俊。几个月来，布瑞奥妮一直梦想着有一天他会来拜见父王，看她一眼，从此宣布再也不会娶别的女子为妻。布瑞奥妮毫不怀疑，自己现在对他的看法一定完全不同了。

他们快到山顶了。城堡的墙壁笼罩在他们头顶，像是退潮后某种巨大古代生物留下的壳。真是奇怪的一天：虽然仍是严寒的冬季，阳光明媚地照在头顶，但河谷之上的天空中却笼罩着浓密的乌云。

“我们还要多久到达特希斯？”

特奥多罗斯摆摆手。他喘着粗气，还不习惯这样的运动量。“就在那里。”他喘口气说道。

“你说什么？”她说着抬头看那石墙，她原以为那里是属于阿多斯佩里诺思的领地。“你说那就是特希斯？”她似乎很难相信——因为甚至和南境城堡相比它也小太多了，而南境与日俱增的人口早已在几个世纪前就散布到大陆各地了。

“不，”剧作家仍气喘连连，“转……身，蠢孩子。看……你身后。”

她转过身，一时呆住了。他们已经走出了森林，现在能看见刚才被河湾挡住的风景了。就在前方几英里处，河谷敞开形成一个巨大的盆地，面积如此广阔，她甚至无法看到最远的地方。目力所及之处，到处都是房屋，还有更多的——墙壁、塔楼、尖顶，成千上万的烟囱中喷出滚滚浓烟，整个河谷的天空都笼罩在灰云之下，就像一团只伸展了一百英尺远的浓雾。水渠从埃斯特河引向四面八方，纵横交错穿过河谷大地，水面倒映着黄昏的光线，整个城市看起来像是笼罩在银色蛛网之中。

“仁慈的佐睿雅神啊，”她小声说道，“真是太大了！”

“有人说赫若索尔更大，”特奥多罗斯说着擦擦汗涔涔的额头和脸颊，“但我想今时不同往日了。”他笑着，“我忘了，你还没来过特希斯呢，是不是？”

布瑞奥妮摇摇头，无法思考任何事情，一个字也说不出来。她感觉自身太过渺小。她以前竟然会觉得南境国非常重要——等同于希安这样的国家？将自己介绍给希安人，请求帮助的想法显得那么愚蠢。他们会嘲笑自己，或者根本就不会理会她。

“无与伦比啊，”特奥多罗斯说道，“‘**诸神正在那洁白的墙壁上微笑，塔楼耸立直至云中，**’诗人万德林如此记述。曾经整个世界都为他们所有。”

“看……看上去他们仍然拥有相当大一部分。”布瑞奥妮说。

凭诸神起誓，他们沿着宽阔的大道向前走，和周围几十架马车几百名步行者推搡拥挤在一起，布瑞奥妮心想，**费恩说这甚至不算是特希斯最宽敞的街道——灯笼大街是这儿两倍宽——但这里已经比集市广场还要宽了！**

她长这么大从没感觉如此像一个——费恩第一天是怎么叫她的来着？——“一个浑身披着麦秆，刚从康纳德海峡渡船上下来的土包子。”好吧，当时自己可能很生气，但事实证明那句评价相当准确，因为她现在看到什么事情都会惊讶得张大嘴巴，就像是上了年纪的乡下人头一次进城赶集。他们距离城门至少还有一英里远——她能看见带有齿冠的守卫塔在前方若隐若现，如同传说中满副盔甲的巨人——但他们经过的繁荣的城区已经比南境城中心还要宽敞和拥挤了。

“我们要住在哪里？”她问特奥多罗斯，而后者很高兴又能坐在马车中打量来往行人了。

“东门旁一家签了协议的客栈，”他朝下喊，“我们以前就住在那里。我已经安排好住十天，这样就有足够的时间捋平《佐睿雅》这出戏中不顺当的地方，然后再找个离市中心更近的地方。”

费沃尔 · 乌里安退回来：“你知道的，费恩，我认识主教大学桥边佐悉蒙剧院的那个家伙。听说找不到人原意去演戏——因为和皇家狂欢节长官还是什么人起了争执。我敢打赌那里可以免费借用。”

“很好。也许我们出了客栈就可以到那里去。”

“现在就免费……”

“不！”特奥多罗斯似乎意识到自己的拒绝有些太仓促，“不，我只是……我已经安排好了，好费沃尔。就在查齐洞的那间客栈。钱是不会退还的。”

费沃尔耸耸肩说道：“当然。不过我是不是该看看，为将来……”

“当然可以。”特奥多罗斯笑着点点头，就像是在为刚才的大声拒绝而做出弥补。

布瑞奥妮有点不解费恩为什么那样激动，但脑中还有别的事情要想。她只是在漂浮——任由自己一路漂泊，穿过异乡的土地，如同水上漂浮的树叶一般。事实上，自从遇见女半神莉丝娅以来，她就一直在随波逐流——那只不过是三十几天前的事情，但已经感觉像是久远童年时期做过的梦了。她把手伸进衬衫，拍拍莉丝娅给她的符咒，摸摸那小小的光滑的鸟头骨。她现在该怎么办呢？女半神只为她指明了遇到戏子们的路途，但没有告诉她接下来该做什么，该去哪里。布瑞奥妮想着莉丝娅也许是想让她自己决定，而这正是对她的试炼——诸神不是就喜欢对凡人做这种事吗？

*但是为什么呢？*从没有人解释过这样的突发奇想是为什么。*为什么诸神会在乎凡人们有何价值呢？*这就像是一个人绕着马厩转圈，想测试所有的动物，看看哪一个心灵纯洁或者特别聪明，这样就可以给它奖励，然后给其余牲畜惩罚。她以为人们那样做是为了找出最温顺的动物——诸神也是这般设想的吗？

*看啊，我就在这里，又在随波逐流了，*她斥责自己，*现在布瑞奥妮·埃顿要做什么呢，这是个问题。接下来该怎么办呢？*在被烧死之前，沙索曾说起过，他要起兵，或者至少要召集足够的人马，当她暴露了身份的时候就来保护她，保护她躲过托利家族的骗局。他说要向希安国王召集军队，而她现在就在希安了。她最想去的地方是赫若索尔，父王正被囚禁在那里——她渴望见到他的脸，听见

他的声音——但她明白这只是个愚蠢的想法，那样做她最多只能和父王一起被囚禁起来。沙索会告诉她将骰子投在这里，投在过去的盟军之中。

可是那真的是个好建议吗？还是说只是沙索这个老战士过时的想法——除了借军队动用武力，就没有其他方法夺回王国了吗？

想到老人，她心里一阵伤痛，她和弟弟从前待他是那样不公，将他像个动物一样关在笼子中一个又一个月……*而现在他已经死了。因为我的关系。因为我的愚蠢，我任性的蠢行，我的……我的……*

“蒂姆？蒂姆，你怎么了？”是费沃尔，他英俊的脸上充满了惊讶与担忧。“你怎么哭了，小家伙？”

布瑞奥妮生气地擦拭脸颊。可以有如此女气之举吗？所有演员都知道她的秘密倒是好的。“只是……只是在想事情。想某个人。”

费沃尔一副了解了的样子点点头，接着转过身去。

客栈名叫虚伪女人——一个稍嫌不吉的名字，布瑞奥妮不禁感觉到、想到自己的欺骗行为，蜷缩在城市东北角一个破破烂烂的老市场角落里，这片街区叫作查齐洞，因为南佩里卡尔群山中的查齐人来城市务工之后就把这些迷宫般黑暗的街道当作自己的新家。居民们一般把这里叫作洞穴，因为太过靠近高耸的城墙，即便是大晴天，刚过正午，冬阳就被阻挡在外，整片街区陷入阴影之中。城市的几十条水渠中的一条将这里与其余佩里卡尔街区分隔开来。

客栈门口高挂的招牌上女人长着两张面孔，一张美丽，一张邪恶，头戴的尖顶帽一个多世纪以前就没有人戴了。客栈老板身材矮胖，满脸的络腮胡子，名叫贝多亚斯。他招呼诸位进入内庭，那口气像是要将别家的牲口赶进自家卧房一般。“这里。我派个小子去招呼那些马匹。没有我的允许，一个钉子都不准往我的木头中敲，听懂了吗？”

“懂了，好心的老板，”费恩说道，“如果有人来找，就带他们来见我。我叫特奥多罗斯。”

贝多亚斯步伐笨重地走去招呼其他客人了（今冬他似乎并没有被生意压垮），布瑞奥妮帮助剧团搭建舞台——这是自她加入以来搭建的最具永久性的舞台了，因为这次在一个地方要连待十天。有几个团员与其说是演员，不如说更像木匠，至少有三名有股权的演员——多文·比奇、费沃尔和裴德·梅克维尔本人以前都是建筑工人。

休尼宣称他也是，但费恩·特奥多罗斯大声反对。

“你又在喷什么垃圾啊，肥仔？”休尼正在帮助费沃尔和其他两名团员扎捆用作舞台支柱的木桶。他们不用费劲拿出自己的木桶，因为大部分客栈都有许多空桶，“虚伪女人”也不例外。“我造过的房子比你吃过的热腾腾的晚饭还要多！”

“那特希斯城也是你亲手造起来的咯，”裴德·梅克维尔说道，“看看我们费恩的身材！”

“这倒像是在说笑话了，梅克维尔团长，”特奥多罗斯一本正经地回应道，“你自己那浮肿的肚子还没有从腰带上掉下来呢。其实不过是挖粪工说硝石工臭，五十步笑百步而已。”

布瑞奥妮不知道自己为什么会觉得这么好笑，但她确实乐不可支，她差点笑翻过去了，但是（或者也许正是因为）艾斯蒂尔·梅克维尔那讨厌的脸色。她和梅克维尔的妹妹负责往木桶中铲沙子，好让木桶变得更坚实足以支撑舞台中部。艾斯蒂尔还是不太喜欢她以为叫蒂姆的那个人——她永远也不会欢迎再往剧团中增加一张饥肠辘辘的饿嘴，这样他们的股权收入就会减少——但她对布瑞奥妮的态度还是软化了些。

“只有小孩子，”艾斯蒂尔说着转转眼珠，“才觉得这笑话好笑。”她脸色阴沉地看着其他人，“你们这些男人真是坏透了。以为自己还是小孩啊，要把小衣服弄脏，好看看流口水、放屁、拉屎有多么快乐。”

这番话让布瑞奥妮又笑起来——她那神经质的总是小心翼翼的孪生弟弟巴瑞克也总用同样的话来说她，不过弟弟从来没有责备她像小孩。

外面很冷，双手因为铁铲把手太过粗糙已经皲裂发疼了，但布瑞奥妮还是感觉到一股奇怪的满足。她几乎算得上是快乐，她意识到——记忆中很长时间以来这还是第一次：那些悲惨记忆盘踞在她思绪中无论如何也不肯走，但这一刻她发现自己能带着它们一起生活了，就好像她和那些记忆都是老对手了，因为精疲力竭而无法对垒了。

男人们将舞台一块块拿出来，然后拼在一起连成一个大四边形，接着放在木桶上面，将整个舞台捆扎到位。布瑞奥妮因为体重最轻，被打发去站在上面测试弹力。她在上面兴奋地跳上跳下，让所有人都能确定合适的弹力，而其他人则继续准备临时剧院的其他部分。两辆马车中较小的那架被推到舞台后部充作化妆间，用于上场、下场、迅速换装，同时还用作墙壁，上面悬挂涂漆的背景。他们将马车的铰接顶棚举起来，向前折叠形成一面墙壁或是塔顶，演员可以从上面念台词，或者像诸神一样，站在高处干预年轻人的生活。布瑞奥妮能看到，特希斯城下午东南部山峦顶上的柿子色天色逐渐暗下去，她想着诸神是不是真的就在那里呢，正如她所接受的教导中所说的一样，看着她和其余所有渺小的凡人。

但是莉丝娅说他们都在……什么？昏睡？他们听不见我们的祈祷，莉丝娅说的——那他们还能看见我们吗？

诸神看不见，只能模模糊糊意识到布瑞奥妮和其同类的存在，就像年事已高的祖父母坐在椅子上打盹，从早到晚一整天一动也不动，想想真是奇怪。

*难怪他们很久都没返回这个世界了，正如莉丝娅所说。*她立刻

打了个冷战，虽然也说不上是为什么。她弯下腰，继续用石头固定马车轮子。

早餐的时候，客栈老板贝多亚斯出人意料地准备了丰盛的炖鱼，盛在大铁罐中端上来，有种香辣的味道。费恩告诉布瑞奥妮那是来源于一种叫作马拉西斯的东西,但在她的肚子里一点也不安分。倒不是老板的厨艺有问题，是布瑞奥妮太急躁了。客栈庭院已经开始进人了，虽然直到神庙里的钟声敲响，神圣的夜女神念出下午结束的祈祷文，戏才会开演，几乎还要等一个小时。一路上经过的村庄和城镇中，她还从没有在几十名观众前演过戏，但是现在庭院里的人已经是那时的两倍之多了，而且还有一半的地方空着。

*你在怕什么，女孩？*她问自己，*你都抗击过魔鬼了，更不用说从篡位者的魔掌下逃脱。你已经在这么多人面前登台过许多次了，实实在在扮演过女王——或者至少是摄政公主——那种更艰难的角色了。而且演员们演技不精并不用掉头，但我差一点就死无葬身之地。*她想起亨顿·托利，因为愤怒而战栗起来。*哦，如果能将他送上断头台，那一定是莫大的荣耀。我会亲自举起斧子。*布瑞奥妮虽然有些粗野的男孩气，她的侍女和家人总会指出这一点，但并不嗜血，不过还是非常想看到托利出丑，遭到惩罚。

她想：*如果不为别的，那也是我欠沙索的，我无法弥补囚禁他的罪过，但我可以为他报仇。*沙索并不是谋杀她哥哥的凶手，但她还是不知道该怪罪于谁，除了那个明显的答案之外。是谁的手在凶手背后施展武术指引？亨顿·托利的心那样黑，双手沾满鲜血，但看上去却实在对阿妮莎的女仆的恐怖转变一无所知——可是如果托利家族不是谋杀她弟弟的凶手，那么又该责问谁呢？说是那邪恶的女仆自己谋划并执行了这样的计划，实在是令人无法相信。难道是奥林王的敌人吗？还是遥远的独裁者？甚至有可能是精灵族，通过某种方法从他们阴郁的大陆伸出魔爪,赶在攻势发起之前?实际上,埃顿家族成员的性命在几个月时间内就被魔法和怪兽害得支离破碎了。为什么会发生这样的事?

费沃尔挤进狭窄的马车,他的衬衫已经拉到头顶上了。“嘿,蒂姆,你发什么愣啊——需要帮忙穿衣服吗?”作为剧团的主力,他更熟悉怎样穿戏服,而布瑞奥妮以前都要依靠女仆的协助。

她摇摇头,几乎像是松了口气。劳碌的一天反倒将其他事情推到了一边,不管是多么重要的事。“不了,但还是谢谢你,我只是在想事情。”

“今天的舞台不错。”他说着用一种演员老手的样子漫不经心地脱掉紧身裤。布瑞奥妮转过身,还是不习惯看到男人光着身子,虽然跟剧团行走以来,这样的场景并不少见。费沃尔身姿尤其轻盈,肌肉也很匀称,布瑞奥妮很喜欢不带多余想法地看着他,意识到这一点很有意思。

也许我真的是个假小子,就和巴瑞克常说的一样。也许我的眼睛和心灵都变幻莫测,就像男人一样。但是毫无疑问,她这一生中不只想有个俊美的男人陪在身边。有些夜晚他能够感觉得到这不同于对离散弟弟和父亲的思念,她并不是想某个特定的人,她是想要某个人,一个只在她需要时才保住她的人,一个温暖又强壮的人。

但有时当她有这样的想法时,她会意外地看到一张脸——是卫队长,那个失败的守卫费拉斯·范森。真是让人恼火。她实在是想不出还有比这个更不应该想到的了。谁知道他是不是还活着呢?

“*不*,”她立刻告诉自己,“*他必须活着。他必须健康地活着,好保护我的弟弟*。”

不过还是太奇怪了,范森那并不英俊的脸一直往她思绪里钻,他的鼻子上有骨折过的痕迹,眼睛很少看她,要么盯着地面,要么看着天空,就好像她的目光是一团火,会将他烧着一般……

她停下来，急促地喘口气。**难道是？**

“你没事吗？”

“没事——我是说我很好，费沃尔，我很好。我只是……我只是想到一些心痛的事。”

这样想真是太疯狂了。糟糕的是，这是无意义的疯狂：就算范森还活着，那他也迷失了——和弟弟一起。他整个一生都消失了，就好像是其他人的故事，除非她能找到人来帮助自己和南境国，不然那些事情永远不可能复现。她现在的任务就是当个演员，至少今天是如此——甚至算不上股权人，只是协助主角男孩，在特希斯客栈的庭院里挣口饭吃。就是这样了。她知道必须学会接受。

“我们现在不是在远境王国了，所以台词要念得嘹亮大声。那么，皮尔尼在哪儿？”裴德·梅克维尔说，好像还有人不知道一样。

演员们都挤在客栈背后一条两边墙壁很高的小巷中，因为更衣室站不下所有的人，而庭院中又挤满了观众，有一大群市民干完活儿想要开始享受石神节的狂欢节目了。巷子一头被砖堵死了，另一头被巨大的碎石堆封住，所以这个地点相当私密，但背靠着巷子的房屋中还是有不少人探出窗口，观察这群身着五彩戏服的演员们。

“皮尔尼呢？”梅克维尔又问。

皮尔尼举起手，他比费沃尔·乌里安要小，但怯懦得多，而且也不及后者一半俊美。这个体格魁梧，满脸通红的小伙子扮演的是月神科尔斯，虽然这让他有了很多时间和布瑞奥妮相处，但特奥多罗斯台词没写过的话，他一句都没和她说过。

“好了，”梅克维尔严厉地说道，“头两次演出中，你把血洒了我一身，小子，两次戏服都被你毁了，更不用说幕布了。今天你死去的时候，行行好把脸扭过去一点再爆开血囊，不然下回你就要被真正的棍棒打死，而不是假装打几下就完事了。”

皮尔尼瞪大眼，忙不迭地点头。

“吓唬小家伙的话说完了吧，裴德，”费恩·特奥多罗斯说道，“也许我该说些真正重要的意见？”

“那戏服可是很昂贵的！”艾斯蒂尔·梅克维尔维护兄长。

“是的，剩下的人都穿得破破烂烂的，我们都注意到了。”

“我问你，演员表上写的是谁的名字？”裴德问道，“观众们是来看谁的？”

“哦，看你啊，当然了。”费恩露出笑容答道，“你教训那小子教训的对。不过，客栈八卦已经传遍整个希安了，大家都在议论说这出戏是关于诸神之死的，在大敌面前大开杀戒的那场血腥戏码末尾，裴德·梅克维尔身上是要见血的！不然谁还花钱来看这出荒谬的闹剧啊？”

“你打趣我。很好。那你来把佩林闪亮的盔甲洗干净。”

“或者还有更好的办法，梅克维尔，”纳文·休尼大喊，“我们可以给你穿上屠夫的罩衫，这样既适合你舞剑，又有助于表演！”

“闭嘴！”特奥多罗斯的咆哮声听起来愤怒又好笑，“我有几个地方希望提醒大家注意。还有几处改动。”

“费沃尔，第一幕的时候，佐悉蒙去找佩林，告诉他科尔斯城堡的防御工事，原本的台词‘覆盖着闪耀的晶莹冰块’能否改为‘有晶莹闪耀的冰块覆盖’？这样韵脚更齐。对，还有佩林神，台词是‘望月’不是‘愿望’，‘我的敌人重拳出击，劈裂了望月’——所以说那个词的意思是‘圆圆的月亮’，当然不用说了，这样台词的意思就变了。”

人群爆发出笑声，梅克维尔好脾气地回应：“望月，望月——我猜他发明这个词就是来为难我的。这个舞文弄墨的家伙当年可是憋死了不少演员。”

“是的，很好，很好。”特奥多罗斯盯着纸片说，上面他涂写了许多记号。“听到号声之后，三兄弟必须全部转身走向月亮城堡，这一点我们说过了。确实如此。”他翻过几页。“啊，对，第二幕的时候，佐睿雅从科尔斯手中逃走的时候，我们必须看到科尔斯切切实实抓住了佐睿雅。皮尔尼，你已经抓住了她，将她拖往你的城堡了。现在你必须将她握紧，因为你是想要控制住她，而不要表现得好像她把什么东西掉在街上了，你得去捡回来。”皮尔尼红着脸咕哝着，特奥多罗斯转身面对布瑞奥妮说：“还有你，小蒂姆。他抓住你的时候，不要挣扎摆脱，不管他的动作有多粗暴，脸挣得多么青紫。你是贞洁女神，不是街头流氓。”

现在轮到她脸红了。沙索把她教得很成功：只要有一只手抓住她胳膊，她不用想立刻就要摆脱。他们第一次演出这一幕的时候，她钳住了皮尔尼的手腕，力气大得男孩尖叫起来。她猜那也是让他远离的原因之一吧。

“比奇大人呢？多文，我知道你的膝盖疼，但是沃洛斯被祖米奥斯击倒，大地都要震颤了——这个故事就是讲这些的。你不能倒得那么小心翼翼。”

大个子皱皱眉，但还是点头同意了。布瑞奥妮感到很抱歉。也许她可以找些多余的布条，帮他把瘦骨嶙峋的大腿膝盖那里垫厚些。

特奥多罗斯继续更改围攻戏份开头的布局，这样好掩盖费沃尔和休尼必须脱掉祖丽雅和祖米奥斯的戏服，钻进盔甲，接着走出更衣室装扮成佩林率领抗击月神堡垒的诸神和半神的模样。他还为费沃尔改动了第四幕的台词，因为那时候小伙子要扮演囚禁佐睿雅神的狱卒、女神祖丽雅，而她的兄长祖米奥斯和科尔斯要去抗击佩林和围城者。

特奥多罗斯还做了几处调整，改变了科尔斯死亡场景的平衡，好帮皮尔尼减轻压力，因为他总是在应该大声讲话的时候声音小得听不见。他又将大部分台词分派给休尼（他要按照特奥多罗斯的安排，“把它当作马林沃克小母牛一般挤奶”），这时客栈老板贝多亚斯将头探出巷子，问他们到底是真的要上演这出悲剧，还是编造出什么复杂又新鲜的伎俩抢劫他？

“佐悉蒙，库比拉斯，竖琴神德瓦娜，愿观众们能看得愉快，”特奥多罗斯和往常一样，双手放在胸口说道，“我们开演吧！”

前三幕进展十分顺利。虽然天色阴沉寒冷，但客栈庭院挤得水泄不通，舞台两侧火把熊熊燃烧，使得布瑞奥妮很难分辨出具体的观众，只能看见一张张暗淡的脸躲在兜帽和礼帽之下。就她看到的情况而言，这里的观众似乎比其他地方吸引来的要有钱一些，但绝大多数还是工人，并非地主和贵妇。几个年轻人（大概是什么学徒，正陶醉于下午醉酒的欢愉之中）在前排探起身子，冲着费沃尔、布瑞奥妮和任何女装打扮的演员大声吹口哨，叫喊着粗俗的字眼。虽然他们扮演的是神圣的女神，但从这群人好色的眼神中可以看出，他们并没有为此事而困扰。

布瑞奥妮的表现比原本担心的要好。记台词并不如她以为的那么难——只要一遍又一遍地念诵，一日又一日地重复，直到熟悉得如同常见之人的名字。有几次她忘了词，其他演员的部分又帮她拉了回来。故事本身就很精彩——从观众的反应中就能看出，随着情节先是这样进展，然后那样转变，他们发出担心的呻吟和喜悦的欢呼。当佩林率领大军挑战科尔斯的城堡时——那架马车不仅充当了更衣室，还扮演了月亮城堡，皮尔尼站在顶上高呼着反抗的号子——观众也呐喊起来，有几个似乎也想爬上舞台加入一起攻击。当佩林之子沃洛斯被科尔斯杀死，多文 · 比奇如同他名字中的树木一般重重倒下，鲜血从他紧握在腹部的双手中奔涌而出，布瑞奥妮觉得自己确实听见了几声啜泣。

到第四幕了，贞洁女神从心烦意乱的祖丽雅手中悄悄逃走，离开了城堡，却迷失在翻卷的雪暴中（树枝上有碎屑飘舞，风轮发出悲鸣代替自然声），一切突然都变得不对劲了。上一秒布瑞奥妮还在念诵台词：

雪啊！如同祖米奥斯残忍的蜂群般蛰咬，在我未穿斗篷的皮肤上收缩结成小粒子！我该穿上那男仆留下的衣衫。他们为我的处女之身而羞愧，打探我悲伤的源头，但只能让我在严寒中更快死去……

下一秒她发现自己顶着逐渐缩小的光源，火把和阴暗的天色搅缠在一起，黑暗从两边冲进来。她摇晃起来，接着想要站稳，虽然世界仍然亮得奇怪，就像萤火虫包围着她。她想要念完台词。

……但是即便温暖如我，仍旧迷失如我，而且没有食物，那么——不管冷暖——我会死去。

片刻之后，她本该轻轻地膝盖一沉，却发现自己反而做了费恩要多文·比奇做的动作，砰的一声倒在舞台上。世界再次黑了下来。她什么也听不见了，甚至包括用麻布罩住的鼓面发出的模仿风声的动感鼓点也听不见了，什么感觉也没有了，只觉得离巴瑞克好近——这种意识比任何气温或声音都要强烈，她感觉自己真的进入了弟弟恐惧又迷惑的思绪之中。

黑暗中出现一个恐怖的影子，一个因饥饿而消瘦的身影，面如死灰。一开始，她因为恐惧和困惑，以为是死神来找她了。接着才意识到一定是通过孪生弟弟的眼睛看到了什么东西——那是一张没有感情的面具，两只眼睛如同月亮石一般闪光，越来越近，越来越近。那并不是死神，这一点她很清楚，而且很显然，那要比死神残忍得多。丝毫没有怜悯之心。

她想大声叫出弟弟的名字，但正如在无数的噩梦中一样，她无法发出实际的声音。那张鬼一般灰暗的脸庞越来越近，如此恐怖，黑暗再一次倒塌在她身上。

“佐睿雅！”耳畔传来一声叫喊，“她倒在这里，我贞洁的表亲！你是死了吗,天空之父的甜美女儿？是谁对你犯下这等恶行？”

她意识到，是费沃尔站在她身边即兴创作台词，想要给她时间站起来。她睁开眼睛看到小伙子关切的表情。她这是怎么了？那张死神一般、噩梦中的脸……

“你能走吗，表亲？”费沃尔问着深处一只手搀扶着她站起来。“要我帮忙吗？”他把嘴贴在她耳边小声说，“你这演的是哪一出啊，女孩？”

她挣脱他的手，踉踉跄跄站起来。她能感觉到团员和观众的紧张，后者还不能确定出了差错，但也开始怀疑了。她不能再想着巴瑞克了。现在不行。这就像是在家里的时候，她很熟悉这种状况，必须戴上面具。

“好吧，尊贵的……”她摇晃着吸了口气，“好吧，尊贵的表亲，好心的佐悉蒙，”她继续念，“我能走了，既然……既然你来引导我走出这可怕的风暴。”

她能听见舞台背后十二码远的地方，费恩·特奥多罗斯如释重负地松了口气。

最后几个看热闹的观众吃完喝完走出客栈庭院。几个醉酒学徒大声谈论着想要亲吻哪个女神。艾斯蒂尔和裴德·梅克维尔与客栈老板贝多亚斯一同进屋整理下午的收入，而特奥多罗斯、休尼和其余人则围着几罐麦芽酒畅饮庆祝演出的成功。布瑞奥妮感觉仍然有点晕。她独自坐在舞台边缘，端着杯子却没有喝，只是盯着鞋子。她刚才是怎么了？以前从没有过这样的事——那甚至不像是在镜中看到了巴瑞克，而是变成了巴瑞克。而那个鬼一般灰白的东西又是……谁呢？

她感觉愤怒爬上了喉咙。不管怎样，她又能怎么办呢？什么也做不了！她甚至不知道巴瑞克在哪里。就像是个诅咒——她根本帮不了弟弟！什么也做不了，什么也做不了，什么也做不了……

“好了，我的小姐，我看您最终还是接受了我的建议啊。”

她瞪眼瞧了片刻——这声音很熟悉，虽然她认识那黑瘦的脸庞，但一时无法记起……

“达瓦特！”她溜下舞台，差点洒了麦芽酒。那一刻她太惊讶能看到故人，几乎要伸手抱住他了。接着她想起来，之前见面的时候，达瓦特·丹-法尔是作为卢迪思的使臣而来，代表绑架她父王的人前来谈判。

他笑了，也许是在嘲笑她的糊涂。“这么说您想起我是谁了。那么您应该也想起我的建议了，让您去见识见识这个世界，我的小姐。我觉得您似乎并没有将我的建议放在心上。您现在是戏子了？”

她突然意识到其他人都在看，并非都是剧团的人。“小声点，”她小声说道，“我不能被认出是女孩，更别说是公主了。”

“假扮成男孩赶路？”他小声说，“哦，我想没有谁会相信吧。不过您在这群四不像的剧团中干什么呢？”

她盯着达瓦特，突然间觉得无法信任他了。“我也想问你同样的问题呢。你怎么不在赫若索尔了？你不再为卢迪思·德拉卡瓦效命了吗？”

他摇摇头。“不，小姐，虽然有许多比我聪明的人都这样做了……”他抬头看看布瑞奥妮身后，眯缝起眼睛，“不过他们是谁？”

客栈老板贝多亚斯和梅克维尔兄妹正穿过庭院朝剧团成员走来，但吸引达瓦特注意力的是和他们一起的人——是十二名头戴城市官员头饰的护卫。有那么一刻，布瑞奥妮只能眼睁睁看着，接着才意识到，如果出于某种原因被抓了，她是所有人中间损失最大的。她看了看最近的逃出庭院的路途，但毫无希望：卫兵应将他们包围了。

一个面色严厉、长袍上系着官员腰带的士兵走上前来。“梅克维尔剧团的各位，你们将被押回国王监狱等候陛下审判。”那队长看到达瓦特后满脸怒容，“啊，还有你，伙计。我被命令寻找一个南方暗鬼，你也在这。”

“您最好注意措辞，先生。”达瓦特语气虽平顺却充满恶意，不过并没有抵抗。

“逮捕？”费恩·特奥多罗斯的声音因为紧张而变得尖利，“什么罪名？”

“奸细罪，你们很清楚，”那队长说道，“现在你们将受到陛下的款待，虽然我想比不上你们在贝多亚斯老板这里享受到的。不要胆敢想着逃跑，戏子们——这可不是演戏。我可是还有好几名士兵等在外面。”

“奸细？”布瑞奥尼转身面对达瓦特，“他们在说什么呢？”

“什么也没说，”他压低声音回答，“不管发生什么，不管他们对你说什么。都只是在欺诈你。”

她低下头，任由自己和其他人一起被押出去。艾斯蒂尔·梅克维尔和小皮尔尼都哭了。其他人可能也是，但很难说，因为这时开始下雨了。

“我恐怕不能和你一起去了。”达瓦特大声说。

布瑞奥妮以为他是在和自己说话，于是转过身，达瓦特抵在庭院一面墙上，戴着手套的手中突然有一把刀闪耀。“你在做什么？”她问道，但达瓦特甚至没有看她一眼。

“你闹够了吧，黑家伙，”那队长说道，“就算你是希里欧米蒂斯，也无法对抗这么多人。”

“我向暴躁的佐悉蒙·萨拉曼德罗斯发誓，你们抓错人了。”达瓦特说。一名卫兵走上前去，但那图安人举起刀，迅速翘起刺出，那卫兵如同迷糊了的蛇一般僵住了。

那队长叹口气。“向萨拉曼德罗斯发誓，是吗？”他盯着达瓦特·丹-法尔，就像一家之主想要决定该不该买这块昂贵的肉，反正也只是炖了吃而已。“你们两个，听见他说的话了吧。”他说着冲旁边的两名卫兵做了个手势，他们手握的短矛随时准备行动。“将他拿下。我还有别的事要做，不想在这里浪费时间。”

那两名穿着沉重盔甲的卫兵向前跃出，布瑞奥妮颤抖着发出低声的尖叫。达瓦特碍于匕首太短，假装要丢掉的样子，接着转身跳起越过庭院墙壁。两名卫兵犹豫片刻，接着匆匆冲出庭院后门。其他几名士兵也准备追上去，但那队长招呼他们回来。

“那两个家伙都很精明，”他告诉其他人说，“别担心，足够应付那个赞德蠢货了。”

“除非那个暗鬼像斯特里沃斯一样会飞，不然你叫蠢货算是叫对了，”贝多亚斯笑着说，“那是条死胡同。”布瑞奥妮想一拳砸上那肥胖的脸。

但让她惊讶的是，那两名卫兵很快就回来了，但达瓦特却不见踪迹。他们不安地笑笑，就好像是被自己的失败逗乐了一样。“他跑了，先生。没影了。”

“是吗，真的吗？”那指挥官冷酷地点点头，“我们晚点再说这个。”

其余卫兵将布瑞奥妮和其余演员重新推成一列，带领他们走出客栈，朝向市中心的宏伟宫殿走去。丢掉王位就已经够糟的了，但现在就连卑微的伪装的演员生活也被毁了。布瑞奥妮的泪水模糊了视线，虽然她极力想要擦拭。他们走过第一座桥，她感觉像是走在一个比异国首都还要奇怪的地方。

第三十七章
沉 默

雷神和他的兄弟们终于找到在旷野中流浪的苍白之女，她忘了自己的姓名，失去了记忆。雷神的荣耀感得到满足，不再对她抱有任何想法，但他的兄弟黑色大地之神不满意自己的妻子夜光神，他们的乐声早已失去和谐。他将妻子遣走，迎娶苍白之女为妻。并为她赐予新的名字——黎明，她便不记得从前的模样。从此以后她陷入沉默，坐在地下黑暗宫殿里他的身旁，就算还记得她的孩子歪神和丈夫银光，她也不肯再说。

——引自《忏悔之书·百种思索》

马特·廷莱特停下来喘口气皱皱眉，帕佐尔用弹诗琴奏出一句副歌。韵律比廷莱特所想的要活泼一些，考虑到诗歌的主题十分严肃，但因为他完成得太晚，两人没有多少时间排练。

他对老小丑点点头，准备再次开始。大多数廷臣虽然不是全部，大都礼貌地再度放低声音。

“最后苏拉泽姆在产床上生产。”廷莱特宣布，用时下宫廷流行的希安风格半吟唱起来，

风在四面盘旋，吹冷了她的额头，/ 她那外貌相似的姐姐，站在她床头 / 黑暗的翁依那受神圣盟誓的束缚 / 如同耕牛般扭过头不愿犁地 / 哦，至高的萨里沙的婴孩 / 躺在盖满雪花的松枝下冰冷地死去 / 因为斯弗洛思残忍地判决 / 谁也不能为孪生子之一助产，而另一个……

很长一段时间中，廷莱特几乎快忘了到底发生了什么——几乎没有人在听他朗诵，低沉的说话声和醉酒般的笑声让那些想听的人也听不真切，无论如何，总有比诸神败落更加黑暗、可怕的事情要想，这也能够证明出，至少在此刻，他是当着整个南境王室的面朗诵诗句。他自己的诗句！

但是现在佩林的孩子露出了头 / 苏拉泽姆的孪生妹妹看准时机，偷偷地 / 从姐姐的肚子里将他偷走，浑身血污，/ 这件事让世界为之长久地哀痛 / 为了除此之外还孕育了三个孩子的翁依那，/ 她为此付出了残酷的死亡代价，/ 这本是她织就的宿命挂毯 / 她的姐姐因为产痛而不住呻吟 / 由此便埋下了诸神之战的根源……

只有少数几个人留神在听，其中一个就是任命廷莱特写这首诗的亨顿·托利本人，他从没想到廷莱特会用这样的方式来写，被吓坏了。还有一个是伊兰·麦克里，正是廷莱特痛苦爱恋的对象，他曾向对方承诺今晚带来毒药。

不管怎么说都是一群奇怪的听众，他对自己说。

在那些明显对诗丝毫不感兴趣的人中，有一个就是亨顿的兄长，新夏土公爵。与亨顿相比，卡拉顿·托利更像死去的兄长盖伦，下巴挺出，肩膀宽大。四方的脸盘上很少表露出他在想什么——

廷莱特觉得他更像是雕像，而非活人——他以严厉残忍而闻名，虽然可能残忍程度不及弟弟。就在刚才，卡拉顿公爵还肆无忌惮地一个个扫视宴会厅齐聚的南境国贵族，仿佛是在列出清单，看看谁对托利家族效忠得力，谁让人失望一般。被打量的人似乎全都十分不舒服。

看到这个冷酷强势的人，马特·廷莱特感到胃中一阵恶心。*我在想什么呢，要干涉托利家族的私事吗？我还远远不够格——他们顷刻之间就能将我杀死！*想想看，就在几天之前，他还很确信自己会被处死，几乎失去了在诗坛的地位。他只得咽下这突如其来的恐惧，强迫自己继续念诗，一边朗诵一边伸开双臂，

“……但是那三个狡诈的兄弟姐妹啊，
自打令人恐惧的先祖斯弗洛思死去之后
长久以来一直在设计窃取佩林的遗产。
在此之前，他们一直谦恭地服从命令
软语假笑背后隐藏着谎言
而他们的头领祖米奥斯则将忌妒之火高高堆起……”

一些廷臣不安地动了动。马特·廷莱特担心自己会被杀死，又担心作品受人耻笑，就在这两种恐惧中颠来倒去，完全没有心情思考诗歌的开头太过冗长。毕竟几乎在所有的宗教节日，每一个小孩听到三兄弟和他们臭名昭著的同父异母的兄弟姐妹们的故事，都会燃起对三神的信仰。但廷莱特又想，亨顿·托利想要的是正统地位，因此想要在诗歌中尽可能多地听到讲述玛蒂·苏拉泽姆纯洁而无私的一面，以及昏影王老斯弗洛思背信弃义的一面——这样更有利于支持他们家族要求的合理性。

他确实感到有些羞耻，竟然为亨顿·托利这样自私自利的大蛇

的无稽之谈写诗吹嘘，但他也慰藉自己，南境国没有谁会相信这些事情：奥林·埃顿在人们的记忆中一直是最受爱戴的一位国王，他年轻时是一名英勇的战士，年老之后也公平又英明。他并不是斯弗洛恩。

但廷莱特同时也是一名诗人，他告诉自己说诗人无法反抗世上的强权，至少除了语言之外别无所能——但即便是用纸笔，他们也必须分外小心。**他想到，我们崇尚和平，很容易被杀死。我们死后，当民众意识到失去了什么之后会为我们哭泣，但那对我们没有任何好处，因为我们已然死去。**

无论如何，只有亨顿·托利一个人表现出在追随诗句样子，虽然也不过是敷衍作势。现在他的兄长卡拉顿没有再研究众人了，他转而漫不经心地打量宴会厅的吊灯，其余廷臣则无所畏惧地看着这位公爵，用手捂着嘴窃窃私语。这天早上，当卡拉顿·托利和随从走下船舰，进入南境国的时候，几乎所有人都到冷风中去接驾。当时开路的四组五人小队全都全副武装，盾牌上都装饰着托利的野猪和长矛纹章。就连最不留心的城堡居民也能从士兵脸上的严肃表情看出来，托利家族不只是在作秀，更是在宣言。

廷莱特的诗句朗诵到三神兄弟最终战败了残暴的父亲，卡拉顿仍在走神，手指一直在敲击，目无一物，但他兄弟亨顿却前屈着身子，眼睛亮得不自然，嘴唇间露出笑意。与此相反的是，伊兰·麦克里似乎缩得愈加厉害，这样就连廷莱特也能看见她的眼睛了，那其中充满冷意，如同遗像厅中的可怕肖像一般毫无生机。那些死去的贵族们不赞许地凝视着这位自命不凡的诗人。马特·廷莱特太过渴望，太过恐惧，不敢看着她超过一秒钟。

关于诸神的故事，他发现自己只能精心选择在一个停止点留下大团圆结局。不管怎么说，这首诗是为了纪念婴儿的赐福仪式——他不能详细描写翁依那一族和佩林的苏拉泽姆一族之间滋生的仇恨。廷莱特想着，就算是亨顿·托利也不愿意他在小奥林·亚历桑德罗斯的命名仪式的庆祝长诗中描写三神谋杀另一位神灵妻子的孩子吧。如果奥林或双胞胎中的一位夺回王位，此事会被当作叛国罪永远记录在案。

“‘叛国罪’。”廷莱特抬高嗓子开始念出最后一章诗节，感觉冷汗再次刺痛额头。就让诗人之神佐悉蒙现在站在我的身旁吧！他为什么要担心叛国罪那样不着边际的事情？他原本计划今晚通过别的方式让自己身首异处的，但不是叛国罪！

他结巴了片刻，念到佩林正要击倒那醉酒的残忍父王。一般来说，廷莱特很少会思考诸神的事情，除非是用作诗歌的源源不绝的题材之外。但也有像这样的时刻，童年的恐惧再度卷土重来，他再次站在阴冷的长长的阴影之下，知道有一天他必须接受诸神的审判。

伟大的斯弗洛思，昏影神发出愤怒的咆哮，/“做儿子的，怎么能砍破父亲的脸颊？/我的诅咒会如同血雨永世流传/追赶所有可恨的小杂种/直至时间让现在的所有生者消失。”/然后他们用科涅奥斯的锁链将其绑缚/丢入尘土飞扬的地下/失去骨血，永远流浪在黑暗之中/直至所有思想和感情全都消逝无踪……

廷莱特念完最后的诗行，双腿颤抖，疑心是不是站得太久，帕佐尔最后拂动弹诗琴，他鞠了一躬。廷臣们跟着亨顿·托利的引导，懒洋洋地鼓掌，喊出几声赞美的话语，伊兰·麦克里从南境国护卫旁边的座椅上站起来准备离开。有那么一刻，廷莱特从面纱之下瞥见了她的眼睛，接着亨顿·托利伸出手拦住了她。

“你要去哪里啊，亲爱的弟妹？诗人刚刚千辛万苦地读完了诗。你当然要对他说几句赞美的话。”

“让她走，”卡拉顿·托利吼道，“让他们都走。我还有事情和你说，兄弟。”

“但是我们可怜的诗人渴望听到贵妇们的好话呢……”亨顿咧着嘴笑了，催促着。

伊兰晃了一下，廷莱特突然担心她会一蹶不振，她会晕倒，然后被侍女们包围，接着医生会被传召而来，这样廷莱特精心设计的救她脱离苦海的计划就全部泡汤了。“当然了，我亲爱的兄长，”她疲倦地说道，“我向诗人表达我的赞美和感激。听到诸神的故事总是让人感悟良多，我等凡人也可以从中学会规范自己的行为。”她微微屈膝行礼，接着颤巍巍伸出一只手，让一名女仆扶住她的胳膊，好慢慢走出去。先前已经平息的窃窃私语现在又响起了。

“感谢诸神，让我的妻子不致成为一朵娇花。”卡拉顿说着噘起嘴唇，“小伊兰一直是家族中最忧郁的一个。”

亨顿·托利召唤廷莱特上前。他拿起一只叮当作响的包裹放在廷莱特手中。

“谢谢，托利大人。”他将其迅速收起，甚至没有掂一掂那重量——除了箭矢，从这个男人手中得到的任何东西都是礼物。“您真是太慷慨了。我很高兴我的诗……”

“是的，是的。我很喜欢，现如今很少有人能写得这么好了。你有没有看到，当你念到‘难道暴君的血水必将永远淹没自由和至高无上的荣耀之土吗’，老布罗纳很羞愧呢？真是太好笑了。”

“我……我没注意，大人。”

托利耸耸肩。“就像在汤碗里捞鱼。我真怀念希安宫廷啊。那里就如同匕首一般锋利。巧妙的笑话总是很受欢迎。不像这里，也不像我家里，倒像是在某个赫迩明海村庄中和当地的执事在吃饭。”

廷莱特觉得亨顿打量公爵兄长的那个眼神是他所见过的最奇怪的，既带着消遣又带有不可救药的厌恶。“尽一切办法，兄长。诗人，你可以退下了。”

廷莱特一阵恶心，他能分辨得出，亨顿总有一天会杀了他的兄长。他也看出，就在那一刻，卡拉顿本人也明白了这一点，而公爵可能也在谋划对弟弟实施同样的举动。两人都很少掩藏自己的感情，即便是当着陌生人的面。一个家庭中怎么能养育出这样的仇恨呢？难怪伊兰不惜以死来逃脱。

“当然了，”廷莱特说着迅速退后，“我现在就走，谢谢您，大人。”

他至少还有一丝满足，看到另一位自视甚高的宫廷诗人艾伦·米尔一直在打量自己和两位托利兄弟的谈话。米尔脸上藏不住的忌妒和厌恶，都扭曲了。

“你自己去找些葡萄酒喝吧，廷莱特，”亨顿·托利在他身后叫道，“我敢肯定，背诗就和杀人一样令人干渴——如果没那么令人享受的话。”

★　★　★

这是他经历过的最艰难的等待时刻。他敲响她的房门，这时钟声还在敲响最后的晚祈。

伊兰·麦克里亲自来开门，她身穿一件沉重的黑色长袍，遣走了夫人以保护他，廷莱特意识到，他再次为她在自己心中激发的强烈感情而震惊。

那就是爱人疯狂的抚摸，一定是——同样的事情他已经在诗歌中描写过多次了。他总是悄悄地觉得，自己比那些诗歌中的害了相思病的人要高尚，甚至鄙视他们，但连日来，他意识到自己辗转难寐，吃喝坐立，就连说话时也总会想到伊兰·麦克里，事情似乎开始变得大不一样。首先，虽然他在许多诗句中将爱情暗指为“开心之痛”或者真是“甜蜜的苦恼”，但没想到这种苦恼比其他任何苦恼都还要糟糕——比任何肢体或器官疼痛还要可怕，甚至比同休尼和特奥多罗斯外出闹了一夜还要更甚，他原本以为这种苦恼不会比痛苦更严重。而受伤的心灵没有办法同被它所折磨的身体分开——除非死去。

他惊恐地意识到，自己现在十分理解伊兰的痛苦，虽然她的缘由大相径庭。

他伸出手去牵伊兰的手，但她不肯。“让我最后求您一次，夫人——请不要这样做。”他感觉到一种奇怪的平静。他清楚她会如何作答，而且事实上，在这个时刻他想不出其他方法，除非让那恐怖的机器停转，因此只得这么说。

“你一直是一位忠诚善良的朋友，马特，我无比希望能有其他办法，但我无法摆脱。亨顿永远不会松开他的魔爪。他太享受我的痛苦，如果他觉察出我在意你，不出片刻就会将你斩杀。我承受不起。”她低下头，“很快阿妮莎王后也要落入他手了，如果事情还没到这一步的话——他一直对她大献殷勤，仿佛她已经孀居一般。谁都不知道那个人到底有多么邪恶。”伊兰深吸一口气，接着解开袍子脱掉，一道耀眼的光芒像闪电一般令他眩晕。她穿着全白的衣衫，就像一位新娘，或是幽灵。

“你带来了吗？”她问。她看起来焦虑但又开心，就像一个正要举行婚礼的妇人。“你带来那能拯救我的东西了吗，好心的玛蒂？”

他咽口唾沫说：“是的。”他伸手到口袋里找到一个包好的小瓶。之前包裹瓶子的海藻已经换成了从帕佐尔那里偷来的一块天鹅绒，但还是散发出海水的味道。

她皱起鼻子问道：“这是什么？”

“没关系的。这就是你想要的，夫人。我的伊兰。”他自己倒是如同毫无经验的新郎般急躁起来。伊兰穿着白色晚礼服，看起来如此美丽，但即便如此，他还是不能透过泪水模糊的双眼去看她。

“我来帮你。我会抱着你的头。”

她刚才一直用一副惊恐而又好奇的表情盯着小瓶，现在抬起头来，迷惑地问：“为什么？”

他倒是没想到这一点，一时慌乱不已。“这样就不会沾污您的礼服了，夫人。这样您的美丽就不会……就不会被玷污……”他吸一口气，卡在咽喉的那块啜泣那样大，他担心再也无法呼吸了。

“愿神保佑你，马特，你对我太好了。我知道我……我知道我不适合你，也不适合任何其他怕神的人……但是……但是你可以爱我，如果你希望的话。”她看出他没有听懂，“和我做爱。我要去哪里都无关紧要，但是有你的这份爱真好，然后……然后……”她脸上滚落一行泪水，但她笑着擦去了。她是廷莱特见过的最勇敢的人。

他的心跳得厉害。“我做不到，夫人。哦，诸神啊，我最爱的伊兰！我什么都可以不要……想到……我……”他停下来擦拭前额，虽然深夜已凉，但他还是出了满头汗。“我做不到。这样不行。”他咽下泪水，“我希望有一天你能明白为什么，然后原谅我。”

她摇摇头，微笑如此悲伤甜美，像一把刀刺进他的胸膛。“你不用解释，亲爱的马提亚斯。是我太自私。我只想着……”

“你永远也不会明白我爱得有多深，伊兰。求你了。不要再说了。这太难受了。”他斜着眼，狠狠擦了把眼泪，“就……就让我抱着您的头。来，躺在我身上。”伊兰偎依在他身上，脊背抵着他的肚子，头靠在他肩上，他能感觉到和她身体接触的每一处，虽然有两人的衣服隔在中间，但还是像烧热的铁钉刺穿了铁匠的手套。“靠后一点。”他小声说着，感觉自己是比亨顿·托利更可怕的野兽，“靠后一点。闭上眼睛，张开嘴。”

她闭上眼睛。他惊讶她的睫毛是那样长，在烛光的照射下往她脸上投下长长的影子。“哦，不过我首先要祈祷！”她小声说着，

“祈祷永远也不嫌晚，是不是？佐睿雅神会听到我的祈祷，哪怕她不接受我的请求也好。我必须试试。”

“当然了。”他说。

她的嘴唇静静翕动片刻。廷莱特看着。“祈祷结束。”她小声说着，眼睛仍旧睁着。

他俯下身，让她的呼吸温柔地吐在他脸上，接着亲吻她。伊兰畏缩着，像是等待的是什么别的东西，接着她嘴唇温软下来，那一刻似乎有一小时那么长，他任由自己消失在这惊人的场景之中，那一幕他已经梦到过那么多次了。最后他直起身，但泪水溅落在她脸颊上。如此甜蜜，如此信赖，如此悲伤！

“哦，伊兰，”他小声说道，“原谅我——原谅我所做的这一切。”

她不再言语，只是像个小孩般张着嘴躺在那里等待着，虽恐惧但勇敢而耐心，等待着某种骇人的药剂。他用袖子帮忙揭开小瓶的塞子，接着以前所未有的小心，用针头挑出一滴滴在她嘴里。

伊兰·麦克里惊讶地吸一口气，接着吞了下去。“感觉不是太糟糕，”她说道，“有点苦，但是并不痛苦。”

廷莱特说不出话来。

“我原本可以好好爱你的，”她说着唇间露出笑容，“啊，多么奇怪的感觉啊！我感觉不到我的舌头了。我想……”

她沉默了，呼吸慢了下来，直到廷莱特再也感觉不到。

上一秒钟费拉斯·范森还在那里，但下一秒，这位卫队长就消失了，坠入虚空之中，甚至没有叫喊一声，速度如此之快，就像是一个人四肢都被炮弹炸断了。巴瑞克·埃顿只感受到震惊，一时之间无法明白那意味着什么。

半神吉库因用声音和思想一齐咆哮，山洞里的空气开始颤抖，巴瑞克血肉之中的骨头也开始颤动。“哦！哦，他们逃脱了，这些该死的小骗子！”巨人摇晃着毛发浓密的头颅朝巴瑞克走来，后者正蹲在那巨大门口气喘吁吁，卫兵们在与范森搏斗时将他丢下了。半神眯缝起巨大的眼睛，转身看着副官灰男人，就连那无梦者似乎也惊呆了。“尤尼索！”虽然半神的声音温柔了些，但还是在巴瑞克脑袋中咯吱作响，“继续啊，你这没用的蠢货！”巴瑞克第一次听见吉库因真实的说话声，那低沉而尖刻的声音与脑海中的声音丝毫联系不起来。“大门还开着！快把咒语念完！”

尤尼索朝他滑过来，巴瑞克跌跌撞撞站起身，但无梦者身后已经集结起三名狱卒，有两个还穿着盔甲，拿着豁了口的斧头，他知道他们早晚要将他的血洒在神灵大门上，如同吊起一只猪一般，只是时间早晚问题罢了。但是他的手铐已经被解开了，他惊讶地意识到：在被黑暗掳走之前，范森不知怎么将手铐砸开了。

*趴下！*脑中的警告声如此之近，如此有力，一时之间，他想着一定是半神的声音撞在他的脑袋上了。*趴下！快！*

巴瑞克迷惑地环顾四周，基尔的手铐也解开了。那精灵战士站在一块立起的小石头上，脚下倒着一打死去的狱卒，什么东西在他手中熊熊燃烧——一个点燃的头颅？

如果你想活下去，小子，精灵的声音如同喇叭一般在他脑海中吹响，*那就趴下！*

巴瑞克向前扑倒在地，基尔的胳膊向前扫过，似乎有一颗小彗星穿过了山洞。顷刻之间，一切似乎都停止了——狱卒和囚犯的脸都像向日葵一般抬起来，随着那耀眼的东西的路径转动——接着一股热浪和光芒冲破洞穴，巴瑞克再次被推倒在地。他躺在一片颤动的寂静之中无法起身，就像是不远处有东西被闪电击中。

各种思绪迅速冲进他的脑海，如此猛烈，一开始他不明白半神愤怒的话语和想法是什么意思——只感到噪音像一把大锤在他耳畔和脑海中锤击，他觉得自己的脑袋一定像蛋壳般碎裂了。

“……那个小杂种，那个没有脸孔的鼻涕虫，是怎么拿到我宝贵的火药的……”

巴瑞克头晕目眩，四肢发软，想着就躺在这里等待世界终结可能是最简单的办法了，但又有一个声音在他脑后不停唠叨，身为一个王子，也许还是应该坐起来受死的好。他翻个身，想要站起来。

又是一声雷鸣般的炸裂声，这一次更遥远，但随后并没有响铃一般的寂静，而是爆发了嘶哑的尖叫，证明至少还有声音、方位和距离存在。巴瑞克坐起身来，擦掉胳膊上的东西——是一块血淋淋的血肉，但并不是他自己的。剩下那名毛发浓密的狱卒和他的两名同伴都成了基尔投出的第一个光闪闪的东西的牺牲品，他们的身体散落在洞穴中好几码远的地面上。即便是如此混乱之中，巴瑞克还是很高兴光线暗淡了：看到那些小部件明显是人的身体部件，而那些人片刻之前还活生生的，真是太奇怪了。

基尔之前还被狱卒和囚犯包围住，现在却孤身一人站在一个大圈子中间，所有那些家伙都乱作一团，从他身边四散而逃。精灵两手各提着一个沾满尘土的头颅，巴瑞克心想那个无脸的战士又召唤了什么奇怪的魔法呢。

*站起来，快跑啊，巴瑞克·埃顿。*基尔的声音在他脑中回想，他几乎不假思索地爬起身。*我会尽量用火球把他们拦住。*

巴瑞克说不出话来，但基尔一定感觉到了他的困惑。

*就是爆炸装置。我可以控制狱卒，让他们帮我把火药灌满骷髅，用泥巴封好，然后拿给我。这样吉库因的牺牲品们至少也算复了仇！*基尔的思绪低沉得如同风中的火焰——他在笑！巴瑞克第一次感觉到精灵在战斗中像是被点燃了，他的这种特点巴瑞克永远也不可能拥有。*现在快走，我把他们困住！争取上到地面去！*

但是范森……

消失了，可能死了。能确定的就是我们现在失去他了。你必须走了。我给你的东西还在吗？

巴瑞克早将镜子忘之脑后了。他伸手在衬衫中摸索。**在。**

别再犹豫了。逃吧！我会竭尽所能。

但是你得和我一起走……

我们至少得有一个人逃走，这才是最重要的，巴瑞克·埃顿，把镜子交给先民之屋的国王。现在快走吧。

但是……

“够了！”半神吉库因从一群痛哭哀号的囚犯身上站起来，那些囚犯要么被烧着了毛皮，要么破烂的衣服点燃了。那巨人如同鼓满的船帆一般增大了，直至脑袋都快撞到洞穴顶部了。“你浪费我太多时间了，防风灯。通往大地长老宫殿的大门打开了。没有律法，甚至就连《虚空火焰之书》那本书中也没说过我不能用这个凡人小孩的鲜血来封住这个咒语，我要像从乳浆中挤出水来一样将他的血挤出来！”吉库因大步走向巴瑞克，但是基尔弯下腰，捡起脚旁的火炬点燃另一个泥封的骷髅，接着抡直了，将那嘶嘶叫唤、闪烁着火花的小球朝那高塔般的身影投去。那东西在巨人脚边炸开，激起一大团火焰和热浪，巨人绊了一下，但也将巴瑞克拉到他的膝盖旁。

跑，基尔的声音很小却很坚定，接着他又点燃两个骷髅朝吉库因掷去。不等炸响，这精灵朝那咆哮的半神冲去，他手中的长袍一定是从狱卒那里抢来的。接着巨人和基尔都消失那两发炸弹的光线和噪声中：巴瑞克感觉到脸上的皮肤因为热浪而燎起了泡。

巴瑞克再次站起身，一阵眩晕，脑袋刺痛，视线因为刺目的泪水而模糊不清。他朝着希望是出口的方向踉跄奔去，脚下的尸体如同将死的昆虫般蠕动着。有个毛发浓密的狱卒脸被烧掉了一半，仍然伸出焦黑的手指无力地抓住他的胫骨。巴瑞克用穿着靴子的脚踩碎那家伙的头骨，接着从他爪子中抽出斧头，可以用没残废的那只手挥舞来当武器用。他半是爬，半是跌跌撞撞上了斜坡，朝向能走出这巨大洞穴的门口逃去。其他囚犯和狱卒似乎已经从这里逃走了：没有任何东西阻挡他，一路上只有些尸体和呻吟着的就要成为尸体的东西。

到达出口了，巴瑞克回头看见半神吉库因站立的地方，只剩下火焰勾勒出他的轮廓，他咧嘴笑着，咆哮着，那炸毁的脸庞看起来就要裂开了，而基尔则被他捏在手中。那精灵没被他恐怖的捏力捏死，反而用长矛连连刺入巨人的胸膛，每刺一下就有黑血喷出来，每刺一下似乎都只让吉库因笑得更大声。

“你伤不到我的！”巨人高喊道，“我的血脉中流淌的是斯弗洛思的血液！我的血水能将你全族人都淹死，而且我还能继续活下去！”

基尔不出声，一直在刺，不光对准他的胸膛和脸颊，还朝着他的大手，想要阻止巨人将他捏死。

“我会找到你这个阳光大陆小子的，就像猫抓住瘸腿老鼠一般容易，”吉库因咯咯笑着，“然后我要将你的鲜血洒满诸神的宝座！”

巴瑞克知道自己应该跑——应该利用基尔牺牲所换来的机会，不管希望多么渺茫——但现在又有新的事情分了他的心。洞穴入口有一只火炬点亮了。来了几个黑暗精灵，这些扭曲的家伙就像芬德林一般，把一只巨大的尸车推到洞穴入口。这个车上没有装满囚犯的死尸，而是一只只木桶，周围裹满干草。

一个满脸络腮胡的黑暗精灵坐在木桶上。他看起来并不在意下面洞穴中发生的这古怪的如同启示录般的一幕，眼神反而盯在半空中的一点。他原本可能是一个坐在熙攘大街旁的老人，要等到路上足够安全才肯动身。

“等我拥有了大地长老的力量，”吉库因扬扬得意地说道，并不在意身前流淌的浓稠鲜艳的血液，也不在乎脸上和脖子上新添的十几条新伤口。“我要用从你们尸体中拧绞出的鲜血给你们写墓志铭！你们知道我会写什么吗？”

我知道你的会怎么写。基尔的思绪如此模糊，巴瑞克几乎无法理解，虽然只站在几十码开外的地方。**你的会写：“他并不擅长深谋远虑。”**

精灵挥动胳膊刺出。矛枪戳得那样狠，一路从半神的脖子刺入从后颈穿出。吉库因愤怒地咆哮着，但是这一击和其他的攻击一样，并没有削弱他的力量。基尔跳上巨人的脖子，用刺出的矛枪头当支撑，将手臂和双腿紧紧抱在吉库因头上。巨人这时发出了愤怒的吼叫，声音就和之前的爆炸声一般响亮，他蹒跚地走到路中央，那条路从入口连接至大地之神大门前的空地。

装满木桶的货车的驾车人举起火炬挥舞起来。他身后的小人儿将货车车厢掀下来倒在斜坡上。

那车厢从坡道上弹跳下坠，速度堪比疾驰的奔马，驾车人并没有下车。相反他将火炬丢在脚下木桶周围的干草中。火焰从木桶周围蹿得很高，不多久巨大的火舌就吞没了小人儿和车厢。那站在道路底部的巨人仍旧漫不经心地撕扯着背上的小小身影，那没有脸孔的小昆虫真是太烦人了，就是不肯死。

吉库因终于抓住了基尔，将精灵的胳膊从肩窝上卸下来，这样那胳膊只能无力地晃荡，矛枪从使不上力的手指间滑落。吉库因咆哮着欢庆胜利，没有注意到货车，巴瑞克发现了木桶里装的是什么。

“我要吃了你，小虫子！”半神嘶吼。

你会被我噎死的。基尔脸上最外层的皮肤已经被撕扯掉了，小小的嘴巴扭曲着，也许是想露出血肉模糊的笑容。**看啊**。

刹那之间，巴瑞克发现吉库因的脸色变了，接着那燃烧的货车朝半神冲去，整个洞穴消失在一片爆炸声和火焰之中。巴瑞克感觉到防风灯最后的思绪，因为战胜了敌人而喜悦地咒骂着，接着王子愤然转身，一路摇摇晃晃沿着坡道向上走，他感到精灵的思绪如同掐灭的蜡烛般熄灭了。

巴瑞克走到门口停下脚步，周围推来货车的黑暗精灵尖叫不已，他们被基尔的死亡所惊醒，一直骚动个不停。火药令人震惊的冲击还在回响，片刻之后传来爆炸声，洞穴顶部的石头碎裂崩塌了。坚硬的岩石跳跃着发出隆隆声，如同天界的大鼓擂响了。几个无意识之间促成了这场恐怖事件的精灵爬到巴瑞克的身上，就像急急忙忙想要逃脱这个大劫当头的洞穴的老鼠一般。王子只能蒙住脑袋，屏住呼吸，冲击力将他举起又扔下。

一块百万斤重量的巨石塌落，将半神和凡人一齐埋葬，那通往诸神领域的大门将被重新封锁千年甚至更久。

第三十八章
燃烧的眼睛之下

说起发生在三神兄弟一族和长角神祖米奥斯黑暗一族间的那场诸神之战，就连诸神也会落泪。许多最光明的神明都逝去了，从此再看不见与其相似的，但他们的事迹流传下来，好叫人们明白诸神的荣耀和恰如其分的爱。

——引自《三神之书·万物之始》

佩拉亚从没有见过这样的事，就算是在最可怕的童年噩梦中。被保姆故事中讲的那个饥肠辘辘、穿着石头靴子的怪兽布拉比那尤斯追赶，也无法与这种恐惧和绝望相比。

赫若索尔的天空一片乌黑，犹如狂风暴雨要来，但那只是浓烟而已，并不是乌云，太阳现在已经三天不见踪影了。城堡两侧螃蟹湾和喷泉区大部分地区都燃起熊熊火焰。佩拉亚从兰兹曼市场旁边家中的窗口看去，那火焰尤其明亮，真是恐惧又迷人的一幕，就好像整个城市都萌发出闪闪发光的美丽花朵。海塘沿岸地区的硫黄筏子冒出的恐怖烟雾将房屋都笼罩在黄色的毒雾之中。她听父亲说过，独裁者的硫黄弹将内克塔里奥斯港口地区的人都赶空了，就连灯笼大道在海港的那一头也静得如同坟墓，只有一群群士兵急匆匆从城墙危险的这部分赶到另一部分。这一定是世界末日了——就是那些自称先知的衣衫褴褛人士在小教堂广场上一直担心的东西。谁会想到这些肮脏熏臭的人说的会成真呢?

“别待在这里，佩拉亚!”姐姐泰洛尼大喊，“你会放进毒烟把我们都杀死的!”

她吓了一跳，丢了窗栓，窗子砸下来差点把她手指都砸断了。她愤怒地转过身，但一直没回应。泰洛尼看上去那样惊恐无助，脸色苍白得如同家族祖先的一只面具。

“毒烟很远，在海塘那边，”佩拉亚告诉她说，“风是往别的方向吹的。我们不会被毒烟毒死的。”

“那你为什么还要看?你为什么想看……那些?”姐姐指着窗栓，好像横倒在那里的是某个不幸的人——一个畸形的流浪汉，也许吧，或者是别的哪个不用理会的怪人，他自己会放弃这里，接着走开一般。

“因为战争爆发了!”佩拉亚不理解姐姐和母亲。她们只知道偷偷摸摸躲在这座房子里，就好像那惊心动魄的恐惧之事没有发生一般。小基里尔甚至都知道挥舞木剑假装刺杀西斯国的士兵。“你就不关心吗?”

“我们当然关心。”泰洛尼眼中蓄满泪水，“但是我们无能为力啊。盯着看……能有什么用?”

佩拉亚用肩膀抵着窗栓，将其撑起来，她使的劲那么大，窗户打开时她差点冲出去了。泰洛尼吸口气，佩拉亚感觉自己心跳也加快了——铺满鹅卵石的庭院在三层之下，这个高度足够将她骨头摔断。

姐姐抓住佩拉亚的胳膊:“小心!”

“我没事，泰利。你看，过来，我指给你看爸爸在干什么。”

“你又不知道。你一个姑娘家——而且你还比我小!”

“是的，但我留神听人讲话。”她把窗户整个打开，用很粗的木棒撑起来，这样就能伸出手去指指点点。“那边，就在喷泉门旁边，你看见了吗？独裁者的炮弹就想轰倒那里的城墙，但是爸爸很聪明。他立刻就明白了他们的所作所为，就派人在后面加筑新的城墙。”

“新的城墙？但是还是会被炸倒的，不是吗？”

“也许吧。但是等他们炸倒，爸爸已经又修好一座了……然后又一座……等等。他不会让那些人突破的。”

“真的吗？”泰洛尼看上去松了口气，“那他们不会从城墙下面打洞吗？我听基里尔说过，独裁者的人要在迈姆诺斯或火蜥蜴门那些没有海水的地方从城墙下挖隧道——这样就可以随意进入我们的花园了！”

佩拉亚转转眼睛：“你都不肯听我的话，竟然听基里尔说的？向诸神起誓，泰利，他才七岁大啊。”

“但是他说的难道不是真话吗？”

“你看见那些了吗？”她指着离城堡高墙最近的一个形状奇怪的东西说道，“那是个投石器——就是一种扔石头的机器。可以投射和独裁者的大炮弹一般大小的石块。只要爸爸和他的手下看见有人在挖隧道，他们就会发射大石头去把他们砸烂。”

“要把独裁者的士兵砸死在里面吗？”

佩拉亚嗤笑着。难道她要为想要杀死自己的敌人哭泣吗？“当然了。”

“很好。我很高兴。”泰洛尼眼睛瞪得大大的，“你是怎么知道这些事情的，佩拉亚？”

“我告诉过你了——听来的。说到听，爸爸的人就是这样发现隧道的。要不然就用豆子。”

“你在说什么呀？”

“干豆子。爸爸和他的手下会在城墙边挖很多特别的洞放进大鼓，然后在鼓面上放一些干豆子。这样，如果有人在脚底下深处挖洞，豆子就会跳起来发出沙沙声，我们于是就知道了。然后我们就会投石头，将他们砸得落花流水。”

“但是他们的士兵那么多！”

“没关系的。我们有城墙呀。赫若索尔从来都不曾被武力所征服——爸爸就是这么说的。如果老国王有继承者的话，就连卢迪思·德拉卡瓦也别想控制城堡。所有人都知道。二十七人议会害怕独裁者，所以就向德拉卡瓦打开了大门。”

“如果他们现在也对独裁者打开大门怎么办？如果独裁者和他们做交易，要他们放自己进来呢？”

佩拉亚摇摇头：“议会的老头子也许残忍，但并不是蠢货。独裁者永远不会信守诺言。他会把他们都处死，啃他们的骨头。”童年的噩梦突然间又卷土重来——石靴巨人胡子上沾着血，嘴巴咬啊咬啊。对姐姐说什么都不重要，世界还是会终结。她放下木棒，关上窗户：“我们去帮妈妈吧。我不想再看了。”

“不！先别关！我想看看想西斯人被打烂或烧掉的地方。”泰洛尼的眼睛闪着泪光。

直到中午祈祷的时候，佩拉亚才突然意识到，独裁者船舰上放出的毒烟、投下的沥青燃弹和接二连三的滚烫的炮弹也许将护国公卢迪思和他的军师们赶出了宫殿，躲进富豪广场大珍宝厅的安全住所了，但谁也没有说起宫殿其余人士撤退的消息。这就是说，南境国的奥林王也许还在那里，还关在牢房中。

仆人们都不知道父亲的去向，母亲担心伯爵的安危，佩拉亚一问就流出眼泪，母亲也不知道。佩拉亚在门口踱来踱去，想要思考一些事情，她此时越来越确定，没有人记得奥林·埃顿的存在。她回到母亲身旁，但是阿尤娜·奥库尼斯又去照顾宝宝了，宝宝昨晚闹了一晚，现在两个人都精疲力尽睡着了。

佩拉亚看着母亲的脸现在重又变得如此年轻美丽，才刚睡着一会担惊受怕的心灵就平复了。她不忍心叫醒母亲。于是走到母亲的桌前写了封信，动作那样小心翼翼，莉瑞斯修女一定会为她的做法感到自豪，如果不为目的的话。她用蜡将信封好，盖上母亲的印鉴。

她找到埃里尔，他正和其他三个下层仆人在一起，试图让乱糟糟的餐具室恢复秩序。奥库尼斯家族从未在一年里这么早的时候搬进兰兹曼集市的这座房屋，所以家里还没准备好迎接突然来到的主人。

“我要你帮我把这封信送去要塞，”她告诉他说道，“我想要你带个人回来。”

埃里尔看着她，脸上满满的傲慢，在小姐面前还是可以表现出来的啊。“去要塞，小姐？我可不去。不安全。你想要什么这么急啊？我们各种东西都打包带来了。”

“我不是在说东西，我说的是人。是个国王，非常重要的任务，护国公把他留在城堡等死。”

“这样的事情可派不到我头上——除非是您父亲亲自命令我。”他带着一份老仆人所特有的坚定，那都是多年来被年轻的小姐们百般哄骗欺瞒才学会的。

“但是你必须要去！”

“真的吗？那我们去听听阿尤娜夫人怎么说吧？”

“她睡着了，不能吵醒她。”佩拉亚沉下脸色，“求你了，埃里尔！爸爸认识这个人，也想救他的。”

那仆人用手指擦过额头，一副圣徒与诸神交谈时的样子，全然不顾施虐者。“您想让我冒着生命危险去找一个异国囚犯？您真是太残忍了，小姐。等您父亲回来，我们看看主人怎么说。”

她盯着他看了很久，恨极了。她知道就算自己想方设法强迫埃里尔去了，他也不一定会按自己的吩咐行事，不管怎样——他的那份固执正是家臣受人尊敬之处。城堡山一片混乱，他可以随便说被阻止了。

佩拉亚的心怦怦跳——每颗炮弹都可能将城堡的屋顶砸垮，倒在可怜的奥林·埃顿身上。她必须亲自过去，但是即便在和平时代，独自穿越城市也相当危险。她需要有人武装护卫。

“很好。”她说完转身大步走开了。她有了主意，事实上就连她自己想想也会被吓到，更别说付诸行动了，但是如果不是畏畏缩缩假借母亲的名义写了这封信，那她肯定也就不会被一个难缠的仆人打败了。

走到道路尽头邻居家的大门前，这里住着一户名叫帕拉卡斯特罗思的富裕人家。和往常一样，一群乞丐站在门外。帕拉卡斯特罗思夫人不像母亲那般节俭，她是名有钱的寡妇，担心死后不知会发生什么事情，几乎每天都将餐桌上的食物送出去接济穷人。因此她的门外几乎总是围着一群老弱病残，几乎让阿尤娜·奥库尼斯和其他住在这条宽阔长街上的人家烦恼了。今天围在门口的人几乎是平时的两三倍，因此他们迅速包围了佩拉亚。

被这么多陌生人，尤其还是肮脏的陌生人围在中间，她感觉很不安，但还是挑了一名看上去又老又虚弱，因此不太可能使坏的人。她将那人拉到一边，引得其他人抱怨连连，她递给那人一块上面有螃蟹图案的铜板。“去那一家，”她指着身后自家宽阔的屋檐说道，“去找管家埃里尔。只能和他一个人说。告诉他佩拉亚让他到好人扎卡斯街上的希薇妲教堂等她，要他必须带上宝剑。如果你做对了，我明天再给你两个铜板，就在这里。明白了吗？”

那老乞丐沉思般地咬咬铜板，接着点点头说道:“希薇妲教堂。”

“对的。哦，还要告诉埃里尔，如果他带了我母亲或是任何一个我不想看到的人，我就躲起来，他们永远也别想再找到我，这都要怪他。你记得清楚吗？”

“为了三个铜螃蟹？够买半只海马的钱？”老人笑得直咳嗽，要么刚好相反——很难区分清楚。“小姐，我要从头到尾唱完一首三神歌才能挣三个铜板。我好多天除了草什么都没吃到了。”

她皱眉，想着这人是不是在拿她取笑。一个老得掉了牙的乞丐怎么会唱三神歌的？不过没关系了。保证奥林王的安危才是最重要的。

其实，佩拉亚在想，如果这件事干成了，奥林·埃顿总有一天会邀请她去自己的宫廷好酬谢她。她可以告诉家人。“哦，是的，远境王国的国王希望我去拜访。你们还记得奥林王吧——我们是老相识了，你们知道的。”

她朝好人扎卡斯街出发了，那里距离神系广场区有半英里远。她想过自己也带把刀，但不知道该怎么弄到手又不暴露计划，因此决定还是不带了。所以她才需要埃里尔和他的宝剑。他在父亲的军队中战斗过多年，个头够大，但相对来说又足够年轻，有他的陪伴谁也别想把自己掳走，至少大白天别想。但这时候碰到抢劫还算是最轻的了。

我是疯了吗？街道上到处都是士兵，其余城民早就干完了晨间杂役，现在早已把自己锁在家里了。大家都担心炮弹，担心从天上飘来的毒烟和大火。**我这是在做什么？**

做好事，佩拉亚告诉自己，接着想起佐睿雅是禁止妄自尊大的。**想要做好事**。

⚜ ⚜ ⚜ ⚜ ⚜

布条从嘴里滑落掉到下巴上，灰尘又钻进来了。佩里沃斯伯爵吐出满口的沙子，接着将布条拉扯回位，但必须要放下铲子才能系紧。他咒骂着灰尘和泥土。当你有四十组五十人小队的人手可供支配，就可以不用亲自拿起工具了。

“毒烟！”哨兵大喊。

“趴下，趴下！”佩里沃斯·奥库尼斯大叫着自己也伏在地面，但似乎没什么必要：前面的绝大多数人都已经趴下了，肚子和脸颊都贴着地面。恐惧时刻到了，长久以来的哨声也几近沉默。巨大的炮弹击中了城堡墙壁，足以让骨头发抖的嘎吱嘎吱的声音摇颤着大地，砸碎了墙内更多的石块松落坠下。

又等了片刻，确定碎片不再坠落了，佩里沃斯伯爵睁开眼睛。空气中又腾起一团灰烟，几乎遮住了地面上的一切。伯爵和工人们慢慢爬起来，他不禁想到大家就像是刚刚从死亡中爬起来的鬼魂。

一个泥瓦匠工头已经从检查城墙的工作中返回了，城墙在过去的几天里遭受了一百颗或更多沉重的石弹打击。

“还能承受几颗，先生，但无法再多了，”那人报道说，“如果能坚持到明天就算我们幸运了。”

“那我们必须今天就修完这道城墙。”伯爵转身冲领队艾里尼斯说道，“还有哪些工作要做？”那人摇摇晃晃站起来，伯爵下令道：“外墙只能再承受几颗恐怖的炮弹了。”佩里沃斯伯爵已经学会了相信艾里尼斯，这个浑身大汗的小个子来自克雷斯，头脑聪明善于组织，已经为两片大陆的将军们战斗过——或者至少是修筑过工事。

艾里尼斯摸摸松弛的下巴，环顾庭院——十天之前，这里还是城堡中最美的一个公园，但现在只剩泥土残骸和碎石堆。在原城墙被打垮后，替代的新墙建成弯曲的碗状，差不多完工了。“我希望有时间可以粉刷一下，先生。”他说着斜睨一眼。

“粉刷？”奥库尼斯凑过身子，不确定有没有听错：耳朵中还回荡着刚才千钧重的石炮冲击的轰鸣。“你不是在说要粉刷吧，啊？在现在整个城堡都快被打垮的时刻？”

艾里尼斯皱眉——不是因为受了冒犯，更像是震惊，工程师发现公民们，甚至包括像佩里沃斯伯爵这样富有战事天赋和经验的人也无法理解最简单的赫若索尔语言。“当然了，大人，用灰浆或黑泥粉刷。这样西斯人就看不见城墙了。”

“那么……”佩里沃斯·奥库尼斯摇摇头。公园里所有的人在刚才的轰击中都没有受伤，就算有也只是小伤，大家都爬起来回去工作了。“我老实说，你真把我弄糊涂了。”

“如果独裁者的陆军都不来突破炮弹打出的缺口的话，先生，”艾里尼斯指着新城墙弯曲部分建造的射击位，“那我们的射箭台留着是干什么用的？如果他们马上就发现了新城墙，那就不会突破缺口，像西斯狗一般送死了。”

“啊。那我们粉刷……”

“只用刷点泥就行了，如果只能找到这些——刷些暗色的。往城墙根上扔点脏泥巴。这样他们就不会看清这个陷阱了，直到我们将那狗啃的王八蛋射死一半……”

队长激动的陈述被突然出现的伯爵传令官打断，他之前一直在监督宫殿的疏散，但现在却匆忙跑过庭院，如同身后有尖牙利齿的猫在追赶。“先生！”他高喊道，“护国公将那位异国国王交给西斯人了！”

佩里沃斯·奥库尼斯过了半晌才明白过来：“你是说奥林王？你是说卢迪思将南境国的奥林交给独裁者了？怎么会这样？”

传令官停顿片刻，双手撑在膝盖上，想要喘口气：“至于这个，大人，我也说不清，但是没等我将他和其他囚犯转移走，德拉卡瓦的人就将他带走了。先生，我很抱歉，没完成您的任务。”

“不，不是你的错。”奥库尼斯摇摇头，“但是你为什么肯定，他们是将奥林交给独裁者了，而不是带去卢迪思面前了？”

“因为那群人的头头有委任状，上面有护国公的印鉴。上面明确指出要怎么处置他——要将他从牢房带出去，送去内克塔里奥斯港口，在那里交给西斯人，用来交换‘已经达成一致的事情’或者类似的什么东西。”

佩里沃斯伯爵明显嗅到一些恶心的事。卢迪思为什么会拿奥林这么珍贵的人质做交易呢？除非是要结束围城。但苏列佩斯肯定不会为了一个异国国王这么小的奖赏就放弃围城，尤其奥林是这样一个小国家的君主，他已经被卢迪思囚禁快一年了，都没有人肯来赎回。没一件说得通的。

再浪费时间思考也得不出好结果。佩里沃斯伯爵将一札命令交给传令官，接着转身去找队长。“艾里尼斯，让大家抓紧时间干活——外墙撑不过今晚了。别忘了喷泉门附近的城墙也需要加固——都快倒了一半了。”

伯爵急忙穿过废墟，这里从前曾是塔洛王后的花园，几百年来一直是一个能听到鸟儿动人歌唱、可以安静思考的好地方。但现在他每走两步就必须躲开城墙松落坠下的石块，还有炮弹炸落插在地里的燃烧的障碍物：这里看上去就像是死神科涅奥斯住在脚下深处。

城市最精良的战士有二十组五十人小队都守卫在大理石柱子支撑的珍宝厅临时指挥部，有理由怀疑赫若索尔的护国公卢迪思·德拉卡瓦相比起城外独裁者的大军，更害怕自己人的起义反抗。

佩里沃斯·奥库尼斯快速走过一列列士兵，仇恨地看着这巨大的营地。**昨天天亮以来，北城已经有两处快被突破了。如果不是这些人退缩，一切都不会发生**——全城的七八千精兵只出动了一千，但要对抗的却是独裁者二十五万大军。二十七人议会已经将王位让给卢迪思了，好让这个强大的人站出来对抗西斯国的独裁者，不管损失多少，但事实看起来不会如此进展了。

如果说珍宝厅外面看起来像是个要塞，那么里面更像是三兄弟的伟大圣堂：六名身着黑袍、生着长络腮胡的三神教修士在搬迁过来的玉石宝座旁，就像是静止不动的乌鸦一般。作为乌鸦，他们似乎更喜欢跳来跳去、呱呱大叫，而不想做任何有用之事。佩里沃斯伯爵从来都不喜欢卢迪思，也从不信任他，但现在面对赫若索尔这位护国公所产生的尖刻疯狂的怒意却是前所未有。他对卢迪思的厌恶甚至超过对西斯国独裁者的，因为苏列佩斯只是个名字符号，但每一天都要面对卢迪思·德拉卡瓦生着浓眉毛的大脸咽下怒气。

护国公站在那里用手臂拍打修士，就好像他们真个是乌鸦一般。“滚出去，你们这些只会尖叫的老女人！告诉你们的大主教，如果他想和我说话，就自己来，不过我要借用圣堂，因为这里很合适。我们开战了！”

三神教这些小修士们似乎都不愿离去，虽然命令如此明确，但他们之中没有一个头衔超过执事的。他们连连抱怨，摩挲着胡须朝门口走去。卢迪思满脸怒容坐回宝座上。他看见了佩里沃斯伯爵。“我想该庆幸三神教主多年前被希安人掳走了吧，”卢迪思大吼道，“不然我就要听他对我大发牢骚了。”他眯着眼睛，“你又带来了什么坏消息，奥库尼斯？”

“我想您已经知道我要说什么了，虽然我半个小时之前刚得知。奥林·埃顿的事情是怎么回事？”

卢迪思换上孩子般无辜的表情——但在这个生满络腮胡子、浑身疤痕的强壮男人脸上看起来如此奇怪。“你听说了些什么？”

“拜托，护国公，别把我当傻子。您是说奥林王没有发生任何不同寻常之事吗？我听说他被当作交易品送给了独裁者，为了……交换什么东西。我不知道是什么。”

“是，你当然不知道了。而且我也不会告诉你。”护国公将粗壮的双臂交叉在胸前，瞪着眼睛。

卢迪思的行为有什么不对劲的地方。德拉卡瓦狡猾得惊人，但奥库尼斯还从没见过他为做过的事表示出丝毫的懊悔，更别说这样的行为了——他就像孩子般任性，就像是在期待斥责和惩罚。这个人曾宣称一位无辜的修士（那人刚好也是赫若索尔王位唯一合法的继承人）是军阀，将他拖出圣堂五马分尸。他真的这样做了？卢迪思·德拉卡瓦现在怎么变得这么神经质了？

“那么说消息是真的了？还来得及阻止吗？奥林王现在身在何处？”

卢迪思抬起头，着实吃了一惊的样子：“向希里欧米蒂斯的胡子发誓，我们为什么要阻止？那样一个苍白的北方佬对你来说有什么用呢？”

“他是国王！更不用说他是一位值得尊敬的人。真遗憾赫若索尔的统治者配不上这样的称呼。”

卢迪思恶毒地看着他。佩里沃斯突然意识到被一群对自己毫无忠诚可言的军队包围了，那些人每个月都从护国公的名下领取报酬。“你在一根薄跳板上走得太远了。”卢迪思最后说。

“但是您从中能得到什么呢？为什么要将一个无辜的人交给那样一个残忍的……野兽苏列佩斯手中呢？”

卢迪思的笑声很刺耳，接着转过身，就好像看到伯爵的眼神会不适一般。“这里谁戴着王冠呢，奥库尼斯？你只是个围城工程师，这个头衔可没有权利质问我。我保护必须保护……”

他的声音被一声大喊打断。一名头戴埃斯特地方军头饰的士兵穿过德拉卡瓦的黄金护卫，跪倒在宝座前面的马赛克地面上。“护国公，”他大喊道，“西斯人已经突破喷泉门下的城墙了！我们将他们围困在城堡山脚的圣堂庭院中，但人数太少，恐怕坚持不了多久。克罗法斯大人请求您增援。”

奥库尼斯大步走开，所有关于奥林·埃顿的思绪都被清空了。那座圣堂庭院距离妻子和孩子等待的房屋只隔两英里远，他们以为那里是安全的——如果喷泉门防御失败，那他们和成千上万无辜的人几个小时之后就会惨遭蹂躏。“给我派些人，”他要求道，“现在让我去当面迎战苏列佩斯——现在！您的住所外面守了一千精兵，但是如果我们不能将独裁者挡在门外，这些人也不过九牛一毛。”

德拉卡瓦犹豫片刻，但接着他脸上闪过一丝古怪的表情。“对，带他们去，”他说道，“给我两个五十人小队的人防守珍宝厅和宝座。”

听完这番急切的话，佩里沃斯伯爵很惊讶，护国公竟然如此轻易就放弃了军队，但没有时间多想了。他跪下来额头贴着地板——并不是向卢迪思下跪，他告诉自己，而是对赫若索尔所有的国王和王后，他们以前都曾在那把绿色大宝座上就座——接着站起身，匆忙走向珍宝厅周围营地的营长。他只能祈祷留在王后花园的工兵和工人已经建起了城墙，不然的话守住喷泉门也没有任何意义。

“让我们为你骄傲吧，佩里沃斯伯爵。”卢迪思大喊，奥库尼斯和营长将战士编成急行军队伍。护国公的声音听起来像是在享受一幕戏剧场景。“所有的赫若索尔人都在看着你们！”

埃里尔如此生气，一开始甚至不愿和小姐说话，只是跟在她身后，将宝剑拖在尘土中，一起从希薇妲神庙向城堡山进发。他们沿着盘旋的道路向上，一路还要与一大波朝相反方向奔逃的人群搏斗，他后来终于开口。

“您无权这么做，小姐！我们会被杀死的。我是个仆人，但并不意味着我应该稀里糊涂地死去。”

她为他的激动和自私大吃一惊。“除非有人陪我，不然我不会这么做。”这对她来说是显而易见的，对他也是一样，既然他已经被给予了消化的时间。他想要什么呢，道歉？“那个可怜的国王需要我们帮助——他是位国王啊，埃里尔。”

那仆人看她的眼神，如果是在别的情况下她一定会向母亲汇报。佩拉亚震惊了——老埃里尔啊，愚蠢的老埃里尔，他那样子简直就像是在仇恨她！

“不管怎样，”她有一点慌张地说道，“不会花太久时间的。我们赶在晚餐之前回去。你今晚祈祷的时候可以对神明说你做了件好事。”

从他发出的回应声来看，埃里尔似乎并没有因为这个想法感到太大的安慰。

虽然要塞宫殿还有许多人，绝大部分是仆人和士兵，但佩拉亚很快明白奥林·埃顿不在其中。他的牢房空了，门洞开着。

“那他去哪里了？”她问。她这么远赶来，冒着这么大危险，却扑了个空！

“走了，小姐。”一群士兵围过来看这不同寻常的一幕，其中一个说道，“护国公把他弄到别的地方去了。”

“什么地方？请告诉我！”她挥舞着伪造的那封信说道，“我父亲是佩里沃斯伯爵！”

“我们知道，小姐，”那士兵说道，“但我们还是不能告诉您，因为我们也不知道。护国公的人将他带到别处去了。您得去向他本人打听。”

“你说得太多了，”另一个士兵对他说道，“她不该来这里——这里很危险。如果发生什么事情怎么办？我们会被送上断头台的，不是吗？”

她领着埃里尔走出要塞，经过回音厅向科索普之家走去，完全不理会后者的抱怨。如果那些仆人还在宿舍，特别是那个黑发洗衣女孩，也许他们会知道奥林的下落。佩拉亚早就发现，仆人通常了解大家族中发生的所有重要事件。

远处的炮弹声在廊柱间回响，佩拉亚看到不管洗衣姑娘在不在，还有很多仆人留在那里，虽然看起来并不乐意。事实上，许多人看着她的表情仿佛是在说，都是因为她的错，才导致他们被留下来。她很庆幸埃里尔带了宝剑。佩拉亚几乎能想象如果这些仆人被长久地留在这里的话，很可能会全部疯掉，就像天一黑城里的那些在垃圾堆和墓地徘徊的疯狗一样。

“我想说话的人就在这里，”佩拉亚指向宫殿最远处一座大房子说道，“可怜的东西，她每天要走这么长的路。”

埃里尔咕哝了一句，但佩拉亚没听真切。

到达宿舍之后，他们发现这里的人都靠自己防卫：三个看似强壮的年轻妇女拿着棒槌站在门前，当埃里尔跟着佩拉亚走进去的时候恶狠狠地看着他。

让佩拉亚高兴和庆幸的是，他们几乎立刻就找到了洗衣姑娘，她正孤零零地坐在自己床上，好像是在等待炸弹砸破屋顶杀死她一般。让佩拉亚震惊的是，那黑发女孩不只是不乐意看见贵族访客，似乎也害怕看到埃里尔。

“他跟踪我！”她指着埃里尔说道，“他在跟踪我！”

埃里尔沉下脸说：“她从没看到过我，小姐。我保证她没看见。是别人告诉她的。”

“他跟着你是因为我想知道你住在哪里，”佩拉亚轻声说道，“他是我的仆人。我必须悄悄地找到你，当时奥林王想和你说话。现在奥林去了哪里？你知道吗？他被带出要塞了。”

那女孩痛苦不堪地看着她，就好像跟她自己的问题比起来，她对奥林的下落并无特别的兴趣一样，不管佩拉亚有什么样的问题。佩拉亚皱着眉头，这个洗衣姑娘只会说她的语言，怎么能向她获得有用信息呢？“我要找他。找到他。我在找他。”

女孩脸色大变——就好像绽出了希望之花。“帮助找？”

“是的！”终于能说通了，“是的，帮助找。”

女孩跳起来抓住佩拉亚的手，伯爵女儿大吃一惊，但不等反抗就被拉出了宿舍。这棕发女孩带领佩拉亚去找的并不是奥林，而是另一个洗衣妇，一个友好的圆脸姑娘，名叫雅姿，似乎是可以帮忙翻译。雅姿的赫若索尔语说得并没有好多少，但停顿多次之后，佩拉亚终于开始能听明白了，原来棕发女孩并不是同意去找奥林，她是自己需要别人帮忙找她的哑巴弟弟，那孩子从中午就不见了。

“他不走。”她一遍又一遍地说，但很明显男孩不见了。

“不是，我们要找到奥林，奥林王，”佩拉亚告诉她说，“我会叫父亲派人来帮你找弟弟。”

那西斯女孩看上去很惊讶，似乎是没想到竟然有人会拒绝她的请求。

“我们待够了吗，小姐？”埃里尔说道，“你把我从城市那头拖过来却什么事都没有，我们俩都是冒着生命危险的。我们现在要去找一个跑丢的小孩吗？”

“不，当然不是，但是……”佩拉亚还没说完，又有人加入那一小群包围住棕发女孩和圆脸女孩的女人中间。这个新来的年纪比其他人老许多，脸上似乎因为一块严重的烧伤而毁了容。

“哦，谢谢伟大的母亲！”那老妇人看到大家之后靠在墙壁上，喘着粗气说道，“我……我……吓坏了，还担心……找不到你了。”她看到佩拉亚后显得很惊讶。“小姐，原谅我。”

佩拉亚只点点头算是问好，对这突然的闯入者感到很愤怒。埃里尔说得对——他们必须赶回兰兹曼市场。

“怎么了，罗莎？”圆脸女孩雅姿问。

“那个不会说话的男孩，那个小弟弟！他在上面的会计室塔楼，非常……”她挥舞着双手，想要找到合适的词语，“生气，伤心，我不知道。他不肯下来。”

“鸽子？”契妮坦往前面坐一些，“他没有……受伤吧？”

“我想没有受伤，没有，”罗莎说道，“他只是躲在那座塔楼里，就是海塘下面塌了的那座。我想是……炮弹？我想他被炮弹吓坏了。他说要姐姐。”

“我们也去，”雅姿说道，“他喜欢我。”

“不！”罗莎说道，“他吓坏了，那男孩。我去的时候，他差点摔下来。那么高的地方。如果他看见有不熟的人……”她摇摇头，似乎不能或是不想说出那可能发生的恐怖结局，“只要他姐姐。”

棕发洗衣姑娘似乎并没有听懂所有这些话，但还是笑了——丝毫不掩饰脸上的不安——用自己的语言对雅姿说了句什么。有那么一刻，佩拉亚想着是不是可以去帮帮忙——奥林对这个女孩很感兴趣，不管怎么说——但是她又想不出有什么理由要牵扯其中。

脸上有伤疤的老妇领着棕发女孩出门后，佩拉亚也开始朝科索普之屋前门走。“她能找到弟弟真好，”她说着对其他洗衣姑娘笑笑，“家人真是太重要了。现在我也要回家了。愿诸神保佑你们所有人。”

仆人们转头看着她走到门口。她们只是静静看着她，就像猫一样。

“我敢说一切都会好的。”佩拉亚对她们喊着，接着快步赶上埃里尔，后者已经迈开大步朝着兰兹曼市场的大致方向头也不回地走了。

❦ ❦ ❦ ❦ ❦

老罗莎领着契妮坦穿过庭院走进一片废弃的宫殿，这里几天前还有官员在工作。这些房间以前只能踮着脚经过，担心会扰乱某人的注意力因而挨鞭刑，但现在却可以自由穿行，感觉真奇怪。

“他为什么会逃跑？”契妮坦问，既然那个年轻的贵族小姐和她的仆人被撇在身后了，她现在可以换回西斯语了。

老妇摊开手掌说道：“我想是被炮弹吓坏了吧，可怜的小家伙。我听见他在喊叫，找到他躲在这里，但他不肯跟我出来。”

“喊叫？”契妮坦说着突然感到很害怕，“但是他不会说话啊。你确定是他吗？是我的鸽了吗？”

罗莎嫌恶地摇摇头：“你说得对。我也不知道自己在说什么，这一切让我晕头转向了。我听见他在哭——呻吟，我是想说这个词的。这里，从这个楼梯往下。”

“但是你刚才说他在老会计室塔楼的——不是该走那边吗？”

“你看？我都想不明白了。”罗莎用一根脏污的手指指着将海塘里面空间拥在其中的养老院下层建筑，那单幢矮塔楼的拱门在葡萄藤中显得很暗，如同长满胡须的嘴中缺落的一颗牙齿。“不是会计室塔楼，而是养老院塔楼，是古老的养老院。那边。他就在那边，我发誓。”

罗莎带着她走进建筑阴暗的前厅，围城发生的好几年前养老院就搬走了，这里很早就废弃了。地面的马赛克剥落、刮花了，因此除了一双手中握着的锤子形状的物品之外，已经分辨不出三神兄弟谁是谁了。契妮坦突然有一种可怕的预感，这个老妇人可能是出于什么原因在骗人，但就在这时，她看见鸽子从楼梯阴影下瞪大眼睛看着她。她的心一阵绷紧，接着轻松了。她朝男孩冲过去，但男孩却没有动，虽然她看到他的下巴在抽动，似乎如果能把舌头换回来，他就有许多话要说一般。

“鸽子？”有什么事情不对劲，至少有点古怪：她看不见男孩的手臂。走近一些才发现是背在身后，就好像藏着什么东西不给她看一样。再走出几步，她才发现男孩手腕被绑住了，绳子拴在沉重楼梯门的门闩上。她伸出手，感到男孩因为恐惧在她双手间颤抖，于是回头去看罗莎。“这……”

那老妇人正在撕扯脸皮。

契妮坦恐惧地看着，罗莎刮掉脸颊上的皮肤，撕成长长的条状剥掉。她直起身，现在看上去似乎高了一个头，也壮实了许多。她根本不老。甚至不是女人。

契妮坦如此震惊，失去了控制，尿液从她两腿间流下。“谁……这……”

“我是谁并不重要。”那男人用标准的西斯语说。在那残留的蜡色假面之下，他的皮肤苍白得如同奥林王从前的模样，但这个男人并不像奥林，眼神中没有丝毫的善良，也没有其余东西：就他所有的表情来看，他的脸可能是雕刻出来的。“是独裁者派我来的。”他直起身，撕掉身上不成形状的衣衫，露出里面的男装。“不要尖叫，不然我就撕开这小孩的喉咙。顺便说一下，如果你决定牺牲掉这个小孩自己跑路，你应该知道我这个东西可以射死一只兔子。”他举起一只手，里面出现一把锋利的长匕首，就像是魔术师变魔术一样，“哪怕隔着一百步远。我可以射中你的膝盖后部，这样你以后就依靠拐棍才能走路了，不然我可以射入你的两节脊骨之间，那样你就永远也走不了路了。不过我还是希望不用一路抬着你去见神佑者，如果你按我说的做，还能保全健康。”他扯掉剩下的女衫，接着拿刀刃割掉事先用布条绑在腰上、充作老妇人松弛肚皮的袋子。

契妮坦双手抱着鸽子，想要安慰他停止颤抖。“但是……”面对这个毫无表情的人，她想不出还能说什么。她之前不知怎么就想过这一天会来临——只是希望能晚一些，不要这么短短两个月就来了。“你不会伤害这个孩子吧？”

“如果他不做蠢事的话，我不会动他。但是他是独裁者的财产，所以也要带回去。”

“他不是财产，他是个孩子！他没做过错事。”

那陌生人冷酷的脸上闪过一丝最不易察觉的微笑，就好像终于听到了什么事值得他早上起床一样。“坐下，把腿伸出来。”

她想争辩，但男人的速度快得令人震惊，一两步就走到跟前，现在就站在她头顶，那把刀距离她眼睛只有几英寸远。她在台阶上坐下，伸出双脚。男人将刀尖轻轻抵在她的喉咙上，保持着这个姿势，大拇指按着她气管的另一侧，接着用绳子绑住她一只脚踝。另一端也绑好之后，她两只腿间的绳子只有手腕到手肘间的距离那么长，只能蹒跚前行。男人从袋子中拿出一条长裙——她以前看过有宫女穿过这样的衣服——从她头上套下去，接着猛拉裙脚。她站起来，那裙角几乎要拖到灰扑扑的地砖了，绳子完全被盖住了。

“这男孩能听懂说话吗？”

契妮坦迟钝地点点头，陷入绝望之中。她刚刚意识到，就算有人来找她，也只会去宫殿另一头的会计室塔楼。

苍白的男人转身对着男孩说：“如果你敢逃跑，我就割断她的鼻子，你听懂了吗？独裁者才不在乎。”

鸽子眯细眼睛看着男人。如果他是一条狗，他可能会狂吠，或者很有可能一声不响地咬上去。他终于点点头。

“好了，那就走吧。”男人只一击，男孩就一声不吭地哭着倒下去，这样绑着他的绳子就断了。鸽子揉揉手腕，因为导致了契妮坦的被捕而愧疚得不敢看她。“别耍花招，”男人说道，“如果要我杀了你们或把哪一个打残，那就是浪费时间了，但事情不会有任何变化。现在走吧。”他指着门口。“我们不能让大人一直等。他比我还缺乏耐心，而且心狠得多。”

契妮坦走出废弃的庭院，走进光芒之中，每走一小步，绳索都摩擦着她的脚踝。她因为太过震惊和空虚甚至无法哭泣。心跳几拍的工夫一切都变了。就在几十码开外的科索普之屋，她还有朋友，有自己的生活，有她所渴望的一切，但现在全都失去了。现在，她又属于那个疯子——那个可怕的、彻底冷酷无情的世上永生之神所有了。

第三十九章

赤日之城

被残忍的阿戈尔致残后，努沙什之子哈比里发现自己在世界上孑然一身。他踏上去往遥远西方的旅程，我的孩子们，那里只在传说中提及，从未有人去过。据说这是他在父亲一次旅行结束时与之商量的结果，此后他便回到我们所知的世界。

他对父王说过，总有一天他要抛下舒萨耶姆之母的孩子，他果不食言。

——引自《努沙什启示录》（卷一）

很长一段时间里，男人连名字也没有地在森林中逡巡，黑杨木和高高的柏木在感觉不到也听闻不出的风中摇颤。路旁流淌着一条黑色的溪水，但他往前走，那水流便转了向，再次消失在迷雾之中。柳条遮没了溪水，垂在那里摇摇晃晃如同哭泣的女人，枝叶在沉静的溪水上摆荡。

男人没有力气思考自己身处何方，也不知道是如何来到这片迷雾与阴影的大地的。很长一段时间里，他什么也无法思考，只能行走。太阳完全看不见，天空只是一片莹莹闪光的虚空，既不是黑暗也没有光亮。他觉得之前曾来过这个地方，这个永夜的国度，但又确信从未踏足过这阴郁之地。他唯一所知的事情就是，如果停止行走，他可能会变得和周围的黑杨木一般静止绝望——甚至可能会沉入泥泞的碎土之中，自己也变成一棵树。

男人希望能有人陪伴自己，有个声音歌唱，或者说话，哪怕哭泣也好，只要能刺破这无边无际的寂静就好。他试着自己发声，但早已丧失吐出词语和声音的本领，一如丧失了名字。这片国度太安静了。几只黑鸟在他头顶的树枝上走动，或是扑闪着翅膀从这棵树飞到那棵树，但它们就像树、风和溪水一样沉默。

他继续走。

有一刻他看到溪水远远的那一头有影子在晃动，雾气遮盖的男人和女人的身影。现在他看到那一头似乎还有别的什么东西，于是停止行走，但还是无法确定。他再次希望能发出声音来，这样就能呼唤那些影子人帮帮他，虽然水速看起来很慢，但他也不敢确定，不敢趟过去。

*可是就算河水吞没了我，又有什么可失去的呢？*他没能立刻作答，但感觉确实拥有一些东西，某种真相，他不想投降，他有可能被溪水冲走。

那我该怎么过河呢？

你过不去。如果过去了，你就永远无法从彼岸返回。

他身旁站着一个三四岁大的赤身裸体的小孩，她灰色的头发轻轻摆动。男人对她的第一感觉是抱歉，她那样小，在风中毫无防护。接着他看到女孩的眼睛，就像是融化的金子上点缀着琥珀斑点，他知道这不是孩子，或者至少不是人类的孩子。

*你是谁？*他问。

女孩的声音也不像小孩，或者至少不像她外表那样稚嫩。她说的每一个字都如同她的目光一般审慎，金光闪闪。*所有人都走后还*

留下来的那一个。是这片大地一名古老的守卫——不，“守卫”并不正确。“向导”更准确。你显然需要向导，迷路的小家伙。

但是我想过河。我需要。我……我想我看到那边有认识的人。

你应该害怕。你们大多数人都是这样在我们的大地上迷失的，跟随某个认识的人，或者以为自己认识的人。你还没准备好。你来得太早——虽然你们人类所拥有的时间至多也不过一眨眼的工夫——但是你的时候还未到。

他根本不了解这番话是什么意思。他怎么会，他是什么时候竟然连自己的名字都忘记了呢？但这也并不妨碍他感觉事物，彼岸在吸引他。

求你了。他接着伸出手，想要抓住小孩的手，但女孩仿佛是站在河底一般，光线会被迷惑性地折射走。不管他手伸到哪里都碰不到小女孩。求你。我从没告诉过他……我还没有……

女孩的脸一开始如同大理石面具般纹丝不动，但这时似乎闪过一丝怜悯。然后你就怪罪是自己的过错，她最后说道，你是因为灾难来到这里，所以还有可能。你可以过河——你可以看到事情现在和过去的面目——但能不能强大到再次跨过黑暗的河水返回这里就要看运气了。

他低下头，因为对甚至说不清、也不太理解的事情的贪婪而感觉到卑微。你真好心。

善良并不是法则的一部分，尤其是你还不归我管。那孩子的脸变得肃穆起来。在那里，法则就像星辰在巨大穹顶上移动的道路，无法更改，毫不留情。你不能吃任何事物，不能接受任何礼物。也不能忘掉自己的名字。

但是……但是我不记得名字了。他环顾周围无边无际的黑杨林，那些树干向各个方向远去。名字似乎就近在咫尺，但他怎么努力也想不起来。

女孩摇摇头。*准备好了吗？你真是个傻子，傻子才会冒这样的风险。只有最坚强的心灵才能进入那个城市又活着回来。*她举起小小的灰色手臂，一条船滑到河岸上来，一根铁钉都生了锈、木板因饱经风霜而变得灰白的船。*很好，这是我能帮你的最后一件事。我帮你是为了纪念一个很像你的人，是很久以前的事了，他也曾将姓名放在我手中。你的名字是费拉斯·范森。你还活着。那么去吧。*

下一刻他就在河上了。两边河岸都消失了，只剩下无边无际的雾。

很长一段时间他都漂在黑色河面上。水面下有巨大的影子在移动，从船下经过时不时会让船也晃动起来，他能看见那些东西湿湿的皮肤，又黑又亮，如同擦拭过的金属。它们完全没有触碰他，也没有威吓他，他很高兴自己坐在船上，不用在黑暗冰冷的水流中挣扎，尤其是下面还有这样巨大的阴影在游动，向自己温暖的身子和移动方向靠拢。

费拉斯·范森。这是我的名字，他提醒自己——在这河上，他几乎感觉到那名字要随着汹涌而来的雾气再次溜走了。那孩子说得如此清晰，如此真切，但他知道还是可能会丢失，就像之前在黑色森林中那样轻而易举就遗忘了。

*我是怎么来到这片大地的？*但这记忆甚至比名字遗忘得还要厉害。他只知道那孩子说他和大多数人来的方式不一样——灾难，女孩是这么说的——这就够了，不管怎样，他得到了宽慰。

手下和脚下感觉有什么奇怪的东西。他低头看见船不再是用灰色的木头做成，而变成了蛇——几百条闪着暗光的蛇编结在一起，就如同老妇人用树枝编成的给丈夫、孩子和孙子擦掉脚下泥巴的垫子。但这些不是树枝，是大蛇，活生生的还在翻滚。他举起手脚也没有用：整条船都是蛇做的，没有地方可逃。

就在他惊恐地盯着的当儿，那条蛇做的船开始散架，表面和围栏附近的蛇从编结状态滑开，如同沉重的绳索般落入宁静的黑色河水。它们一直在逃脱，先是一条两条，接着速度加快，直到水从四面八方涌来，他脚下再没有结实的地方，只剩一块猛烈晃荡的阴影般冰冷的毯子。

他抬起头，无助地盯着前方的浓雾，想找到远处的河岸或是水中的一块石头，不管是什么只要能救他就好。蛇都溜走了。船消失了。他想记起诸神的名字，这样就能祈祷了，但就连那些也被带走了。

范森。我是费拉斯·范森。我是个战士。我爱上了一个不爱我的女人，就算能爱我她也不会爱我。我是费拉斯·范森！

接着他掉进冰冷的水中，吞进所有的黑暗。

他不在河里也不在岸上，而是在一条暮色街道上。鹅卵石街道上点着灯笼。火光断断续续如同巫术，光芒只照出摇摇晃晃的房屋。天还没全黑，但街道上似乎空无一人。

这是什么地方？他以为自己的走动没有发出声音，但有人听见了。

这里是沉睡者的城市。那个将名字还给他的女孩的声音很微弱，似乎站在远远的彼岸，不再为他所见。**这里只有一条路可以出去，费拉斯·范森，那就是一直向前。记住……**

这是他听见女孩所说的最后一句话。过后他几乎想不起女孩的模样和声音。他向前走，脚下没有发出声音，但能听见水滴声，还有静静的风声在屋顶呼啸。

大部分窗口都是黑的，只有几个亮着。透过窗户能看到里面有人，他们都睡着了，就连那些站着的和走动的也都闭着眼睛，动作缓慢，没有目标。有些就站在凳子和椅子上，或者靠在浅褐色灰扑扑的房间墙上，石头般一动不动，或者像盲眼的乞丐般摇来晃去。

有些想要搅动汤罐，但下面并没有火。还有些在照料孩子，那些孩子都如同布偶一般，四肢垂下，任由熟睡的父母给他们穿衣或解衣，小小的脑袋懒洋洋地靠着，嘴张得大大的，而父母则拿着空勺子给他们喂食。

过了一会，他扭过头不再看房子里的情况。

走到市中心的街道上，周围开始挤满了人，虽然也只是像累坏了的游泳者般移动着，用看不见的眼睛盯着青灰色的天空。看不见的熟睡者驾着装满货物并被盖得严严实实的货车，就连拉车的马也睡着了，长长的下巴还在磨动，嘴巴里什么吃食也没有。人群缓慢地来回走动，就像冬日湖底的鱼群，出神地站在看不见的橱窗前，购买着无法品尝或使用的物品。熟睡的乐人演奏着盖满灰尘的乐器，发出听不见的曲调，同样熟睡的小丑如同积雪融化一般缓慢舞动，不时停下来在泥土中翻个跟头，沾湿弄脏自己。

他恐惧地盯着周围的场景，这时一个年轻的女人穿过人群朝他走来。她很漂亮，或者说曾经如此，脸上毫无血色，一片苍白，只有长长的睫毛下的眼睛露出一些亮光，嘴巴则松垂着像个白痴，虽然她努力想要噘起嘴唇露出一个迷人的微笑。她伸出一只手，递给他一支枯萎的花，白色花瓣上有一道红色条纹，如同血管。*水仙花*，他想起来，*神灵之花*，虽然不知道是哪位神灵。

*我美吗？*她问。她的嘴唇似乎并没有动，但他却清楚地听见了她的话。

是的，他说着想要表现得和善一些。他能看出女人曾经很美，也许换个其他地方，在强光之下仍然很美。

*你真会说话。给你，拿着我的花。*她抿着嘴唇似乎想要止住颤抖。*我很久没和你这样的人说话了。这里好孤单。*

可怜的女人，他伸出一只手，但就在手指碰到那蜡色的花茎时，他记起另一个年轻女人，又高又美，他还欠她些东西。他的手停住

了，接着想起有人很久之前告诉过他：*不要接受礼物！*

我不能，他说道，*很抱歉*。

女人的脸突然变了，从一个凡人的脸变成一个又老又饥饿的东西。她的身体扭曲了，拉长成一个凶恶的形状，四肢瘦得令人心疼，还伸出爪子。那东西在他面前拍打振翅，如同一只烧焦的昆虫翻滚着。他看着看着视线开始模糊，接着那东西就消失在暮色之中，只留下微微颤抖着的凄惨和愤怒。

他摇摇晃晃地继续走，充满了悲伤。

在城市外围的垃圾堆和墓地中，有一群衣衫褴褛的沉睡者正围着一堆闪闪烁烁、冒着浓烟的火堆，他终于找到从河对岸看到的那个身影，虽然感觉像是上辈子的事情了。那沉睡者是个老人，曾经硕大有力的双手现在因为上了年纪而长满疙瘩，从前宽阔的肩膀和挺直的脊背现在猥琐地佝偻着，因此看上去就像是一只鸟缩成一团用羽毛取暖。费拉斯·范森能看见苍白的火焰透过男人的身影慢慢显露出来，就好像老人和雾气一般没有形体。

父亲，他叫了一声，突然之间不再确定。*爸爸*，他像小孩子一般叫喊着，*真的是您吗？您还认识我吗？*

老人看着他，至少是将闭着的眼睛朝着他转过来。他的脸庞不仅仅几乎是透明的，而且如同水面摇晃的油花一般颤动着。

我谁也不是。怎么会认识你？

不。您是派德尔·范森。我是您的儿子，费拉斯。

老人摇摇头。*不。我是佩林神啊，是颗大星星。我死后在一具石棺中躺了四天，周围只有黑暗和遥远的星辰。接着我再度醒来，进入了这个真实的世界。*他叹一口气，眼泪从闭着的眼睛中流出来，*但是我已经把所有的事情都忘记了，现在我迷失了……*

*您是在自己的床上死去的，爸爸。我没有机会和您告别。*有那

么一刻，费拉斯·范森感觉眼泪在自己眼眶中刺痛发疼，就好像在这个地方哭泣也会刺痛血肉，流出鲜血，而不是眼泪一般。没有什么石棺。我们是穷人，我都没能及时赶回来购买一只木头棺材，虽然我很乐意那么做。您是躺在一卷席子中下葬的。他低下头，我很抱歉，爸爸。我当时在很远的地方……

帮帮我。那老人伸出一只手，但碰在身上并没有实感，更像是一团雾，冰凉，还有点湿润，帮我找到回去的路，再次找到答案，这样我就可以继续走了。

不管什么事情，我都愿意。这一刻，他说的话出自真心。老人不可能实现的渴望压在费拉斯·范森的童年时代，就好像他胡扯的石棺的盖子一般，但是爱远比所有恐惧、安慰都要强大。去做爸爸要他做的事情，就算打破那已经模糊的命令也在所不惜。不要吃东西，不要接受礼物，记住你的名字！他愿意到诸神宝座面前向他们炫耀。

但是诸神也睡着了，他记起来，或者是想起来。是谁告诉他的来着？

来吧，他对父亲褪色的鬼魂说道，来。我带你去要去的地方。

他们走出城市，进入一片阴暗的森林，接着走下一片覆盖着茂密的常春藤和灰色桦树的山坡，进入一片宁静的山谷，踩着谷底那些像牙齿一般探出水面的石头越过一条血色河流。他们继续走，天空如岩石般荒凉，天色永远只是遥远西方的一线红光，就像旧衬衫上怎么也洗不掉的血印子。

时间在流逝，或者说在另一个世界流逝。范森父亲边走边唱，无意识地唱着一首仪式小调，说要把身体分成碎片，无止境的关于慈爱的歌词，描述着剥落血肉和记忆的过程，除此之外老人很少说话，像是对前生毫无记忆了一般。有时候范森觉得自己大错特错，他抓住的这人并不是他的父亲，但接着同伴无实体的脸上从某个角度看过去，如浅池中的鱼儿一般薄薄的嘴唇间闪过的那个表情让他相信自己没找错。

他们又趟过四条溪水，一条流动着碎冰；一条河水沸腾了冒着泡；一条满是绿色的发光物看上去好似静止不动一般，溪床的根系之间有小小的啾啾鸣叫的亮色身影在蠕动；最后一条什么也看不见，只有深深的裂缝中涌动的雾气，他们听见下面有声音传来，绝非雾气所为，要越过去只能跳，范森抓住那浓雾掩盖的身影上标记出的老人双手所在的位置。

最后所有的差异都统一了，所有的脚步都一模一样，老人唱出的都是同一首歌谣。有阴影逼近，有些看上去很吓人，但范森说出自己和老人的名字之后，那些影子就再次退入暮色。还有些时候，那影子是精灵的形状，好心地拿出许多东西——丰盛的菜肴，柔软的床，甚至是性事的欢愉——但范森坚定地拒绝了，于是那些影子再次消失。

最后他们来到一片宽敞的空地，尘土飞扬，狂风呼啸，在那个地方行走速度比垂死之人爬行快不了多少。有时候父亲开始颤抖，范森只得将他拉着穿过令人窒息的熏臭尘土。有一次，就连暮色也被浓密的云彩遮没了，他们只能在彻底的黑暗中艰难跋涉，老人摔倒了站不起来。他躺在那里用嘶哑的声音唱着一首白色手镯和烟尘之心的歌谣，费拉斯·范森绝望地蹲在他身边。他知道自己可以站起来离开，老人根本不会发现，永远也意识不到他已经走了。但他跌跌撞撞站起来，接着弯腰将老人驮在背上。派德尔·范森身体的重量还不如女人的一块纱巾，但不知为何又如同巨石一般沉重，范森走几步就要停下来喘口气。

最后沙尘暴停息了。他们仍然站在空旷的大地上，无边无际的灰色，但他第一次看到地平线那里不只是一片空虚。有一座房子——

一间小屋，用砖块和未经加工的石头垒成的实实在在的简陋小屋，墙缝中似乎累积了几个世纪的尘土，因此看上去就像是某种懒散的大昆虫垒砌的巢穴。有个人正靠在房前一根长长的农具上，就像是从前有时候因为部落纷争被赶回家，顺路到费拉斯·范森的山谷中生活的柯特牧人。

嘿！这是胜利的时刻，但仍然比不上在无边无际、飘荡着呛人尘埃的空虚之境看见另一个人类的喜悦。他想起另一件事：我是费拉斯·范森——一个山谷居民。

那陌生人腰间围着破烂的布条，就像古代人穿的那样，除此之外别无装饰。嘴边的灰白络腮胡长长的就像蛛网，但尘土将他其余部分沾污成了黄色。那人没有动，只是看着两人走近。范森和父亲的鬼魂就快走到他身旁了，费拉斯·范森意识到，在他记忆中，这个络腮胡子的幽灵是他进入这片大地以来看到的第一个睁着眼睛的人——第一个没有睡着的人。

你是谁？范森问他，或者说这个问题不允许问？

男人的眼睛在倒竖的眉毛下亮得如同星辰。他笑着，其中并没有善意的目光，但也没有恶意。你正站在最后一条河的岸边，但是你想去的地方在这个沉睡时代并不存在。你必须跨越到河对岸去，在那边，你想见的那些伟大角色仍在自己的房屋之中。

我不明白，范森对络腮胡男人说。说话间，父亲坐在尘土中自顾自唱起来。

你不需要明白。你只需要做你该做之事。不管你以后还能不能穿越，都有更强大的双手去控制了。那灰扑扑的老人将赤裸的双脚换个重心，那皮革般坚韧的巨大脚趾从来没有穿过鞋子。他不像范森的父亲，而是有些实实在在的形体——费拉斯·范森能看清他古铜色肌肤的每一寸，包括每道伤疤，每根毛发。

您不能告诉我您是谁吗，主人？

那络腮胡男人摇摇头。**不是主人——肯定不是你的主人。我只是一个形状，一个想法，也许只是一个词语。仅此而已。现在走进门去吧。那里有水。你们必须洗澡了。**

费拉斯·范森不明就里，发现自己已经进入了小木屋，现在他们第一次将暮色抛在身后：透过墙壁裂缝能看见天鹅绒般墨黑的天空，还有闪亮的星辰。他走得靠墙近一些，从一道裂口向外看。整个小屋都被星辰包围了，数不清的白色光点如同天界里诸神的蜡烛般闪亮——上面、两侧，甚至就连脚下都是星辰，就好像这座小屋无依无靠地漂浮在夜空之中。他被这迷人又恐怖的景象弄得头晕眼花，回头看见父亲已经在用和这小屋一般粗糙的木桶中的水清洗了。

范森也加入一起，很长时间里只迷失在从皮肤上奔涌而下的水流的光辉之中。他之前甚至忘了自己还有一副身体，这是个绝妙的提醒方式。就连父亲的幻影也不再如同蛛网，看上去似乎距离某种名为幸福的东西近了许多。

我应该赶回家的，范森说道，**我害怕您，爸爸。我害怕看到您受苦的样子。我痛恨您，至少有那么一点点。因为您对我并不和善，您原本是可以的。**

父亲停止歌唱，很长一段时间一句话也没说。他站起来，任水流从他身上滑落，如同雨水冲刷窗户一般。

我被自己的想法困住了，派德尔·范森最后说道，**至少是我以为的想法。事实上，我想不起来了——都消失了，如同烟雾般消散无踪……**

这时，范森正如同饥肠辘辘的人渴望食物般想要再听到多一些事情，但不等实现，他们就又出了小屋，返回到暮色和尘土之中。络腮胡男人仍旧靠在一根长长的东西上，那是根长长的木头，上面长满了节瘤，就如同这个老人一样。**嘿，**络腮胡男人指着尘土中堆积的一堆橙色石块说道，**把它们砸碎擦拭自己，这样你们就可以越**

界进入最后的落日光芒中，还能保留自己的某些东西。你们俩都是。在这座房屋中，生与死并无区别——都要服从同一部法则。

范森将红色石块放在一起揉搓，将它们擦成血色粉末，然后将那粉末擦在干净的皮肤表面。这并不像在往身上抹脏土，倒像是在用光芒擦洗自己。结束之后，他浑身闪闪发光，就连父亲的幻影也在粉尘之下发出微光，看上去更加具有实体了。

赭土能让毫无爱心的人也充满生机，那长满络腮胡子的老人说道，并且能保护你们不被即将前往之地的死人侵扰，不然他们会将你们当作蜂蜜上的苍蝇拍死。去吧。

等待我们的是什么？范森和父亲前行之际回头问老人。

一直在等待你们的东西。一直在等待你们，也等待我，等待万事万物的东西。一切事物的终结。

接着络腮胡子男人不见了，消失在尘土之中，而沙尘又开始在身边翻卷，令人窒息。范森屏住呼吸，直至再也无法坚持。他喘着气，灰尘之河进入了他。他变成了尘土。他穿越了。

现在他们进入了真正的城市，跟这个大都会相比，旁边的沉睡者之城只不过是一个小村庄。

先知们说这座最伟大也最可怕的城市从大地的一个极点延伸至另一个极点，这样无论活着的人走到哪里，他们脚下都是赤日之城的街道。先知还说，城市里没有人欢笑，也没有人哭泣，除了最细小、几乎听不见的啜泣，歌唱声也都高不过私语声。

费拉斯 · 范森和父亲进了城，到处一片寂静，就如同街道上的尘土一般。沉睡者们都睁开了眼睛，所有的脸庞都无望地盯着永恒。每走一步都像是在举起一块百吨重量的巨石。每一条街道都和前一条一样荒凉空旷和令人不适。

但他和父亲的幻影还是和以前一样，朝向城市中心那块巨大的黑色磁石般的地方走去，那里就是大地之神的宫殿。成千上万的幽灵和他们一起往那巨大的黑门走去，各种种类和形状的幽灵。有些只穿着布条，许多光着身子，但是即便是光着的身体上也长有羽毛或闪着暗光的鳞片，因此看上去都不太像人类。范森和父亲被沉默的人群推着往前走，就如同缓慢流淌的河流中的几声吠叫，宫殿的大门和高墙在眼前越来越大。

费拉斯·范森看到父亲在周围的死人中间仍旧闭着眼睛，虽然老人的外表还是和烟雾一般模糊，但还保有一些闪烁着微光的赭土，那红色光芒如同火焰倒映在银色之上。接着他看到其他幽灵身上也是，那闪光并非来自死人本身，而是来自宏伟的宫殿，那里所有的窗户都射出落日的红色光芒。

西方终极宫殿，父亲小声说着，但更像是在背诵祈祷文而非解释什么。**乌鸦的巢穴。所有土崩瓦解之事的城堡。巨大的松树……**

但首先，有人低声说道，**我们必须穿过猪之门**。那声音在人群中传开，如同野火燎原，低语声变成嘶嘶声。**大门。大门**。他们呻吟着说出这个词语，有个人因为一遍遍重复而大笑出声，就好像在这个肃穆的血色城市中听到的第一个笑话。片刻之后，笑声变成窒息般的啜泣。**猪鼻子能嗅出所有的谎言，所有的欺骗，然后我们将被吞下吃掉**。

随着那声音的增大，黑暗也越来越浓，就像一团烟雾，最后费拉斯·范森什么也看不见了。就连父亲的身影也消失了。他消失在黑暗的虚无之中，群集的死人之声变成动物叫声，嘶叫、嗤笑、吼吠，就好像死人的鬼魂变成了野兽的鬼魂。真是恐怖的喧闹，那样刺耳，令人绝望。他不禁想到从前赶到屠夫那里的农场动物。黑暗无边无际，只剩他自己和一声声恐怖的回声。

但那真的是我，他突然想到，**用鞭子赶着动物。走下小斯戴尔的山路。那是我的记忆，活着时候的记忆。**

我是费拉斯·范森，他对虚空说，*我有名字。我还活着*。

这时有什么东西靠拢来了——他甚至能感觉到那东西的靠近，如同雷声轰鸣的云层，虽慢却不祥。那东西似乎比黑暗本身还要巨大，散发出恶臭。看上去……很开心？

活人。

那不是话语，甚至不是思绪，而是某种更大的东西，就像天气的变化，但他不知怎么却能够明白。他被某种比自己大许多的东西捏住，几乎无法思考。他不害怕——他甚至没有害怕的必要。

最后那东西说话了，或者说是天气变了，或者说是星辰在黑暗的天空中绕着费拉斯·范森旋转。

你可以过去了。我会帮你说话，他会决定。你会死，或者活着……至少能多活一会。

接着他来到一处最奇怪的地方——是个庆祝大厅，同时也是一个巨大的坑洞，一间肃穆又漂亮的正殿，屋顶就是黑色的天空和无尽的黑夜。这里是支离破碎、盘根错节的大地，是银色的幻想之塔，是被悲伤音乐慢慢打碎的心灵，是以上全部，但又什么都不是。他孤身一人，父亲的幻影消失了，但有百万阴影盘绕着中央的巨大宝座，上面坐着的是最大的阴影。

他还未开口就听到那声音。

这里的主人说你不属于他的梦境。

我是费拉斯·范森，他谦卑地说。他当然不属于这里，这里是

一切事物的终结。我还活着。我只想帮助我的父亲。

看门人又开口了，慢得如同冰山的移动，死一般寒冷。

你不能。这是无理之举。他的命运在乎他自己和诸神之间——也就是说，在乎他和他自己的心灵之间。因此你必须离开。你是个阻碍，不管多么微小，却阻碍了事物的进展。

范森为那巨大声音中的怒意而感到胆怯。我无意阻碍！但他为自己的恐惧感到羞愧。即便自己必须永留于此，和这些悲哀的鬼魂一同啃泥饮土为食，也没有必要匍匐在地。我想帮助他。这一点就连诸神也无法谴责吧？

看门人再次发声前停顿了片刻。他似乎没听见范森的话。

你该感激没有听见大地之神的声音。哪怕是他睡梦中的呓语也能让你疯狂。不过，他允许你离开——如果你能跨越河流，再次平安走出这片大地。如果失败，你将比原本轨迹更早地成为他的臣民——不过也只是丧失了很短一段时间而已，不管怎么说，就像你们看蝴蝶的一生那么短。

那你为什么能和我说话？你为什么不沉睡，就和大地之神一样？

别误会。我也在沉睡，看门人说道，事实上，你和所有这些死人，甚至包括大地长老本人都有可能只是我的一个梦而已。

那声音接着便笑了，世界为之震颤。

现在就走吧——返回生者的世界，如果你能做到的话。这样的

礼物你可没有第二次机会得到了。

接着这座疯狂的大殿，睡眠与大地以及星球本身的深刻歌谣的大殿消失了。看门人消失了。整个宇宙中似乎只剩下费拉斯·范森一个人，他仿佛置身于突如其来的警报声中，站立的拱桥窄得惊人，似乎横跨在巨大的空虚之上，像是架设在深渊之上的一道白带。这座细长的拱桥两头都看不到尽头，跨度差不多就和他的肩膀一样宽。要么前进走入未知之地，要么倒退，轻而易举进入寂静的死亡，除此之外没有别的路途可走。父亲的幻影消失了，被留在日落之城等待自己的命运，而生还对于派德尔·范森再无任何意义。他的儿子既没能拯救他，也没有原谅他，但还是有些事情被改变了，老人的心前所未有的轻盈。

"我是费拉斯·范森。"他用最大的声音呼喊。没有回音，甚至没听到回声，但是没关系：他并不是在和谁说话，只是在自言自语。"我是个战士。我爱布瑞奥妮·埃顿，虽然她永远也不可能爱上我。我厌倦了迷失，厌倦了死去，所以这次我想试试别的东西。"

他出发了。

第四十章

努沙什的献祭

歪神被源雾神之子劳役许久，帮助塑造出他们王国最伟大的荣光，发挥高超的技艺为这些毁掉他家族的人大兴土木——宫殿、高塔、雷神不可抵御之锤、丰收神永远装得满满当当的篮子、黑色大地之神的致命矛枪等等。

但在内心深处，他变得如同名字一般扭曲，他的歌声不仅忧郁，还充满酸苦。他计划着，梦想着，但找不到方法可以媲美兄弟们的力量，他们的歌声才最为有力。接着有一天他想起曾祖母虚空之神，只有她的空虚才能与自己相比，于是他找到曾祖母学会她所有的手艺。他学会了在曾祖母的道路上行走，那是其余人都看不见但扩展到四面八方的道路。他还学会了其余许多事情，但长久地隐而不露，静待自己的时刻。

——引自《忏悔之书·百种思索》

俘虏了她的那个陌生人拼命想打开那把锈迹斑斑的大锁，冷漠的表情变得坚毅。他用衬衫袖子上取下的金属条探索着大门上的锁槽，嘴唇上冒出细密的汗珠。契妮坦漫不经心地转过身，不想直视一百码开外的城墙之下搬动碎石的军队。她和鸽子还有陌生人一起蹲在城堡山脚附近一处沟渠的阴影中。

“你在想是不是该呼叫那些卫兵帮忙吧。”陌生人操着一口流利却古怪的西斯语说道，头也未从锁孔上抬起来，“我是在码头附近的修帆工大街长大的，那里的渔夫可以用刀将牡蛎从壳中挑出来，向上抛至空中，接着用刀刃接住，动作一气呵成，只用一只手就能完成。”他张开闲着的那只手，慢慢露出其中的一把小弯刀给她看：“你敢动一下，我就给你展示那项绝技——不过是用这男孩的眼睛。”

鸽子把契妮坦的手拉得更紧了。

“你在西斯国长大？”如果能和这个人搭上话，可能会有好处，“怎么可能？你看上去像北方人。”

他还是没有抬头，这一次他唯一的回答就是锉刀的声音，还有最终打开大锁时金属带的咔嗒一响。大门打开了，他们从石拱下经过，接着那陌生人拉着他们的脚，催促他们一道拥在陡峭的城堡山一侧的摇摇欲坠的石阶上。契妮坦被脚踝上的绳索绊了几次。朝海的那一边一片昏黑，她开始以为是雾，这时才意识到是烟尘。远处炮弹还在隆隆作响，但听上去如同远方的雷声，像是别的国家遭遇了坏天气。

内克塔里奥斯港口一片废墟，水中漂满了烧毁船舰的残骸。仓库区有一半着了火，火势无法扑灭，只留下足够的兵力控制火舌，阻断其向两侧达米安森林上的神庙或麻雀山上的富人区蔓延。士兵们都忙着灭火，谁也没有注意到这个陌生人和看上去毫无疑问是他的一双儿女的两个人。一个被烟熏得漆黑的卫兵匆匆跑过，长袍上的金色海胆表明他是海军卫兵，他大喊着契妮坦听不懂的什么话，但俘虏者平静地挥挥手，那卫兵便满足地慢跑开去。

炮弹从海塘那边射击过来，海面上开始还击。契妮坦确实看到独裁者一艘巨大的快速帆船驶过了海港出口，只被一条比她身体还粗的链条隔在一百码以外的地方，那残破的船只穿过马格内特·内克塔里奥斯斥巨资建造的这座著名码头。

他们走过昂达内亚街入口，那条宽阔的大街两旁都是商店、集市和仓库，从港口向东穿过中心旧城区。这条著名的大街在海港的这一端也被阻断了，被废弃的马车和隆隆作响的炮声拦住。看到从前这样繁华的地方也被洗劫一空沦为废墟，契妮坦涌起一股新的绝望。没有人会来帮助他们，她越来越确信——现在城市已经大火冲天，独裁者的军队几乎冲破城墙了。她伸手抓住男孩的手。从前她侥幸逃脱，但这一次她还有鸽子要照顾。

“我们现在得快走了，”男人说道，“别说话。跟着我。”

“你真的连这个男孩也要带走吗……”契妮坦说。片刻之后她就跪在地上，眼中蓄满泪水，脸颊刺痛。他出手的速度那样快，她甚至根本没意识到。

“我说了，别说话。下次可要见血了——比这点血可多得多。”男人的手快得如同攻击的巨蟒。鸽子发出了契妮坦以前从没听过的尖叫，那样粗粝，令她想要作呕。男孩捂住脸，双手拿开的时候已是鲜血模糊。他的耳朵被割掉了一半，还有一部分垂了下来如同腐坏的挂毯。

“给他包扎一下。”男人从口袋里掏出一个布条扔给她——是他之前伪装成老妇人时用的围巾。“别想着我是要把你们送给独裁者，就不敢动你们了。我有好多办法可以伤害你们，就连神佑者的医生也无法发现。再给我玩花招，我就让你们看看我的独门——魔术，好叫你们记住，就算是果园宫殿最厉害的虐待者到时也难以对你们动刑。”他挥手让他们沿着码头边往前走。

契妮坦将绷带紧紧捂在鸽子耳朵上，直到他能够自己拿住。男人命令，她就走，男人停下，她也停下。她的心跳前一秒还如此剧烈，现在却如同夏季水面的雾气一般慵懒。他们俩都别想逃走了。

在长长一排船只的尽头有一套细细的拴船柱，一条条小船互相拴在一起，就像树枝上的树叶。他们的俘虏者在这里寻找一条小船，要有小小的顶棚，足够为一个大人和两个小孩遮挡太阳。他让契妮坦和鸽子挨在一起躺在遮阳棚下，接着将船划出烧焦的残骸，不顾岸上卫兵的叫喊朝外海开去，那里炮弹如雷声般轰隆，烟雾飘散如同夜晚的雾气。她看着划船的男人，只能看到他灰白色脖子上肌肉一松一紧的张力。

“独裁者给你什么报酬让你做这件事？”她最后冒着再次被打的风险问道，“绑架两个从未伤害过你的孩子？”

他回头看她。“我的性命。”他嘴角抽动，看上去几乎像在笑的样子了，“算不上什么，但我拿它还有些用处。”

男人不肯再被诱使着说些什么。契妮坦躺在那里，胳膊搂着鸽子安慰他，忍不住想到如果翻身落入冰冷海洋的怀抱会是怎样的感觉，溺死会是一种相对简单和迅速的死法。如果不是有个孩子在她身边瑟瑟发抖，她一定毫不犹豫照做了。相比起再次看到独裁者疯狂的眼神，感觉到他那戴着金丝网的手指刮擦过骨肉，任何事情都没那么可怕了。任何事情，除了得知可怜的哑鸽子被抛在身后。可是如果抱着男孩一起翻入平静的绿色海水深处呢？她可以将男孩搂紧不让他挣扎，然后大吞一口海水灌满肺腔。不，鸽子不会挣扎的。他会明白的……

男人放开船桨，任由其在桨架上晃荡，然后将一根长绳绕在他们睡下的长椅上，两头分别系在他们脚踝上。

“你不该将想的事情都写在眼睛里的，姑娘。”他身后的远处能看见名为手指的山峦上的岩石条带，它所挟制的要塞一直伸进水里，轮廓映衬在红色的夜空中，周围的船舰上都挂着独裁者的努沙什炽烈之眼的旗帜——真是栩栩如生的提醒，让人想起面对苏列佩斯本人炽热的眼神是什么感觉。“不过现在告诉你有点晚了。”

⚜ ⚜ ⚜ ⚜ ⚜

瓦什是不愿再次航行的。他才刚从上次航程中恢复。到了这等虚弱年纪，如果仍然不能坚持选择一直待在干燥的陆地上，即便身为世界上权力最大的人物之一又有什么好处呢？

他咽下怒气，既然没有好处，那还是先在这摇个不停的、抛锚的船上站稳，然后再走上通往独裁者大舱室的走廊吧。那间大舱室的木梁有一百步长，占据了整条船身的一半，宽度也占据了绝大部分，舱室悬挂着上等毛毯，即便在最寒冷的风暴中也能保暖。在舱室的中央，坐在一只缩小版的猎鹰宝座（固定在甲板上，以便在翻腾的海面上也能保持神佑者的尊严）上的，就是让皮尼蒙·瓦什忍受如此不适之事的人。

“啊，瓦什，你来了。”独裁者懒洋洋伸出一只手，指甲闪着金光。除了珠宝以外，苏列佩斯只穿着一件亚麻短裙和一条金线编织的宽腰带。“你来得正好。那个受宠的胖子叫什么名字我一直不记得……”他等了这么久，显然只是想知道那人的名字。

“巴兹利斯，神佑者？”外面的悬崖上，一颗鳄鱼炮弹开炮了，船上的木头吱呀作响。瓦什忍着不要退缩。

“对，巴兹利斯。他给我带来了卢迪思的礼物。永生之神今天很开心啊，老伙计。”但是苏列佩斯看上去并不高兴，事实上，他表现得甚至比平时更加暴躁和急切，下巴上的肌肉扭曲得如同等待食物的猎犬。“我们为此已经等待和忙碌很长一段时间了。”

“是的，神佑者，我们确实如此。很长一段时间了。”

独裁者皱皱眉：“你也是吗？你真的也是吗，瓦什？你也几个星期彻夜不寐地阅读古代文书吗？你也在和黑暗中的东西……角斗吗？你也为了成功押上了项上人头，光是听到失败后可能会遭受的折磨就足以杀死一个正常人吗？你真的和我一样在忙碌和等待吗，瓦什？”

“不不，不，当然不是，我伟大的主人！我这么说不是指‘我们’，不是真的……”他能感觉到衰老的皮肤上涌出了汗珠，“我是说我们其余人，您的仆人，一直在焦急地等待着您的成功，而且那成功，那……陛下……一定都是您的。”他咒骂自己是个傻子。伺候这个狠毒的青年一整年了，竟然还没学会每句话说出口前先三思！“求您了，神佑者，我并无意冒犯……”

“你当然不会了，瓦什。你是我很信任的仆从。”独裁者突然笑了，一道白光闪过，如同邪恶的河鲨，“你担心太多了，老伙计。我的目光可是无所不在。我知道我的属臣们有多忠诚，尤其是知道我最信赖的仆从们的所思所为。”

瓦什晃了一下——他祈祷着希望动作不会太引人注目——希望能坐下来。独裁者当然又是在暗示什么东西了。是在说猎豹护卫对新队长马鲁可的评价吗？但是瓦什不同意他的观点——事实上，他还曾责骂过那人！不过他也没有去找独裁者汇报那人的不忠行径。

如果我将违反新任独裁者律法的所有人都揭发出来，他绝望地想到，那么独裁者的镇压官会死于工作过量，而果园宫一年下来就会变得空空荡荡，除了鬼魂什么也不剩。

他低下头，等待着确定自己还能不能再活一个小时。

独裁者将双手举至眼前，一边检查着自己的手指，一边又皱起眉头。“我在想，是不是应该挂起那些鹰爪形状的旗帜呢，”他说道，“为了纪念即将到来的赫若索尔的陷落。你觉得呢，瓦什？”

首席大臣静静叹息着松了口气。又一个小时，至少。“我觉得那样很适合纪念您的先祖，尤其是……”他顿了顿，决定不再说任何会惹麻烦的事，挑不出一点毛病，“……尤其是您伟大的祖先埃克萨普顿，他将猎鹰旗帜带至整个赞德大陆。”

“啊，埃克萨普顿啊。最伟大的——直至现在。”他抬头看见一个仆人静静穿过门口的帘幕站在那里，低着头等待传召，“什么事？”

“内侍巴兹利斯来了，神佑者。”

“很好！你可以退下了，瓦什。”

首席大臣穿过在场官员的圈子朝着墙边走去，站在储君的金色轿子旁边，那镀金的运输工具只比独裁者本人的小一点点。瘸腿的普鲁萨斯从轿子窗口向外打量，如同一位不安的隐居蟹一般。瓦什对他点点头——只是个礼节而已，所有人都知道储君头脑简单，不了解这类东西。

苏列佩斯靠回宝座，挥手让把那阉人带进来。巴兹利斯很快就进来了，身穿巨大肃穆的袍子。他花了些时间，袍子晃得沙沙响才爬到独裁者脚下。

“哦，受努沙什保佑的伟大神庙的主人……”他开口说话，却被苏列佩斯穿着凉鞋的脚一踩打住了。

“闭嘴。他在哪儿？那囚犯在哪儿？”

“外……外面，神佑者。我以为你想听我……”

独裁者踢了他一脚，那阉人呜咽着倒了过去。他跪在地上，惊恐地抬起头看主人，一只手举到脸上，嘴唇里已经涌出血水了。“带他来，”独裁者说道，“我在等的是他，你这个蠢货，不是你。”

“是，是的，神佑者，当然了。”巴兹利斯退出大舱室，仍然是手脚并用，亮色的袍边在空中飘摆。

苏列佩斯转身看着瓦什，脸上稍微露出老师般的谨慎表情。“出于待客礼貌，他来了我们要说赫若索尔语。你讲的怎么样了，瓦什？”

“很好，很好，神佑者，虽然最近没怎么用……”

“那么这就是一次绝佳的练习机会。”独裁者笑起来像个好心的老伯，虽然他微笑的对象比他年长三倍。“不管怎么说，你永远也不会知道，什么时候会被派到一个官方语言是赫若索尔语的地方去管理一片大陆！”

瓦什还在想那听起来像是一个古怪的承诺，好像要提升他为整个埃昂大陆的督政官一样，这时那囚犯出现了。

瓦什不禁注意到，那阉人和护卫带进舱室的人和主人独裁者比起来简直像是另一种完全不同的生物。苏列佩斯年轻高大又英俊，有着金色的紧致皮肤，长着高颧骨的猎鹰一般的脸庞，但那北方国王平凡得令人惊讶，棕色的胡须那样浓厚，但又不好好修剪，黑色的圆眼眸衬托得眼白更加明显。只有他回视独裁者的眼神表明了他并不是普通的商人或工匠：那眼神平静又睿智，胸有成竹而又充满思索。瓦什见过的唯一一个在独裁者面前还能如此岿然不动的人就是谋杀士兵戴克纳斯·沃，但这位北方国王的眼睛和嘴唇间闪过的那丝微笑是沃脸上永远也不会看到的。瓦什越想就越震惊，奥林的表情中带有一种轻蔑的戏谑，虽然微妙，但竟然没有引得独裁者突然勃然大怒。相反，苏列佩斯大笑出声。

“您来了！我的国王同伴！”他傲慢地举起一根手指，“为陛下搬个椅子来。”两名仆人急忙穿过巨大的舱室然后又匆忙回来，抬回来一只椅子，“我等您等了好久了，奥林王。我听说了许多关于您的事，感觉好像已经认识您了一样。”

奥林坐下：“您这么说真是太有趣了。我的感觉也一样。”

“哦嗬！”独裁者又笑了，听起来就像是真的很开心一般，“但是您以为自己认识我，但其实并不认识，是吗？真是个好笑的笑话。我们会成为朋友的。事实上，我们必须成为朋友！如果按照正式协议，我们的谈话会漫长而枯燥——接下来几天里我们还将进行许多次交谈。我很期待！”

奥林将双手小心地叠放在膝盖上：“这么说您现在还不想杀我了？”

“杀您？我为什么要那么做啊？您是个奖品，奥林 · 埃顿——比黄金和琥珀值钱多了——比著名的布伦湾瑟考特红宝石还值钱！长久以来，我一直尽了最大努力想要找到您！”

“您在说什么呢？”

瓦什听到这个北方人的语气不禁开始畏缩起来——跟神佑者说话是不能用那样的语气的，除非他不想要自己的皮了。但他最爱的主人独裁者并没有传唤莫克利，而是又笑出声来。“不过当然了，”他愉快地说道，“您不知道。事实上，我在想，就您的全部学识，即便我解释，您也是否能听懂。”

奥林回视这位整个赞德大陆之王的眼神好笑中又带着越来越浓的厌恶。瓦什奇怪地感到更加确信——他早就开始怀疑主人是不是真如表面那样疯狂，或者说，如果他皮尼蒙 · 瓦什缺乏眼光，那他还是很开心能看到自己不是唯一一个发现苏列佩斯莫名其妙的。“听起来您今天好像没准备要杀我。”

“可是我已经告诉过您了！”苏列佩斯假装很震惊的样子，“您和我还有许多事要做，知道吗？还有许多事要谈。不过，首先我们实在是需要帮您清洁一下。卢迪思对您的照料真是令人震惊。”

那北方国王歪歪头：“我能问问吗，您为我付了什么样的价钱？或者说我只是卢迪思送您的一个礼物——一个欢迎礼品？”

“啊，奥林——您不介意我叫您奥林吧？您也可以叫我神佑者，或者甚至……是的，您可以叫我老鹰。”

“您真是太好心了。”

“啊，我们一定会相处得很开心的。您富于幽默感！”独裁者又靠回宝座上，挥手召唤仆人，“带奥林王去沐浴，然后给他弄点吃的。把我的试毒者派一个给他，好让他放心吃饭。我们晚些再聊，奥林——我们有好多事情要讨论。我们将一起重塑这个世界！”

“您看上去非常确定我会帮助您实施这个……宏大的计划

了。”奥林歪着头，审视这位俘虏者。瓦什不禁佩服起这位可怜的在劫难逃的野蛮人了。

“哦，您的同意并不是我成功的必需品，”独裁者稍稍皱起眉头，同情地告诉他，“还有，可悲的是，您活不到见识成果的那一天了。不过您可以庆祝一下，您是必不可少的人——没有您，世界可能仍会迷失在黑暗之中，而不会获得努沙什伟大光芒的救赎——或者说是努沙什·苏列佩斯，准确说来，这次轮到他了。”现在他用一种懒洋洋的肉食动物的笑容享受地看着这位异国国王，就像是吃饱了肚子暂时吃不下，但又没饱到不用再去吓唬更多的动物了。“我说过，我们晚点再聊，奥林·埃顿——哦，我们有许多事情要聊！我们会成为朋友，您不觉得吗？不管怎么说，稍等一会。现在，去洗个澡吃碗饭吧。”

⚜ ⚜ ⚜ ⚜ ⚜

绑架契妮坦的人只从油皮纸信封中拿出几张文件——上面明显盖着独裁者本人的印鉴——“努沙什之焰”这艘大船上的水手和士兵就急急忙忙去执行他的吩咐了。正当她期待着节奏慢下来，慢到这西斯国巨大的官僚机构最慢的速度时，周围的所有人都如同蚂蚁一般聚集在一起忙碌地勤勉劳作。三人被士兵护送着走上跳板——她不禁注意到，有些人佩戴着猎豹护卫头盔，就和她现在的惨境的制造者杰顿的一样。当时他说着爱她的那番疯话时，她为什么没有揭发他呢？因为她被哄骗住了？还是因为可怜他，从他那士兵的身躯中瞥见了从前认识的那个焦躁的小孩的影子？不管怎样，他的爱让她遭受了劫难，就好像他抽出匕首抵在她脖子上一样。走上甲板的路途只是意味着某件事的结局，而那是从一开始他愚蠢的欺骗和她同样愚蠢的沉默之时就注定不可避免的。

鸽子被俘虏者一侧抱怨不止的一位内侍拉走了。她想要反抗，接着就意识到，虽然男孩想和她待在一起，但同自己分开可能会带来最大的希望。

“嘘。”她说道，并对他撒了个大谎：“我会回来的。一切都会好的。只管和他们去，按他们说的做。”

男孩不傻。他被带走的时候，露出满脸的震惊和失望，就好像一只狗被拴在树上被主人抛在身后一般。

猎豹护卫队长官现在负责契妮坦，俘虏者问他是否想将自己或“礼物”送至独裁者面前。

“我接到命令将她全速带到神佑者面前，”俘虏者说道，“我敢肯定如果我按他说的做了，他就会原谅我。”

那官员和另一名更加重要的内侍面面相觑，一副理解的样子，但是那廷臣低下头。“当然了，先生。如您所言。”

契妮坦看到他们放下晃荡的船舰上宽得惊人的长走廊，颤抖地吐一口气。她什么感觉都没有，或者说至少是什么感受都没体察出来。如果她此时落水，正如早前想过的一样，她知道自己会径直沉下去。她感觉如同石头般冰冷、坚硬、死寂。

他们停在船上中央舱室门外，猎豹护卫仔细地为那个抓住她的人搜身，几乎面带愧意了。内侍长对契妮坦也做了一样的检查。阉人的呼吸闻起来有股薄荷味，但更刺鼻污秽，也许是牙齿腐烂的味道。在别的场合，她可能会反抗他的触摸，但现在她只是站在那里，任由自己像一具入殓准备下葬的尸体。任何感觉都没有意义了。关心也毫无用处。

内侍带着他们走进大门，穿过宽敞的舱室，朝向坐在中央简陋椅子的高个子男人走去，那人张着腿，穿着靴子的脚牢牢钉在地面，检查着契妮坦俘虏者交给廷臣的文件。

不是独裁者。

“向至高的军事长官伊克里斯·乔哈尔致敬，他是军队的督军！”内侍说着将拐杖在舱室木地板上敲了三次。

将军抬起头，生着浓眉的脸从契妮坦转移到俘虏者那方。“沃，是吗？戴克纳斯·沃。我想我以前听过这个名字——你父亲也是白猎犬，我说的没错吧？”

所以抓住她的面色空洞的男人有名字了，契妮坦意识到——不过那不重要。很快她就什么名字都不记得了，包括她自己的。

“是的，长官。”男人看上去有点惊讶，虽然脸色仍旧坚毅冷漠，“请原谅我，大人，可是您能告诉我吗，什么时候能见到独裁者？我有特别命令……”

“是的，是的。”长官挥舞着满是老茧的手，“你完成得很好，速度很快，没让我们久等。不过实情是，你错过了神佑者，晚了半天。”

“什么？”沃看上去第一次表现得像个普通人了，“我不明白……”

“他已经乘坐最快的战舰‘亮鹰号’走了，让我在这里照料剩下的攻城。”军事长官咧嘴笑着说道，“而且等赫若索尔沦陷之后，让我当总督。我需要全力以赴，别让这些人——尤其是你们猎犬队的人——把整个地方烧成平地了。那些人都又尖利又饥渴，而且为这一刻已经等待许久了。”

契妮坦吃了一惊。她已经尽力准备好去见识独裁者恐怖的微笑，现在感觉就像从悬崖上摔落了，她原本以为会踩到滚烫的煤块的。她不知道该做何感想，只觉得折磨会更长了，死亡会耽搁一些时候，但她不知道那是怎样的感受。

军事长官双手拍在膝头，站起身。他个头高大，看上去和戴克纳斯·沃一般轻重。“好吧，那么，如果你将这姑娘交给我的仆从看管，我们一定会保证她安全等到独裁者归来。”

“不。”

督军原本已经准备转身了，脚跟慢慢旋动，这时却很惊讶。“不？我刚听到你拒绝我吗，士兵？”

“是的，大人。因为神佑者亲自命令我将这个女孩带给她，十万火急——要我亲自交给他，别的人都不行。我需要您派给我一艘最快的船。”

这位军事长官将视线从沃身上转移到房内其余廷臣和士兵身上。他噘着嘴，虽然在微笑，但掩饰不住烦恼。“我最快的船是吗？即便是身为猎犬队成员，你也太无礼了。”

沃又恢复了平静，收回视线：“执行神佑者的命令没有什么无礼之处——这是他的原话。我们的大人是最执着的。”

那长官看着沃，契妮坦几乎觉得他们是在游戏场上互相打量了，也许是一局残酷的沙纳特，就和老人们在集市里玩的一样，所有人都在聊天，只有两个人在比赛。最后伊克里斯·乔哈尔摇摇头。

“很好，”他说道，“我们给你找船。等找到独裁者后，你去向他禀报，这是你自己的主意。”

“我一定照做，长官。”沃转过身说道，“在等待新船准备期间，我需要食物和水。”

军事长官的眉头皱得更凶了，但最后还是在椅子上坐下。“会有仆人准备的。现在恕我抱歉，不管怎么说，沃——我还有些工作要做。”

“是的。最后一个问题。长官。”沃现在看上去简直像是故意的了，像是在刺探乔哈尔，看看他是不是能让世界上最强势的人物之一发脾气，“独裁者是多久以前出发回西斯国的？”

“西斯？”现在军事长官又恢复了好脾气，“谁说西斯了？你们的旅途不会太容易。神佑者乘坐最快的战舰沿着海岸线向北方去了。”

“北方？”契妮坦看出，戴克纳斯·沃的惊讶并非伪装：他确实吃了一惊。“那他要去哪里？”

“去一个回水湾的小国家，几乎没多少人听说过，更别说到访了。”督军说着招呼一名仆人去给他弄些东西喝，“那个国家很小，他只带了几百名士兵，虽然全都是精兵猛将——你们猎犬队也在其中。我们另外派了三艘船去殿后，每一艘都挤满了士兵，同时还有一艘驳船运了一台皇家鳄鱼——就是大炮。”

“送去哪里？”沃不解地问道，“去哪个国家？为什么？”

“为什么？谁知道？”乔哈尔端起高脚杯，一口气饮尽，“独裁者要求如此，所以就是如此。至于说去哪里，那个边远小国叫南境。现在带走你那私奔的婊子，让我继续处理政务，摧毁一座真正的城市吧。”

第四十一章
死神的女眷

诸神自此以后便获得了正义与强大的统治，防守天界和凡间不被那些想要伤害他们的人所骚扰。人类的祖先也在诸神公平的统治之下获得了繁荣昌盛。那些追随三兄弟的教导和神谕，忠于他们的人死后都被迎入了天界。

——引自《三神之书·万物之始》

一艘刚从杰尔进港的小船之前从最近自德沃尼斯而来的其他船只得到消息，西斯国独裁者已经派遣一支大舰队抵达赫若索尔了，便将信息送至南境国。这艘小船在离开南海之前曾进一步收集信息，但是南境城堡中谁也不肯相信神圣古老的赫若索尔现在正遭受围城之困。

地上居民的所作所为很少会在芬德林镇引起骚动，但地下城的人们今年已经听到太多的坏消息了——国王被囚，王太子被谋杀，王室的双胞胎消失了，可能是死了。许多小人儿不禁想到末日是不是真的来了，湿热石之神是不是已经对凡人整体失去了耐心，很快要将所有的凡人建筑都废弃。不管怎么说，工作减少了，也没有什么食物和乐事，所以绝大部分虔诚的芬德林信徒整天都在祈祷，并且坚持要其余人也都一起加入。

今天，有两个焕华共修会的人站在芬德林镇大门口，斥责每一个与罪恶的地上人做交易的路人。燧岩扭过头不去看他们，又是羞愧又是生气：*就好像我有的选一样。*

“我们看见你了，蓝石英兄弟！”当他匆匆走过时一个人大喊道，“而且大地长老也在看着你！你们这些人都必须立即放弃邪行和恶魔同伴，并且为之忏悔。”

他抑制着不发出尖刻的回答，突然之间被一阵迷信的苦闷所攫住。也许他们是对的。现在毫无疑问是不吉时刻，他似乎正处在所有凶兆的中心。

保护我吧，哦，湿热石之神，他祈祷着，保护您这迷途的仆从吧。我所做的只是为了帮助朋友和家人！

他的神灵没有给予任何能让他好过的回答，只有焕华共修会的吼声在回荡，命令他去忏悔，重拾信仰。

地上的城堡中一片混乱。到处都是士兵，狭窄的街道挤满了人，他花了比预期长两倍的时间才穿过外城。燧岩至少开始真诚地为一件事忏悔——同意再去见奥科罗斯修士。

那些大个头看着他的眼神好像他是门没关时溜进房屋的肮脏动物。在拥挤的走道上，有几个人重重地撞在他身上，差点将他撞飞，那些赶牛车的人看到他甚至没有减速，迫使他只能在泥泞街道上比他还高的车轮子间躲躲闪闪。

*这疯狂的景象是为何？为什么如此匆忙？精灵族过了海湾难道要怪罪在我们芬德林人身上吗？或者说独裁者进攻赫若索尔是我们的错？*但是他知道，愤怒对他没有好处，还是睁大眼睛，避免一切冲突吧。

仿佛为了增加燧岩的悲惨一般，拉文之门的士兵也想与他作难。他只得等待，虽怒不可遏却也只得保持沉默，他们嘲笑他矮小的身材，怀疑他所说的要去找奥科罗斯修士办事是否属实。他听见大神庙的钟声敲响正午十二点了，心不禁一沉：现在应诏去见御医已经迟了。但过了一会他运势转变了，一辆装满酒桶的巨大超载货车似乎没有通关文书。士兵们愉快地要将吓得直发抖的驾车人的货车充公，燧岩趁机溜进了城堡。

*为什么奥科罗斯不像上次一样在天文台见我呢？燧岩自顾自恶狠狠地想，那里距离芬德林镇只有几百步距离。要是去那里我早就到了，也不用站在这里被守门卫兵嘲笑。*但诏令要燧岩必须去城主的房间，燧岩于是想着奥科罗斯去那里一定还有其他事要做。*难道说他将镜子抬过整座城堡搬到那里去了？*

查文·马卡洛斯很高兴看到诏令是一个曾经的狡猾友人送来的。“*赞美诸神，*”那人当时大喊，“*也就是说奥科罗斯还没有找到解决方法！*”医生一边读一边因为如释重负而浑身发抖。“*你当然必须再去一次，燧岩。我教你几种办法，你说给他听，这样就可以搅和他好几个星期了！*”

燧岩记在心里，并没有发出憎恶的声音。就因为两个快疯掉的医生决定为镜子打拉锯战，他就要一路跌跌撞撞穿过整个南境国，做这些不得体的勾当吗！当然了，他提醒自己，要拒绝一个头戴南境国王室头冠的人的诏令可不是好主意。

燧岩·蓝石英十多年前曾和一大群人一道在老角闪石手下工作，自此以后再没来过尊贵的王宫。当时是在大厨房下开凿一间新的食品储藏室。那是个重活，他现在想起来也很奇怪：当时国王已经明确限定能够开挖的地点，结果新的储藏室的建设角度很奇怪，弯弯曲曲得就像狗的后腿。他还记得当时很喜欢这工作——那是他第一次自己当工头——还记得因为在国王的住所工作而倍觉荣耀。

但是今天真该死，他迟到了，看到王宫大门有一群士兵在闲荡，他的心一沉。燧岩清楚应付这群士兵可能会耽搁更多时间，就如同他十分了解该如何切割玄武岩饰板一样。他从前也曾在南境城堡进出，在阴影线附近的山中勘探的经历告诉他，一个士兵不需要应付，两个士兵一般会达成共识不要太拼，但是一大群士兵通常会想要在同伴面前证明自己，或是炫耀——不管怎样，对于燧岩这样小个子又赶时间的人来说都是一场灾难。

他躲在一面和他同样高的树篱背后，然后匆匆走向王宫西侧的花园，绕过前门找寻更加便捷的入口。他在一丛乱蓬蓬而嶙峋的灌木丛背后的城墙上，找到一扇可以通往一楼房间的窗口。窗口对于普通人来说可能会嫌小，甚至对燧岩来说也有点挤，可能因此才没有被闩上。他偷偷钻过去，畏畏缩缩在窗框上摆荡，直到眼睛适应了黑暗，看清距离地面有多远距离。这房间似乎是储藏室的附属小间，里面放满了木桶和瓶瓶罐罐，但好在没有人。他跳进去，接着匆匆跑出去走到外面走廊上。

现在困难时刻到了，他需要找到路，穿过王宫进入城主的房间而不被人发现（或者至少不能让任何人发现他是绕过大门进来的）。他叹了口气到达第一间长厅的尽头。现在一定已经过去半小时了。奥科罗斯会很生气的。

燧岩拐错了几个弯，有一次走进一间客厅，里面在做缝纫活的一群年轻女人都吓了一跳，他连连鞠躬退出来。燧岩找到了内花园，从最近一条路穿过去到达王宫中心，接着回到主走廊进入前门附近的办公区和官员房间。*我最好还是离开的好，以免卫兵辱骂*，他厌恶地想着，*在这条路上已经浪费了两倍时间了*。但他最终还是到达了传召的区域，因此听到脚步声也不用再躲闪了。在一个稍稍有些怀疑的男仆的指点下，他找到了通往城主房间的走廊，正准备敲响那扇雕刻得十分美丽的铮亮橡木门时，有人刺了他的手一下。

燧岩咒骂着连连拍击，但是刺他的不是黄蜂和马蜂：手上皮肤中被刺中的是一根细长的刺。他愤怒地想摘掉，却摘不出来，终于不顾疼痛猛拉出来之后，他惊讶地发现是一支只有他半根手指长的小箭，上面有从蝴蝶翅膀上撕下来的小小的条块装饰。

有一阵子他只能盯着看，完全不明就里，但他抬起头，看见大厅对面的挂毯上抓着一个小小的人影，这才明白是怎么回事。但是这些屋顶小人儿为什么要伤害他呢？他们不是同盟嘛——他和比特唐一直算得上朋友啊！

那个小刺客并没有逃跑，而是等着燧岩去找他。有一刻，他想像个巨人一样挥挥手将那个吊在挂毯上的小东西扯下来扔在地上，或许可以踩死。但是即便是在这样一个倒霉的中午，约定时间迟到、手还在刺痛，燧岩也无法当个坏人去伤害别人，他只是不明白这是怎么回事。

他将脸凑过去。那是个屋顶族小伙子，但他并不认识。那个攻击他的小人儿至少看上去相当吓人。“你在做什么？”燧岩大吼。

小人儿悬在一根绳子上，如同登山者挂在绳索上一般。他挥舞着一只手连声尖叫：“现在别说话！你是燧岩吧，比特唐的朋友？”

“是的，我就是燧岩。你为什么拿箭射我？”

“比特唐派我来告诉你现在非常危险！不要进去！”小人儿表情十分惊恐，燧岩想着自己在对方看来一定像是座大山，还皱着张脸。他退后几步。

“你说的是什么意思？”

“没时间了——快藏起来！”屋顶族像是看到了燧岩看不到的什么东西一般，匆匆爬上挂毯顶端线头，躲在后面。

燧岩还来不及眨眼，大厅那头城主的房间大门就响起门闩拉开的声音。藏？为什么？他是应诏前来的，不是吗？他有权利出现在这里！

如果我没有危险，那比特唐为什么还要派人来拿箭射我提醒我注意呢？

他突然汗毛倒数，皮肤刺痛。一定是有什么误会——但是如果不是……

挂毯背后没法藏，不过走廊尽头和门在同一面的小壁龛中站着一座大理石的埃瑞沃雕像。燧岩冲过去。他向那背后冲去，雕像晃了几下，他刚扶稳门就咔嚓一声打开了。

"他知道了，该死的，"一个他熟悉的声音说——是奥科罗斯。"我早该让你带人去抓住他的，海弗莫。"

"还是不要打草惊蛇，惊动小挖掘工的好，如果他是自愿前来，那他们也聪明不到哪里去，"另一个人说道，"不过现在应该派士兵去搜寻他了。"

"是的，立刻派人去搜查他的住所。越想就越觉得他一定知道查文的下落。我告诉过你，他问镜子的那个问题——太贴近了，不得不防。"奥科罗斯的声音听起来坚定又狂躁，就像被浇灌成形的铁水。燧岩越来越害怕，无法欺骗自己他们说的是别人。他们要派士兵去搜查他家了！

"和我来，修士，"声音柔和一些的人叫海弗莫，"你亲自带兵去，以防他们忽视了重要信息。"

"我很乐意，"奥科罗斯说道，"如果真的找到了查文·马卡洛斯，我需要问你要几个小时单独见他，然后再通知亨顿大人。这样可能……对我们都好。"

两人快速走进走廊，身后还跟着几个士兵。他们一直在等他！如果不是比特唐派小家伙拿箭射他，燧岩可能已经被抓走，大地长老才知道等待他的是什么结局——至少会被囚禁，很有可能受刑。

而且他们要去芬德林镇了！去我家！欧珀和男孩现在很危险——查文如果没藏起来的话也一样。燧岩知道必须通知大家都躲起来，但该怎么办呢？该死的奥科罗斯和海弗莫已经带着武装士兵出发了！

他环顾四周确定门厅没人了，接着快速走出壁龛。他轻轻拉扯挂毯，对小人儿嘘了一声。

“请帮帮我！你能马上去芬德林镇送个信吗？”

小人儿很快又出现在挂毯顶部，从那根绳索上滑下来。“不，不行，先生。那样太浪费时间。也许可以派个人骑鸟去，但是要一路穿过城市到另一边的大山顶上去。我们不可能快速抵达芬德林镇，所以侦查长比特唐才派我来这里找你。”他的小胸脯稍稍起伏，“我没办法比别人跑得更快。”

燧岩绝望地蹲在地上。毫无办法。就算他能偷偷溜出王宫穿过拉文之门，和他们跑得一样快，但奥科罗斯和士兵还是会赶在前面。都因为查文和他该死的镜子！*都被他该死的秘密毁了……*

接着他想起查文的天文台下面有条地道。那样只用片刻就能到达芬德林镇外围，那时奥科罗斯和士兵们可能还在黑暗拥挤的街道上找不着北，不知道他家在哪里呢——他怀疑会不会有哪个芬德林人为这些大家伙提供一点帮助。查文的邻居们最痛恨的就是地上这些滥用权势的大家伙了，尤其是在小人儿自己的地盘上行凶作恶的那些。

希望渺茫，但聊胜于无，他告诉自己。他站起来将头靠近屋顶族。

“谢谢你，告诉比特唐我很感激他，”燧岩小声说道，“我会向大地长老请求赐予他最大的福祉——但是现在我必须去救我家人了。”

燧岩从走廊冲了出去，他的小救星钉在绳索上如同一只惊愕万分的蜘蛛。

⚜ ⚜ ⚜ ⚜ ⚜

过去两天吸引马特·廷莱特注意力的事情放在其他任何时候都会让他开心不已，但这时却令他不胜烦恼。因为被亨顿·托利邀请，当着亨顿兄长卡拉顿公爵的面念诗，宫廷里许多人都觉得廷莱特成了托利家族的宠臣，因此值得培养与他的关系。之前从来不屑和他说话的人现在不管他去哪都会悄悄贴近来，想邀请他为他们写一首情诗，或者在南境新君面前帮他们美言几句。

今天他终于有机会可以独自脱逃了。城堡大部分居民和难民都去参加集市广场上举办的石神节第三天的庆典了，所以走廊上、庭院中、城内的冬景花园中大多空空荡荡的，廷莱特走出王宫，进入宫殿背后旧城墙阴影下嘈杂的狭窄街道上。

他走到距离夏之塔广场不远的一排脆弱破旧房屋尽头的两层木屋处，悄悄走上二楼——倒不是担心有人会听到他的脚步声（街上的居民毫无疑问现在都去集市广场上喝免费的麦芽酒了），更多的是他犯下的罪行需要通过安静和缓慢的行动表现出一定程度的尊重。布丽吉德打开门。这个酒吧女侍正在为去酒馆上班而更衣，紧身胸衣挤在胸脯上如同平底锅中溢出的薄饼，不过这算是她身上唯一受人欢迎的地方了。

“廷莱特，你这只卑鄙的变色龙，你一个小时前就该来了！我会丢了工作的——或者更糟，要对科纳利再次示好保住职位。我就该去找亨顿·托利，把你的所作所为都告诉他。”

他的怒气都消失了：“别开玩笑了，布丽吉德。”

“谁开玩笑了？”她皱着眉回头看看床上苍白的身影说道，“我告诉你，她很可能……已经死了，真的。”

廷莱特一阵寒战，只得抓住门框。“我跟你说，不要说笑！请让我进去吧——我不想被别人看见。”他挤过去站定，“布丽吉德，亲爱的，我发自内心地真心感激你。我对你很糟，但你一直对我很好，我简直不敢奢望的好。”

“如果你以为说几句甜言蜜语就不用付钱……”

“不，不！给你。”他掏出硬币放在她手中，“我永远也没办法报答你……”

“是的，你还不清。啊，好了，这个小东西现在完全属于你了，你说的完全正确。”布丽吉德傻笑着，“我早就知道你有点蠢，马特，不过这事我完全没想到。”

“她有任何要醒的迹象吗？”

“稍许。呻吟摇晃过几下，像是做了噩梦。”她将披巾甩到肩膀上，“我现在必须得走了。科纳利会发怒的，不过也许我可以哄哄他，加加班。如果可能，我再也不想和这个老鲭鱼上床了。”

“你真是我的好朋友。”他说。

“你是个蠢货，我想我已经说过这话了。”她出门走入下午的雾气中，将门在身后关上。

伊兰静静的呼吸声似乎并没有太大变化，但不知为何他知道她已经醒了。他将十四行诗的诗集放下，匆匆赶到床边。她的眼睛动了，脸上流露出迷惑不解的神色。

“我……我在哪里？”声音像呓语般轻，“这是……这是等待的地方吗？”她看到廷莱特在动，于是就将目光转向他，但很长时间都没能聚焦。“你是谁？”

他只能祈祷海藻婆的饮剂没有伤害到她的心智。“马特 · 廷莱特，夫人。”

她有一阵子没能明白，也许只是没想起那名字，接着却因为痛苦而脸色大变。“啊，马特。你也服了毒药吗？你真是个好人。你应该活着的。”

他吸一口气，接着又吸一口说:“我……我没有服毒。你也没有，至少没有到死的剂量。你还活着。”

她摇摇头，眼睛再度闭上。

他已经说了，但她没有听见。难道这表示他应该逃入夜色永不回头吗？他不敢抛下她，但是诸神知道，跟站在这个女人面前告诉她自己背叛了她的信任相比，任何事情都显得合适多了。

“什么？”她再度睁眼，这一次警觉多了，但眼睛瞪得那样圆那样惊恐，像是被困住的小动物。“你说什么？”

逃离的时机错过了，如果曾经真的有过这样的时机的话。廷莱特想着，大丈夫应该真的利用毒药来犯下恶行吗？也许吧，他提醒自己，他并不是大丈夫——不管怎么说都算不上。“我说您还没死，我的夫人。您还活着。”

她想抬起头，但却没能够。恐惧的眼神左右移动。“什么……我在哪里？哦，不，你一定是在撒谎。你是那座大门前的某个魔鬼，你是在测试我。”

他惊讶地发现，自己的情绪甚至比想象中还要低沉。“不，伊兰夫人，不是的。您还活着。我受不了看着您去死。”他跪在地上握住她的手，仍是死一般冰冷，“您现在是在一个安全的地方。我有朋友帮忙。”他摇摇头道，“我说得太夸张了。是我认识的一个女人，是她很好心一直在照顾您，尤其是肯帮您……帮您保守秘密……”他感到自己脸红了，遭人厌恶了。马特·廷莱特，真是饱经世故啊！但女人身上的某种东西却削弱了他孩子气的尴尬劲。“她帮我将您从王宫中偷出来了。”他承受不了告诉她，他们是将她放在洗衣篮里拖出来的。

她的眼睛现在又合上了：“亨顿……”

“他以为您逃走了。但老实说，他看上去却很开心。他是个坏人，伊兰夫人……”

“哦，仁慈的诸神啊，他会找到我的。马特·廷莱特，你真是个傻子！”

“所有人都这么说。”

她再次想坐起身，但还是太虚弱了：“我信任你，但你却背叛了我。”

“不！我……我爱你。我不能承受……承受……”

“那你更是个傻子了。你爱上了一个死去的女人。如果我那时就不能爱你，现在又怎么能够呢？而且你已经食言于我，没有让我获得希望的解脱。”眼泪从她脸颊滑落，但她却没有，或者也许是不能够伸出手去擦干。廷莱特俯下身子拿出自己的手帕，但当他开始为她轻轻擦拭时，她却扭过头说：“别待在这。”

“但是，夫人……”

“我恨你，廷莱特。你真是个孩子，愚蠢的孩子，因为你的幼稚，将我置身于恐惧悲惨之地。现在别让我看见你。有没有可能是毒药还没发作？”

他低着头：“您已经睡了快三天了。很快就将恢复精力了。”

“很好。”她睁开眼睛看着他的脸，像是最后一次要将那脸印在记忆里一样，接着再次紧紧闭上眼。“那么现在至少我可以自己结束性命了。诸神都责骂我是个懦夫，竟然想通过如此软弱的方式，用毒药！”

“但是……”

“你走吧！如果你不肯走，你这个懦夫，那我就尖叫直到有人来。我想这个力气还是有的。”

他在台阶上站了一会，不确定该去哪里，更别说该做什么了。雨又开始下了，将泥泞的巷子变成一片沼泽，夏之塔变成一座风暴中矗立海岸的熄灭的灯塔。

退也不能，进也不能。他低下头，感觉到冷雨顺着脖子和脊背

滴落下去。佐悉蒙，你这个下流的小神，你让我又掉入另外一个陷阱，我敢说你一定在大声笑吧。我怎么会以为，你和你天界的同伴们会改变对我的看法呢？

“欧珀！”燧岩大喊，接着一阵咳嗽将他仅剩的一口气也咳出。他在门口弯下腰，气喘吁吁的样子像是刚撞到了干石灰床。“欧珀，带上那男孩，”恢复片刻他又喊道，“我们得躲起来。”但奇怪的是，欧珀没有迎出来。

他摇摇晃晃走进里屋。是空的，没有妻子和火石的影子。他的心脏刚刚经过冲过内城的激烈比赛中，本来已经平缓下来了，但这时又开始剧烈跳动。她去会哪里呢？至少有十几个可能的地方，但是奥科罗斯兄弟和卫兵离这里只有一小段路程了，他没有时间到处盲目寻找了。

他走上楔子路到处疯狂敲门，但只把邻居玛瑙·青瓷吓了个半死。她也不知道欧珀的去向，也不知道其他任何人。燧岩绝望地向大地长老祈祷，同时迈开疲倦的双腿用尽全力向公会大厅冲刺。

围在那脆弱的建筑周围的人比平时要多，他步履蹒跚地爬上门前的台阶，看见重要的不重要的人都在前门平台上乱转。建筑里面也挤满了人。有几个人招呼他，但他只问有没有见到欧珀或男孩，那些人耸肩摇头，很惊讶他竟然都不想听听他们要说的话。

燧岩在议会厅接待室差点撞到查文。医生抓住他，接着耐心地等待着这个筋疲力竭的芬德林人慢慢将肺腔重新灌满空气。

“我一直在等你的消息，”查文说道，“不过你在公会议会的几个朋友刚刚有急事叫我。好像是有个陌生人——一个大个子，按你们的说法，我的一个同胞——进了议会室。所有的人都相当沮丧。”

“向湿热石之神发誓，不要进去！”燧岩伸出手使出最大力气抓住查文的袖子，“那正是我来……来要告诉你的。一定是奥科罗斯兄弟的战士——也许有可能甚至是奥科罗斯本人！”

“奥科罗斯？你在说什么呢？”现在燧岩完全吸引了医生的注意力。

“我告诉你吧，但是……但是如果他们已经来了公会大厅，那我恐怕我的消息就来迟了。”燧岩跌坐在地上，大口喘气道，“我得喘，喘口气，然后必，必须去找欧珀。”

“先告诉我，”查文说道，“大厅管理人告诉我说只有一个人。也许我们可以趁他的同伙没意识到他的去向之前将他抓住。”他站起身招手叫过几个芬德林人来，接着又被燧岩拉得蹲下来。“告诉我来龙去脉。”

“那都无关紧要了，”燧岩呻吟说，“我已经失去了家人，我找不到他们了。很快到处都会涌进士兵。我们无能为力，查文。”

“或许。”那一刻，医生似乎是第一次展露出他衰老自信的真实面目，“但这并不意味着，我会不战而降，输给那个叛国贼奥科罗斯。”查文转过身面对已经在他们身边聚拢来的芬德林人。“你们一定有人有武器，或者至少有锄头和石斧。去拿来。我们要捕获第一个潜伏进议会室的人，然后逼他说出同伴的动向。”

这么说这些芬德林人现在要追随这个大腹便便的学者反抗亨顿·托利和南境的巨人士兵了？如果燧岩不是因为快哭了，本来是有可能因为这无趣的笑话而发笑的，但他所想到的只是族民的世界要结束了，而这差不多都是他的错。

“向所有圣人起誓，这外面真是严寒刺骨！”梅若兰娜大概已

经是第五或第六次说这句话了，“我应该多带些皮毛来的。这船上就没有什么东西能防止一个老妇人被冻死吗？”

水鸥族小伙子雷夫甚至没有从划桨动作中抬起头来。“不是艘舒服的驳船吧，对不对？渔船本就如此。那个袋子里好像有张海豹皮。”

公爵夫人等待着乌塔自愿效劳，等乌塔拿出来后，她明显又极不情愿地戳着长椅下塞着的物品，大声叹息。乌塔决定不为所动，于是扭过头去。

她回头去查探雷夫，她们的船夫和（至少是她们还在海面上）这陌生之地的向导。他倒不是因为有一双长胳膊才在水鸥人中胜出，虽然他在布伦湾中辛勤划桨时，那对胳膊很显眼。他似乎还有其他隐藏的独特之处，竟然只穿着一件单薄的衬衫，看上去完全湿透了，只是出自风俗而非能够实际阻挡海湾的寒风：和手臂一样，他的脖子也比绝大多数人要长，这让脖子和肩胛骨之间的接合部位显得有点驼背。

他的头也向前歪着，好像是头骨背后的连接点过高了，但最有趣也最令人困扰的却是雷夫的手指和脚趾之间有蹼，乌塔从前以为只是谣言，但现在才知道所言非虚，虽然绝大多数时间他并没有展露出来。

那么童年时代听说的那些故事都是真事了？水鸥人真的是一个完全不同的民族，就像屋顶族一样吗？

“你们人是怎么说的来着？”乌塔突然发问，接着意识到自己说出的想法他可能不明白，“我是说它们是怎么来的？”

他抬起头看她，眉头因为不信任而皱了起来：“为什么问？”

“只是好奇，我猜。我是在范特群岛长大的，那里没有你们的族民，虽然传说以前有……”

“传说？”他尖刻地说，“我相信是真的。”

“你指什么？”

“那里曾经完全是我们的领土，你们范特岛。”

“是吗？”

他嗤了一声道：“是吗？难道从前不是我们的国王召开的伟大会议统治那里吗？难道金色鱼群不是在那里的艾格耶瓦尔山栖居吗？”

她不懂小伙子在说什么。“那他们为什么都离开了？”

“应该去问赤手查恩，不是吗？”

“那是谁？”

他瞪大眼。不是在伪装——实在是惊呆了。“不知道赤手查恩吗？这人将我们在岛上的大部分同胞都屠杀了，包括女人和小孩，将我们的民族赶出家园，不管我们去到哪里都遭到他们的猎犬和弓箭追杀。”

乌塔眨眨眼，很惊讶。“你是说国王白色塔尼？”乌塔比范特岛族人更擅长阅读，因为她早就离开了那里，先是到了康纳德的女性戒习所，后来到南境的女修道院完成佐睿雅修士见习。事实上，她对历史比绝大多数人更了解，但是这个水鸥族小伙子所说的事情她从未听说。“塔尼的事情现在我们所知不多了，小时候可能听过几次他的名字。康纳德征服群岛，将范特的信仰改成三神信仰之后，许多古老的历史都丢失了。”

“你们竟然不记得赤手查恩？”水鸥族小伙子摇摇头，一副吓坏了的样子，“当然了，你肯定是在撒谎戏弄我。你们没有为他的血腥行径忏悔，至少也该庆祝一下啊。”

“你们两个在争论什么呢？”梅若兰娜将头从她用那张海豹皮做成的兜帽中探出来问。

乌塔修女摇摇头。“我很抱歉，”她告诉雷夫，“我是真心的。我想我们民族已经遗忘了，但那并不意味着我们理所当然。”

小伙子几乎用听得见的啪的一声闭上嘴巴，拒绝再多说，甚至不愿看乌塔，好像她本人刚彻底根除对他祖先犯下的罪行的漫长记忆，从工作中返身回来。

天气阴冷，断断续续下着雨。萦绕在大陆城市的雾气在乌塔看来重得令人奇怪，就像云层是压在海面上，而不是漂浮在天空中一样。她能看到一些标志物，集市的旗杆和所有教堂的尖顶从黑暗中刺探出来，但雾气让一切都仿佛变成了别的什么东西，特别像远古怪兽的骨架。

雷夫驾着船巧妙地越过层层浪涛，距离陆地越来越近了。梅若兰娜一会握住船舷，一会紧紧抓住乌塔。有几次，她们确实被从长椅上抛了起来，接着到了浪涛落下时重重摔下来。乌塔第一次希望自己换回了女人的服饰，因为那样更有利于保护立即被磨伤的臀部。

最后他们越过浪涛进入浅水湾。雷夫将船靠在沙洲上。“如果你们从那条路上去，鞋子就不会被打湿。”他说。

“你不和我们一起吗？”

“就为了一枚海胆币？你们需要的是贴身护卫或是一队士兵，为此一枚海胆币可不够吧，不是吗？我说过送你们过来再带你们回去。就是说我会坐在这里等待，不会走进那些老家伙中去的。他们族群不喜欢我们的人。”

乌塔帮助梅若兰娜走下船，但是虽然公爵夫人用了最大的劲，长裙的裙角还是拖在了水里。“他们为什么不喜欢你们？”

“我们？”雷夫大笑。他一笑脸色就变了，看上去多多少少正常了些。“因为我们落在后面了，不是吗？”

乌塔没办法再问别的问题，因为这时梅若兰娜滑了一下摔倒了。老夫人在浅水中挣扎，乌塔急着想把她拉起来，直到雷夫轻轻跳下船帮了把手。两人合力让公爵夫人再站起来。

“仁慈的佐睿雅神啊，看看我！”梅若兰娜抱怨道，“我都湿透了！我会死掉的，要么就是别的什么结局，这是肯定的。”

“等等。”水鸥族小伙子这时踩着水花回到船上。返回时拿着那张海豹皮。“包裹一下。”

“谢谢你。”梅若兰娜的口气带着一定的客套——当然比这个与世隔绝的海湾曾见识过的要正式，乌塔禁不住想到。“你真是很好心。”

“不过还是不会和你们一起去。”雷夫涉水回到船上。

“夫人，我以前就觉得这不是个好主意，现在更确定了。”乌塔幺祭司努力不去看港口街两边的空房屋，因为看上去并不像是真正的空房屋：窗户的黑洞似乎是什么不吉的预兆，像是骷髅上的眼窝或是龙的洞穴。就算到了城市的郊区，房屋都还是那么低矮，寒风凛冽，雾气仍旧悬挂在蛛网般的卷须物上，前方几十步开外的地方就看不见了。“我想我们应该回城堡去。”

“不要想着说服我改变主意了，修士。我一路来到这里，一定要和精灵族说上话。如果要杀了我，就随他们便，但是我至少要问问他们我儿子的情况。”

*但是如果他们要杀了你，又怎么会放我走呢？*乌塔的这个想法没有大声说出来，倒不是不想扰乱梅若兰娜的思绪，只是因为她感到越来越绝望，困在这样一个雾气弥漫的梦境般的场所，就好像鬼魂在科涅奥斯的国度漫无目的地游荡，她想这并没有任何区别。乌塔知道拐棍已经丢了，正如老赌徒说的那样，现在她必须抖开铜板了。

她们慢慢走上一条上坡路，梅若兰娜每走一步，身上的水都滴落在鲜花集市广场的鹅卵石路面上，露天广场被雨水冲刷得湿漉漉的——那地方并不卖花，而是大陆渔民市场的破烂房屋，那里的腥臭一直玩笑般的被记录在这个名字之中。除了过去集市的腥臭味道之外，广场现在好像空无一人，雨篷和帐篷都没看见，人们都逃到了南端的城堡或城市去了，但乌塔一直摆脱不了被监视的感觉。如果说有什么异样的话，她和公爵夫人在那开阔的广场上每走一步，那感觉就越强烈，因此每走一步都越来越慢，越来越难，就好像雾气渗入了她们的每一根骨头，让她们变得濡湿沉重。当有人从市场边缘的拱门阴影中走出来迎接她们时，她几乎是松了口气。

乌塔已经准备好迎接任何真实的事情了，她的思绪中填满了城堡图书馆书籍中的记录和范特祖母讲过的故事。她准备好遇见巨人、怪兽，甚至是美丽的像神明一般的生物，但是没料到看见的是一个穿着简陋的家纺袍子的普通凡人。

“下午好啊，你们。”他说。乌塔想他一定是留守到最后的人，虽然在暮光族人征服城市之时，他看似不可能毫发不伤，纤毫未改。现在她明白了，这人身上有什么不对的地方，有什么东西很不对劲，当他走近时，乌塔发现自己吓得退后几步。

“不需要害怕我。”他转身对梅若兰娜鞠躬，“您是公爵夫人，对吗？我被释放之后，在城堡见过您一两次的。”

“释放？”梅若兰娜说。乌塔打量着他——这人身上有什么熟悉的地方，虽然从严格意义上来说，他脸上没有任何特征是她所见过的。“你是谁，先生？”

“我许多年来一直被叫作吉尔，那正是我。现在我又被叫作凯因了。我的故事你们可能会感兴趣——其实，我自己也很感兴趣，如果我全部记得的话——但是现在呢，我只是你们的护卫。请让我来带领你们去见她。”

“见谁？”梅若兰娜问。乌塔突然之间吓得说不出话来。太阳已经隐没在高大的海塘之后，城市一片阴暗。“你在说什么，先生？”

“去见这座城市的女主人啊。你们是应诏前来见她的。”

“应诏？”梅若兰娜有点生气。

“哦，是的，夫人。她可以诏令任何人——她可不只是一位女王。”他敏捷地走在两人中间，握着两个女人的手肘，“就连诸神也会怕她。你们知道，她是死神的女眷。”

“你真是粗鲁，”梅若兰娜说道，“你说话怎么这么奇怪？你怎么会在这里？”

“我说话奇怪是因为我并不是人，”他回答道，“我也不是加尔人——不再是，自从我活了你们族人那么久的时间之后，我已经忘了别的事情了。我是独一无二的，我想——不再是碌碌无为的庸常之辈。”

乌塔不舒服地注意到阴影中有影子出现，然后又悄无声息地消失在他们背后，就像一群猫。她回头看，至少有三十六名高挑细瘦的战士，眼睛从兜帽和盔甲的深处闪着莹莹的光。她感到一股寒意，心跳加速，一句话也说不出来。如果梅若兰娜还不知道，那就让她享受最后的安全感吧。

公爵夫人一定是极力装作漠不关心的样子。“你这样说话就不感到羞愧吗？”她问这位古怪的向导，“我觉得你这样瘦弱苍白的人说什么‘我不是碌碌无为的庸常之辈’可不大合适——尤其是我们两族还在交战之中！”

“如果您剥开鱼鳃，公爵夫人，鱼说自己不属于水中，您还会因此责备它吗？但是，它也不是人。”他们走到雾气弥漫的广场最远端，这向导停下脚步举起手，“我们到了。”

在他们面前的是巨大的石头高塔，这里从前是城市首领碰面的议会宫，在南境国属于第二高权力机构，时不时会召开会议。而在统治者力量薄弱，议会力量强大的时代，这里的地位就和宝座一般重要。广场中心的高塔在周围建筑的掩映下仍旧若隐若现，方方正正的形状就像某座巨大的地下建筑的烟囱，但是古老的议会宫其余部分看上去则完全不同。乌塔花了一段时间才明白过来，在暗色木头格子上的藤蔓爬满了建筑的大部分表面，柔和了其轮廓，遮蔽了前立面。她上一次来鲜花集市广场之时还没有这些藤蔓，她可以确定，但是看上去却像是长了几个世界之久了。

之前悄无声息地走在他们身后的三十六名左右的加尔士兵现在增加到几百名，名副其实是支军队了。这支军队站满了他们两侧的广场，看过去全是一双双闪着暗光的眼睛和一张张苍白的带有敌意的脸庞，有些都不用走近就能看出不像人类。乌塔做出三的手势，强忍着不从向导身边落荒而逃。她转身对公爵夫人小声说了句什么，但从梅若兰娜的脸色可以看出，她早已明白发生了什么，只是假装不知道而已。倒不是健忘，这是一种勇敢。

前面出现了更多的加尔人，只在队伍中间留下一条窄窄的通道，通往议会宫的台阶。

佐睿雅神啊，原谅我的自私和傲慢吧。乌塔垂着头，接着骄傲地抬起，就好像囚犯要上断头台一般。她们跟在那个不知道自己是什么的人身后爬上宽阔的台阶。

她的眼睛花了一段时间才能适应大厅之中的阴郁光线，然后她就惊讶地发现那里也有如此之多的暮光族人：他们真是安静得像猫，这些加尔人啊，他们似乎喜欢这样称呼自己。事实上，简直就像是打扰了一群潜伏者的集会：这些人都抬起头来，亮得古怪的眼神锁定在新来者身上，但脸上毫无表情。有些人似乎不胜其扰，看到这里她几乎无法忍受多看他们一秒。有个人翘起嘴唇冲她咆哮，露出尖如针尖的牙齿，乌塔只得停止打量的目光，因为害怕几乎无法行走，差点跌坐在地上。

“再走几步，”凯因好心地说着再度拉起她的胳膊，“她就在那里等待——你能看见吗？她很美，不是吗？”

乌塔任由自己被引到空旷的大厅中央，那里只有一把毫不起眼的椅子和两个人影，一坐一立。站在椅子背后的是个女人，穿着素朴的长袍，但是眼睛闪烁如同雾气中的镜子。

椅子上的女人出人意料地毫不惹眼，除了身材之外。她和大块头的男人一般高大，虽然瘦得吓人，但是身着的带有尖钉的暗色哑光盔甲却使得一切都难以断定。她的脸是乌塔见过的最冷漠的，相比起来集市广场上那座著名的表情严厉的科涅奥斯雕像简直就像是小孩子慈爱的叔叔。又高又细的眼睛和丰满苍白的嘴唇可能就是用石头雕刻出来的。乌塔感觉双腿又开始打颤了。这个怪人叫她什么来着——死神的女眷？*仁慈的佐睿雅和天界诸神啊，她看上去就像死神本人！*

梅若兰娜似乎也失去了勇气：她们都被凯因催促着向前走，每走一步都比上一步更加沉重，直至最后两人都跪了下去，那里距离宝座脚下还有几步远了。

“这位是梅若兰娜·埃顿公爵夫人，是南境王室的一员。”凯因说话的语气似乎是在领导一个宫廷舞会。好像他从前真的在城堡生活过一般，乌塔心想，难怪他会知道梅若兰娜的名字。但是他接着又说：“这位是乌塔·福恩斯多迪尔，一位佐睿雅神教的修女。她们希望见您，雅萨梅兹夫人。”

身穿暗色盔甲的女人将满满的目光从梅若兰娜移到乌塔身上，目光就像是冰冷手指在触摸。片刻之后，她扭过头，好像这两个女人是不具实体的空气一般。“我不喜欢你这个玩笑，凯因。”她的声音就如同目光一样冰冷，语气带有一种奇怪的古老的愉快调子，“把她们带下去。”她伸出白皙纤长的手指，低声说了句什么，接着又大声用乌塔和梅若兰娜能听懂的语言重复一遍：“杀了。”

“等等！”梅若兰娜声音直发抖，但是还是挣扎着爬起来，而这时乌塔已经开始祈祷，确信最后时刻已经来临。“我不是作为您的敌人前来，而是作为母亲——一个受到无礼对待的母亲。我来请求您的恩惠，但您却要杀了我？”

雅萨梅兹盯着她，那眼神漆黑而不可理解。“但是我并非母亲，”女精灵说道，“不再是。你想要什么？”

“我的孩子。我的儿子。我被告知他被暮光族人……加尔人带走了。是你们的人。我希望知道他现在怎么样了。”她说着恢复了力量。乌塔不禁开始钦佩她：不管她有别的什么缺点，梅若兰娜绝不懦弱。

“您听到了吗？”凯因突然说道，“她是被您吸引来的，就像一个女人受到另外一个的吸引。一个母亲受到另一个的吸引。”他的语气中有某种伤人的成分存在。“您当然不会对她心狠——不是吗，母亲？”

雅萨梅兹看他的眼神充满恶意，乌塔从没见过。如果那眼神是对自己而来，她一定会皱缩成一团，像一片落入火堆中的枯叶一般被烧掉。一句尖刻但异常流畅的话语从暗色盔甲女人口中脱口而出。凯因笑了，但是极力伪装出十分凄惨的笑容，就像是不顾他的脸面将他的鼻子割掉一般。

死神的女眷回转身看着乌塔和梅若兰娜——这一次，乌塔不敢直视她尖利的目光。“你们专挑今天来，我刚听说我宝贵的基尔的死讯，虽然已经感觉到了他的死去——他才应该是我的儿子，而不是这些叛徒。防风灯基尔死了，镜子之约必须终结，因为镜子永远也不可能到达先民之屋了。”穿盔甲的女人一只手捶在粗糙的椅子扶手上，那木头碎裂了，但她似乎没有注意到的样子。“我现在就对你们再次开战，直到你们所谓的南境国成为我的领土，如果我必须杀掉你们阳光大陆所有的男女老少，我也毫不迟疑。”她又瞪大眼。愤怒退去了，表情坚毅得如同被冰雪覆盖了。“不过，你们可以成为我的信使，所以先不杀你们。但是不要再说你的孩子了，阳光大陆的贱人。就算我的人从你们那偷了一车的人崽子，我也不会在乎。”她挥手，几名卫兵前来抓住乌塔和梅若兰娜，不过公爵夫人似乎已经晕过去了。乌塔不知道发生了什么事，只觉得她们踉踉跄跄进入了某个比她最深沉的恐惧还要可怕的地方。

“能再次听到你们人类的尖叫真是太开心了。”那魔鬼般的女人对乌塔说，接着就招手示意将这两名囚犯带走。

第四十二章
乌鸦的朋友

因此，真正的诸神从此进入和平统治，多亏了哈比里和努沙什的明智。他们死后，那些鞠躬致敬之士都将发现自己效忠的是西方世界终极的权力右手。先知如此说。火神如此说。这是真的，我的孩子们，这是真的。

——引自《努沙什启示录》（卷一）

虽然布瑞奥妮已经把男装换成了女神佐睿雅的戏服，但也没能逃过被抓捕她和其余同伴演员的希安士兵搜索武器。

（费沃尔·乌里安离开舞台时穿着的是扮演叛乱神灵黑色祖米奥斯之妻祖丽雅的服饰，因此也穿着长裙就被带来了这里。他和布瑞奥妮两人谁穿得舒服，这是一个问题。）

布瑞奥妮和艾斯蒂尔·梅克维尔被推进既不算是地牢，但也不是为贵客准备的客房房间：里面很潮湿，没有窗户，闻着混杂有霉味、汗味和尿骚味，除了一只做工粗糙的长凳外别无家具。门闩从外面落下的声音仿佛重重落下的悲惨结局之音。

“早该知道你的出现肯定不是偶然，”艾斯蒂尔冷笑道，“那头老母驴特奥多罗斯又在玩同样的老伎俩了。他是不是将你带上某人的床，然后靠那样的方式挖出秘密？现在我们都进了刽子手的牢房，这都拜你们所赐。”

“你在说什么呢？我不是奸细——我跟这事一点关系也没有。”

“哦，很有可能。”艾斯蒂尔坐回去，将胳膊叠放在肮脏的衣衫上，但是布瑞奥妮能看出，这个女人害怕得发起抖来，自己的愤怒也便转化成了类似怜悯的东西。

“说真的，我对此一无所知。我是从……从我家逃跑后就遇到了你们。”艾斯蒂尔怀疑地嘲笑一声，“你什么意思，老一套的伎俩？”布瑞奥妮问道：“他以前也干过这种事吗？”

女人瞪着她：“别给我装了，姑娘。我看到你和那个黑家伙说话，他像是你的老朋友了——那个西斯人。如果你不是费恩一伙的，又怎么会认识那样的人。”

布瑞奥妮摇摇头。至少达瓦特逃走了，虽然对布瑞奥妮也没有什么帮助。“我只是见过他而已，但是这与费恩无关的。我以前就见过他，在南境的时候。但是我发誓……以佐睿雅的荣誉发誓。”她拳头重重捶在胸口，为这以自己，或者说至少是自己扮演的角色发誓而无奈地笑笑。“我对奸细的事情一无所知。”她突然看着紧闭的大门，“你觉得有人在监听吗？”她压低声音，“我们没说什么不该说的话吧？”

“如果你没有遮遮掩掩的，那又有什么关系呢？”艾斯蒂尔嗤笑，但看上去消了些气，“不过你说得对。我们应该闭嘴。如果那个无所不知的肥子惹了麻烦，也肯定不是第一次了。我就说这么多，还是要诅咒他这次把我们都拖下水。”

布瑞奥妮看着墙壁，如此潮湿，看上去就像是在出汗一般。他们艰难地走了一个小时才到了这么个地方，她猜一定是在王宫，不过是在城堡主体的地下几层深处。**我可能很容易地就从这里消失了，**

她想到，**作为奸细被处死，这就是我最后的结局。埃南德国王甚至在毫不知情的情况下就帮亨顿·托利完成了任务。除非他们已经结盟**……很难让人相信——南境国从来不曾威胁到希安，甚至算不上真正的对手。除了让人不适的王朝动荡的可能性，托利还能为希安国王提供什么更强大的东西呢？除非对自己个人有利，不然有什么国王会同意这样的举动呢？

但是费恩·特奥多罗斯想做什么？达瓦特来客栈内庭是偶然吗？

布瑞奥妮皱起眉头，陷入了可怕的沉默。她想要弄明白发生了什么事，决定该做什么。**我**，她想到，**只剩下我。继续漂泊或是挺身而出**。之后她走到囚禁他们的牢房门口重重捶击，双手一齐用劲。

“告诉你们队长，或者不管是什么负责人，我想和他谈谈。我想做个交易。”

“你在做什么呢，姑娘？”艾斯蒂尔问，但布瑞奥妮没有理睬。

片刻之后，大门开了。两个卫兵站在门口，表情似乎比把这两个女人扔进来时稍微丰富了一点。“你想干什么？有话快说。”其中一个说。

“我想做个交易。告诉你们的指挥官，如果你们将我带到费恩·特奥多罗斯的牢房中允许我和他谈谈，我向诸神发誓，之后我说出的事情可能会让希安国王也坐起身子留神细听。”

艾斯蒂尔看着她惊讶地张大嘴。“你这个叛徒，贱人，”她最后说道，“想要把自己赎出去是吗？你会害得我们都被杀死的！”

“还有，把这个女人放了，”布瑞奥妮说道，“她什么都不知道。让她走，或者送到别的什么地方，那对我来说都没有区别。”

卫兵们现在好像真的起了兴趣，彼此交换了一个短暂的眼神，接着关上门慢吞吞走出走廊。

“你竟敢！”艾斯蒂尔·梅克维尔说着大步走到她面前。精疲力尽的布瑞奥妮抬头看着她，希望不用和这个女人打架。“你竟然要求他们该怎么处置我？”

布瑞奥妮转转眼睛，接着狠命抓住女人的胳膊，逼她闭嘴。“闭嘴——我是在帮你。”艾斯蒂尔盯着她吓坏了。布瑞奥妮意识到，自己现在戴上面具了，是这群演员从未见过的埃顿人的面具。她的声音很严厉。“如果你闭嘴，你和其他人也许可以高高兴兴、健健康康从这里走出去。你要是无事自扰，那我可什么也无法承诺给你。”

艾斯蒂尔·梅克维尔看到布瑞奥妮变了口气，眼睛瞪得大大的。她退到房间另一个角落，待在那里直至卫兵返回将她带走。

费恩·特奥多罗斯眼睛周围有些瘀青，秃头上有充血的鞭痕。卫兵将布瑞奥妮带进来，将他安定在长椅上坐在她身边，他露出羞愧的表情。

“好吧，蒂姆，亲爱的小家伙，”他说道，“看来你的伪装被剧院外那群糙汉子识破了。”他畏畏缩缩地摸摸自己浮肿的脸颊，“我发誓不是我说的。”

“他们搜身时发现的。反正也无所谓了。”布瑞奥妮吸一口气。卫兵将他们两人单独关在一间牢房，这就意味着他们所说的几乎每一句话都可能被监听。“我需要你的帮助，”她告诉特奥多罗斯，“我需要你告诉我真相。”

他看着女孩的表情混合着谨慎和好笑。“可是在这个可怜古老的世界上，又有谁真的能说清呢，亲爱的姑娘？”

她点点头，承认了这一点。“你所知道的一切真相，”她说着开始仔细环视房间，“所有你能说的。”

他叹口气：“我很抱歉把你牵连进来。我已经试着告诉他们，你与此事无关。”

“别担心我。我没有你想的那么无辜，费恩。只要告诉我一件事——你是为亨顿 · 托利做事的吗？”

他盯着她，显然是在估量：“托利？”

“我也许可以保护你，但是你必须告我真相。我必须知道。”

“你，保护我？姑娘，你又不是真的佐睿雅，你只是在舞台上扮演她而已！”他微笑了，但更像是在害怕地抽搐。他吞口唾沫，靠近一些。“我……我不知道，”他说话的声音几乎像是在呓语，“我被交付一个……一个任务……不知那人是谁。是南境政府高官。”

她冒险猜测：“是布罗纳大人吗？艾文 · 布罗纳？”

他竖起眉头：“你怎么会知道这些事情？”

“如果我能救大家，我一定会，到时你就会知道得更清楚了。你是代表布罗纳来见达瓦特 · 丹 - 法尔的吗？德拉卡瓦的人？”

这一次轮到费恩·特奥多罗斯说不出话来了，他惊讶地点点头。

布瑞奥妮站起身，走到门口。“请让我和卫队长说几句，”她大喊，“或者不管是哪个负责人。我有话要对国王本人说，他会想听到的。”

这一次等了更长时间牢门才打开。几个卫兵走过来，接着过了片刻走来一个穿着高领华服的贵族。他的尖胡子已经花白，但除此之外看上去并不很老，走起来也带着年轻人的优雅。他让布瑞奥妮想起亨顿 · 托利，真是令人不快的联想。“别起身，”这贵族用完美的礼貌强调说道，“我是阿斯尼亚侯爵，国王的大臣。我想，你是说你有些事会值得我一听。我想不用我多说，如果是浪费我的时间，那惩罚会很严苛。”

布瑞奥妮直起身。她听说过阿斯尼亚——他是古老富有的吉诺家族成员，是希安最重要的人物。显然卫兵们很重视她的话。费恩·特奥多罗斯在长椅上摇颤起来，得知来人是如此权势人物，他几乎要吓晕过去了。

“我明白。”她站起来说道，“继续伪装对任何人都没有好处。我不是演员。我不是奸细。我也不相信这个人和其他演员会是奸细——至少他们对希安和埃南德国王没有歹心。”

“那我们凭什么相信你说的话呢？”侯爵问道，“我们为什么不将你送下白兰地酒窖，让那里的人从你嘴里榨出点真相？”

她吸了口气。现在时机已到，要摆脱无名之辈的身份竟然难得惊人。“因为如果那样做了，你们折磨的将会是你们最要好最古老盟军的女儿，吉诺大人。”她说着直起腰，想着站直一些会不会更有震慑力，“我叫布瑞奥妮·特·玫丽尔·特·科林桑瑟·麦康纳德·埃顿，是南境国奥林国王的女儿，也是整个远境王国合法的摄政公主。”

我是在做梦，他想，我被困在自己的噩梦中了！

周围的吼叫和尖叫声像是奇怪的音乐。廊道上到处都是火焰和浓烟，有些烧得焦黑的影子在跑，就和梦里漆黑的无脸人一般。

*那么，这就是梦境的意义了？*他摇晃着走到几条隧道交汇处的一处空旷的歇息地，蹲在倾覆的矿车下。身上所有的骨骼和筋腱都痛到几乎走不了路，残疾的那只胳膊每动一下都像是把骨头在一起摩擦。*难道梦境是在告诉我将葬身何处？*

一个小小的笨拙的影子从他身边爬过，发出尖锐疯狂的哭喊。巴瑞克想站起来，但没能够。他像是鸟儿一般，整颗心抖个不住，两条腿仿佛还撑不起一只麻雀，更别说自己的体重了。他任由脑袋垂下，试着呼吸。

*我不想死在这里。我不会死在这里！*但是这样愚蠢的陈述有什么用呢？基尔也不想死在这里，但并没因此而得救——巴瑞克曾感觉到精灵弥留之际的思绪。费拉斯·范森也不想死在这里，但还不是落入黑色石窟深处粉身碎骨。巴瑞克凭什么觉得自己会不一样

呢？他落入了一个古老可怕地方的深处，被困在黑暗之中，周围都是敌人……

但我必须试试。必须。我答应过……

他甚至不再确定对谁许过怎样的承诺：眼前浮现三张脸，摇晃混合，消失又现形——姐姐有一头秀发和可爱的表情，女精灵看不出年纪的脸庞石头般冰冷，还有梦里的乌发女孩。最后那张脸完全是陌生人，也许根本不是真实存在的人，但在这一刻，从某种程度来说，那张脸似乎比另外两个更加真实和熟悉。

反抗，她在那座连通两端虚无之地的桥上告诉过他，**逃脱。改变。**

他当时不明白——也不想明白——但女孩却坚持要他不要放弃，不要向痛苦投降。

你必须这么做，她曾告诉他，眼睛睁得那样大，表情那样严肃，**这一切。你必须战斗。**

战斗。如果要战斗，他想那就必须站起来。难道就没有人明白吗？他也有权仇恨——还远远不只是仇恨。这一切都不是他要求的——包括胳膊上的残疾和父亲血脉的诅咒，包括与精灵族的战争和被疯狂的半神囚禁。难道不是这些女人一直在要求他做这个做那个吗——接受任务，平安回家，反抗绝望——难道她们就不知道他也有权拒绝这些苦难吗？

但她们就是不肯放过他。

巴瑞克叹口气，咳得弯下腰，吐出满口的血和灰，接着挣扎着站起来。

许多隧道开始都要上坡，但很快又向下降。确定是在向上爬的唯一方法就是找到台阶。但巴瑞克·埃顿并不是唯一抱有这种想法的人：在这浓烟弥漫的地底深处似乎有半数尖声叫喊的迷路生物在寻找上到地面的通道。其余的却因为什么他想不出的理由，似乎坚定地想要向下冲到基尔和独眼半神的葬身之地，那洞穴在巴瑞克爬出去的时候就已经崩塌成一片火海和黑烟了，那差不多是一个小时前的事情了。有时候他不得不费力穿过一群群茜草色身影，有些个头和他一样大，全都急匆匆向下冲往必死之地。洞顶坍塌的时候，他丢了斧子，现在他找到谁掉落的类似铲子的挖掘工具，于是就留着等到下次隧道晃得吓人时备用，可以用来清理道路，也可以对抗那些吓人的逃难者的利爪尖牙。

他沿着矿井向上爬，楼梯井开放形成阔大的空间，那一幕幕景象他无论如何也无法理解。在一个需要横穿才能到达下一座楼梯井底的宽敞洞穴中，几十个长着翅膀的细长生物在虐待一个小矮子，发出一种愤怒又喜悦的尖锐的嗡嗡声——受害者可能是在森林中攻击过基尔的小尾随者的同类，但是也很难分辨：那小家伙一声不吭，身上满是鲜血和尘土，让他难以确定。巴瑞克低着头匆忙走过。这画面让他想起自己的脆弱，当他看见阶梯上被主人丢掉的一把剑所发出的钝光时，也许是出于逃亡的恐慌，他丢掉了挖土的铲子拾起剑。那是个奇怪的武器，又像斧子又像匕首，但比铁铲锋利多了。

巴瑞克从楼梯往上走两层，突然进入一个满是飞舞的灰色东西的空间，那些小东西似乎并不在乎自己是在往上还是往下，也有许多快速掠过洞顶和墙壁。它们的身体如同骨头般坚硬，呈圆形，就如同晚餐的饭碗一般毫无特点，但小小的脚爪如老鼠般张开。这些贴在墙壁上摸索的小爪子让巴瑞克十分困扰，第一只落在他身上之后，他就开始疯狂地驱赶它其余的同类。

巴瑞克·埃顿精疲力尽地蹒跚而行。他爬上几座楼梯，比他南境家中所有的都要高，又上了两座晃得吓人的高梯子，但似乎离地面并没有近一点：空气还是照样潮湿炎热，令人窒息，其余奴隶和工人仍旧和在六层之下一样迷惑。他迷失了，现在就连恐惧带给他的力量也开始消退。有什么东西拍打着翅膀穿过黑暗的隧道，有黑影滑过他的路途然后消失在旁边通道中，但他似乎越来越孤单。这太糟了：很明显他孤身一人。可怕的半神也许是死了，但并不意味着吉库因生还的宠臣就会放巴瑞克走。

他抓住所看见的第一个比自己小的动物，是一个奇怪的无毛的东西，瞪着两只眼睛，像是两腿的火蜥蜴，它是楼梯上从他身边滑过的一群中的最后一只。那东西发出一声尖利的叫声，不等他弄明白它是否会讲话就碎成碎片。胳膊，腿——他想抓住的所有部分都从躯干上碎落，那整个滑溜溜的奇怪的一团摆脱了他的控制，接着连滑带跳地追着楼梯上的同伴走了。巴瑞克吓呆了，站在那里看着那群无毛怪（他刚抓住的那只拖在队伍最后）匆匆向下跑去跃出他的视野，接着差点被一直追赶它们的巨大多毛怪撞倒。

那多毛怪倒在他身上，接着跑开，速度那样快，他只能通过腐臭的味道和毛皮刮擦的感觉辨认出是那群猿猴一样的狱卒。那家伙经过身旁，沿着狭窄的楼梯向下追赶。那东西走后，他又站了会儿，喘着粗气，感恩它似乎对那群无毛怪比对自己更感兴趣。

也许它们很美味，他痛苦地想到。巴瑞克不只是又疼又累，肚子也饿了——狱卒将他们拉到死神大门之后就没送过食物。**我很快也要捕杀食用那些可怕的东西了，很高兴能有它们……**

他刚到达一块被沟槽中火炬断断续续照亮的平台，一个小东西从旁边一条走廊冲了出来。那小小的人形生物看了巴瑞克一眼，然后转身原路返回，但是巴瑞克却向前冲去——把他自己和那新来者都吓了一跳——用好的那只手抓住那东西油腻纠结的头发。

“站住，不然我就杀了你，”他说道，“你会讲我的语言吗？”

这是一只黑暗精灵，就和之前驾驶那辆燃烧马车的那只一样，小而多瘤，眉毛倒竖，宽大的鼻子形状像洋葱，参差不齐的胡子盖住了大半张脸。它的力气和身材不相称，但越挣扎，巴瑞克抓得就越紧。他将那东西抓得离自己近一些，并将捡到的那把剑架在它脸上好叫它看清楚。他挣扎着不让那家伙看见自己的伤势，只用残疾的那只手抓着剑。

“别伤，”那东西大喊，声音粗哑，调子很高，“别伤！”

过了一会儿。“不要……不要伤害你？”他凑过去一点，盯着它看，“别想耍什么花招，小东西。我想出去，但是找不到去地面——去亮处的路。哪里有光？”

那小人儿看了他很久，接着点点头：“你是在靴子人骚穴里——我是黑暗精灵。很高很高的山，一个接一个的洞穴，明白吗？这不是去日光的路。”

如果留神细听，他还是可以听懂的。所以说他是在山的内里攀爬——难怪找不到地表！他松了口气，但是如果这家伙觉得黑暗之地的一线微光都配得上叫作日光，他希望它永远也不会进入雾影线彼端真正的日光之中。

“我该怎么出去。出去到……到日光中？”

“这边走。”那黑暗精灵轻轻蠕动，直至巴瑞克松开紧握的手。它转身用一支又短又粗、指甲开裂的手指指着说：“那边。”

巴瑞克感激地将剑换到没有残疾的那只手中。“很好。带我走。”

“你会放了我吗？”

“如果你带我进入日光，是的，我会放了你。但是如果你不等我们到达就逃走，我就用这个戳死你！”他痛恨流血和屠杀，但是也不想将剩余的短暂悲苦的生命浪费在这洞中。

巴瑞克不知道任由这东西将他带得越来越远是好是坏，廊道变得越来越荒僻。他们一开始几乎是沿着水平方向在走，经过的空间明显有着某种特殊用途，大部分是当作仓库，堆放着弯曲断裂的挖掘工具，打烂的空矿石篮子，等待修整的断裂的货车，绳索，还有其他供给品，以及一些不清楚是什么的东西——一堆堆看上去像是火烧出来的黏土块，上面凿有记号，一些渗漏的袋子和木桶中装着各式彩色粉屑，有一个舱室是如此潮湿寒冷，他一开始以为走出去就能终于走出矿山，进入冬日的狂风暴雪之中了。他紧走几步越过最后的洞穴，最后才意识到仍然在地底深处，那令人牙齿打颤的寒冷是因为这里堆满了高高的冰雪。但是为什么呢？这些东西是从哪里来的呢？

过了一会第二个问题的答案就清楚了，这时他们看见沿着墙壁堆放的、大半被雾气遮没的东西。是尸体，虽然很难辨认，好像已经被专业屠夫卸成一块一块的。他原本就开始萎缩的精神甚至更加低迷。为什么会如此疯狂？他声音颤抖地问起黑暗精灵，但那家伙只耸耸肩毫不在意。

那是肉吗？但肯定没有一个囚犯吃到过，但狱卒的数量似乎也没多到需要这么巨大的供给：这些冰霜覆盖的尸体堆积在这巨大的舱室里就像是引火物。那这些冰又是从哪里来的呢？外面是很冷，下着雨，经常冷得够呛，但是这里从来都没有雪，更别说那么巨大的冰块了。

除非这些都是给吉库因准备的食物，他想着胃里一阵恐惧。他推了黑暗精灵一把，想叫它跑得快些。巴瑞克自己是没办法很快走出冰室了。

他们又经过另一座巨大的仓库，这一个里面只点了一把小小的火炬，巴瑞克很庆幸黑暗精灵在黑暗中行走起来比他容易得多，因为他几乎什么也看不清。至于那用布遮起来的一捆捆东西是什么，他认不出，也不是很想探究，但这间仓库中间流淌着一条小溪——他虽然看不见，但能听见溪水静静流淌的声音，河道在地面中间嵌得很深——几十只灰白的小东西扑闪着翅膀在洞穴中打转，直到有一只落在他肩膀上。他吓了一大跳，想用剑将它赶下去，却差点砍死自己，这时他才看清这些飞行的小东西是长着翅膀的白色火蜥蜴，这些盲眼的飞兽从地面的溪水中飞上来，就像是蝙蝠受到落日的召唤一样。现在他能看清这些灰色的生物挂在洞顶和墙壁上到处都是，那样安静，就像是趴在夏日阳光中的温暖岩石上晒太阳，而不是处在这山体深处的黑暗洞穴之中。

出了火蜥蜴的洞穴，他们走上一段下坡路，他抓住黑暗精灵问为什么在向深处走。那长满络腮胡子的精灵瞪大眼睛，看上去像是因为剑架在脖子上而吓坏了，但巴瑞克可以分辨，它并没有因为做过了什么而羞愧。

“如果不从靴子人骚穴往下走，你就出不去，”向导解释道，“这里像迷宫一样，到处都是洞穴，各种路径上上下下——为靴子人准备的，明白了吗？”

他猜了一会有点累，最后明白小家伙是在告诉他，必须从一个叫靴子人骚穴——或者也许应该是巢穴？——的地方向下走，因为他之前可能爬得太高了，不可能直接走到矿山的大门。如果没猜错，这长满络腮胡的小家伙没骗他，他可能确实很快就要出去了。

巴瑞克虽然就快见到希望了，但还是不禁想起了失去的同伴。之前有许多次他以为自己会死在这些隧道中，几乎从没想过会活下来，但也从没料到会失去另外两个同伴自己逃脱。现在，即便是设法走出了矿山，他仍然是在古怪凶残的陌生之地。

他赶走这样的想法，因为知道若非如此，最后一丝力量也会漏光，他会跌倒在地，再也不会爬起。

他们穿过一座明亮宽敞的洞穴，墙壁和顶上燃着大约一千只小蜡烛，就像是星光，满脸络腮胡的小家伙慢下脚步站住。“就是这里，”它屏住呼吸，嘶哑的声音充满恐惧，“你看，前面就是日光。”

巴瑞克细看。在洞穴那一端有一丝光亮——门下有个裂缝，也许通往自由之地——或者也可能只是幻觉？“那里？”

“是的。”小家伙在巴瑞克手掌中不安地扭动，但也许它的焦躁只是因为不知道巴瑞克值不值得信任，是否会遵守诺言放了它。

“我们先走过去，看看能不能打开。”巴瑞克大笑起来，虽然自己也不知道为什么。他一想到能出去头就开始发晕，但又隐隐觉得小家伙是在骗他。“我们一起过去。”

他走近一些，看到那确实是木头和金属制作的大前门，光芒从仅有的一线裂口洒进来，也许是逃亡狱卒干的。有黑暗精灵那强得惊人的双臂的帮忙，他想着应该能将裂缝拉得大一些，直到能够他钻身而过。如果换了其他时候，他应该对黑色金属上浇铸的和暗色木头上雕刻的人物和诗歌很感兴趣，但现在他被眼前铺展开来的白日光芒所征服，那真是如同一场豪华盛宴。

不管怎么看，外面都像是白天，当然了——是雾影之地没有日光的阴天，但在地底深处囚禁这么久，感觉就像七月午后般光芒耀眼。

但就这点光线在黑暗精灵来看也嫌太多，它往门后退去，双手蒙在脸上，像大蛇般发出嘶嘶声。巴瑞克没有理会，而是侧身钻进裂缝——这黑暗精灵毕竟是完成了自己的交易——但片刻之后，那小家伙又跌跌撞撞回到视线里倒在巴瑞克脚下，它背上扎了三根羽毛箭，鲜血已经浸透了它褴褛肮脏的衣衫。小家伙还没死，但从那刺耳的呼吸声中可见，它只有片刻好活了。

“你倒是刚好够钻过这道门缝，”一个石头般冰冷的声音响起，激起回音，“慢慢退到我这里来，有其他任何动作，我的卫兵都会向你射箭。不过，你可不会像这个小朋友这么快死。”

巴瑞克知道，就算强迫自己一下就钻过门缝，这些看不见的弓箭手也有足够的时间畅通无阻地开箭。就算能逃出去，也没有力气再逃跑，更别说摆脱这些训练有素的弓箭手了。巴瑞克慢慢钻出门缝，退回洞穴。在他面前的是一群混杂的士兵，有猿猴一般的狱卒，有瘦骨嶙峋小声说个不停的长颅士兵，有几个还拿着长弓，站在它们之前的是眼睛闪着蓝光的尤尼索。

“你之前是吉库因的囚犯，”灰色男人用冰冷乏味的声音说道，“但是现在你是我的了。我们会再次挖开通往那扇大门的洞穴。除了神灵宝藏的拥有者之外，一切都没有改变。”

“我宁愿去死。”巴瑞克说着转身向大门跳去，但一根像是棒子的东西击中他的大腿，他跌倒在地上，半卡在门缝中的时候，一支箭穿透他的靴子，胫骨传来一阵灼热的疼痛。除了那令他不能呼吸的古怪的伤口疼痛之外，他感觉到外面世界灰冷的光线落在他身上如同镇痛软膏一般，充满了空气的香甜。直到现在他才意识到之前一直生活的地方有多么腐臭，充斥着那些焦烟、臭血和污物。

所以这就是结局了。在他完成了这么多，大家做了这么多来……好吧，他早就告诉过他们自己不可能做到，不是吗？他早说了自己会失败——或者说他不用告诉他们，他们就应该知道的。

灰色男人现在站在他面前，那明亮的眼睛直盯盯看着巴瑞克。尤尼索的舌头像蜥蜴般吐出来，舔着他干涩的嘴唇。“有些东西……是的，你有些特别之处。我现在能感觉到了。有些……很强势的东西。事情变得更通情理了。”

巴瑞克冲他怒吼，但难以表述成语言，至少没有任何重要词语。这时他想起来了。

镜子。基尔的镜子，雅萨梅兹夫人的神圣托付！巴瑞克能感觉到那东西在衬衫口袋中正抵在胸口。他决不能让这个无毛的死尸一般的东西拿走。“我不知道你在说什么……”

“闭嘴。”灰色男人伸出瘦骨嶙峋的手放在巴瑞克胸口。长颅战士和毛发浓密的狱卒围在主人身边，它们朝下打量的样子如同教堂壁画中的魔鬼。“给我。”

巴瑞克想再次挣脱，但是不等灰色男人接触到他，他就感觉到衬衫之下的镜子在使劲拉扯。胸口迸发出一股强烈的疼痛，就好像镜子已经在他皮肤和骨头之中扎了根，就好像如果不能从巴瑞克身上撕走更大的部分它就不肯被拿走一般。他颤抖着，但灰色男人并没有退缩。除了那双月亮石般的眼睛之外，尤尼索整个人都可能是石头雕刻的。

巴瑞克将镜子从衬衫中拿出来，但体内已经开始有一股奇怪的虚弱感散开。抵抗有什么用？这个家伙，这个灰色魔鬼，比他所预想的还要强壮——强壮得多……

“不！”他知道脑海中的那个声音。那并不是他自己的，而是灰色男人的。“我不会……”

那石刻的嘴唇透出一丝微笑。镜子的拉力似乎要将巴瑞克的整个身体里外翻面。尤尼索跪在他身上，用手抓住镜子，一只脚踏在巴瑞克胸口。“但是你会，阳光大陆人——你当然会了。等我把这个秘密的东西拿到手，我就能知道独眼为什么对你这么感兴趣……”

“你不能……”但除了气喘吁吁地叫喊之外别无他法。他不可能抵挡灰色男人的力量。他会失去镜子，失去一切。

“别再反抗了。”无梦人说。巴瑞克的牙齿咬得紧紧的，突然意识到尤尼索灰白的额头上也渗出了汗珠。

巴瑞克想：**但是我没有反抗，我也不知道为什么，但我没有反抗他这样的人。**但还是有什么东西在阻挡灰色男人的力量——有什么东西将无梦人逼至困境。

巴瑞克身体突然涌出一股巨大的热量。是镜子，在尤尼索想要将之据为己有之际发出巨大的光芒。光芒在他们周围闪耀，那样温暖，几乎就像太阳一样灿烂，也如此刺眼，连巴瑞克也尖叫出声，虽然并没有给他带来痛楚。那光芒闪耀之时，所有的狱卒都尖叫着后退开去，爪子在眼前摇晃。片刻之后，那光芒自己消退了，但即便如此，巴瑞克还是感觉到皮肤上似乎到处都被光斑刺痛了。现在又多了一个人在号叫。就像一只蜘蛛在脆弱的蛛网上被一只巨大凶残的黄蜂抓住了，现在是尤尼索想摆脱镜子了——巴瑞克感觉到灰色男人的恐惧越来越深，几乎能闻到了，或者能听到那尖锐的噪声——但镜子或者说发力的东西却不肯放开无梦人。

“不！”灰色男人颤抖着想要站起来，但是好像被什么无形的东西控制住了，像一条被扔在滚烫石块上的活鱼一般剧烈摆动。他的眼睛膨胀出来，肌肉在羊皮纸般的肌肤下扭曲、纠结、盘卷。片刻之后，他的脸、脖子和手上出现了巨大的黑色花朵。那些野兽狱卒仍在痛苦地号叫，光芒已经让它们双眼看不见了。它们开始四散而逃，彼此撕打着急于摆脱巴瑞克胸口和尤尼索伸出的手中越来越强烈的炽热。

接着灰色男人燃起来了。

尤尼索挣扎着想站起来，不住颤抖摇摆，火焰扩散到他手臂和胸口上。眼睛爆出了眼窝。长大的嘴里也吐出了火焰。狱卒们号叫着冲出宽阔的洞穴，回到矿井黑暗的廊道中。

巴瑞克回头去看灰色男人，他已经变成了一堆嘶嘶叫唤、抽搐不停的黑色影子。男孩出于恐惧和厌恶转过身，爬过扎满箭矢的黑暗精灵向导身边，疯狂地向日光中逃去。

出去以后，他低头看着台阶下面狭窄的山谷糊涂了。他真的自由了吗？发生了什么？是他将灰色男人摧毁了吗？他不相信——是镜子，它在自我防御。但直到灰色男人想要夺走之时，它什么变化都没有。如果灰色男人将镜子丢开，那他巴瑞克早已被杀死了吗？他不知道，确信自己也完全不想弄清楚。

他折断刺出来的箭头，将箭从靴子中拉出来，靴子已经因为脚踝伤口流出的血湿滑不堪了。接着他跛着脚走下台阶来到一块开阔地——他们作为囚犯跋涉过那么漫长的旅途就来到这么个糟糕的地方，不过那已经是好多天，甚至是几个月之前的事情了。只要再走几步，不管多痛，他都可以摆脱矿山守卫的控制了，如果还有人在追踪他的话。

那半明半暗的光线虽然微弱，但对在地下黑暗中生活许久的他来说还是太强烈了，因此一开始巴瑞克并没有发现前面摇摇欲坠的巨大雕像，直到其中一个摇晃着翻倒在地，引起的震动将他几乎撞倒。又有两座雕像倒塌了，土壤在他眼前突起裂开形成巨大的碎块。一个巨大的影子从大地中探出，耸立在阳光下。

巴瑞克一开始被吓坏了，以为是从地底深处钻出什么难以想象的巨大蜘蛛，浑身毛茸茸的，那样畸形，四肢和死尸是一样的颜色，滴落的黏液光闪闪的。但它的腿伸展开来的方向却出人意料，有些地方已经粉碎了，皮剥肉绽，全身都冒着烟，如同融化的蜡块一般渗出血液，就好像这东西完全是由海胆或水母和猛兽集合而成。这阻断他逃路的可怕怪物牙齿全都断了，咽喉附近还残留有一些烧焦的卷须，还有一只巨大的疯狂的独眼。

“*你这个邪恶的小屎球。*”半神的下巴烂了，淌下的液体就像融化的金属，因此让吉库因的声音变成了难以辨认的咕咕声。那声音只出现在他脑中，但如此具有震慑力，半神虽然受伤无数，但巴瑞克还是跌倒在他脚下。“*你以为我死了，是吗？但是我们神是很难被杀死的……*”

巴瑞克爬到一边，想躲开这个巨大的瘸子，但是半神虽然伤势严重，但速度之快仍然是灾难性的，他断裂的四肢如同螃蟹般急促奔跑着阻断了男孩的逃路。

“*不够快啊，小小人。你的鲜血能打开通往神宫的大门，届时我就又能恢复完整。这样只是有些不便而已。*”

巴瑞克的头似乎归于沉重，再也支撑不起来。他跑不过这个东西，肯定也打不过他。但他也不能回去。他完了。

除非……

巴瑞克·埃顿将手伸进衬衫，掏出镜子。有一刻，他感觉到那东西在他手中暖暖的，感觉到它又恢复了力量，就和刚才灰色男人想夺走它时一样，但是吉库因举起一只粉碎的大手把它打开——巴瑞克想那一定是手——那冒起的火光突然熄灭了。

“**不管那是什么，**”吉库因告诉他，“力量都不如我，小小人。”他那唯一一只充血的眼睛已经无法做出表情——他脸上的那个部分已经损毁得太严重——但是巴瑞克还是能分辨出半神很开心，甚至被逗乐了。巴瑞克还知道吉库因所言非虚——镜子现在又冷又呆滞。“**毕竟我的血脉中流淌的是伟大诸神的血液……**”

天空中坠落下什么东西来，像是一个活着的黑影，遮盖了半神的脸庞。吉库因痛得尖叫起来，那声音撕裂了巴瑞克的大脑，将他撞倒在地。他想再爬起来，看到那黑影已经消失了，四肢细长的半神呻吟不止，揉着脸颊。吉库因拿下四肢的时候，原本独眼存在的位置现在却如同喷涌的火山口一般喷射出金子来。

瞎了……他瞎了！巴瑞克知道自己只有一次机会：趁那怪物愤怒地摆动碎烂的四肢之时，巴瑞克低下头，一路踉踉跄跄加速朝他冲去，接着大大拐了个弯，一跳刚好旋转到那不断滴淌金子的贪婪大手下，那手就和货车轮子一般大。

巨人感觉到猎物丢了，于是发出一声刺耳的怒吼，周围的群山都震颤起来，高处的石头翻滚跌落下来。巴瑞克没有停下来观看，他用精疲力竭的肌肉尽最大努力奔跑，每一步都大喘粗气。那半神的怒吼在身后逐渐变小，最后只如远处的雷声般大小。

他终于跌跌撞撞逃至安全之地，四肢着地，大口喘气。一个黑影从空中垂直落下，着陆时宽大的翅膀擦在他身上。那东西跳了几步，接着跳上一块岩石，用明亮的眼睛注视着他。巴瑞克从未想过看到这吓人的东西会如此开心。

“斯科恩——是你吗？”

“还有一位主人呢？”

过了一会巴瑞克才意识到这只鸟在问什么。“范森。他……他掉下去了。坠入了矿井之中。他没有出来。”

乌鸦仔细地看着他：“我救了你。将那个大家伙的眼睛戳穿了。那是锁链杰克吗？”

巴瑞克点点头，累得说不出话来。

“那咱就是有史以来最厉害的乌鸦了，是不是？”鸟似乎在考虑这一点，在岩石的顶端走来走去，咯咯叫着，“厉害的斯科恩。啄出了神灵的眼睛。”

“半神。”巴瑞克躺在地上。现在还是远远离开的好，但他一步也走不动了。

斯科恩低下头。抽着脖子吞咽着。“唔，”它说道，“神之眼。吃掉了。希望咱能将他整个吞掉。”

巴瑞克盯着鸟看了一会，接着开始大笑，那是一种撕裂的痛苦的笑声，笑啊笑啊直至喘不上气来。

男孩平顺呼吸坐起来，想到一件事。“告诉我，你这吓人的东西，你知道库 - 纳 - 加尔在哪里吗？先民之屋？”

乌鸦看着他。“你要咱做什么？你又没有和主人一样救过咱——事实上，是咱救了你。”它用嘴梳理羽毛，“事实如此。咱是厉害的斯科恩。”

“如果你帮我……如果你能带我去库 - 纳 - 加尔，我保证你余生再也不用自己去捕猎食物。说真的，我每天都会用盘子给你送去新鲜食物。”

“真的吗？”乌鸦跳了几下，扑闪着翅膀，又落下来，“那就成交。如果你信得过。”

虽然只是只被人遗忘的可怕的乌鸦，但巴瑞克还是能保持一点自尊。“我是王子——国王的儿子。”

斯科恩嗤笑一声。“哦，对，那影响就大了。”它想着慢慢眨眨黑色的眼睛，“但你是我主人的朋友。所以——就是搭档。”

“搭档。向诸神发誓，谁会想到呢？”巴瑞克爬进灌木丛中，不在意头枕在哪里。“如果有人要来杀我，就告诉我，知道吗？”

不等乌鸦回答，睡意就已经将他拉下了比矿山还要深的黑暗之地。

范森继续走，因为别无事情可做，一只脚迈向另一只脚前，沿着无边无际的灰色之境向前跋涉，穿越过空无一物的黑暗。他停下来休息过几次，但是都不长久，因为会担心是不是不知不觉又绕回去了，两边方向难以分辨，有可能又回到了来时的方向。

有时候他会自娱，想着不是在深渊的拱桥之上行走，而是在黑暗中漂浮的大圆环上走，这里没有开始也没有结束，而他，费拉斯·范森因为自己也不十分确定的罪名（虽然他觉得自己罪孽深重）被判了刑，将永远走下去，不会死去，刑期永远不会结束。

但是诸神真的会如此残忍吗？就算如此，他为什么还会觉得累呢，就像活人的感觉一样？

诸神为什么要惩罚他呢？为什么他的思绪如此沉重？他每一次想要记起自己是如何来到这地方的，原本结实的想法就会四分五裂，如同雾气般消散。他不记得来此之前曾去过哪里——事实上，自从在半神地底的要塞纵起反抗狱卒之后的事情，他几乎什么都不记得了。似乎记得有座城市，还有父亲的一些事情，但那显然都是梦境，因为父亲已经死去多年了。

但是如果那些是梦，那么这里又是什么呢？他这是在哪里呢？

是谁或是什么东西将他放在这永不休止的路途上的呢?

如果从这没有意义、绵延不修的桥上跳下去会怎样呢?他想着,任由自己掉下去会怎样?不管会发生什么——死去或是毫无意义、永无休止地坠落——真的会比这更糟吗?他觉得是有什么东西在维持这一切——一扇门。那应该是唯一能带他走出这可怕的虚无之境的一扇门。

费拉斯·范森想不出答案,但问问题至少能阻止他发疯。

他好像眨过眼,但眼睛闭上的片刻却并非一秒,而像是持续了一年之久。接着他就注意到了发生的事情,一切都变了。

深渊消失了,这无边无际的永恒的黑色以某种奇怪的方式退化成了薄弱的黑暗,有着普通的阴影。感觉上就像是脚下仍有石头,但路是平坦的,而不是拱形,可他感觉仍是被什么东西包围着,虽然不再是可怕的熟悉的空虚。

他停下来,感到很惊讶,但更多的是恐惧——如此之长的时间后,任何变化都是吓人的。他跪下来,嗅着冰冷的石块,将额头按在上面。触感真实。感觉不一样了,这一点更加重要。

他站起身,令他极为惊讶的是,黑暗自己开始退却了,或者是有光亮照了进来消散了黑暗:光芒如潮水般涌入,实实在在的普普通通的火光,他看出周围有墙,是雕刻很端正的石墙。他顺着屋顶的线条,恐惧地发现有个巨大的身影也在看自己,又黑又不吉利。那只是一尊雕像而已,一尊巨大的科涅奥斯雕像,但范森还是吓了一跳,因为他低下头时看到脚下也有一座抬起头在看自己。他喘息了片刻,想到自己是站在某种镜子上,一面巨大的镜子,能将头顶天花板上的复杂雕饰反射得一清二楚,因此才会有巨大的科涅奥斯从头顶、脚下很深的地方看自己。

看上看下让他眩晕。范森感觉快晕倒了，但是坚持住了。他这是在哪里呢？是在半神矿井的深处吗？他是从神灵打开的大门掉下来的——这是神灵避难所的中心吗？但不知为何，看上去也太……普通了。雕刻很漂亮，科涅奥斯的塑像也令人生畏，但看上去并不像出自另一世界。

他差点再次摔倒，因此强迫自己呼吸、坚持住，疲累的程度难以置信。他还活着。事情彼此互为证明，周围的房间明显证明他还活着，不管他身在何处。对面是一扇巨大的门。他走过去试试，虽然很重，但一推就开了。

门那边的房间里到处都是小人儿——范森一开始以为他们是在等待自己，但看到他们脸上惊讶的表情，他知道并非如此。也许是科涅奥斯的奴仆？但是在吉库因的矿井中也有这样的小人儿。范森举起手，想着他们会不会说自己的语言。“你们……能……听懂……我说的话吗？”

“以大地长老的命运起誓，你在议会室做什么呢，陌生人？”一个小人儿皱着眉头问道，“你不能来这儿。”他惊恐地睁大眼睛，转过身急忙跑出远处的大门。其余小人儿也像他一样，惊恐地回过头边看他边跑，就好像范森是什么危险的野兽一般。

他看着小人儿的背影，一股寒意从尾椎窜上脊背直至头部。那小人儿说的不仅是他的语言，而且是标准的南境国口音。发生了什么？他中了什么诡计？

范森长久地站着，让心跳恢复正常。他环视四周宽阔的房间，想弄明白到底出了什么事，但是又害怕弄清楚。大房间的门从后面打开了，一队小人儿走了进来，这一次他们拿着铲子、锄头和其他武器，小心地穿越闪耀的石门向他走来。范森举起双手表明自己没有武器，但他的视线却被一个矮胖的身影所吸引——那是个正常人，和范森差不多高。他的脸上有某种古怪的熟悉感……

“我认识你，先生，”当那人和其余孩子般身高的军队靠近时，他说道，“你是……诸神保佑我，你是查文，是御医。”

“是你说的，但是我没承认。你是这里的入侵者，你知道。你在芬德林的公会大厅做什么？”男人说。他看上去并不像是武装军的领头人，虽然这么高。

“芬德林？公会大厅？”范森只能瞪着那人问道，“这是疯了吗？我是在哪里？”

“向诸神发誓。”查文说完止住了。他伸出双臂拦住后面的芬德林人，或者只是想站稳——他看上去就像是被箭射中了一般。“我认识这人，但是他在对抗暮光族人的战争中就消失了。你是不是范森队长，先生？你是不是王室卫队的队长？”

“我是。但我这是在哪里？”

“你不知道吗？”医生慢慢摇头道，“你在芬德林镇，当然了，就在南境城堡之下。”

“南境？”费拉斯·范森再次环视四周，一副惊讶的表情，接着摇摇晃晃向查文和芬德林人走去，一些小人儿警觉地拿起武器。范森跪下来，举起双手向诸神祈祷，接着那群芬德林人担心地看着他倒在地上，大笑着流出眼泪，接着将脸埋在神圣坚实的石头地面上。

附录

人物

Aduan 阿杜安：远境王国曾经的国王，伊尔嘉的丈夫，建造了麦海伦小岛上的寓所

Aesi’uah 艾希瓦：雅萨梅兹的隐士长，有无梦人血统

Aislin 艾思灵：一个水鸥族的神婆

Alessandros 亚历桑德罗斯：阿妮莎之父，德沃尼斯大子爵

Ananka 安娜卡：曾是海茨帕国王的情妇，现在是埃南德国王的情妇

Arimone 艾瑞莫恩：独裁者的妻子中地位最高的人

Arjamele 阿尔杰迈勒：契妮坦童年时老家的一个邻居

Ashretan 阿什丽坦：契妮坦的姐姐

Ayona，Countess 阿尤娜伯爵夫人：佩里沃斯·奥库尼斯之妻

Baddara 巴达拉：兰德港一家酒馆的老板

Baz'u Jev 巴祖·杰夫：一位赞德诗人

Bazilis 巴兹利斯：独裁者的使者

Berkan Hood 伯坎·胡德：托利的王室总管

Bloodstone Smoke Quartz 血石·烟水晶：烟水晶家族的大师

Brabinayos Boots-of-Stone 布拉比那尤斯石靴怪：勃拉姆巴诺加迪尔的赫若索尔名字

Brother Lysas 利萨斯会友：佩拉亚和泰洛尼的老师

Caprock Gneiss，Highwarden 盖岩·片麻岩，宗主：芬德林人，燧石宗的重要人士

Celebrants of Mother Night 夜母司仪：加尔人的修道会团体，也用来指称其分支或成员

Chakkai 查齐人：佩里卡尔南部山区的一个民族

Daikonas Vo 戴克纳斯·沃：白猎犬队的一个佩里卡尔人

Dandelon 丹德伦：休尼剧作《尼克洛斯国王》中的一个角色

Devonai kings 德沃那伊国王：赫若索尔王族直系先祖

Doirrean 多利安：奥林幼年时的保姆

Dowan Birch 多文·比奇：梅克维尔剧团的一个演员

Dreamless 无梦人：也被称为夜人

Drows 黑暗精灵：雾影线后的一个种族，与芬德林人有关联

Ealga Flaxen-Hair 伊尔嘉·弗莱克森-海尔：远境王国昔日的王后，阿杜安国王的妻子

Effir dan-Mozan 埃菲尔·丹-莫赞：图安国商人

Enander II 埃南德二世：希安国王

Eneas 埃尼亚斯：埃南德之子，希安王子，王位继承人

Erasmias Jino 艾拉斯米亚斯·吉诺：阿斯尼亚侯爵，希安国王埃南德的顾问大臣

Eril 埃里尔：奥库尼斯家的一个仆人

Erlon Meaher 艾伦·米尔：南境宫廷诗人，廷莱特的对手

Estir Makewell 艾斯蒂尔·梅克维尔：裴德·梅克维尔的妹妹

Fanu 法努：伊迪特的亲戚

Febis 费比斯：独裁者的堂亲

Feival Ulian 费沃尔·乌里安：梅克维尔剧团的一个演员

Four Sunsets 四落日：一只拥有飞龙的精灵

Geral Kelty 杰拉尔·凯尔蒂：消失在雾影线后的一个南境卫兵

Gregor 格里高利：洗衣工

Hijam Marukh 海贾姆·马鲁可：又称石心，独裁者的猎豹卫队队长

Idite 伊迪特：埃菲尔·丹-莫赞的妻子

Ikelis Johar 伊克里斯·乔哈尔：西斯国最高军事长官

Iomer M'Sivon 伊莫尔·慕斯文：兰德港男爵

Irinnis 艾里尼斯：赫若索尔军事工程师们的领队

Jacinth Malachite 红锆石·孔雀石：一个芬德林女人，大师

Kayyin 凯因：侍者吉尔的真名

Kearn Tinwright 柯尔恩·廷莱特：教师，马特·廷莱特的父亲

Kelofas 克罗法斯：赫若索尔的一位贵族

Kiril 基里尔：佩拉亚的弟弟

Lady Simeon 西米恩夫人：双胞胎布瑞奥妮和巴瑞克童年时的女仆

Lawren 劳伦：马林斯克莱斯特老伯爵

Lida 莉达：伊兰·麦克里的女仆

Losa 罗莎：洗衣工

Lyris 莉瑞斯：修女，佩拉亚的教师

Makaros 马卡洛斯：查文的姓氏，属于马卡里大家族。

Milios 米里欧斯：托尔维欧匪王，一个戏剧中的角色

Muziren Chah 慕塞壬·查：暂时代独裁者管理西斯的摄政王

Nikos 尼克斯：多兹的赫若索尔儿子

Niram 尼拉姆：查文的哥哥

Okros Dioketian 奥科罗斯·迪欧克蒂安：奥科罗斯修士的全名

Olin Alessandros Benediktos Eddon 奥林·亚历桑德罗斯·本尼迪克托斯·埃顿：奥林国王与阿妮莎王后之子

On. Iaris 昂·伊爱力斯：三神教派的一位圣徒

On. Zakkas 昂·扎卡斯：三神教派的一位圣徒

Onir Kyma 昂·凯马：一位圣徒，在南境有一座他的教堂

Onir Soteros 昂·索特罗斯：被称为做梦者索特罗斯，三神教派的一位圣徒

Palakastros 帕拉卡斯特罗思：奥库尼斯家的邻居

Pedder Makewell 裴德·梅克维尔：一个演员，同时也赞助了一群演员

Pelaya 佩拉亚：佩里沃斯伯爵的女儿

Perivos Akuanis 佩里沃斯·奥库尼斯：伯爵，赫若索尔城堡的管理人

Petris Kopayis 佩特里斯·柯派伊斯：克雷斯著名的军事家

Phelsas 菲尔萨斯：赫若索尔哲学家，菲尔萨斯学派创始人，多世界观念的提出者

Pilney 皮尔尼：一个年轻演员

Quicklime Pewter 生石灰·白镴：芬德林人，金属宗的宗主

Rabbit 兔子：一个洗衣工

Sard Smaragdine 红玉髓·绿柱石：芬德林人，晶质宗的宗主

Scoria 火山渣：芬德林人，片麻岩家族的大师

Talibo 泰利波：埃菲尔的侄子，又称泰尔

Tane 塔尼：古老的范特群岛国王，也称白色塔尼和赤手查恩

Tedora 泰朵拉：阿卡萨米斯·多兹的赫若索尔妻子

Teloni 泰洛尼：佩拉亚的姐姐

Thallo 塔洛：赫若索尔一位帝制时代的王后

Tirnan，Havemore 迪尔南·海弗莫：布罗纳的代任者，后成为南境的城堡总管

Travertine 钙华：芬德林人，水石宗的宗主

Ueni'ssoh 尤尼索：吉库因的谋士，无梦者之一

Urekh 乌雷克：一位身着狼盔甲的神

Vanderin Ugenios 万德林·尤吉尼斯：希安的一位诗人。

Vermilion Cinnabar 银朱·朱砂：水银大师之妻

Waterman 沃特曼：一个演员

Widowmakers 寡妇制造军：上古时吉库因的部队

Xarpedon 埃克萨普顿：西斯昔日一位独裁者的名字

Ximander 西曼德：一位曼蒂斯，一部知名著作的“作者”

Xol-Priest 艾克索祭司：一个能操控独裁者食客的人

Yaridoras 亚利多拉斯：白猎犬队中的一个佩里卡尔人

Yarnos 亚诺斯：雪神

Yazi 雅姿：一个来自伊拉米什边境的洗衣女孩

Yisti 伊斯特：有芬德林血统的塞尼亚金属工

Zamira 塞米拉：查文的姐姐

Zsan-san-sis 赞－桑－西斯：翠火之子部族的首领

诸神

PERIN 佩林：天空之神，闪电之主。即西斯人所称的阿戈尔，加尔人所称的云中漫步者、天空之主、雷电之神，屋顶族人所称的天空之手、尖峰之主；水鸥人所称的皮亚林。

ERIVOR 埃瑞沃：水神。赞德南部称其为埃舍瓦特，西斯人所称的埃菲亚尔，水鸥人所称的艾格耶瓦尔，加尔人所称的海洋之神。

KERNIOS 科涅奥斯：冥界之神。即西斯人所称的赛加尔，加尔人所称的黑土神，屋顶族人所称的卡利斯诺沃斯。

佩林、埃瑞沃、科涅奥斯：亦合称为圣三神、三圣、兄弟神、三兄弟神等。

ANNON 安农：半神，科涅奥斯之子，被吉库因所杀。

AZINOR 阿兹诺尔：祖米奥斯和祖丽雅的子嗣之一。

DEVONA 德瓦娜：森林女神。又名为竖琴神德瓦娜。

BARUMBANOGATIR 巴拉姆巴诺加迪尔：半神，斯弗洛思之子。

BIRIN 比林：夜雾之神，佩林的子嗣之一，在诸神之战中被杀。

ERILO 埃瑞罗：保佑丰收的神。加尔人称其为丰收神。

HILIOMETES 希里欧米蒂斯：西斯的伟大英雄。有时与梅拉科赫混称。

HONNOS 霍诺斯：保佑旅人的神。西斯人所称的于纳斯，加尔人所称的赤鹿。

IMMON 伊蒙：科涅奥斯的守门人。西斯人称之为耶蒙，南境的芬德林人称之为黑诺什拉、千眼之神尤里吉贾格。

KHORS 科尔斯：第一位月神。西斯人称之为宵释，加尔人所称的银光神。

KUPILAS 库比拉斯：工匠之神，医术、制造与锻造之神。加尔人称之为歪神，西斯异教徒所称的哈比里，水鸥人所称的乔伊阿普斯。

LISIYA MELANA OF THE SILVER GLADE 银色林地的莉丝娅·麦兰娜：女半神，比尔吉亚和沃洛斯的九个女儿之一。

MADI ONYENA 玛蒂·翁依那：祖米奥斯、科尔斯、祖丽雅之母。西斯人称之为尤吉尼，南方大陆其他地区称之为阿穆迪·奥纳珍娜，加尔人的鸟母和微风之神。

MADI SURAZEM 玛蒂·苏拉泽姆：圣三神之母。西斯人所称的舒萨耶姆，加尔人所称的源雾之神。

MESIYA 梅希雅：月光女神，科涅奥斯的第一任妻子。西斯人所称之内尼兹。

SIVEDA 希薇妲：夜之女神。

STRIVOS 斯特里沃斯：风之神。加尔人有时亦称其为无形神。

SVA 斯瓦：圣三神的祖母。加尔人称之为虚空之母，西斯人称之为兹哈。

SVEROS 斯弗洛思：圣三神之父。加尔人所称的暮光之神，西斯人所称的扎法里斯。

UVIS WHITE-HAND 白手尤维斯：被科涅奥斯所伤。

VOLIOS 沃洛斯：战神，又名为无可量力的沃洛斯、长胡子沃洛斯。西斯人所称的奥克胡斯；加尔人的公牛神。

YIRRUD 伊鲁德：神灵，拉德和翁依那伊之子。

ZMEOS 祖米奥斯：角蛇，最终恶敌。西斯人称之为努沙什，加尔人所称的白焰神，其佩剑亦名为白焰。西斯异教认为，祖米奥斯劫夺佐睿雅女神并与之成婚，由而开启了诸神之战。该说法与我们所信之教义不同，正统教义认为，劫夺佐睿雅的是祖米奥斯的兄弟科尔斯。

ZO 佐：圣三神的祖父。加尔人称之为光之神，西斯人所称的特索。

ZORIA 佐睿雅：佩林之女，库比拉斯之母，科涅奥斯的第二任妻子。西斯人称之为苏娅，暮光神子民和加尔人称之为苍白之女、鸽子、黎明之花，或杏花馨香。

ZOSIM 佐悉蒙：诗人、盗贼与酒鬼之神，作为火神时名为萨拉曼德罗斯。西斯人所称的肖申姆，暮光神子民称之为骗术师。

ZURIYAL 祖丽雅：无情之神，祖米奥斯与科尔斯的姐妹。西斯人称之为苏黎伽丽，加尔人的判决之神。

苏拉泽姆与翁依那子女之间的战争：史称诸神之战，亦名为诸神的纷争、翁依那之争。

一周的天数

在埃昂的历法中，每个月有三个十天，每十天被称为一个“十夜”，因此，我们日历中的**8**月**21**日可能并不是**Oktamene**（八月）的第三个第一日。详情参照后续“月份”的解释。

第一日 **Firstday**　　太阳日 **Sunsday**　　月日 **Moonsday**

天日 **Skyday**　　风日 **Windsday**　　石日 **Stonesday**

火日 **Fireday**　　水日 **Watersday**　　诸神日 **Godsday**

最后日 **Lastday**

月份

埃昂的每个月有三十天，划分为三个十日，一年有五个闰日——即孤儿日；每年的第一日也称元日或新年日，因此月份与月份的对应可能会有一些差异，南境的 **Trimene**（三月）的第一日可能并不是我们日历上的 **3** 月 **1** 日。

Eimene：一月 **Dimene**：二月 **Trimene**：三月

Tetramene：四月 **Pentamene**：五月 **Hexamene**：六月

Heptamene：七月 **Oktamene**：八月 **Ennamene**：九月

Dekamene：十月 **Endekamene**：十一月 **Dodekamene**：十二月

图书在版编目(CIP) 数据

雾影游戏 / (美) 威廉姆斯著；杜芯宁，陈磊译
. -- 重庆：西南师范大学出版社，2016.1
书名原文：Shadowplay
ISBN 978-7-5621-7750-0

Ⅰ. ①雾… Ⅱ. ①威… ②杜… ③陈… Ⅲ. ①科学幻想小说－美国－现代 Ⅳ. ①I712.45

中国版本图书馆CIP数据核字(2016)第002037号

雾影Ⅱ：雾影游戏

SHADOWPLAY

[美] 泰德 · 威廉姆斯 著　杜芯宁 陈磊 译

出 品 人：米加德
总 策 划：卢　旭　彦吴桐　沈丽凝
责任编辑：易晓艳　畅　洁　沈琳彦
特约编辑：王绍政　倪若水
装帧设计：谷亚楠　朱海英
出版发行：西南师范大学出版社
重庆市北碚区天生路2号　邮编：400715
http：//www.xscbs.com
市场营销部电话：023－68868624
印　　刷：重庆荟文印务有限公司
字　　数：602千字
开　　本：890mm × 1240mm　1/32
印　　张：25
版　　次：2017年1月第1版
印　　次：2017年1月第1次
著作权合同登记号：2015年第300号
书　　号：ISBN 978－7－5621－7750－0

定　　价：86.00元（全两册）

读者回函表
Readers
WIPUB BOOKS

姓名：________ 性别：____ 年龄：____ 职业：______ 教育程度：______

邮寄地址：________________________ 邮编：______

E-mail：______________ 电话：______________

您所购买的书籍名称：《雾影Ⅱ：雾影游戏》

您是如何得知一本新书的呢（多选）：□别人介绍 □逛书店偶然看到 □网络信息 □杂志与报纸新闻 □广播节目 □电视节目 □其他 ______

您的阅读渠道（多选）：□书店 □网上书店 □图书馆借阅 □超市/便利店 □朋友借阅 □找电子版 □其他 ______

购买新书时您会注意以下哪些地方？

□封面设计 □书名 □出版社 □封面、封底文字 □腰封文字 □前言后记 □名家推荐 □目录

您对本书的评价：

书名：	□满意	□一般	□不满意	故事情节：	□满意	□一般	□不满意
翻译：	□满意	□一般	□不满意	书籍设计：	□满意	□一般	□不满意
纸张：	□满意	□一般	□不满意	印刷质量：	□满意	□一般	□不满意
价格：	□便宜	□正好	□贵了	整体感觉：	□满意	□一般	□不满意

您喜欢的书籍类型：

□文学－奇幻小说 □文学－侦探/推理小说 □文学－情感小说 □文学－散文随笔 □文学－历史小说 □文学－青春励志小说 □文学－传记 □经管 □艺术 □旅游 □历史 □军事 □教育/心理 □成功/励志 □生活 □科技 □其他______

请列出3本您最近想买的书：________、________、________

请您提出宝贵建议：________________________

____

★感谢您购买本书，请将本表填好后，扫描或拍照后发电子邮件至wipub_sh@126.com和xscbsr@sina.com，您的意见对我们很珍贵。祝您阅读愉快！

图书翻译者征集

为进一步提高我们引进版图书的译文质量，也为翻译爱好者搭建一个展示自己的舞台，现面向全国诚征外文书籍的翻译者。如果您对此感兴趣，也具备翻译外文书籍的能力，就请赶快联系我们吧！

您是否有过图书翻译的经验：□有（译作举例：____________________）

□没有

您擅长的语种：□英语 □法语 □日语 □德语

□韩语 □西班牙语 □其他________________

您希望翻译的书籍类型：□文学 □生活 □心理 □其他__________

请将上述问题填写好、扫描或拍照后，发电子邮件至wipub_sh@126.com和xscbsr@sina.com，同时请将您的译者应征简历添加至邮件附件，简历中请着重说明您的外语水平等。

期待您的参与！

西南师范大学出版社

上海万墨轩图书有限公司

The German Fantasy Prize

The Quill Award

The British Fantasy Award